读客外国小说文库

熊猫君激发个人成长

无辜之血

[英]P.D.詹姆斯　著　潘鹤文　译

上海文艺出版社

INNOCENT BLOOD

P. D. JAMES

目　录

第一章

身世之谜

1

社工的年纪比她预想的大；或许在安排这次见面的那个不知名的官员看来，那些被收养的人在接受强制咨询时，大概会对头发灰白、体型臃肿的社工更为信任。毕竟，他们肯定需要某种形式的安慰，对于这些失去原生家庭的人而言，法院的判令与他们的生活有着极为密切的关系，否则他们为什么要不辞辛劳地通过官方渠道调查自己的身份？社工露出职业性的鼓励微笑。她伸出手，自我介绍道："我是娜奥米·亨德森，您就是菲莉帕·罗斯·帕尔弗里小姐吧。抱歉，恐怕我必须先看一下您的身份证明文件。"

"菲莉帕·罗斯·帕尔弗里只是我的名字。我来是想弄清楚自己的真实身份。"菲莉帕险些脱口而出，幸好她及时地咽下了这句话，因为感觉这么装腔作势的回答似乎不利于见面顺利地展开。她此行的目的她们都心知肚明。她希望这会是一次成功的会面；希望它能够按照她的方式进行，虽然她也不是十分清楚要以怎样一种方式进行。她解开皮挎包的系扣，默默地递上护照和新考的驾照。

房间里的家具布置意在营造出一种让人放松的氛围。虽然办公桌看起来很正式，但菲莉帕一到，亨德森女士便立刻绕过办公桌，指了指矮桌两旁罩着塑料膜的两把椅子中的一把，示意她就坐。矮桌上甚至还摆了花，一个印着“波尔佩罗敬赠”字样的小小的蓝色碗状容器里盛着一束混杂的玫瑰花。这些并非花店橱窗里摆着的那种既没有香气也没有刺的花蕾，而是花园玫瑰，考尔德科特街露台花园里的那些品种：和平玫瑰、超级巨星玫瑰和艾伯丁玫瑰，这些花绽放后只剩下枯萎的花瓣和紧紧收拢的花蕾。菲莉帕好奇这些花是不是社工从自家花园里摘来的。说不定她已经退休，住在郊外，然后被返聘回来兼职这份特殊的工作。她甚至想象得出，对方穿着眼下这双布洛克鞋和这身耐磨的花呢衣服，笨拙地绕过玫瑰花坛去修剪那些是时候剔除的玫瑰花的样子。给花浇水的人未免过于殷勤，一滴乳白色的水珠仿佛一颗珍珠般停留在两片黄色的花瓣之间，桌面也有溅落的水迹。不过仿红木的桌子并不会因此沾染污渍；因为它根本不是真木头造的。玫瑰散发出一股潮湿的芬芳，但闻起来并不是很新鲜。这种简易的椅子任哪个访客也不会坐得舒坦。桌子另一头那抹激发她自信和信任的微笑，只是承蒙《一九七五儿童法案》第二十六章的恩惠。菲莉帕为自己的外表费了一番工夫，不过她一向如此，总是带着强烈的自我意识，想要展示自己，每天按照自己的想法重塑形象。今天早上这身打扮的目的是要显得一切如常，这次见面也没有令她产生特别的焦虑，或者需要特别的关照。夏日的阳光将她浓密的头发晒得褪色，浅黄色的头发甚至找不到两绺颜色完全一致的，她将头发梳过高高的额头，编成一条粗辫子。她的嘴巴很宽，上唇弯曲而有力，唇角下垂的线条十分性感，她没涂口红，但悉心地抹上了眼影，用来强调她最引人注目的特点——那双明亮、略微突出的绿色双眸。因为不愿意早到，她在路堤花园逗留了太久，最后不得不匆忙地赶过来，汗津津的蜜色肌肤闪着光泽。她穿着凉鞋和浅绿色的开领棉布衬衫，下身搭配灯芯绒裤子。与这种刻意模糊消费水平或者社会阶层的随意不同的是她像戴护身符一样戴着的饰物：细长的金表，三枚硕大的维多利亚式的戒指——一枚黄玉的、一枚光玉髓的、一枚橄榄石的，还有左肩背的意大利皮包。这种反差是她有意为之。记不得八岁生日以前的任何事，知道自己是私生女，意味着她不必面对一大堆活死人，不必虚伪地祭拜先祖，没有任何刻板的想法制约她向世人展现自己。她想表现得独一无二，给人留下聪慧的印象，看起来引人注目，甚至古怪，但绝不可能是平凡。

菲莉帕的档案摊开在亨德森女士面前，又新又干净。她隔着桌子认出了其中几样东西：橙褐相间的政府信息表，那是她从伦敦北部公民咨询局要来的文件副本，她不必担心那里有人知道她或者认识她；五周前，也就是她十八岁生日的第二天，她写给注册总署[1]一封信，在信里申请了查明她身份的第一份文件——申请表，及

1 英国负责出生记录和死亡记录的机构。——编者注（本书中注释如无特别说明，均为编者注）

其副本。信附着签条，搁在档案的最上面，纯白的信纸衬着浅黄色的政府文件。亨德森女士用手指摸了摸。某种东西，地址，或者厚实的亚麻纸（哪怕只是副本）忽然令菲莉帕萌生了短暂的不安。也许是因为她意识到她的养父是莫里斯·帕尔弗里。鉴于莫里斯不知疲倦地自我宣传，又出版了大量社会学著作，如果一位资深社工没听过他的大名，那就怪了。她倒是好奇亨德森女士有没有读过他那本《咨询的理论与技巧：从业者指南》，如果她读过的话，莫里斯对心理发展咨询和格式塔治疗之间差异的孜孜探索，在增强委托人（“委托人”这个词在社会服务术语中真是太举足轻重了）自尊方面又给了她多大帮助呢?

亨德森小姐说：“或许，我应该先告诉你我能为你提供什么样的帮助。你很可能已经知道了其中的一些，但是我认为有必要把它说清楚。《一九七五儿童法案》针对获得出生记录的相关法律做出了重要修正。法案规定，如果被收养者有意愿，在成年后，换句话说，必须至少年满十八周岁，才可以向注册总署申请，查询能帮助他们找到原始出生记录的信息。你被收养时颁发的新出生证明，以及能把菲莉帕·罗斯·帕尔弗里这个名字和你的原始出生证明联系起来的所有信息，都被注册总署保管在机密档案中。现行的法律规定，如果你有意了解的话，注册总署必须向你公开这些相关信息。但是，《一九七五儿童法案》同时也规定，如果收养时间在1975年11月12日之前，也就是在法案通过前，被收养的孩子在获知这些信息前必须同顾问进行一次面谈。因为议会对这种回溯性的新规定存有顾虑，这么多年来，许多亲生父母放弃抚养权，将孩子送给别人收养，而收养人在收养时认为孩子亲生父母的信息将被保密。所以，今天让你过来，我们可以一起考虑一下你追查亲生父母的信息可能带来的影响，无论是对你还是对其他人而言。当然，这是你的合法权利，我们只是想以一种有益而恰当的方式为你提供你所需要的信息。面谈结束后，如果你仍然想了解这些信息的话，我可以告诉你你原来的名字、你亲生母亲的名字，或许还有你亲生父亲的名字——不过尚不确定——以及颁发收养令的法庭的名字。我还能为你提供一张申请表，你可以用来向注册总署申请一份你的原始出生证明复印件。”

这些话她以前说过，因为她说得未免太熟练了。

菲莉帕说：“出生证明的收费标准是两英镑五十便士。这个价格倒是很便宜。这些我都知道。那本橙褐相间的小册子里都写了。”

“你都了解就好。能不能告诉我，你是什么时候决定追查自己的出生记录的？我看你刚满十八周岁就立即提出申请了。是临时起意呢，还是考虑过一段时间了？”

“《一九七五儿童法案》通过时我就决定了。当时我十五岁，正在准备普通水准考试。那个时候我并没有想太多，只是下定决心，一满法定年龄就立即提出申请。”

“你有跟你的养父母聊过这些吗？”

“没有。我们家人不太爱谈心。”

亨德森小姐没再继续这个话题。

“那么，你究竟有什么打算？你只是想知道亲生父母是谁呢，还是希望找到他们？”

“我想知道自己是谁。仅仅停留在找到出生证明上的两个名字，对我而言没有什么意义。说不定那上面甚至没有两个名字。我知道自己是私生女。调查可能一无所获。我知道我妈妈死了，我找不到她，可能永远也找不到我爸爸。但是，如果我能查出我亲生母亲的身份，或许能找到关于他的线索。他有可能也死了，不过我并不这么认为。冥冥之中，我总感觉他还活着。”

通常，她的幻想或多或少源自现实。可是，这一个与众不同，不合时宜，荒谬至极，然而又令她无法自拔，仿佛某种古老信仰的宗教仪式，既透着熟悉和荒诞，某种程度上又见证了本质上的真实。她已经记不得当初为什么要将想象的场景设定在十九世纪，以及，即便生于一九六〇年的她很快就意识到这种想象是无稽之谈，为什么还一直放纵自己沉浸其中。她的母亲身材苗条，打扮成维多利亚时代客厅女侍的模样，金色的头发朝上梳，隐没在系着两根英格兰刺绣飘带的抓褶帽下，幽灵似的倚靠着玫瑰花园的高大树篱。在喷泉的水汽下，她的父亲身穿全套的晚礼服，大步流星地穿过宽阔的步行道。草坪坡地浸润在柔和的夕阳中，闪着孔雀羽毛般的微光。两个身影重叠在一起，黑色的头颅俯向金色的头颅。

“亲爱的，我亲爱的。我不能让你走。嫁给我。”

“不。你知道我不能。”

临睡前，重温她最喜欢的场景已经成为一种习惯。睡意伴着玫瑰花瓣降临。在最初的梦境中，她的父亲穿着一身猩红镶金的制服，胸前饰有缎带，腰间佩着一把当啷作响的宝剑。随着她渐渐长大，她删改了这些令人难堪的装饰。想象中的士兵、纵狗打猎的无畏骑士最后演变成了贵族学者。不过，核心的要素始终未变。

一滴水珠顺着黄色玫瑰的花瓣滑落。她失神地盯着水珠，希望它别滴下来。菲莉帕的思绪不知飘去了哪里，听不见亨德森小姐在说些什么。她努力拉回注意力。眼前的社工正在询问她养父母的情况。

“你妈妈呢，她是做什么的？”

“我养母会做饭。”

“你是说她是个厨子？”社工似乎意识到这句话可能暗示着某种贬损意味，于是改口道，“她是位职业厨师吗？”

“她只为她的丈夫、客人们还有我做饭。少年法庭的治安法官才是她的本职工作，不过，我觉得她干这份工作只是为了取悦我养父。因为我养父认为女人应该有一份工作，当然了，前提是不妨碍他舒适的生活。不过，烹饪才是她的兴趣所在。她的厨艺够格当职业厨师，虽然除了夜校，她并没接受过什么正规的指导。他俩结婚前，她曾是我爸的秘书。我的意思是，烹饪是她的兴趣、她的爱好。”

“哦，这对你父亲和你来说是好事啊。”

大概这种轻松的口吻可以让她在无形中放松紧张的神经。菲莉帕目不转睛地盯着社工，竭力从她的话中汲取勇气。

“是啊，我养父和我，我们俩都嘴馋。我们吃得特别多，却不长胖。”

她觉得，这一点隐含了对生活的某种态度，对于美食他们心怀感激，但并不是不分青红皂白地往嘴里塞；或许这更让他们相信人可以沉迷于享乐，却不必为此付出代价。不同于性，贪食不用对自己之外的任何人负责，也不会对自己之外的任何人造成伤害。她常常从鉴赏美食和美酒中获得慰藉。至少，这一点不是从他身上学来的。即使是莫里斯，这个坚信不疑的环境保护论者，也不能说鉴赏红酒的能力很容易习得。在学习品酒的过程中，发现自己拥有灵敏的味觉，再次证明了她遗传的品位。她回想起十七岁生日那天，面前的桌子上摆了三瓶酒，商标都被遮住。她想不起希尔达在不在场。照理说她不会缺席一场家庭生日晚餐，但是记忆里只有她和莫里斯单独庆祝。他说：“现在，告诉我你更喜欢哪瓶。忘掉五颜六色的杂志增刊里那些漂亮话，我要你说出你的想法。”

她又依次尝了一遍，直视他挑战的眼神，把酒含在嘴里品味。每品一种都要用水漱口，她猜这是正确的做法。

“这瓶。”

“为什么？”

“不知道。我就是最喜欢这瓶。”

但是，他想要的是一个更深思熟虑的判断。她补充道：“也许是因为我无法从气味和口感来区分它的味道。它们不是独立的感受，而是一种整体的愉悦感。”

她选出了正确的答案。答案总有正确和错误之分。她又成功地通过了一次测试，再次赢得了他的赞赏。他无法彻底地厌弃她，不能把她退回去；她心知肚明。收养令无法撤销。更重要的是，她证明了他的选择没错，他的钱花得不冤枉。希尔达常常在厨房里忙活好几个小时，为他们准备餐食，自己却吃得很少，喝得也很少。她会坐在旁边，忧心地盯着他们狼吞虎咽。她给予，他们索取。有种几近夸张的心理学平衡。

亨德森小姐问："你怨他们收养你吗？"

"不，我很感激他们。我是幸运的。如果换作一个贫穷家庭，我过得不会好。"

"哪怕他们是不爱你的？"

"我不明白他们为什么要爱我。我又不是特别招人喜欢。"

她适应不了贫穷家庭的生活，至少这一点她可以确定。无论哪对养父母，她都相处不了。各种气味：她自己的排泄物，小餐馆外腐烂的垃圾，坐在妈妈大腿上、裹着脏衣服的幼童因为公交车的颠簸紧贴着她……这些都会引发一瞬间的恐慌，这无关厌恶。记忆仿佛探照灯般扫过自我迷失的角落，清晰地照亮了种种场景，如儿童漫画般浓艳的色彩，如砖石般坚硬的线条，那些隐藏在黑暗废墟中数月不被记起的场景，并不像其他儿时的记忆那样根植于时间与空间中，也并非源自爱。

"你爱他们吗，你的养父母？"

她沉思了一会儿。爱，这个语言中最常用，同时也是最被贬低的词。海洛薇兹和阿伯拉尔。罗切斯特和简·爱。爱玛和奈特利先生。安娜和渥伦斯基[1]。即使在异性恋狭隘的含义中，你希望它是什么意思，它就是什么意思。

“不。我也不觉得他们爱我。不过，总体而言，我们彼此适合。我想，比起同那些你爱却不适合的人一起生活，这样更方便。”

“我明白，这有可能。关于你的收养，你知道多少？又了解多少关于你亲生父母的情况？”

“我想差不多就是我养母告诉我的那些吧。莫里斯从来不聊这个话题。我养父是一位大学讲师，同时也是一位社会学家。他叫莫里斯·帕尔弗里，是一位能用英文写作的社会学家。他的第一任妻子和他们的儿子死于一场车祸，当时那个男孩才三岁。车祸发生时是他妻子开的车。九个月后，他娶了我的养母。后来，他们发现她不能生孩子，于是找到了我。当时我正等待被收养，他们收养了我，六个月后向郡法院申请了收养令。收养是私下安排的，如果参照您所说的新法案，显然不合法。我不明白为什么不行。在我看来，这种做法非常明智。我当然没什么可抱怨的。”

“对于成千上万的孩子和他们的养父母而言，这种方法很奏

1 四对著名的异性恋人。彼得·阿伯拉尔，法国著名神学家和经院哲学家，海洛薇兹是其女学生；罗切斯特和简·爱是夏洛蒂·勃朗特所著的《简·爱》中的恋人；爱玛和奈特利是简·奥斯汀所著的《爱玛》中的恋人；安娜和渥伦斯基是列夫·托尔斯泰所著的《安娜·卡列尼娜》中的恋人。

效，但也有弊端。我们不想回到过去，那时候弃婴们成排地躺在保育院的婴儿床里，等着养父母来挑走他们最喜欢的一个。”

“我不明白为什么不行。这似乎是唯一合乎情理的方式，只要孩子们还小，不知道究竟是怎么一回事儿。就像你挑小狗或者小猫时一样。我想，你要先喜欢一个孩子，觉得那是你想养育、能慢慢爱上的孩子才行。如果我要收养孩子的话——虽然我绝对不会，我最不愿意的就是收养一个由社工帮我选择的孩子。万一我们不喜欢彼此，只能等到社会服务部门认为我是那种神经质、收养孩子是为了个人满足感的任性女人时才能取消收养令，否则我就不能把孩子退回去。可是，收养一个孩子还能出于别的什么原因呢？”

“或许，是为了给孩子一个更好的机会。”

“给孩子一个更好的机会，从而获得个人满足，您是这个意思吗？都是一回事。”

亨德森小姐当然不会费心驳斥这种歪理邪说。社会工作理论不会出错。毕竟，它的实践者是一群无信仰的现代教徒。她只是笑了笑，继续问：“他们跟你提过你的身世吗？”

“在维尔特郡一幢帕拉第奥式[1]的宅邸中长大。我猜我母亲是那里的一位女佣，后来怀孕了。她生下我后，没多久就死了，所以没人知道我父亲是谁。但是，显然他不是那儿的仆人；因为她没法在仆人房里保守这个特殊的秘密。我猜他一定是那家的客人。关于

---

1 一种欧洲风格的建筑。以建筑师安德烈亚·帕拉第奥（1508—1580）的名字命名。

八岁之前的生活，我只清楚地记得两件事：一是彭宁顿的玫瑰花园；二是图书馆。我觉得，我父亲，我是指我的亲生父亲，和我一起在那儿住过。也许是彭宁顿的某个管家在我养父的第一任妻子去世后，让他知道了我的存在。我的养父从来不谈这件事。这些都是我从养母口中得知的。我猜莫里斯之所以收养我，是因为我是个女孩。除非是他的亲生儿子，否则他不会让一个男孩继承他的姓。儿子得是他亲生的，这一点对他来说至关重要。”

“这可以理解，不是吗？”

“当然了。这也是我来这儿的原因。对我而言，知道我亲生父母是谁也很重要。”

“嗯，姑且说你认为这很重要。”

她瞟了一眼档案，沙沙地翻动着纸页。

“这么说来，你是一九六九年一月七月被收养的。你当时八岁，已经很大了。”

“我猜，他们认为这样比收养一个需要起夜照顾的小婴儿好。而且，我的养父也能看出我很健康，体格不错，也不傻。不像收养一个婴儿那么冒险。虽然有严格的体检，但是人永远无法百分百地确信，反正智力方面是如此。他接受不了自己收养了一个傻孩子。”

“这是他告诉你的？”

“不是，这是我自己想出来的。”

不过，有一点她可以确定，那就是她来自彭宁顿。某段儿时的记忆甚至比玫瑰花园更清晰：莱恩图书馆。她记得她曾站在装饰着花环和小天使的生机盎然的十七世纪石膏天花板下，目光扫过散落在各个架子上的格林林·吉本斯雕刻品，书架上的鲁比里阿克半身像、荷马、但丁、莎士比亚和弥尔顿，凝望着巨大的房间。记忆中，她站在巨大的书架旁，读着一本书。那本书重得她几乎捧不住。她甚至依稀记得手腕的酸痛和害怕书掉下去的担心。她敢肯定当时她的亲生父亲和她在一起，她还为他大声朗读了那本书。她十分肯定自己来自彭宁顿，有时候她甚至更乐意相信伯爵就是她的亲生父亲。不过，这种白日梦令人难以接受，于是她放弃了这种幻想，回归了最初的想象：她的亲生父亲是一位来拜访的贵族。因为如果伯爵同某个仆人生了孩子的话，他肯定知道，毫无疑问，他一定不会彻底地弃之不顾，更不会十八年对她不闻不问。她再没回过那幢宅子，阿拉伯人买下了它，那里成了她再也不会回去的伊斯兰城堡。十二岁那年，她在威斯敏斯特图书馆查阅一本关于彭宁顿的书时，曾读过一篇介绍那间图书馆的文章。书中还附了一张照片。那张照片令她的心颇感震动。记忆中的一切都吻合了，石膏天花板、格林林·吉本斯雕刻品、半身像。然而，她的记忆在那一刻之前就有了。所以，那个站在书架旁捧着书、手腕酸痛的孩子必然存在过。

这次辅导的其余内容她丝毫没听进去。如果这是强制进行的流程，她认为亨德森小姐的工作做得非常出色。但是，对她而言，这不过是走个过场，是立法者们用以宽慰良心的一种方式。没有什么意见能够动摇她寻找亲生父亲的决心。他们的见面，无论拖多久，对他而言怎么可能是多余的呢？她不会两手空空地去见他。剑桥大学的奖学金是她带给他的见面礼。

她将思绪拉回现实："我不明白这种强制辅导有什么意义。你是打算劝我不要寻找自己的亲生父亲吗？我们的立法者要么认为我有了解的权利，要么认为我没有。他们给了我这种权利，同时又试图劝我放弃它，即便对国会而言，也太令人混乱了。莫非他们对这种有追溯效力的立法问心有愧？"

"国会希望被收养人慎重考虑他们的决定所产生的影响，他们的一举一动对他们自己、他们的养父母和他们的亲生父母究竟意味着什么。"

"我已经考虑过了。我母亲死了，所以这对她不会有什么影响。我也没打算让我父亲难堪。我想知道他是谁，或者他是不是也死了。就这样。如果他还活着，我想见见他，但是我没打算突然冲进他的家庭聚会，当众宣布我是他的私生女。而且，我也搞不懂这些跟我的养父母有什么关系。"

"先跟你的养父母谈论一下，会不会更明智、更妥善一些？"

"有什么可讨论的？律法赋予我权利。我只是在行使我的权利。"

那天晚上，菲莉帕在家里回想整个辅导过程，她已然记不清当她拿到自己想要的信息时那一瞬间的情景。她想那个社工一定说过些什么，例如"那么，这就是你在寻找的真相"，这对于亨德森小姐而言未免太做作、太夸张了，不符合她客观的职业精神。但是，她肯定说过些什么，又或者她只是一声不吭地从卷宗中抽出注册总署的证明递给她？

不管怎样，这东西最终到了她手里。她难以置信地盯着它看，脑海中的第一反应是这其中肯定有一些官僚主义造成的混乱。表格上有两个名字，不是一个。上面显示她的亲生父母名叫马丁·约翰·达克顿和玛丽·达克顿。她低声念着这几个单词。两个名字对她而言毫无意义，勾不起任何回忆，唤不起任何完整感，或者某些被遗忘的认知在听到某个词后被激活的感觉。接着，她意识到发生了什么。

她恍然大悟，甚至没意识到自己喊了出来："我猜他们一发现我母亲怀孕就把她嫁出去了。很可能嫁给了共事的男仆。在彭宁顿，这种策略性的安排肯定每一代都不少见。但是，我没想到我母亲死前已经安排了我的收养。她一定知道自己将不久于人世，想保证我能过得好才这么做的。当然，如果我出生前她就结婚了，那么她的丈夫就会被登记成我的父亲。这样，名义上我就是婚生子。她有丈夫这一点对我而言很有用。马丁·达克顿在同意结婚前一定已经知道她怀孕了。或许，她临死前还向他透露了我亲生父亲的身份。显然，下一步是要找到马丁·达克顿。"

她拿起挎包，伸出手同社工告别。亨德森小姐临别前的嘱托她只听进去一半，像是未来她愿意继续为她提供任何帮助，再次建议菲莉帕和养父母商量一下她的打算，并温和地叮嘱她应该通过中间人寻找亲生父亲。其中的某些话触动了她。

“我们都需要依靠想象生活。有时候，放弃这些想象特别痛苦，那不是令人激动又新鲜的重生，而是一种死亡。”

她们握了握手，菲莉帕这才第一次饶有兴致地盯着她的脸，也是第一次把对方当作一个女人看待，并从她的脸上捕捉到一种一闪即逝的神情，要不是她已彻底地领悟其中的深意，或许会误以为那是一种同情。

2

一九七八年七月四日傍晚，菲莉帕将申请表和支票寄往注册总署，像之前一样，随信还附上了一只贴好邮票、写好地址的信封。虽然莫斯里和希尔达对她的私人信件不感兴趣，但是她也不愿冒着信箱中出现一封带着官方标志的回信的风险。接下来的几天，她一直处于一种难以抑制的兴奋中，大多数时候她都待在室外，免得坐立难安的焦躁情绪令希尔达生疑。她围着圣詹姆斯公园的湖泊徘徊，双手插在夹克的口袋里，心里推算着出生证明寄达的时间。虽然政府部门出了名的效率低，但是这件事实在不费什么劲儿。他们只需要核对一下记录，而且也不存在同时应付一大堆申请的状况，毕竟法案一九七五年就通过了。

一周后的星期二，也就是七月十一日，菲莉帕发现门垫上躺着一只眼熟的信封。她迅速拿回自己的房间，路过楼梯时大声告诉莫里斯没有他的邮件。她拿着信走到窗户旁，就好像她的视力突然下降，得站在更亮堂的地方才能看清似的。崭新、干净的出生证明相比之前提供给她的那张简易表格正式许多，作为被收养人，又时隔这么久，这张出生证明乍看上去似乎同她没有任何关系。证明记录了一个名叫罗斯·达克顿的女婴出生于一九六〇年五月二十二日埃塞克斯郡赛文金丝班克夫特园街41号。父亲马丁·约翰·达克顿是位职员，母亲玛丽·达克顿是家庭主妇。

这么说，他们在她出生前就搬离了彭宁顿。这可能并没有那么出人意料。只是没想到他们竟然搬到了距离威尔特郡那么远的地方。也许他们想完全摆脱过去的生活，摆脱那些闲言碎语和回忆。说不定有人帮他在埃塞克斯郡安排了一份工作，又或者那里是他的家乡。她很好奇这个虚伪的男人，这个名义上的父亲究竟是什么模样，有没有善待她的母亲。但愿她能喜欢他，或者至少尊敬他。他可能还住在班克夫特园街41号，或许又娶了一位妻子，也有了自己的孩子。十年的时间并不算很长。菲莉帕用自己房间里的分机给利物浦街火车站打了个电话。赛文金丝隶属于东部郊区线路，高峰时段的发车间隔只有十分钟。她没吃早餐就出门了。如果时间充裕的话，她会在火车站喝杯咖啡。

九点二十五分从利物浦街火车站出发的那班火车没什么人坐。一方面是因为火车的行驶方向刚好同早高峰相反，另一方面是因为这个时间未免太早了。她坐在角落里，眼睛随着疾驰的火车沿着东郊线穿过扩张的城市；黑乎乎的砖头构成了一排排了无生气的房子，修补过的屋顶支出一团团乱糟糟的电视天线；冰冷的细雨打湿了高层公寓，透出一派脏污的景象；有个院子里堆满了砸扁的汽车，仿佛郊区墓地中排列整齐的十字架；油漆厂；一堆煤气罐；粗砂和煤炭成堆地堆积在轨道旁；荒草丛生的废墟；一条倾斜的绿色堤岸向上延伸至乡间花丛，玫瑰和蜀葵中散落着晾衣绳、工具房和孩子们的秋千。东郊，还有那些动听却名不副实的名字——马里兰、福里斯特盖特、曼诺公园，对她而言都极其陌生，过去的十年间她既未涉足也鲜少关注，仿佛格拉斯哥远郊和纽约一样遥不可及。白教堂路附近还有几个保存完好的乔治王朝时代的街区，那里的高楼和工业废地之间自发形成了几个文化和先锋时尚聚集地，虽然她学校的朋友中没人住在贝斯纳尔格林区东部，但据说几个她从未拜访过的朋友在那里有房子。然而，当火车穿过这片肮脏、杂乱的市区时，某些休眠的记忆渐渐苏醒，陌生中透着熟悉，虽然同样荒凉、暗淡，却又独一无二。显然并不是因为她此前曾来过这里。大概只是因为眼前一闪而过的景象和她预想的一样枯燥无味，同每座大城市的近郊别无二致，那些被遗忘的描述、旧照片、报纸和电影片段重新浮现在她的脑海中，产生了这种认同感。或许每个人都曾来过这样的地方。每个人的心中都有一片无人地带。

赛文金丝火车站没有出租车。菲莉帕询问检票员如何去往班克夫特园街。对方告诉她沿着主街走，教堂巷左转，右手边的第一个路口就是。主街的一侧是铁道，另一侧则是一些楼上是公寓的小店铺，自助洗衣店、报刊亭、蔬果店，还有一间收款台已经排起长队的超市。

某个场景生动地重现，那种气味、声音和记忆中的痛苦令她无法相信这一切不过是她的想象。记忆中一个女人推着婴儿车走过这样的一条街。而她差不多只是个刚学走路的小童，抓着婴儿车的扶手，磕磕绊绊地走在旁边。闪着斑驳光影的石子路在婴儿车的车轮下蜿蜒，车轮越转越快。她紧抓着湿热的金属扶手，心里极其害怕一旦抓不住就会被抛下，会被亮红色的公交车驱赶、碾压。紧接着是大声的咒骂，还有甩在她脸上的巴掌，险些把她的胳膊拽脱臼的那一把猛拉，那个女人的手帮她再次抓紧婴儿车的扶手。她叫那个女人阿姨。梅阿姨。太不可思议了，她竟然还能记起这个名字。婴儿车里的孩子戴着一顶红色的羊毛帽。脸上挂着鼻涕和巧克力渣。她想起自己恨那个孩子。当时一定是冬天。主街沐浴着刺眼的光，蔬果店的摊位上方挂着一串彩色灯泡。女人停下来买鱼。她想起那块案板，案板上从红眼鲱鱼身上脱落的白花花的鱼鳞，还有腌鱼散发的油腻气味。有可能就是这条街，只是眼下这里没有鱼贩子了。菲莉帕低头看了一眼因雨水而显得斑驳的石子路。这就是那条她曾心怀恐惧蹒跚走过的石子路吗？又或者，这条街连同铁道旁的景象只是想象中的另一个场景？

从主街拐进教堂巷仿佛从单调的商业郊区跨进了林荫深处隐秘而舒适的生活区。狭窄的街道旁种着低垂的梧桐树。也许在第一次世界大战之前，这确实是一条通往古老乡村教堂的小巷子，而教堂在第二次世界大战的轰炸中早已不复存在。远远地，一个矮小的尖顶映入她的眼帘，看着像是用人造石板建造的，而这座建筑物却有些令人困惑，尖顶上插的是风向标，而不是十字架。

终于，菲莉帕找到了班克夫特园街。街道两旁是一模一样的半独立式住宅，一直延伸到视线之外，每栋房子的侧面都铺了一条小路。这些房子，她想到，或许从建筑结构的角度看没有任何区别，但至少透露出一股人情味。前门和栅栏都拆掉了，前花园围着低矮的砖墙。方形的前飘窗呈角塔状，远看是一派体面景象。然而，居民的不同个性打破了建筑的统一性。每家的前花园都不一样，有的种着大片的夏季花朵，有的铺着精心修剪的草坪，有的则在石板路旁放着栽了天竺葵和常春藤的花盆。

当菲莉帕找到41号时，她呆立在门口。这幢房子透露出一股古怪而花哨的庆典意味，与左邻右舍格格不入。黄色的伦敦砖被刷成亮红色，白色的勾缝勾勒出房子的轮廓。看起来就像是用大积木搭建的。红蓝相间的飘窗窗框。窗前挂着的松垮网状窗帘上系着缎面蝴蝶结。前门换成了不透明的玻璃门，也被刷成了亮黄色。花园中有一片人造玻璃池塘，三个握着钓鱼竿的小矮人坐在池塘周围的人造石上傻笑。

菲莉帕按下门铃，叮当的铃声一响，她已经预感到房子里没有人。主人很可能在上班。她又试了一次，依旧没人应门。菲莉帕忍住偷看信箱的冲动，决定去隔壁打听一下。至少他们能告诉她达克顿一家是不是还住在41号，或者他搬去了哪里。邻居家没有门铃，门环敲在门上的声响十分刺耳，听起来很生硬。没人应门。她等了整整一分钟，正打算再敲一次时，门里传来了慢吞吞的脚步声。门打开一条缝，门链还闩着，她瞥见一个穿着围裙、戴着发网的老妇人神情不善地盯着她，似乎在她看来一大清早的不速之客只预示着不吉利。菲莉帕说：“对不起，打扰您了，不知道能否请您帮个忙。我在找一位名叫马丁·达克顿的先生，十年前他住在隔壁。我刚刚去敲门，隔壁没人，我想您或许能帮我。”

老妇人什么也没说，呆愣在原地，一只晒得黑黝黝的手仍然勾着门链，露出来的那只眼睛茫然地盯着菲莉帕的脸。这时，又传来一阵脚步声，步伐更沉，却还是慢吞吞的。一个男人问：“谁啊，妈？怎么了？”

“是个姑娘，她要找马丁·达克顿。”

老妇人的嗓音很轻，嘶嘶作响，带着一种惊讶和愤怒。男人胖乎乎的手松开了门链，在儿子的衬托下，老妇人一下子变得很矮小。妇人的儿子穿着休闲裤和背心，趿拉着红色的地毯拖鞋。菲莉帕猜他可能是个公交车司机或者售票员，今天刚好轮到他休息。真不该这时候打扰他们。她满怀歉意地说：“实在抱歉打扰二位，我在找一位名叫马丁·达克顿的先生。他之前住在隔壁。我想您大概知道他的下落？”

“达克顿？他死了，不是吗？快九年了。死在旺兹沃思监狱里了。”

“监狱？”

“不然还能死在哪儿？该死的杀人犯。他强奸了那个孩子，然后和他老婆一起把她勒死了。你和他什么关系？你是记者还是什么人？”

“没什么关系。肯定是另一个达克顿。也许是我搞错了。”

“你很可能被人骗了。他确实是达克顿。马丁·达克顿。她是玛丽·达克顿。而且仍然是。”

“这么说，她还活着？”

“据我所知是的，而且很快就要出来了，这不奇怪。事情过去快十年了。不过，她回不了隔壁。达克顿一家搬走后，隔壁先后住过四家人。那房子一直卖不上价。半年前被一对年轻夫妇买走了。并不是所有人都能接受死过孩子的房子。当时那孩子就死在楼上的前厅里。”

他朝41号点了点头，眼睛从始至终没看过菲莉帕的脸。老妇人突然开口：“他们应该被吊死。”

菲莉帕大吃一惊，下意识地说：“绞死。那个词叫绞死。他们应该被绞死。”

“没错儿。”男人说。

他转过头问他母亲。

“他们把孩子埋在埃平森林了，是吧？他们是这么对她的吧，妈？把她埋在埃平森林。她才十二岁。你还记得吧，妈？”

老妇人或许是个聋子。他最后那句话根本是不耐烦的叫嚷。妇人没回答，只是盯着菲莉帕，说道：“她叫朱莉·斯凯思。我想起来了。他们杀了朱莉·斯凯思。但是没等他们逃到森林就落网了。警察逮捕他们时，在汽车的后备厢里找到了那孩子的尸体。朱莉·斯凯思。”

菲莉帕动了动僵硬的嘴唇，艰难地开口：“他们有孩子吗？您认识他们吗？”

“不认识。当时我们不住这儿。他们入狱后，我们才从罗姆福搬来。听说他俩有个孩子，一个女孩，是吧，被人收养了。对那个可怜的小不点来说，这是最好的安排。”

菲莉帕说：“那就不是同一个达克顿了。我要找的达克顿没有孩子。我搞错了地址。不好意思，打扰您了。”

她辞别母子俩，沿着路往回走。两条肿胀、沉重的腿好像注了铅似的，仿佛同她身体的其他部分没有任何关系，只是拖着她向前走。她低头盯着石子路，像个接受测试的醉汉一样把石子当成指引。她猜老妇人和她的儿子一定还看着她，于是走了大概二十米后，她转过身，冷冷地盯着他们。二人立即消失了。

现在，独自站在空荡荡的街上，不再受到监视，菲莉帕发现自己一步也走不动了。她伸出手，摸索到离她最近的花园的砖墙，扶着墙慢慢坐下来。她觉得头晕，还有一点恶心，心脏剧烈地收缩，像颗炽热的球般狂跳。然而，她决不能在这里晕倒，决不能晕倒在这条街上。无论如何，她一定要回到火车站。她低下头，垂在双膝之间，感觉血液又砰砰地流回到前额。头没有那么晕了，但是恶心的感觉更加强烈。她再次站起身，闭上眼睛，不再看那些似乎在摇晃的房子，深吸了几口带着花香的空气。然后，她睁开眼睛，努力将注意力集中在那些她能触摸和感受的东西上。她的手指划过粗糙的墙壁。墙上曾装过铁栏杆。她摸得出水泥粗疏的纹理，想必是用来填充空洞的，那里就是砖墙曾打过孔的地方。或许，那些栏杆在战争期间被拆走，回炉炼成了武器。菲莉帕目不转睛地盯着脚下的石子路。石子沐浴着阳光，化成无数的小光点闪烁，仿佛钻石一般明亮。花粉从花园吹到了这里，还有一片无精打采的玫瑰花瓣像一滴血般躺在路上。这条普通的石子路如此不同，在她灼灼目光下闪闪发光。眼前这些东西至少是真实的，她也真实存在，虽然愈加不堪一击，也比不上砖石结实、耐久，但依然存在，看得见，有自己的身份。如果有人经过这里，一定看得见她。

隔壁第二栋房子走出一个年轻女人，推着一辆婴儿车朝她的方向走来，一个稍大一点的孩子抓着婴儿车的扶手跌跌撞撞地跟在她身旁。女人瞥了菲莉帕一眼，孩子拖着脚步路过，又转过头，瞪着大眼睛漫不经心地看着她。他松开了婴儿车的扶手，菲莉帕挣扎着站起来，朝他伸出手，像是在提醒又像是恳求他。这时，他妈妈停下脚步叫了他一声，孩子朝妈妈奔去，再次抓紧婴儿车的扶手。

菲莉帕注视着他们拐进主街。是时候离开这里了。她不能一整天都依靠着这面墙，把它当成避难所，仿佛它是这变化莫测的世界中唯一可靠的现实。班扬[1]的话浮现在她的脑海中，接着她发现自己大声地念了出来：“有些人希望下一步就能通往家门，这样他们或许就不必再翻山越岭；不过路就是路，终会有尽头。”

她不明白这句话为什么能安慰她。她不怎么喜欢班扬，也不明

1 约翰·班扬（John Bunyan，1628—1688），英国著名作家、布道家。

白为什么在她失望、痛苦又恐惧的时候会突然想起这段话。只是在回火车站的路上，她一遍又一遍地重复着它，仿佛这段话有自己的意识，就像她正走着的这条路一样永恒、坚实。“路就是路，终会有尽头。”

3

一年中的大部分时间，莫里斯·帕尔弗里都待在大学的办公室里工作。自他被任命为高级讲师起，社会学受二十世纪六十年代乐观主义和世俗主义浪潮的影响迅速扩张，占领了学校位于布鲁姆斯伯里广场一幢十八世纪后期的宜人房屋。他同东方文化学院共享这栋办公楼，这栋楼毫不显眼却访客众多。他们大多身材矮小、皮肤黝黑，戴着眼镜的男人和披着纱丽的女人每天络绎不绝地穿过前门，隐没于神秘的寂静中。他似乎总在狭窄的楼梯上遇见他们；对方会后退一步，颔首，眯着眼睛微笑；但是很少听见他们嘎吱作响的脚步声。莫里斯感觉这栋房子里到处是秘密和小心翼翼的忙碌。

他的办公室曾是一楼会客厅雅致的一部分，透过三扇高大的窗户和锻铁阳台能够俯视整个广场花园，然而现在这间办公室被隔出一块留给他的秘书用。雅致的平衡被打破了。室内有着精雕细琢的壁炉架，此前一直挂在彭宁顿办公室的乔治·莫兰的油画眼下被他安置在壁炉架上方，还有两把摄政时期的椅子，看起来既做作又虚假。他认为有必要跟来访者解释，他没有用仿品装饰这间办公室。可惜解释收效甚微。他的秘书必须从他的办公室穿过，才能进入自己的办公室，打字机咔哒咔哒的声响穿透薄薄的隔墙，成了他会客时令人恼火的伴奏，他不得不命令莫莉在他接待客人时停止工作。一旦想到坐在隔壁的秘书正无所事事地怒视着打字机，他就很难在会面中集中注意力。没有效率的实用性毁掉了雅致和美观。海伦娜第一次参观这间办公室时，只是说了一句“我不喜欢这个构造”，然后再也没来过。而希尔达从未留意或者在乎过这间办公室的格局，他们结婚后她就离开了社会学系，并且再也没有造访过这里。

同海伦娜结婚后，他就养成了不在家工作的习惯，当时她买下了科尔德科特特勒斯街68号。他俩曾像两个探险的孩子一样，牵着手穿过一间间空旷的房间，卷起百叶窗，让阳光洒在未打磨的地板上，形成一小片、一小片的光圈，他们一起确定了未来的生活。海伦娜明确要求他不能把工作带回家。他提出要一间书房，她回答房子太小了，整个顶层要留作婴儿室和保姆房。显然，她已经准备好在钟点工的帮助下洗衣、做饭，但是不打算自己照顾孩子。她列举了他们必需的空间，客厅、餐厅、两间卧室和备用卧室。彭宁顿从未有过书房，所以他的提议在她看来十分古怪。而那儿更不可能有一间图书馆。她从小在彭宁顿的莱恩图书馆长大，对她来说任何私人图书馆不过是人们用来存书的地方。

现在，他早就摆脱了悲伤——他的一些同事曾准确地描述这种痛苦的心理过程，就是摆脱那种屈辱和烦恼——又陷入了一种道德怪圈，毫无顾忌地成了父亲，却因堕胎的念头而感觉感情遭到了践踏。他想起她跟他提起那个孩子时，二人之间的对话。他问："你打算怎么办，堕胎吗？"

"当然不是。别这么保守，亲爱的。"

"堕胎很危险，令人反感、不快，甚至是不道德的。我不明白你怎么会认为我保守。"

"说来说去就是这些。你究竟为什么觉得我会堕胎？"

"你可能觉得那孩子是个麻烦。"

"我的老保姆是个麻烦，我父亲也一样。可是我没把他们全杀了。"

"那你想怎么办？"

"当然是嫁给你啦。你单身，不是吗？你不会在哪儿偷藏了一个太太吧？"

"不，我没有太太。但是，亲爱的，你不会想嫁给我的。"

"我从来不知道自己想要什么。我唯一能确定的是自己不想要什么。但是，我认为我们最好能结婚。"

这是最寻常，也是最不加掩饰的欺骗，而他是最容易上当受骗的受害者。然而，这是他第一次，也是唯一一次坠入爱河，他现在意识到在当时那种状态下他无法清晰地思考。诗人称爱是一种疯狂，无疑是对的。他的爱的确算得上一种疯狂，他的思考过程，对客观现实的洞察力，甚至他的生命、胃口、消化和睡眠都受到了干扰。难怪他压根没怀疑过，当初在佩鲁贾的短暂休假中，她是如何三两下就勾搭上了他，第一次隔着餐桌朝他暗送秋波后没多久就把他拐上了床。

诚如她所言，她只知道自己不想要什么。在他看来，她的需要都不过分，她的不需要同样充斥着强烈的欲望。令他惊讶的是，他们那么快就在科尔德科特特勒斯街找好了房子。伦敦的所有辖区都令她难以忍受。汉普斯特德太新潮，梅费尔区太昂贵，贝斯沃特太粗野，贝尔格莱维亚区太精明。与此同时，她不接受抵押贷款，这也限制了他们的选择范围。即便他列举了税款减免的诸多好处也无济于事。十九世纪曾有位伯爵抵押了彭宁顿，拖累了继承人，令他们窘迫不已。在她看来，抵押贷款是一种世俗的举动。最终，他们搬进了皮姆利科的科尔德科特特勒斯街，在那里度过的四年是他人生中最快乐的时光——无论她送给他的这份礼物多么随意。她的死，奥兰多的死，令他彻底体会了痛苦的滋味。他庆幸当时的无知让他有机会体味最初那几个月的悲痛。直到他和希尔达结婚两年后，二人因为一直没能怀孕寻求医疗诊断时，他才知道了真相——他永远也无法孕育一个孩子。现在对他而言，那段哀悼一个不存在的女人和一个不是他亲生的孩子的时光，就像一笔偿清的债务，一种不朽的慈悲，不无道义。

比起海伦娜的死，他更痛心失去了奥兰多。海伦娜的离去带走了他的快乐，一种他从未感觉自己有资格拥有的快乐，一种他感觉不大真实的快乐，一种他希望持续下去却不敢奢望的快乐。内心深处的某个地方，他已经接受失去她是一种必然，生活比死亡更能彻底地分解他俩。他曾发自内心地以无法言说的悲恸哀悼奥兰多。失去一个漂亮、聪明、快乐的孩子在他看来似乎是件令人愤慨的事，况且这个孩子还曾是他的儿子。他的悲伤似乎包罗了全宇宙的苦楚。莫里斯从未对奥兰多寄予厚望，或者擅自把远大的志向强加给他；他只要求奥兰多能一直保持自己的美丽、善良和笨拙的优雅。

正是因为奥兰多的死，他才决定和希尔达结婚。他知道很多朋友觉得这段婚姻不可思议。其实，这很好解释。在他的朋友和同事中，希尔达是唯一为奥兰多的死哭泣的人。海伦娜和奥兰多死后被安葬在家族墓穴中，对莫里斯来说那代表着最后的别离，他们追随着故去族人的脚步走了。葬礼结束后，莫里斯从彭宁顿回来的第二天，希尔达带着晨报走进了他的办公室。他依然记得她当时的模样，她穿着白色的学生衬衫和早上刚熨过的裙子，他能看出熨斗在前摆留下的褶皱。她站在门边，看着他，只是嗫嚅道："那个小男孩……那个小男孩……"他望着对方凝重的面庞突然因悲伤崩溃。两行泪水从她的眼眶涌出，无法抑制地布满她的脸颊。

她不过是趁保姆偶尔带奥兰多来办公室时短暂地见过他几次，却为他的死而哭泣。他的其他同事或是写来悼词，或是前来吊唁，然而他们的眼神中却没有这种无法平息的痛苦。死亡是一种糟糕的体验。众人心怀同情、小心翼翼地对待他，仿佛他罹患了某种令人尴尬的疾病。而她却用一滴率性的眼泪祭奠了奥兰多。

那就是一切开始的契机。接着，是第一次晚餐邀约，第一次电影院约会，直至只是加深了他们对彼此错误印象的古怪求爱。他曾劝慰自己她是可以被改造的，她的善良和质朴能够满足他繁复的需求，她那张温柔、平淡的面庞背后是只消他关爱就能绽放的灵魂，虽然他从未有过确切的把握。她和海伦娜有着天壤之别。相比于接受和被他人爱，给予和爱他人更讨人喜欢。所以，尽管在他的一些同事看来，这场婚礼似乎有些草率，他们依旧如期出席了二人在注册中心举办的婚礼。可怜的姑娘一直梦想着一场白色的教堂婚礼。那种交换结婚证的安静仪式在她或者她父母看来根本算不上是个正式的婚礼。她忍受着尴尬的痛苦熬过了整场婚礼，担心注册官或许会误以为她怀孕了。

他突然坐立不安，于是穿过办公室，走到高大的窗户前，俯瞰外面乱糟糟的广场。淅沥沥的细雨过后梧桐树又湿又脏，浸透的碎纸片一动不动地趴在湿润的草坪上。这个夏天随着雨水慢慢流走，正如他的心绪。他一直不喜欢两个学年之前的那段间隙，这期间上一个学年的琐碎尚未彻底清理干净，下一个学年的繁杂已经渐渐投下阴影。他记不得从何时起责任取代了热情，又是从何时起尽责屈服于厌倦。现在，令他发愁的是每次临近新学年，一种比厌倦更恼人、介于恼火和恐惧之间的情绪便油然而生。他清楚自己已经不再将学生视为个体，除非站在导师的层面，否则他也再无了解或者同他们交流的意愿，他们之间甚至再无信赖可言。双方的身份似乎颠倒了，他是学生，他们才是导师。他们穿着年轻人的潮流服饰，牛仔裤、套头衫、又大又笨的胶底帆布鞋、开领衬衫套着牛仔夹克，像个审讯者似的坐在那里盯着他，等着听背离正统观念的说辞。他劝解自己他们和以往的学生没有任何区别，如果教育意味着一种能力——优雅、准确地书写自己的语言，清晰地思考，判别或者欣赏，那么他们无疑粗俗、愚笨又无知。面对那些已经为自己夺取了足够特权的人，他们内心满是难以抑制的愤怒，因为意识到自己能获得的特权是那么少。选择了自己愿意相信的东西后，他们不想再被教导。

琐碎的事情令他越来越难以忍受，还有某些正渐渐消失的东西，例如那些教名，比尔、伯特、迈克、杰夫、史蒂夫。他想知道追求马克思主义是否与双音节的教名势不两立。他们的用词惹恼了他。在青少年法的系列研讨会中，他们总是谈及“孩子们”。这个词中隐含的傲慢和奉承令他反感。他自己一直谨慎地使用“儿童”和“年轻人”这两个词，也清楚这让他们感觉麻烦。他发现自己就像一位教导初三学生的迂腐校长一样对他们说：“我已经改正了一些语法和拼写错误。这看起来或许像是庸俗的卖弄，但是如果你打算筹划一场革命，就必须说服聪明人、受过良好教育的人以及容易上当受骗的人和无知的人。或许有必要尝试一种并非社会学术语和综合教育标准混合体的文体。‘淫秽’意味着‘下流’‘不雅’‘肮脏’，这种词汇不适合用来描述单亲家庭建议的政府政策，这同那个决定一样可能会遭受斥责。”

学生领袖迈克·比尔拿到发还的论文时小声嘀咕了些什么，听起来像是“该死的狗杂种”。若非比尔离了“法西斯”这个词就不知道该怎么骂人，说不定还真是“该死的狗杂种”。比尔刚念完二年级。运气好的话，明年秋天他就能毕业，获得社会工作资格，在地方政府谋得一份工作，很可能要教导少年犯们“暴力抢劫这种偶然事件是下层阶级对资本主义暴政的自然反应”，或者帮助那些找借口不付租金的公屋租户提高政治意识。然而，他终将被人取代。学术机器无情运转，最奇妙的是，本质上他和比尔处于同一阵营。他抛头露面的时间太久，已经无法否认。社会主义和社会学。他觉得自己越来越圆滑，已经不再相信自己的理想，不过只要知道在斗争中站在哪一边也就足够了。

他将那天早上送到小办公室的几封信塞进公文包。其中一封来自国会社会学家委员会，邀请他助力十月初的大选。莫里斯愿意做客政党政治电视广播节目吗？他想他会接受邀请。电视认可并赋予了一种身份。越熟悉的面孔越容易获得信任。另一封信再次请他申请一所北部大学社会工作专业的教授职位。他能理解社会服务工作者们对这个职位的关注。最近许多社会服务领域之外的人接受了任命。但是反对者们没弄明白的是学术工作和研究的质量才是关键，而不是申请者的学术背景。考虑到近期围绕着关键职位的竞争，社会学需要展现其学术地位，而不是追求一种虚假的专业主义。同事们的敏感和不自信令他越来越恼火，他们总觉得自己被过度低估，时常抱怨外界期望他们补救所有的社会弊病。而他只希望能治愈他自己。

他收好最后几份文件，锁上办公桌的抽屉，忽然想起克莱格霍恩一家今晚要来吃饭。克莱格霍恩是一家致力于研究青少年犯罪原因和处理方法的基金受托人之一，而莫里斯有个硕士研究生正在找一份未来几年能从事的研究工作。定期举办晚餐聚会的好处就在于当你有事相求时，晚餐邀约不会显得目的性太强。他关上门，毫无兴趣地寻思着菲莉帕一大早去哪儿了，她还记不记得克莱格霍恩一家，能不能准时回家准备餐厅的插花。

4

抵达利物浦街后，菲莉帕一直在城里闲逛。待她回到科尔德科特特勒斯街时，时间刚过下午六点。雨眼看就要停了，好像冰冷的雾针般细密地拂过她温暖的脸庞。人行道湿透了，像是下了一整天大雨似的，一些浅浅的水洼汇进路旁的排水沟，飘着浓密乌云的天空仿佛凝结的牛奶一般偶尔有雨滴坠下。68号如同每个沉闷的夏日傍晚她放学回来时一样。这次回家表面上同以往没有任何区别。一如既往地，地下室的厨房灯火通明，房子的其他房间依旧一片漆黑，只有前门精美的气窗透出一丝光亮。

厨房位于房子前部的地下一层。餐厅位于房子后部，几扇法式门通向花园。整个一层都是客厅，一段精工雕刻的锻铁阶梯连通了客厅和花园。夏日的傍晚，他们会端着咖啡走进庭院，围坐在无花果树下。围墙围着的花园只有三十英尺长，玫瑰和白色紫罗兰的香气缭绕。庭院中摆着漆成白色的木桶，天竺葵沐浴着灿烂的夕阳，映出绯红色的光，庭院的灯打开后花色又会变淡。

面向北侧的厨房永远亮着灯，希尔达从不拉窗帘。或许她从未意识到，对于站在地下室上方的人而言，她就像登上了明亮的舞台。她现在就站在那里，开始准备晚餐。菲莉帕蹲下身，抓着栏杆，凝视着她。希尔达专心致志地做着饭，仿佛一个女祭司在祭祀用品中穿行，以艺术家审视模型的专注力聚精会神地查阅她的菜谱，然后迅速地点过每一种食材，像是祈祷前画十字一般。她着迷似的整理房子的其他地方，但是房子里的其他东西好像都与她无关，只有厨房，只有这种井然有序的混乱才令她觉得自在。这里是她的栖息地。窗户前的防护铁栏杆和带刺的围栏仿佛将她困在双层的笼子中，她透过一连串或杂乱或匆忙的脚步见证这个世界的经过。她暗淡、平直的头发常常垂在脸前，现在用两把塑料梳子拢到了脑后。她总是穿着白色的围裙，看起来年轻又无助，好似一个正全力准备实践能力考试的女学生，或者忙于应付第一次晚餐聚会的新手女仆。并不是因为她在厨房里干活才看起来像仆人。除了学校最富有的那群女孩的妈妈，大多数妈妈都自己做饭。烹饪已然成为一种时尚的手艺，几乎称得上是一种狂热。或许是因为那条白色围裙，以及那道似乎总是等待着、甚至是渴求着被责难的忧虑目光，让她看起来像个小心赚取生活费的女人。

菲莉帕早已忘记克莱格霍恩一家和加布里埃尔·洛玛斯要来吃晚饭的事。以洋蓟为头盘的晚餐就要开始了。桌子中央，六个洋蓟摆好盘，正等待入锅。在两盏日光灯的照射下，厨房好似婴儿室墙上的挂画。此外，还有一把铺着破旧拼缀垫子的细藤椅。莫里斯和菲莉帕都没有趁希尔达做饭时坐在厨房同她聊天的习惯，所以也就没有必要再买一把椅子。书架上平装菜谱的封面已经被翻得油乎乎、皱巴巴，挂在壁式电话旁的日历上画着亮蓝色的布里克瑟姆港，厨房里还有一台手提式黑白电视，彩色的那台摆在客厅。菲莉帕不记得什么时候见过希尔达一个人坐在客厅。她为什么要待在客厅呢？那又不是她的客厅。毕竟，客厅里的每个物件都出自莫里斯或是他前妻之手。

菲莉帕从未听莫里斯提及海伦娜，不过她也从来没有思考过背后的原因，究竟是因为他依旧在哀悼她的离世，还是顾及希尔达的感受呢。很久以前，她就觉得莫里斯是个不轻易表露情绪的男人。这样，生活才不会受往事的影响。戏剧性的早逝为海伦娜蒙上了一层神秘、庄重的面纱，她时常会对海伦娜·帕尔弗里产生隐隐的好奇。她只见过一次莫里斯前妻的照片。她记得那是学校为帮助牛津饥荒救济委员会举办的义卖，有位家长捐了一大堆时尚杂志，杂志很受欢迎，人们很乐意用一两个便士交换追忆过去的短暂快乐。他们一边翻杂志，一边咯咯地笑：“快看，这是莫里斯和约翰在参加亨利皇家划船赛。亲爱的，我们真穿过那么长的裙子吗？”

翻阅其他待售杂志时，菲莉帕猛地认出了莫里斯的脸，大吃一惊。那是个年轻得多的莫里斯，既陌生又熟悉，脸上挂着错愕、傻乎乎的笑容，看起来像是突然被照相机拍到，一时间没想好用什么表情面对镜头。那张照片是在某个婚礼上拍的。标题写着：“莫里斯·帕尔弗里先生和海伦娜·帕尔弗里女士正与乔治爵士及斯科特–哈里斯女士畅谈。”但是，照片中的他们没有同任何人聊天，只是盯着镜头，端着香槟杯，仿佛为了庆祝二人共同经历的这一秒被记录在胶片里而干杯。海伦娜·帕尔弗里女士戴着一顶宽檐帽，身着一条奇短的裙子，微笑着站在丈夫身旁，身材似乎比他还高几分。黑色的头发勾勒出一张不再年轻的脸，瘦骨嶙峋，饱经沧桑，眉头紧蹙。菲莉帕偷偷撕下了那张照片，夹进一本书里，私藏了近一年的时间。她偶尔会拿出来，就着卧室窗户的光线着魔似的盯着看，希冀能找出蛛丝马迹，了解这个女人的性格，他们的爱情（假设他们曾经相爱过的话），以及他们共同经历的生活。然而，最后她挫败地撕碎了照片，冲进了马桶。

此刻，她透过栏杆聚精会神地盯着莫里斯活生生的妻子。她倾身靠近桌子，小心翼翼地铺开小牛肉片。看来晚餐的客人要吃酒渍小牛肉佐蘑菇酱。客人们自然会称赞这顿饭，他们总是这样。菲莉帕记得曾经读过这样的说法，上一次战争最终打破了英国人对餐食品质的缄默。现在，大多数女人，偶尔也有男人，会称赞、打听或者相互交换菜谱。不过，轮到希尔达时，称赞就变得夸张、不自然、虚伪得几乎令人尴尬。好像他们需要鼓励或者讨好她，赋予她所看重的价值。自结婚以来，她丈夫的客人们一直以这种方式对待她，仿佛烹饪是她唯一的兴趣，是她唯一能谈论的话题。不过，现在也许的确是这样。

街道的方向传来一阵脚步声。菲莉帕匆忙站起身，酸麻的双腿让她不由得皱了一下眉。忽然一阵眩晕袭来，她赶忙抓紧围栏顶部的尖刺稳住自己。菲莉帕这才想起今天她在伦敦街头走了将近七个小时，足迹遍布公园、教堂和堤岸，中途滴水未进。她费力地踏上前门的台阶。

菲莉帕转动钥匙，穿过镶嵌着寓意春夏的双层伯恩-琼斯彩色玻璃的内廊，进入珍珠灰色的安静门厅。她又闻到了那股淡淡的味道，夹杂着薰衣草和未干油漆的气味，淡得像是一种错觉，一种对家的条件反射。雅致的栏杆支撑着精美的光面红木扶手，从涡卷形装饰部位延展，弯曲着向上，引导视线随之落到楼梯平台的彩色玻璃窗上。两块窗格玻璃延续了门廊的风格，戴着花环的女人端着盛满秋季水果的丰饶角[1]，满脸胡子的冬日老人在一堆柴草木棒旁。依照稍早时候的趣味，他们自以为的唯美和魅力会遭受唾弃。现在，虽然莫里斯并不太喜欢，但也没想挪走，大概是因为清楚它们背后的价值。不过，门厅其他装饰出自他的品位，确切地说是他或者他前妻的品位；与斯塔福德郡相关的历史收藏在白色木制矮架的映衬下分外醒目；消瘦的纳尔逊脚蹬黑靴，面无血色地战死在哈代的怀里；陆军元帅威灵顿腰间挂着元帅杖，身跨战马哥本哈根；维多利亚和阿尔伯特领着那群金发孩子聚集在大英博物馆门前；灯塔在汹涌的海浪中若隐若现，格雷斯·达林奋力地摇着桨。它们上方挂着莫里斯收藏的日本木版画，三幅十九世纪的画作装裱在弧形的红

1 丰饶角，又名丰饶羊角（Cornucopia），起源于罗马神话。其形象为装满鲜花和果物的羊角（或羊角状物），以此庆祝丰收和富饶；同时，也象征着和平、仁慈与幸运。

木画框中，分别出自延一、菊川和床文之手，虽然与其他装饰品的风格迥异，却因为兼具了力与美，所以看起来还算和谐。孩提时，菲莉帕就获准为这些收藏品拂尘，装饰品是她童年的一部分，勇猛的武士身佩倭刀，惨白的月亮躲在繁茂的树枝背后，眼睛细长的女人身穿红绿淡雅的和服。所有这些，她真的是被领养后的这十年才认识的吗？那些只在梦魇中出现的门厅又是哪里呢，黑乎乎的护墙板，门内挂着油腻腻的橡胶雨衣，卷心菜和鱼腥味，面对楼梯下方漆黑橱柜时的幽闭恐惧又源自何处呢？

菲莉帕没脱外套，径直走进厨房。希尔达捧着一盒鸡蛋走出储藏室，看也没看菲莉帕，自顾自地说："太好了，你回来了，我们请了克来格霍恩一家来吃饭。亲爱的，你能布置桌子，摆好花吗？"

菲莉帕没吭声。她已经平静下来，怒气渐渐平息，疲劳让她感觉头重脚轻。她已经不必再刻意地控制自己的声音。菲莉帕关上厨房门，像是提防希尔达逃跑似的，背靠着门。她一言不发地等着，直到希尔达抬起头。菲莉帕说："你们为什么没告诉我，我妈妈是个杀人犯？"

不过，她还需要克制自己。希尔达看起来很好笑，哑口无言地愣在原地，微微张着嘴巴，惊讶得瞪大了眼睛，就像舞台上表现恐惧的那副脸谱化反应，以至于她不得不刻意地提醒自己别神经质地笑出声。菲莉帕看着整盒鸡蛋从希尔达的手中滑落，像是故意的一样。盒子里掉出一颗鸡蛋，蛋壳应声而碎，滚出一枚圆滚滚的蛋黄，颤巍巍地裹在黏糊糊的白色蛋清中。菲莉帕本能地走过去。希尔达尖声叫嚷：“别碰它！别碰它！”

她抱怨着，抓起一块抹布，轻轻地擦了几下蛋黄。一抹黄色在黑白瓷砖上晕开。她仍旧蹲着，喃喃自语：“克莱格霍恩一家，他们就快来吃晚饭了。我还没布置好桌子。我就知道你会发现！我跟他说过。我一直这么说。谁告诉你的？你一整天都去哪儿了？”

“我根据《儿童法案》申请了一份出生证明，然后去了班克夫特园街41号。我去的时候没人在家，是一个邻居告诉我的。接着我就在城里闲逛。然后回家，我是说回到了这儿。”

希尔达不停地擦着瓷砖，黄色的黏液被抹得到处都是。她激动地说：“我不想聊这件事，现在不行！我得继续准备晚餐。克莱格霍恩一家就快到了。这顿饭对你父亲来说很重要。”

“克莱格霍恩一家？怎么可能？如果他们有求于他，根本不会抱怨食物是不是合他们的胃口。反过来，如果只因为这顿小牛肉比不上多尔多涅小酒馆的味道就影响了他们的决定，那么他根本是浪费自己的时间。”她耐心地解释，“听着，他们不重要。我的问题才重要。你们为什么不告诉我？”

“这种事让我们怎么开口。他们杀了那个姑娘。先奸后杀。她才十二岁！让你知道这些有什么好处？这又不是你的错。这跟你没有任何关系。我甚至不愿意想这件事。太可怕了，太可怕了！有些事情你永远也不能让孩子知道。那太残忍了。”

“比让我自己弄清楚还残忍？”

希尔达突然涌起一股抵触的情绪。

"没错，残忍而错误！你现在不会太介意了。至少你已经长大，有了自己的生活和自己的个性。它现在不会再毁了你。如果你真的在意，你就不会这么说。你激动、生气，我猜你吃了一惊，但是它并没有真的造成伤害。对你来说，那太不真实了。你站在生命之外看着它，好像你并不是其中的一部分。你观察别人，就像看他们在舞台上表演一样。你刚刚也是那样看我的。你以为我没注意到你在那儿，其实我知道。你并不是真的在意你妈妈对那个孩子做了什么。那触动不了你。没什么能触动你。"

菲莉帕盯着希尔达，对方出乎意料的洞察力让她仓皇失措。她嚷道："可是我希望它触动我！我想感同身受！"

她暗自思忖："那是因为我还不太相信。我的过去都是捏造的。对我来说，这只是一个新故事，一个需要探索和经历的不同角度。我应该回归我为自己勾勒的现实中，回到那个大步流星穿过彭宁顿草坪的陌生父亲身边。鸠占鹊巢的是这些新冒出来的东西，不是他。"

希尔达就着水龙头冲洗擦地的抹布，她在飞溅的水流中喃喃自语："你刚进来的时候已经打好了腹稿。我猜你在火车上练习过吧。但是你并不是真的难过。假如你没拿到剑桥大学的奖学金，难过的程度也会比现在更甚。你像你父亲一样，你们俩谁都无法忍受失败。"

"你是指我像莫里斯。我不知道我是不是像我父亲。这也是我想搞清楚的事情之一。”

“议会通过那项法案，但是它根本没有权利那么做。它背弃了与收养者的约定。我们接手你时以为你永远不会知道你亲生父母的相关信息。”

“接手？”一直以来，希尔达就是这样看待她的吗，将她视为一种义务、一种责任、一种负担？或许，希尔达从未真正地接受过她。她为什么要收养她呢？一个从一出生就被收养的孩子既敏感、惹人心疼，又容易产生依赖感，也许更能鼓励希尔达挫败的母性。但是，如果对方是一个亲生父母莫名其妙突然失踪的八岁孩子的话，她又能指望从这个执拗、愤恨的孩子身上获得什么满足感呢？不，这应该是莫里斯的所作所为。莫里斯需要试验对象。但是，收养肯定是希尔达的主意。她一定是最先为孩子感到焦虑的那个。莫里斯不会在意用哪种方式。不过，如果一定要收养一个孩子满足希尔达受挫的母性本能，那么他至少要保证他们挑的是一个聪明、身世复杂的孩子。就算他不能生养自己的骨血，至少要为了践行社会学理论收养一个。令人惊讶的是，他没有另外选择一个年龄和智力与之相配的女孩比对这一进程。毕竟，每个试验都需要一组控制数据。他和希尔达一定很享受他们之间的秘密！他俩古怪的婚姻就是靠刺激的谎言维持的吗？

她说：“我一成年就可以向法院申请许可，查看自己的出生证明。即便人们没有意识到这一点，但是法律一直如此。”

“但是你不该那么做，假如你提出申请，我们至少应该收到通知。那么，我们会告诉法庭和法官不要通过你的申请。就算最后通过了，也总好过当你还小的时候就知道这些事。”

“那些故事呢？我妈妈是彭宁顿的女仆，生下我后不久就离开了人世。这些都是你俩编的吗？”

“不，是我编的。他本来只想告诉你我们不知道你的亲生父母是谁。但是，当你问起这件事时，我总得跟你说些什么。故事就是这样一点点编出来的。”

“还有我妈妈写的那封信，那封要在我二十一岁时交给我的信呢？”

希尔达抬起头，一脸困惑地看着她。

“什么信？我从没跟你说过。我从来没提过什么信。”

这么看来，这部分肯定是她自己捏造出来的。她和希尔达，无意识地联手构建并粉饰了她们共有的想象，那里丰富一些细节，这里增补一抹专属色彩，一些想象的对话片段，一些简短的描述。有时候，希尔达会因为菲莉帕刨根问底的问题不得已回答些尴尬的托词，不过菲莉帕总是将希尔达的尴尬归结为她提及了彭宁顿和莫里斯的前妻。但是，她问得很巧妙，你又不得不回答她。故事就这样勾连在一起，没有什么明显的矛盾。菲莉帕的妈妈是彭宁顿的一位客厅女仆，生下私生女后没多久便撒手人寰。孩子由村里人抚养，村里的抚养人死后又转交给伦敦的养父母。前妻去世后，莫里斯某次回彭宁顿时听说了她的事，于是同希尔达提议由他俩抚养这个孩子。二人把孩子照顾得很好，六个月后他们申请收养她。没人提出反对意见。现任伯爵九年前卖掉了彭宁顿，为了逃避纳税和麻烦的前妻们搬到了法国南部。原来的仆人们中还有为数不多的几个住在彭宁顿村，不过已经没人再为大宅子干活了。后来，宅子卖给了阿拉伯人，现在不再对公众开放。这个故事的真伪很难验证，菲莉帕也从未起过此意。现在，她恍然大悟，她之所以对此深信不疑，是因为她希望它是真的。即使现在，她意识的一小部分依旧固执地拒绝放弃。

她伤心地说："你在证人席上会是个谎话高手。我没想到你这么有想象力。我知道每次提起我妈妈都让你很尴尬，我还以为那是因为她出身彭宁顿。糊弄我这么多年，你一定觉得很好笑吧。希望这是对你被迫收养我的某种补偿。"

希尔达喊道："不是那样的！我要你！我们俩都要你！当我发现我不能给莫里斯生孩子的时候……"

"你把孩子说得像性高潮似的。如果这就是他娶你的全部理由……我想不出还能有什么理由……你们登记结婚前他没带你去妇产科换一张生育能力证明，真是太遗憾了。"

前门砰的一声关上，声音传进她们的耳朵里。希尔达说："是你爸爸！莫里斯回来了！"

她激动地说着，像等着酗酒丈夫回家的女人，神色惊恐。她冲到楼梯下，喊道："莫里斯！莫里斯！快过来！"

脚步声迟疑了一下，然后径直走下楼梯。他站在厨房门口，看着她俩。

希尔达叫嚷道："她知道了！她知道了《儿童法案》的那个条款。我告诉过你她总有一天会知道的。她拿到了出生证明。她已经去过班克夫特园街了。"

他问菲莉帕："你知道了多少？"

"能有多少？不过是知道了我是强奸犯和杀人犯的孩子。"

她庆幸，他不爱她，他们俩都不爱她，所以也就不会走过来，怜爱地抱住她，平息她所有的震惊和痛苦。他平静地说："对不起，菲莉帕。我猜到这一刻总会来临，不过我希望它永远不会发生。"

"你早该告诉我。"

他平静地挪开洋蓟，腾出地方，然后将公文包放在桌子上。

"就算我同意你的看法，也没法那么做，自收养你那天起，就一直没有合适的时机。如果是你的话，你会选择什么时间点呢？在你刚开始适应这里的时候，在你十一岁参加南伦敦学院入学考试的时候，还是在你正处于青春期，努力准备普通水平考试、甲级考试、争取剑桥大学奖学金的时候？十年的时间过得很快，尤其是这期间还穿插着各种各样的童年危机。有些事情，知道得越晚越好。"

"她现在在哪儿？"

"你的亲生母亲吗？在梅尔库姆农场的预释放管理处。那是一所开放式监狱，在约克郡附近。她应该就快出狱了，我猜用不了一个月。"

“你早就知道！”

“我当然好奇她哪天出狱。不过，仅此而已。她跟我没有关系。我对此无能为力。”

“可是我能。我可以给她写信，让她来投奔我。我攒了一笔去欧洲旅行的钱。我可以用这笔钱在伦敦租一间公寓，照顾她，至少在我去剑桥之前的两个月里，我可以照顾她。”

这个下意识的念头她自己听了都吃了一惊，那仿佛是源自她身体之外的一股不受她意志支配的冲动。然而，当她说出这些话时，她知道自己必须这么做，从她知道亲生母亲还在世的那一刻起她就这么打算了。她没有思考自己的动机，现在还没到自我放纵的时候。但是，她的心告诉她，她有私心，这种做作的姿态并非出自对素未谋面的母亲的同情，而是出于对莫里斯的愤怒、她的痛苦，以及她说不清道不明的欲望。

他转过身，背对着她，她看不见他的表情。不过，他的声音忽然变得生硬。他说：“这个主意既愚蠢又危险，对你们俩而言都危险。你什么都不欠她，甚至连孩子对父母约定俗成的义务都没有。收养令抹掉了一切。她给不了你需要的，她什么都给不了你。”

“我没考虑过什么义务。她有我需要的东西。信息、资料、一段过去。她能帮我了解我是谁。你还不明白吗？她是我的亲生母亲！我不能抹杀这一点，就像我不能抹去她的所作所为。我做不到在突然得知她还活着的情况下，克制自己不去见她，不去了解她。你希望我怎么做？继续之前的生活，假装今天什么都没发生过？捏造一个新的假象？你和希尔达给我的一切都是假的。这是真的。”

希尔达发出一种介于冷哼和啜泣之间的可笑声音。莫里斯转身，缓缓地拎起桌子上的公文包。他忽然看起来很累，声音满是疲惫：“我们晚餐后再谈。真麻烦，克莱格霍恩一家就快到了，距离开饭还有不到一个小时的时间，我们不能临时通知对方晚餐延期了。就像我说的，永远也找不到一个合适的时机谈论这种事。”

5

菲莉帕精心地打扮了一番。虽然客人只有克莱格霍恩一家和凑数的加布里埃尔·洛玛斯，但是她仍旧换上了自己最喜欢的细褶羊毛晚礼服套裙和蓝绿色的高领束腰外衣，打扮不是为了他们，而是为了取悦自己。这套裙子和外衣满足了她对服饰的最高要求，既能给人留下深刻的印象，穿戴起来又方便、舒适。她仔细地梳理头发，直到梳得头皮刺痛，才挽成一个高发髻，接着伸出一根打湿的手指，卷曲两绺细发，垂在脸颊两侧。然后，她站起身，打量全身镜中的自己。这就是我看到的自己。其他人又是如何看待我的呢?

出乎她意料的是她竟然如此平静：瘦长的蜜色面庞，高颧骨，轮廓清晰的线条，澄澈的双眸。她本以为镜子里会照出类似哈哈镜那种散乱、扭曲的映像。她伸出手，张开五指，触碰冰冷镜子中的手指。

菲莉帕绕着房间缓缓踱步，以陌生人好奇的目光打量着它。原本的两间阁楼打通后形成了一个低顶的大房间，占据了整个顶层。菲莉帕十二岁时，莫里斯依照她的品位装修了房间。不同于其他房间，菲莉帕的房间现代、实用、陈设简单，给人一种空灵的感觉，好像悬浮在空中。两端的窗户保证了房间的照明。透过南侧的窗户可以看见围墙内的小庭院、约克石砖露台、梧桐树和各式各样的皮姆利科屋顶。现代化的家具风格，浅色的木制床和订制的组合柜。菲莉帕在这张书桌前准备了自己的初高中考试和剑桥大学入学考试。她和加布里埃尔在这张床上第一次互相抚摸、纠缠，尝试了一次失败的做爱。“做爱”这个词让她感觉荒谬、可笑。无论他俩在一起做什么，那都与爱无关。他起先温柔，然后压制着怒火说：“不要老想着自己。不要在意你现在的感受。放开你自己。”

然而，她从来都做不到。你该如何放开某种你从来都不觉得是你自己的东西呢？放开意味着你对无可争议的所有权拥有绝对的自信，自认没有什么可以被瞬变的、可怕的失控所侵犯。

她没想到，初次的性惨败并没有让他们产生嫌隙，虽然他们都无法忍受失败。事后，不满和失望甚至没能让她找个权宜的借口或者表现出豁达的样子。回想起他妹妹的警告令人十分不快；萨拉的语气冷酷、调皮，甚至带着些恶意：“我哥似乎把预科班最后一年的学生们看作他的私人后宫。顺便说一句，他是个双性恋。这不重要。不过，在你和他发生关系前，了解一下这些小事也无妨。”

她穿上晨衣：“你干吗这么在意？为了证明你能跟一个女人做吗？”

他回答：“你又为了证明什么呢？证明你能做吗？”

自从那个灾难性的夜晚后，如果说有什么不同的话，那就是他变得更殷勤，显然也更热忱了。她猜他心知肚明她为什么要跟他玩这个打哑谜猜字游戏。

菲莉帕为就读剑桥大学准备了一张清单，这张清单中所列的东西或实用或虚荣，而富有而风趣的加布里埃尔·洛玛斯阁下名列前茅。有他追随左右，绝对不会为她与国王学院的同学们的相处带来什么坏处。

这间房间装修完工后的第一个星期六的早上，坐在这张书桌旁写历史论文的菲莉帕便早早地了解到不应得的幸运会招来怨恨。希尔达带着清洁女工库珀夫人上楼来参观。希尔达会让她参与家里的每一次活动，显然是想尽力表现出她们喜欢彼此。不过，库珀夫人毫不谄媚，坚持尊称希尔达“太太”，保持着冷漠超然的态度，仿佛在证明一小时十先令的报酬外加一顿免费的午饭或许能换来奉承，但是它买不到感情。在习惯性地发表冷漠的评论前，她环顾了整个房间。“非常好，太太，我敢肯定。”然而，希尔达离开后，她多驻足了几秒，然后迅速走到菲莉帕身旁，贴近她的脸颊，吐出酸腐的气息。

“杂种。但愿你能心存感激。这不应该。所有这些都给了一个杂种，而正经人家的小孩却四个人共用一个房间。你应该待在福利院里。”

接着，她换上恭敬的语气：“来了，太太。”

菲莉帕依然记得当时的震惊和愤怒。不过，她已经学会了控制自己的情绪，不会再大动肝火。因为她发现语言比尖叫更有效，比拳打脚踢更有杀伤力。菲莉帕冷静地说："如果你养不起四个孩子就不该生他们。要是他们像你一样又丑又蠢的话，我想他们得一直挤在一个房间里。"

那之后没多久，库珀夫人就提交了辞呈，也没有解释原因，只给希尔达留下了又一次的挫败和自责。

她走到书架旁，伸手抚过书脊。这是一间中上层阶级学生的标准藏书室。无论什么学年或者教学大纲，有了这些书你就可以通过英国文学高级水平考试，如果运气和记忆力也不错的话，你甚至能拿下剑桥大学的入学考试。推断这个女孩的个人品位并不容易，或许除了她相比托尔斯泰更喜欢屠格涅夫，相比福楼拜更喜欢普鲁斯特，相比狄更斯更喜欢亨利·詹姆斯之外，也看不出什么。不过，这间藏书室里没有代代相传的破旧童书。的确，里面也有一些中上层阶级公认的儿童经典读物，诸如《原来如此的故事》《柳林风声》、克罗尔·兰瑟姆[1]和内斯比特[2]的作品。这些书看着像是读过了，但是似乎也像是特意为这个优越的孩子新买的。

这些塞得满满当当的书架承载了足够的知识、智慧和想象来维系她的生活。维系什么样的生活呢？这里没有一个字是她写的，但是正是旁人思想和经验的积淀才促使她渴望确认自己的身份。她想："即

1 约翰·克罗尔·兰瑟姆（John Crowe Ransom，1888—1974），20世纪著名文艺批评家、诗人，文学理论"新批评"派领军人物，其代表作有《世界的躯体》等。
2 伊迪丝·内斯比特（Edith Nesbit，1858—1924），英国儿童故事和小说作家。

使穿上我选择的衣服也只是假扮我自己。刚刚在浴室中赤身裸体的我又是谁呢？我可以被描述、被计量、被称重，记录我的物理进程，我被赋予了一个名字，或真或假，只是为了便于编制我的档案。但是，我是谁？不过，无论我是谁，我身上没有源自莫里斯和希尔达的东西。怎么会这样？他们什么都没做，只是为了这个猜谜游戏提供了一些小道具、衣服、人工制品。甚至这段独白也很做作。我的某部分，有朝一日促使我成为一位作家的那部分，正注视着另一个我选择用于思考的词汇，决定哪个情绪适合现在的感受。”

菲莉帕打开巨大的壁柜，拨动挂在栏杆上的衣架。摇曳的短裙和连衣裙散发出一股熟悉的淡淡清香。想必是她自己的味道。这个姑娘喜欢昂贵的衣服。她很少买衣服，不过，每买一件都很花心思。她只穿毛料和棉布材质的衣服；显而易见，她不喜欢合成纤维织物。这种具有讽刺意味的肤浅事实令她不由得报以讥笑。

她的视线挪到挂在书桌上方的炭色软木布告栏上，布告栏里贴着显然是假日里或者从美术馆买的各式明信片，一张学校的课程表，大量即将举办的艺术展览的报章剪报；备忘录，还有两张派对邀请函。她打量了一眼明信片。汉斯·荷尔拜因精致的塞西莉·赫伦肖像画；奥古斯塔斯·约翰的叶芝蚀刻版画；一张来自巴黎网球场美术馆的雷诺阿裸体画；法林顿于一七九九年创作的伦敦桥铜版画；以及一幅乔治·布莱希特的画。其他人又怎么能从这些变化无常的选择中推断这个陌生女孩的艺术品位呢？除了透露她造访过哪些画廊之外，什么也说明不了。

十多年来，她在这个房间里为自己编织了一个完整的虚幻身份。现在，那个声名狼藉的世界正慢慢地离她而去。她告诉自己，一切都没有改变；我还是昨天的那个我。但是，昨天的那个我又是谁？这个房间让她想起家具店里设计师的房间，精心挑选的物件给人一种主人不在家的错觉，除了设计师，任何人都会觉得这间房子毫无真实感。

她回想起晚上希尔达弯腰为她掖被子时的脸。

“我睡着的时候在哪儿？”

“还在这儿，在床上。”

“你怎么知道？”

“小傻瓜，因为我能看见你。我能摸到你。”

只是，她们很少有身体接触。他们仨的房间距离很远。那也不怪希尔达。每次希尔达帮她掖好被子后，她总是僵硬地躺在床上，抗拒着最后那只是为了尽义务的亲吻，希尔达总喜欢把床单下的毯子拽出来，掖在她脸旁，比起粗糙毯子造成的刺痒，她更讨厌肌肤湿漉漉的触碰。

“你知道自己在这儿是因为你能看见我、摸到我。我睡着的时候，谁也看不见、摸不到。”

“睡着的时候，谁都看不见、摸不到。但是，你仍然在这儿，躺在你的床上。”

“如果我进了医院，打了麻药，我会在哪儿呢？不是问我的身体，而是我会在哪儿？”

“这个问题最好问爸爸。”

“如果我死了的话，我会在哪儿？”

“天堂，和上帝在一起。”

然而，希尔达的异端邪说与莫里斯的无神论正相反，并没有什么说服力。

书柜再次吸引了她的注意力。如果有什么地方能找到答案的话，那么一定是这里了。这里排列着莫里斯作品的第一版，他在每一本书上都亲手题记他赐予她的名字。令人惊讶的是竟然没有一所大学请他去做系主任。或许这个领域的其他杰出人士察觉了他身上的半吊子作风，知道他无法全身心地投入到自己的学科。说不定还有比这更简单的理由？或许是因为他在某些公开场合中的对杰出人士的批评激怒了他们，她怀疑这或许也适用于他的学生。但是，这里的这些作品是他潜心研究的最新成果，无论学识或风格都无可挑剔，或者正如评论家们所说，这些书在某种程度上阐释了莫里斯。现在，不言而喻，她明白它们也阐释了她。《先天与后天：遗传因素和环境对语言发展的作用》《应对劣势：社会阶层、语言和智力》《基因和环境：环境对客体永久性观念的影响》和《教授失败：教学贫乏和英国教育》。他还打算再写一本吗?《收养：遗传和环境相互作用的案例研究》。

最后，她久久地盯着她最珍爱的收藏安慰自己，那是一幅亨利·沃尔顿[1]的油画，是她十八岁时点名让莫里斯送给她的生日礼

1 亨利·沃尔顿（1804—1865），美国画家，主要活跃在伊萨卡、纽约和加利福尼亚。他早期的作品包括《萨拉托加泉》《平岩泉》和《亭子旅馆》等。

物，油画描绘了约瑟夫·斯金纳牧师和他的家人们。那是一幅极具魅力的优秀作品，这位画家后期的作品中没有一幅能勾勒出那种微妙的伤感。这幅画融合了英国历史中她所钟爱的时代的优雅、秩序、信念和礼貌举止。斯金纳牧师和他的三个儿子骑着马，他的妻子和两个女儿搭乘一辆四轮四座大马车。他们身后是一幢结实、体面的房子，面前是宽敞的马车道，郁郁葱葱的草坪栽着橡树。他们没有身份的危机。斯金纳式的长脸、斯金纳式的挺拔鼻梁宣告了他们的血统。然而，他们告诉她的只是他们活过、遭受过、忍耐过，最后死去。而她也会这样度过她的一生。

6

四十五岁的哈利·克莱格霍恩已经谢顶，依旧维护自己作为一个大有前途的政治家的声誉，菲莉帕认为他一定能成为成功的保守党普通议员。他肌肉强健，皮肤光滑，面色红润，乌黑的头发看起来像是染过色似的，湿润、孩子气的嘴唇像涂了口红一样轮廓鲜明，说话时会露出长着水疱的淡粉色唇肉。在菲莉帕看来，除了会做客同一档电视访谈节目以及他们都是电视名人之外，哈利和莫里斯毫无共同之处。不过，他们还需要有什么共同点吗？当电视演播室的灯光投射在他们身上，所有背景、性情、兴趣或者政治哲学上的差异都将在聚光灯下黯然失色。

诺拉·克莱格霍恩坐在菲莉帕对面，她浓妆艳抹的脸在烛光的映衬下柔和了许多。她二十岁的时候在那些喜欢洋娃娃式美人的人看来一定很有魅力，不过她的美消逝得太快了，因为那种美依赖于完美、诱人的皮肤和气色，而不是骨骼结构。她是个蠢女人，过度地吹嘘自己的丈夫，但是很少有人讨厌她，或许是因为她相信下议院的议员资格代表了人类抱负的极致，这一点天真得讨人喜欢吧。像往常一样，对于一顿便饭来说，她的穿着过于讲究了，无袖上衣搭配天鹅绒裙，装饰亮片若隐若现地闪着金属光泽。二人在门口擦肩而过时，菲莉帕觉得她闻起来就像一把浸透香水的湿热硬币。

如果说诺拉·克莱格霍恩打扮得太讲究，加布里埃尔·洛玛斯也一样，他是唯一穿晚礼服出席的男士。不过，说到加布里埃尔，大家知道那种别出心裁的裁剪是有意为之。显而易见，莫里斯喜欢他，尽管他有着极右翼保守主义的装腔作势，或许这种喜欢正源于此。可能是因为他与莫里斯的大多数学生都不同。就他本人来说，有时候在菲莉帕看来加布里埃尔似乎对莫里斯过于感兴趣。大部分关于海伦娜·帕尔弗里的事，她都是从加布里埃尔那里听说的。她几乎能回想起所有她感兴趣的对话，所以她能一字不差地复述那段谈话。

“你父亲像所有富有的社会主义者一样，极力压抑着内心的保守主义。”

她当时回答说：“我不觉得莫里斯够格被称为富有的社会主义者。你不该受我们的生活方式误导。这栋房子以及大部分家具和绘画作品都是他的第一任妻子留给他的。从社会主义党派同志的角度看，莫里斯的背景十分规矩。父亲是邮局的主管，在单位受人敬重。莫里斯不反叛，只是随大流。”

“他娶了一位伯爵的女儿。我可不认为那是随大流。不可否认，某种程度上那个古怪的伯爵有点儿给他的阶层丢脸，但是他的血统没什么可怀疑的，也不存在维多利亚时代的那种杜撰。认识海伦娜小姐的人自然也好奇他俩为什么会结婚，还在结婚七个月后生下了一个重达八磅半的早产儿。”

“加布里埃尔，你究竟是怎么知道这些事的？”

“我小时候喜欢听八卦，漫长的夏日午后在肯辛顿花园听奶妈和她的闺密们闲聊。萨拉穿得格外隆重，坐在又大又破的家庭婴儿车里，我在旁边学步。天哪，围着圆湖散步简直无聊透顶！感恩吧，你这个幸运的小混蛋不用经历这些。”

现在，他们开始吃洋蓟，加布里埃尔附和着莫里斯低级的揶揄，假装相信最近一次由一群青年社会党人组织的工党政治广播节目受到了保守党的扰乱。

“真没规矩，而且这也不能带来任何改变。如果他们想吓唬我们的话，我觉得他们做得太过火了。无疑，即便年轻的同志们也不会装腔作势地将虚伪的哲学、阶级仇恨和名誉扫地的经济理论混为一谈。那些毫无魅力的演员，他们究竟是从哪儿找的？事实上，他们中的大多数已经堕落。我猜还没有任何研究探讨过粉刺和左翼观点之间的关联性。或许，对于你们这些研究生而言，这是一个有趣的课题，阁下？”

诺拉·克莱格霍恩疑惑地说：“不过我以为那本该是个工党的广播节目。”

她的丈夫放声大笑：“莫里斯，强烈建议你让那些年轻的同志在选举前收敛些。”

政治讨论不可避免地持续进行着。在菲莉帕看来，莫里斯和哈利·克莱格霍恩之间的对话鲜有值得记忆的内容，通常情况下，不是重述他们之前在节目中的邂逅，就是排演下一次节目。菲莉帕的思绪从之前已经听过很多次的争论中抽离出来，隔着餐桌瞥了一眼希尔达。

自从青春期开始，菲莉帕就有一股想要改变她养母的冲动，像翻新一件乏味、耐用的冬季大衣一样帮她改头换面。在她的想象中，她还给希尔达化了妆，好像涂上了合适的颜色就能拯救这张暗淡的脸，让它变得鲜明。她有个近乎可耻的念头，让莫里斯看到一个经过改造的妻子，像个老鸨似的恭维，讨他的夸赞和欢心。即便现在，她看着她的养母，依旧控制不住地在脑海中为她变换发型和服饰。大约一年前，希尔达需要置办一件新的晚礼服，她曾试图邀请菲莉帕同她一起去买衣服。或许这个提议在她看来代表了母女之间理想化的关系，一次女人间的约会，有点儿琐碎又带着些神秘色彩。不过，最终没能成功。除了食品店外，希尔达反感其他所有商店，她会因为店里其他比她时髦的顾客局促不安，会因为过多的选择举棋不定，面对店员时过于恭顺，还不好意思换衣服。无可奈何的菲莉帕带她去最后一家店，店里有一间巨大的公共更衣室。菲莉帕好奇那具肉体究竟被下了什么诅咒，使得希尔达拼命地缩在角落里，一本正经得可笑。她试图在外套的掩护下脱衣服，而周围的女孩或者女人却自然地脱得只剩下内衣裤。菲莉帕四下翻找，不放过衣架上的任何一件衣服，却找不到一件适合希尔达的。没有哪件会适合她，因为她无论穿什么都不自信、不开心，就像一个沉默的受害者毫无怨言地为了某个献祭的晚宴而打扮自己。最后，她们买了她眼下正穿着的这件黑色羊毛裙，上身搭配一件花里胡哨、剪裁拙劣的克林普纶衬衫。那是她们最后一次一起出门，也是她唯一一次试着做一个女儿。她对自己说，她很高兴不用再试一次了。

哈利·克莱格霍恩说话时伴着竞选演说式洪亮的隆隆声，稍显威吓的嗓音打断了她对只擅长做饭和欺骗的希尔达同情的轻视。

“贵党声称理解所谓的劳动阶级，但是你们大多数人对于他们的感受一无所知。拿一个住在河南岸、蛰居在某座塔式大楼顶楼的老妇人来说，如果她因为害怕被抢劫，而不敢出门买东西或者领退休金的话，那么无论从哪个意义来说，她都称不上自由。能够在国家首都安全地自由行动比空谈公民自由那些抽象概念重要得多。”

“如果你让大家明白更长的监狱刑罚和更严苛的拘留中心制度能够提升安全系数的话。”

诺拉·克莱格霍恩舔了舔手指上的油醋酱。

“我认为他们应该绞死杀人犯。”

她的语气欢快、随意。在菲莉帕看来，她仿佛在谈论一个邻居莫名其妙地忘了挂窗帘。有那么一瞬间众人鸦雀无声，好像她掉了什么珍贵的东西。菲莉帕的脑海中回荡着玻璃打碎时的清脆声响。接着，莫里斯平静地开口：“他们？你的意思是我们应该这样做。因为这不是我个人愿意履行的责任，我几乎不指望别人替我做。”

“哦，哈利会，对吧亲爱的？”

“我能想到一两件我不畏惧为之献身的事。”

正如菲莉帕所知，他们会顺着这个话题开始讨论本世纪谋害儿童最臭名昭著的女凶手，每当人们讨论死刑时都会提到那个名字，那也是自由主义者测试他们对死刑反应的试金石。菲莉帕想知道她亲生母亲的刑期是否超过了正常规定，因为如果她早一点出狱的话，引发纷乱的就是她，而不是另一个残害孩子更恶名昭彰的凶手。她看了一眼餐桌对面的希尔达，对方埋头对着盘子，两绺头发几乎遮住了她的脸。洋蓟非常适合作为一顿尴尬晚餐的第一道菜，因为吃的时候需要倾注许多注意力。

克莱格霍恩说：“在认定绞死杀人犯是错误的之后，我们现在正意识到一个事实，那就是他们不会轻易地死在监狱里或者慢慢消失。同样，我们也正渐渐意识到另一个事实，那就是必须有人看管他们，如果我们不为这些社会捍卫者支付适当的报酬，就没人愿意从事这份不讨喜的工作。但是显然，那个女人早晚会获得假释。我看快了吧。”

诺拉·克莱格霍恩说：“不过，据说她变得可虔诚了。我记得我在哪儿看过说她想进修道院或者想去照顾麻风病患者之类的。”

加布里埃尔大笑道：“可怜的麻风病患者！他们好像总是沦落为别人悔悟的牺牲品，他们的麻烦已经够多了。”

克莱格霍恩湿漉漉的嘴唇吸吮着多汁、美味的洋蓟心，好似一个吸橡皮奶嘴的小孩，嘴角挂着一股酱汁。他含混的声音透过亚麻餐巾传来。

“我不在乎她照顾谁，只要她离他们的孩子远点儿。”

他的妻子说：“不过，如果她真的洗心革面了，出狱后也不会掀起多大波澜，是吧？”

克莱格霍恩不耐烦地开口。菲莉帕以前就注意到他放任妻子的愚蠢，可是当她说得有道理时他反而会生气。

“她当然不会。那是最不需要她担心的事情。要知道，如果她想做好事，监狱和其他地方一样。所有这些关于悔悟的说法都是无稽之谈。她和她的情人活活折磨死一个孩子。如果她真的对自己的所作所为有所醒悟的话，我不明白她为什么还能活下去，更别提着手计划出狱后的生活了。”

加布里埃尔说：“所以，为了她自身的利益，我们希望她冥顽不化。但是，公众为什么会对她的精神状态感兴趣呢？我认为社会有权利惩罚她，以警示他人，并且在释放她之前确保她不再是危险分子。但我们没权利要求她悔改，那是她和上帝之间的事。”

菲莉帕说：“当然，这就像一个非犹太人声称自己宽恕了纳粹的大屠杀一样嚣张。这种说辞毫无意义。”

莫里斯冷冷地说：“和这种说辞一样毫无意义的是，悔悟是她和上帝之间的事。”

克莱格霍恩笑着说：“好了，莫里斯，把这个神学争论留到你见到主教时再说吧。顺便问一句，他们给你的新系列付了多少钱？”

接着，话题转到合同和电视制作人的癖好上。大家不再谈论谋杀。漫长的晚餐先后上了小牛肉和柠檬蛋奶酥，最后大家移步花园，开始悠闲地品尝咖啡和白兰地。菲莉帕觉得自己从未经历过如此漫长的一天。那天早上醒来时，她还是个私生女；短暂又无止境的时间赋予了她合法的身份，却将她拖入惊骇和耻辱之中。仿佛同时经历了生与死，各自充满痛苦，然而却属于同一个无情的过程。此刻，精疲力尽的菲莉帕坐在露台的灯光下，一心期盼着克莱格霍恩一家赶紧离开。

她太累了，可是思维异常清晰，关注着一些无关紧要的细节，赋予它们异乎寻常的意义：诺拉·克莱格霍恩的胸罩带子滑下了她亮闪闪的肩头，她丈夫巨大的印章戒指紧箍着他的小拇指，桃树在露台灯光的照射下闪着光；如果她抬起胳膊，摇晃树干，树叶就会像一阵晶莹的弹丸，哗啦啦地落下来。

到了十一点半，谈话变得断断续续，敷衍了事。莫里斯和克莱格霍恩聊完了学术话题，而加布里埃尔早已带着近乎讽刺的礼节告辞了。直到湿冷的寒气弥漫花园，紫色的天空徘徊着将近的天光，克莱格霍恩一家依然固执地消磨着时间。临近午夜，他们似乎才想起来该回家了，于是依依不舍地起身告别，穿过花园大门，钻进车库的捷豹车。菲莉帕终于能回自己的房间了。

7

这封信甚至比最具难度的每周随笔还要棘手。写这么一小段英文居然要花费这么长时间，真是令人难以置信，即便最普通的词汇也暗含着讽刺、傲慢或者冷酷的麻木。首先是信封的写法，“亲爱的妈妈”似乎会吓人一跳，几乎可以说是冒昧；“亲爱的达克顿夫人”透着强硬、咄咄逼人，过于正式；“亲爱的玛丽·达克顿”显然是一种折中方案，承认了挫败的事实。最后，她决定用“亲爱的妈妈”。毕竟，那就是她们之间的关系，一种原始、永恒的血缘纽带。她只是承认了这个事实，仅此而已。

信的第一句话相对而言较为容易。菲莉帕写道：

希望这封信不会困扰您，我行使了《一九七五儿童法案》赋予我的权利，向注册总署申请了一份出生证明副本。之后，我造访了班克夫特园街，从一个邻居口中得知了您的事。

没有必要再多说什么。最后一句隐藏着过去的恶名昭彰，扼要地提起，然后略过。这些词句沾染了血迹。

她继续写道：

> 我非常想见您一面，除非您并不非常想见我；如果您告诉我一个方便的时间，我随时可以趁探视日去梅尔库姆农场见您。

菲莉帕划掉了第二个“非常”，“方便的时间”这几个字也让她取舍不定，不过她思量再三还是决定这么写。虽然她不太满意这句话，不过好在它很简短，表达的意思也很明确。接下来更难写。“释放”“假释”“获准出狱”或者“重获自由”都带着轻蔑的语气，但很难完全避开这些词。很快，她潦草地写出了一个备选草稿：

> 我并不是强迫您接受我，但是如果您没有地方可去……没有地方落脚……如果您还没决定离开梅尔库姆农场后去哪儿的话，您愿不愿意来找我？

不过，最后一句话听起来似乎有点儿勉强，仿佛在邀请一位不速之客，语气像要人领情似的。她解释道：

十月份，我将获得剑桥大学的奖学金，我希望能在接下来的几个月内在伦敦租一套公寓。如果您还没有最终决定离开梅尔库姆农场后的计划，并且愿意和我共用一套公寓的话，对我来说是个好消息，但是请不要觉得您必须答应这个提议。

她突然想到，她的亲生母亲或许会为自己那份房租发愁。她刚离开监狱，大概也不会有太多钱。她应该直截了当地说明，她不需要支付任何费用。于是，菲莉帕写道这个提议没有附加的义务，然而这种苍白的商业注释不免令人想到销售目录。毕竟，或多或少还是有义务的。只不过，她希望从亲生母亲那里得到的东西无法用金钱衡量。最后，她决定相关细节可以等到她们见面时详谈。信的结尾她写道："那只是一间小公寓——我们有各自的房间，此外还有厨房和浴室——但愿我能找到一套靠近市中心、相对便利的公寓。"

菲莉帕也不清楚便利指的是什么。考文特花园歌剧院，又或者伦敦西区的商店、戏院和旅馆聚集区？她设想了一种怎样的生活？倘若由无期徒刑改判假释算得上是种自由的话，她又想要为这个背负着命债、即将重获自由的陌生人勾画些什么呢？她齐整地誊抄了一遍草稿，签上名字——菲莉帕·帕尔弗里，然后仔细地读了一遍。假惺惺，菲莉帕腹诽道。她不知道她的亲生母亲能否看穿这些小心翼翼的措辞，但她别无选择。事实上，她又一次遭到了穷追猛打。她们之间的会面在所难免；即便不是现在，也将是不久的将来。她的妈妈无论如何也阻止不了。

或许这封信应该写得更坦率一些，既然方式取决于坦白的程度，残酷的事实或许更能令人满意。

如果你刑满释放后没有称心的地方可去，你愿不愿意跟我在伦敦合租一套公寓，直到十月份我去剑桥大学读书？时间不可能比那更久；我不想为你改变自己的生活。我只需要知道我是谁。假如你需要一个为期两个月的住处，这似乎是一个公平的交易。如果你希望我到梅尔库姆农场详谈的话就通知我。

她听见两个人上楼的脚步声。接着，有人敲门，一定是希尔达。莫里斯或许是受了海伦娜的影响，从来不敲门。二人身穿睡袍，肩并肩地站在那里，仿佛一个代表团，希尔达穿着印花衬料的尼龙睡袍，莫里斯则穿着深红色的细羊毛睡袍，看起来娇小而脆弱，身上带着一股肥皂和爽身粉的气味，让人回想起小时候洗完澡后的味道。他说："菲莉帕，我们得谈谈。"

"我太累了。现在都过午夜十二点了。有什么好谈的？"

"至少……在你见到她，和她聊过之前，别轻举妄动。"

"我已经写好信了。明天就寄出去，哦不，我是说今天。如果等我们见了面再提议的话，就没有意义了。我不能把她当成试用品一样，先看看再说。”

“那么，难道你打算为一个素不相识的女人承担几个星期、几个月，甚至一辈子的义务吗？她没有为你做过任何事，除了给你难堪，她对你来说毫无意义，你很可能根本不喜欢她。这跟她恰巧是个杀人犯没有关系，菲莉帕。更糟糕的是，你的任性太蠢了。”

“我并没有承诺过什么。”

“这当然是种承诺。你又不是在雇用小职员。即便不满意她，你也很难将她扫地出门。这不是承诺又是什么？”

“这只是一个帮助她度过出狱后头两个月的合理安排，我只想提供一个选择。或许，她根本不想见我。就算她愿意见我，并不一定意味着她愿意和我共住一套公寓。她很可能已经有其他的安排。但是，如果她无处可去，而接下来的几个月我刚好有空。至少她有个选择。”

“这不是她有没有去处的问题。如果没有家庭愿意接纳她，缓刑犯人监管处会帮她安排去处。她不会无家可归。只有善后安置工作获得内政部的批准后，他们才会假释无期徒刑的犯人。”

希尔达紧张地说：“不是有宿舍之类的地方吗？我听说那里条件很好。或许，她可以先住宿舍，直到她整理好自己，找到工作。”

她把我妈妈说得像是个提早出院的康复病人似的，菲莉帕想。

莫里斯说：“说不定，她会跟在监狱里认识的人一起住。我想这些年她不会一直孑然一身。”

“你是指情人？同性恋？”

他烦躁地说：“这并不是没有发生过，你对她一无所知。她让你远离她的生活，毫无疑问她认为这是最好的选择。现在，也用同样的方式对待她吧。你有没有想过，或许你是这世上她最不想再见的人？”

“那么，她只要这么说出来就行了。我必须先写信。我不想一个招呼都不打就突然出现在监狱。还有，如果她放弃我是因为她别无选择呢？”

希尔达低声呜咽透露着不甘心。

“可是你不能就这样离开！其他人会怎么想？我们该怎么跟你的朋友们说，怎么跟加布里埃尔·洛玛斯说？”

“这跟加布里埃尔·洛玛斯没有关系。告诉他们我出国了，十月份回来。反正，我十月份就回来了。”

“但是，他们必然会在伦敦见到你，看见你和她在一起！”

“那又如何？她的额头上并没有耻辱的烙印。如果你担心的只是你的朋友们的话，我会编些理由搪塞过去。不过是几个月而已，人偶尔离开家很正常。”

莫里斯踱进她的房间，走到亨利·沃尔顿的油画旁。他背对着她，盯着那幅画问：“你看了多少关于那起谋杀案的东西？”

“我什么也没看。我知道我父亲强奸了一个叫朱莉·斯凯思的孩子，之后她杀了那孩子。”

“你还没查阅过关于那起谋杀案的新闻报道吗？”

“没有，我没时间翻阅档案，而且我也不想看。”

“那么，我建议你在做出任何蠢事或者任何决定之前，找到当年的剪报和审讯报道，了解事实的真相。”

“我知道真相。今天早上有人直言不讳地告诉了我残酷的真相。见到我的妈妈之前，我不打算调查她。如果我想知道更多的事实，她可以告诉我。现在，请出去吧，我很累。我想睡觉。”

8

两天后，七月十四日，星期五，诺曼·斯凯思庆祝了自己的五十七岁生日。同时，今天也是他作为当地政府会计员的最后一天。他告诉他的同事们，他的叔叔给他留下一笔数量可观的遗产，这笔钱足够他三年不用养老金，提前退休。他不擅长撒谎，这个谎言令他寝食难安。但是总得说些什么来解释，这个在大家印象中过去五年一直穿着同一件西装上班的普通中级职员现在为什么能纵容自己提前退休。他无法告诉他们真相，残害他孩子的女谋杀犯八月即将出狱，他必须做些准备，现在他必须把全部时间放在这些事情上。

庆祝这个词既不适用于他的生日，也不适用于他职业生涯的最后一天。如果可以像过去八年间每个工作日结束时那样悄无声息地离开办公室，他将不胜感激；不过，财务部门有个惯例，即便最不善交际、最内向的职员也不能免俗。这个部门的习惯是，无论职员离职、结婚、升迁还是退休，都会获邀喝一杯茶或者雪利酒来纪念这个日子，形式的不同取决于他们的身份、嗜好以及即将发生的变化的重要程度。那些升迁太慢、没有私人秘书的职员的请柬由速记室代劳，然后交由初级职员助理随五花八门的部门记录、公函和期刊传阅。请柬一出现，高级私人秘书米莉森特·耶尔兰德小姐就会开始有目的地拜访每间办公室，她随身带着用来筹钱买礼物的信封和一张祝福卡，筹款者们可以在措辞不同的道别寄语和祝福下签上自己的名字。选卡片的任务一向由耶尔兰德小姐负责。五十四岁的她升华了自己的母性本能，充当起部门母亲的角色，过去的十五年里，她努力维系着他们是一个快乐大家庭的假象。

她总是耗费很大精力，浏览军需用品商店和威斯敏斯特教堂书店的货架，偶尔甚至逛到了牛津广场。如果是职位更高的职员，她通常选择一张有狗图案的卡片。狗被大多数人所接受，唤起她一种模糊的情绪，饱含着情感和渴望、忠诚和奉献，粗犷的男子气概，松鸡栖息地和石楠花丛中上流社会的神秘活动，一种克制的好品位。乡村小屋的图案意味着美满的婚姻，不适合送给一个鳏夫，也很难将斯凯思先生同小鹿斑比或者黑色猫咪这种孩子气的东西联系在一起。于是她决定买一张荒原风景卡片，卡片上印着一只不知道品种的长毛狗，嘴里叼着一只野鸡。

当她在办公室查看卡片时，不由得一阵疑惑。那只野鸡，至少她认为那是一只野鸡，看起来已经彻底死了，耷拉着脑袋，眼睛呆滞无神，极其可怜。很难说它是一张令人愉快的卡片。但愿斯凯思先生不反感户外杀生运动，她腹诽道。再仔细看的话，你会发现狗的表情十分不友善，几乎称得上是幸灾乐祸。算了，现在也只能这样了。这张卡片花费了募集来的十英镑中的三十三便士——真是个不吉利的数字，不过可怜的斯凯思先生也从未费过心思让自己受欢迎，而且再买一张卡片也只是不切实际的浪费。给他选礼物并不是一件容易事，这真令人遗憾。八个月前，他的妻子过世了，在这件事上他像处理其他私事一样并没有过多地透露什么。她曾代表部门送了一张悼念卡片，卡片上的银色十字架装饰着紫罗兰和勿忘我编织的花环。事后她也曾想过当时的做法是否合适。他已经在这个部门工作九年了，但是同事们对他一无所知，只知道他像她一样往返丁利物浦街站和东郊线。但是，他们很少在车站遇见，有时候她甚至怀疑他是不是故意躲着她。

几年前，她曾在办公室的圣诞节派对借着两杯廉价的雪利酒壮胆，打听他有没有孩子，他当时回答“没有”。过了几秒钟，他又补了一句：“我们确实有过一个女儿，不过她年纪很小就死了。”他忽然涨红了脸，接着别过头，仿佛后悔刚刚那短暂的交心。这不免让她觉得自己好奇心太重，得罪了人。于是，她低声说了声抱歉，赶紧走开了，重新斟满酒杯后又附和起别人的玩笑。但是，后来她告诉自己，他从未跟别人提起过他的孩子，那份信任，即便是无意识的，也只向她展露过。她再也没有跟他或者办公室的其他人提起这件事，而是将它当成一个小秘密珍藏起来，它某种程度上证明了她在他眼中的分量。了解他个人不幸的遭遇后，她萌生出一种关注，激发了她的好奇，让他变得与众不同起来。他的妻子去世后，她发现自己沉溺于无法吐露的幻想中：他们都很孤独。斯凯思先生体贴、勤勉。资历浅的职员不喜欢他，因为他上班准时准点，工作认真负责。只有上了年纪的成熟女人才能欣赏他的优点。或许，和这个人能结交为朋友，而以后，谁知道呢，说不定不仅仅是朋友。给一个男人幸福，对她来说还不晚。除了她的妈妈，她还能为其他人做饭，照顾他。但是她知道，她必须迈出第一步。

她的灵感源自女性时尚杂志的咨询专栏，其中一位读者写道，她对她办公室里的一个男同事有意思，但是对方总是表现得礼貌而友好，从未邀请过她，更别提约会了。答案直截了当。“买两张你认为他会喜欢的电影票。然后告诉他，你意外地得到了两张票，问他是否愿意跟你一起去看电影。”这是耶尔兰德小姐难以实践的计策。首先，很难说服一个邻居照料她的妈妈，其次还要决定买什么票。最后，她觉得音乐剧最为稳妥，于是排队买了两张高价票，打算约他星期五晚上到皇家节日音乐厅听勃拉姆斯音乐会。星期一，她拘谨地对他说起那几句练习过很多次的话，然而她的邀请听起来既无礼又虚情假意。起初，他没有回答她，眼睛盯着账簿，她甚至怀疑他有没有在听。然后，他笨拙地站起身，匆忙地扫了她一眼，讷讷地说：“谢谢你的邀请，耶尔兰德小姐，但是我晚上从不出门。”

她在他眼中看到的不仅仅是尴尬，还有一种恐慌。这种彻底的拒绝让她羞愧得满脸通红。她躲进卫生间，把两张门票撕得粉碎，扔进马桶里冲掉。她知道这是一种愚蠢的浪费。这场音乐会很受欢迎，订票处几乎肯定能帮她转让掉这两张票。不过，她当时的做法对她的自尊心而言是个小小的安慰。之后，她再也没有找过他，在她的印象中，他似乎变得更加缄默，彻底地蜷缩进他的保护壳。现在，他要离开了。将近九年的时间里，他一直设法回避她的善意。现在，他就要永远地一走了之了。

正式的告别会安排在十二点半举行，考虑到这些职员的级别，财务主管不一定会出席，于是下午一点钟，部门总会计师威尔科克斯先生代为主持了仪式，他口若悬河地说道："如果你们中有人问我，作为诺曼·斯凯思的上司，我如何看待他在本部门的工作，那么我可以毫不迟疑地告诉你我的评价。"

接着，他精准地停顿了半分钟，给召集在一起的部门职员们留出时间，假装出期待的样子，仿佛这个有趣问题的答案就挂在他们的嘴边，副主任会计师忧郁地盯着天花板，初级私人秘书咯咯地笑着，耶尔兰德小姐对人群那头的斯凯思报以鼓励的微笑。然而，对方面无表情。他站在那里，手里握着餐厅的玻璃杯，杯中装着半杯南非甜葡萄酒，注视着他们头顶稍高的地方。像往常一样，他把自己收拾得很干净。蓝色的正装已经有点破旧，袖口被桌面和账簿磨得发亮。衬衫的领子虽然起了皱，但非常干净，一条普通的领带系得服服帖帖。他站在那里，和大家保持着距离，像在受审似的，他让耶尔兰德小姐想起了某个人：一幅画、一张照片、一段新闻影片，然而并不是她认识的人。她猛地想起，那是纽伦堡被告席上的一位被告。脑海中邪恶、无礼的精神形象吓了她一跳；她满脸通红，紧盯着手里的雪利酒，仿佛她做出了失礼的举动被人抓了个现行。但是，脑海中的影像却一直挥之不去。她再次将注意力放在威尔科克斯先生身上。

“用一个词概括，”他断言道，接着说出一串同义词，“尽职尽责、注重细节、办事有条理。”他漫不经心地说。耶尔兰德小姐怀疑那究竟能不能算是个词。“非常可靠！无论经手什么事，他都能一丝不苟地坚持到最后，干净利落地完成。”

他的助理垂着眼睛，一口干了杯子里没什么可回味的雪利酒，心里寻思着，还有比这更无聊、更该死的告别吗？然而他不得不听下去。斯凯思的提前退休令他好奇不已。关于那笔遗产，他听说了许多传闻，如果他能提前三年退休的话，那笔钱想必不是个小数目。当然啦，不排除他另外找了份工作，只是没有声张而已。但是，似乎又不太可能。现如今，谁愿意雇用一个五十七岁又没什么资历的老家伙呢？

自鸣得意的演讲还在继续。众人暗中旁敲侧击，打听斯凯思退休后的生活；打趣似的祝福他，不仅提前三年退休，甚至不用退休金也能衣食无忧，任谁也阻挡不了嫉妒的蔓延；最后的惯例是祝愿他的退休生活能有长久的富足和幸福，但愿部门赠予的小礼物能令他体会到一丝愉悦，记起同事们对他的喜爱和尊敬。伴随着一阵扭捏的掌声，一张支票传了过来，威尔科克斯先生有节奏地鼓掌，却没什么声音，像是复兴集会上三心二意的动员人一样。众人转过目光，停留在斯凯思身上。他不知所措地看着塞进他手里的信封，却没有打开它。有人猜他或许不知道这里的惯例，他应该先假装找不到封口，然后挑起眉毛对支票的数额表示满意，再感叹卡片的设计，最后仔细端详卡片上的签名。但是，他却像个孩子似的用瘦弱的双手紧抓着信封，仿佛不确定那究竟是不是他的。他说："非常感谢。我在这里度过了九年的时间，很多东西都会让我怀念这个部门。"

"难熬的九年。"有人笑着嚷道。

他却没笑。

"差不多九年了，"他重复道，"我会用你们贴心的礼物买一副双筒望远镜，它会让我一直记得这儿的老朋友和老同事，谢谢你们。"

然后，他笑了，那笑容幸福得不可思议，却极其短暂，看到的人甚至会怀疑他的表情是否真的有过变化。他放下还没喝完的酒，同站在他身旁的一两个人握了握手，转身离开了。

斯凯思回到同另外两个职员共用的小办公室，他已经将为数不多的个人物品打包进塑料手提袋：用昨天的《每日电讯报》仔细包裹的茶杯和托碟；一张简便计算表和一本字典；他的盥洗用品袋。他最后环顾了一圈，一切都准备就绪了。在去电梯的途中，他忍不住想，如果他坦白地说出内心的想法，他们会怎么说，又会怎么看待他呢？

"我必须提前退休，因为在接下来的几个月里我要做一件事，需要大量的时间和完善的计划。我必须找到杀害我孩子的那个女凶犯，然后杀了她。"

他们不安的笑容是否会因为难以置信而凝固，那些习惯了假笑的人是否会发出尴尬的笑声？又或者，他们会披着超现实主义的伪装站在那里，仍然笑着、点着头，举起廉价的雪利酒祝福他，好像那些可怕的话跟威尔科克斯先生浮夸的陈词滥调一样毫无意义？他的脑海中浮现出一个念头，他好像真的听见自己在威尔科克斯先生致结束语的最后几秒钟说出了真相。他当然没有冒险做这种傻事；但是他竟然有这种有违常规、戏剧化的幻想还是出乎了他的意料，甚至有些触怒了他。无论思想或者行为，他都没有被赋予一种伟大、无私的形象。杀掉玛丽·达克顿是他不想逃避的责任，也是他想逃也逃不掉的责任。当然，他打算实施一起成功的谋杀，就这种意义而言，他不能被发现。他寻求的是正义，而不是殉道。但是，直到今天下午，他从未想过他的同事们会怎样看待他这个即将问世的凶手，他隐约觉得自己遭受了诋毁，严肃的目的沦为一起耸人听闻的事件，他本该现在就想到这些。

9

他走着平日里回家的那条路，经过威斯敏斯特大桥，穿过议会广场，沿着乔治大街走进圣詹姆斯公园。搭乘滑铁卢城市线到利物浦街站和东郊线更快，但是他更喜欢每天傍晚穿过泰晤士河，从圣詹姆斯公园乘地铁。梅维斯去世后，他便不再急着回来了。现在更不必着急。

圣詹姆斯公园人山人海，不过他还是设法在湖边的长凳找到了一个空位。他轻轻地将装着为数不多个人物品的手提袋放在脚边的小路上，透过柳树枝条凝望着湖面。然后他意识到八个月前，妻子去世第二天的午休时间，他也在这个位置坐过。那是十一月一个异常寒冷的星期五。他还依稀记得，那天昏暗的太阳仿佛一轮巨大的白色月亮高悬在湖面上，柳树枯黄的叶子缓缓地掉落，随着湖面荡漾。曾经繁茂的玫瑰花床里还有几朵尚未绽放的红色蓓蕾，由于寒冷而枯萎，花茎上还挂着枯叶。波光粼粼的湖中央泛起涟漪，如同一个锻打得很薄的银色大托盘。一位年纪大到市议会再也不会雇用的老人，拖着脚步走过面前的小路，扎起散落的垃圾。那时候，公园里笼罩着阴郁、老朽的气息，蓝色大桥的栏杆在观光客的打磨下变得破旧、斑驳，喷泉一片寂静，茶馆也因即将来临的冬天暂停营业。此刻，空气中传来游客们断断续续的聊天声，夹杂着孩子们的尖叫和欢笑。接着，他想起当天那个跟妈妈待在一起的孤僻孩子。海鸥在他刺耳、沙哑的笑声中拍打着翅膀飞了起来，嘎嘎地叫着。他也伸开双臂，期盼着圆胖的海鸥停在他的掌心。远处树下的草丛中覆盖着零落的初雪，仿佛是逝去的夏天丢弃的垃圾。

回想起那天，他好像还能感受到十一月的寒冷。他闭上眼睛，对阳光下绿意盎然的公园和波光粼粼的湖面视若不见；对孩子们的叫闹声和远处乐队的鼓点充耳不闻；思绪回到梅维斯去世的那间医院病房。

那不是一个适合死亡的日子，星期四是做大手术的日子，下午四点钟担架车陆续从手术室返回。他感觉这些事情最好能在夜里处理，那时候病人们已经安顿下来或者进入梦乡，护理人员能暂时放下手中的工作，照料那些没能坚持下来的病人。护士长疲惫地解释道，正常情况下他们会将他的妻子转移到旁边的病房，但是眼下旁边的四个病房都腾不出空。也许明天吧。那是一句心照不宣的承诺，如果她能在恰当的时机离去，她就能死得舒服些。他坐在她的病床旁，周围挂着扯帘。帘子上的图案深深地刻进了他的脑海中，粉色的帘子上点缀着小小的粉色玫瑰花蕾，营造出一种温馨的家庭氛围，美化了死亡。扯帘半遮半掩，透过帘子的缝隙，病房里的一切都一览无遗，担架车不紧不慢地推到等候的病床旁，身穿大褂的护士稳住摇摆的点滴瓶，周围是嘈杂的说话声和脚步声；勤杂工时不时地探进头，欢快地问：“来点儿茶吗？”

他接过茶杯和托碟，厚实的白色瓷器中两块方糖渐渐溶入褐色的液体。

她的两只胳膊放在被单外。他握着她的左手，想知道如果她在做梦的话，她在生命里做着什么样的梦。不过可以肯定的是，一定不会像曾经的那些噩梦那样令她痛苦。朱莉死后的前几个星期，接二连三的噩梦摧毁了她的夜晚，他发觉她常常在凄厉的尖叫声中伴随着冷汗惊醒。她现在栖居的那个世界一定很平和吧，不然她为什么如此安静地躺着？他无动于衷地看着她脸上稍纵即逝的表情，她再也感受不到那种瞬息万变的情绪了，不耐烦的皱眉，诡秘、牵强的微笑；这让他突然想起朱莉小时候嗅味道时赌气的皱眉，仿佛在思考似的。她的眼睛时不时地颤动，嘴唇微动。他低下头，凑近了听。

“最好用刀。这样更有把握。你不会忘记吧？”

“不，我不会忘。”

“你带着那封信吗？给我看看。”

他翻出钱包里的信。她艰难地集中注意力，颤巍巍地伸出右手，像是一个信徒抚摸着圣物。她费力地盯着它，下垂的下颌不住地颤抖，仿佛全神贯注地盯着那张皱巴巴的白纸令她彻底崩溃。他握住她干枯的手，紧贴着信封，然后开口道：“我不会忘的。”

他还记得她写这封信时的情形。大约一年前，她刚刚被诊断为罹患癌症。当时他们坐在沙发的两端，一起观看一档关于南极鸟类的电视节目。他关掉电视后，她说："如果我的病情没有好转，你只能一个人动手了，或许并不容易。你需要一个借口，调查她的下落。她死后，如果他们怀疑你，你还得解释为什么追查她。我会写一封信，一封原谅信。到时候你就可以说你在我临终前答应过我，一定要将这封信交到她手上。"

她在看电视的时候肯定一直在筹划。他依然记得失望和恐惧突如其来的冲击。某种程度上，他相信她的死或许能令他解脱，没人会指望他独自肩负这个重担。然而，他无处可逃。她立即坐到餐桌旁，写了那封信，然后装进一个未封口的信封里，甚至想到他可能要给某个人看，某个官员，某个可能知道凶手下落的人。他当时没有读那封信，后来也没有。他一直将它放在钱包里，随身携带。直到这一刻，她临终前的片刻，她从未再提起过这封信。

她陷入了昏迷。他僵硬地坐在她身边，握着那只干枯的，如同蜥蜴一般的手，毫无生气、令人厌恶。松弛的皮肤在他的抚摸下左右挪动。他告诉自己，这只手曾经给他做过饭，为他操劳过，帮他打扫过房间、洗过衣服。他试图想象这些画面，唤醒自己的同情心，却无济于事。他的心中涌起一股遗憾之情，然而那只是无可避免的失去引发的失望，并不带有个人色彩。无效的治疗和无谓的痛苦令病房嘈杂不堪。他明白，如果他失声痛哭，也是为了那里的所有人而哭，无论是生病的还是健康的，但更多还是为了他自己。他克制着自己，尽量不抽回手。想到护士可能会拉开帘子，希望看到他就这样坐在她身边，给予她最后的慰藉，他才觉得好过一些。爱情早已消失。当那个女人掐死他们的孩子时，同时也扼杀了他们的爱情。或许，爱情并不是那么坚定，所以才消失得这么容易，但是它曾经看起来很坚定。他们爱过，像每个人一样，尽自己所能地爱着。不过，最后失败了。或许作为爱得更坚定的那个，她应该承担更多的责任。但是无论如何，他都应该帮她回归生活。现在，只剩下一个不让她失望的办法。他必须独自肩负起他们二人共同的目标。或许，那个女人的死既是一种补偿，对他而言又是一种解脱，也为那段逝去的漫长岁月画上句号。

她心怀悲痛与仇恨，就像一个畸形的胎儿，不断地长大，却迟迟没有出生。就连她的主治医师也不耐烦地收起处方笺，另外写了一封精神科门诊的预约信，明确地表示他认为她悲痛的时间够久了。悲伤终究是一种放纵，没有任何值得称道的地方，没有任何社会价值，就像分发给等待救助的穷人的硬币一样，是坚强和自立的人不需要的东西。他想，或许维多利亚时代的哀悼形式有它的意义。至少它界定了哀悼的时长。他记得祖母曾经告诉过他，寡妇要先穿一年的黑衣服，然后穿六个月的灰衣服，最后穿淡紫色。那些高贵的习俗当然不适用于她，但是她在城里的大宅子里做女侍时注意到了这些礼节。他忍不住猜想，如果为一个先惨遭强奸后遭杀害的孩子服丧的话，要穿多久的黑衣服呢？也许不会太久。在他祖母那个时候，大概不会超过一年吧。

人类很容易接受普遍的商业规则：公事公办。你有你自己的生活，他们这样告诉梅维斯，她不明所以地睁大了眼睛，盯着对方，显然她不再拥有自己的生活。你必须为你的丈夫想想，她的医生嘱咐道，她确实为他考虑过。他一言不发地同她并排躺在卧室的双人床上，一动不动地凝视着黑暗，他看透了她的想法，自怨自艾的情绪如同一团乌云悬在漆黑的天花板上，又或者一种传染病，从她的大脑蔓延至他那里。她从未向他寻求过帮助。偶尔，她伸出一只手，可是当他握住时，她又赶忙缩了回去，仿佛那一具曾经让她受孕的肉体已经变得令人厌恶。有一次，他怀着满腹的背叛感胆怯地向医生坦白。然而，医生的回答不仅职业、圆滑，而且毫无帮助："她把肉体的爱、悲伤和失去混为一谈了。你要耐心一点儿。"好吧，他一直很有耐心，耐心极了。

她又想说话了。他低下头，嗅到了她又酸又甜的气息，夹杂着一股腐烂的味道，他压抑着想用手帕掩住嘴巴以免被污染的冲动。他屏住呼吸，尽量不咽唾沫。最后，他不得不说服自己她就要死了。她花了好几分钟才说出几个字，原本含混不清的嗓音却变得异常清晰、粗哑、低沉，好似从未有过一般。

"坚定，"她说，"强大。"

他不明白她这么说是什么意思。最后一次鼓励他要坚定决心吗？或者，她是指凶手很强大，如果他赤手空拳就没办法制服她？在老贝利受审时，他没觉得对方特别高大或者结实；不过，或许是因为那个法庭出乎意料地小，又没什么名气，在浅色木制装饰的映衬下，所有人都被削弱了气势，无论罪恶还是清白。甚至皇室盾徽下佩戴着红色肩带的法官也成了戴着假发的提线木偶。蹲监狱的这些年并不会令她变得虚弱。监狱里有人照顾你，既不会劳累过度，也不会营养不良，生病时能得到最好的治疗，他们还会看着你锻炼。他和梅维斯一起策划谋杀时，曾经打算勒死那个女人，因为朱莉就是这么死的。但是，梅维斯说得没错。他现在孤身一人，最好有武器傍身。

他并不希望她在悲苦和怨恨中死去。这也是那个凶手从他们手中夺走的众多东西之一。爱情；敏感肉体的慰藉；陪伴、欢笑、抱负、希望。当然，还有朱莉。有时候，令他讶异的是，他几乎忘了朱莉。而梅维斯不再相信她的上帝。像其他信徒一样，她按照自己的想象改造了上帝的形象，一个循道卫理的上帝，和蔼、古板，愉快地唱着歌，温和却不切实际地布道，不强求超出她给予范围的东西。星期天早上的礼拜与其说是一种必须履行的敬奉，更像是一种例行公事。梅维斯自小就是循道公会教徒，她不排斥早期的正统观念。但是，她无法原谅上帝带走了朱莉。有时候，斯凯思觉得她同样没原谅过他。爱情消失了，主要是因为内疚；他们共同的负罪感；她对他的责备，他对自己的责备。她一次又一次地受困于这种负罪感。

“我们不该让她参加女童子军。她同意去只是因为她知道你是个热心肠，这么做能让你开心。”

“我不希望她觉得孤单。我知道那是什么感觉。”

“你应该每个星期四都去接她。如果你去接她的话，就不会发生那样的事了。”

“但是，你知道她不愿意我去接她。她告诉我们，萨莉·米金总是和她横穿游乐场，一起走回家。”

但是，萨莉·米金没有。其他人也没有，而朱莉又不好意思开口叫他去接她。她跟他小时候很像，不讨喜、独来独往、喜欢自我反省，尽最大的努力应付童年没由来的恐惧和莫测的变化。他甚至能猜到她为什么没有横穿游乐场，抄近路回家。白天妈妈们推婴儿车散步的游乐场到了晚上变得异常空旷，黑暗似乎没有尽头，秋千在风中嘎吱作响，向上蜿蜒的巨大滑梯在天空的映衬下令人生畏，还有小棚子漆黑的角落和刺鼻的尿骚味。于是，她独自一人沿着陌生的街道，走了很长一段路，因为路两旁温馨、惬意的半独立式房屋和她自己家很相似，缓和了她害怕的情绪，窗口亮起的灯光象征着安全和家。正是在其中一条不起眼的街上，她遇见了杀害她的凶手。一定是因为那个强奸犯和他的房子都没什么特别之处，他才成功地引诱她进了家门。他们时常提醒她提防陌生的男人，不要和他们说话，不要接受他们的糖果，不要跟他们走，他们曾经以为她的羞怯能够保护她。然而，没有什么能保护她，他们的提醒和爱都没能保护她。现在，他的负罪感已经没有那么强烈了。时间没能治愈它，而是让它麻痹。人类大脑的感受是有限的。他曾经在某处读到过，当折磨累积到某种程度后，便再也感觉不到痛苦，只有不为人知的打击砰砰作响，这种超越了痛苦的状态甚至称得上愉悦。他还记得朱莉死后他喝的第一杯茶。当时他食不下咽，却突然间异常口渴，那杯浓郁、香甜的茶非同一般的美味。无论在那之前还是在那之后，他都没再喝过那种味道。她才刚刚死了几个小时，贪婪、狡诈的身体已经能够体会快乐了。

此刻，他沐浴着阳光，两脚间放着他为数不多的个人物品，他再次接受了她赋予的重任。他会找到谋害他孩子的女凶手，然后杀掉她。他会尽量避免惹祸上身，虽然他害怕坐牢，但是无论付出什么样的代价，他都会去做。这种坚定的信念令他困惑。做这件事的意愿很明确，但是理由让他无法理解。可以肯定的是，这么做不仅仅是为了复仇。很久以前，复仇就已经不再是他的动机。起初，朱莉的死留给他的悲伤同梅维斯一样撕心裂肺，然而很久之前就渐渐淡化成一种不得不接受的失去。现在，他几乎想不起她的模样。谋杀案发生后，梅维斯销毁了所有照片。不过，有些照片他一直记在心里，回忆它们几乎成了一种责任，一种悲伤的备忘录。第一次怀抱女儿时，那像蚕宝宝一样的小身体，粘在一起的眼皮，没有目的的神秘笑容；朱莉紧紧地握着他的手指，蹒跚地走在绍森德海滨；朱莉穿着女童子军制服，精心布置着晚餐餐桌，接受女主人徽章的考核。不管他对玛丽・达克顿做什么，不管她付出什么样的代价，朱莉都回不来了。

他需要信守对梅维斯的承诺吗？然而，你又如何对死去的人信守诺言？死亡已经永远地免除了欺骗或者背叛对他们的影响。无论他做什么都影响不了梅维斯，既伤害不了她，也不会令她失望。她不会变成一个吹毛求疵的幽灵回来苛责他的软弱。不，他这么做不是为了梅维斯，是为了他自己。难道活了将近五十七年后，他还要通过一种可怕、不可挽回的举动证明无足轻重的自己是个有胆识、有行动力的人？无论事后他的下场如何，他都不会再怀疑他作为男人的身份？他猜或许就是这样吧，尽管这似乎跟他没有什么关系。这无疑很荒谬，就这种意义而言又不可避免。然而，他知道事情就是如此。

太阳西沉。一阵寒风吹过湖面，拂动柳枝。他摸索着抓过长凳下的手提袋，慢慢地朝圣詹姆斯车站走去，踏上了回家的归途。

10

七月二十日，星期四，也就是她收到亲生母亲回信的三天后，菲莉帕拿着当日往返约克的车票，登上了国王十字车站上午九点钟的火车。随监狱探访许可证一道寄来的信息单上写着，前往梅尔库姆农场的公共汽车两点钟准时从约克汽车站出发。她兴奋得坐立难安。在约克郡逛几个小时总比留在伦敦苦等稍晚一点儿的火车好熬一些。

她在车站的书报摊买了一本旅游指南，随后检查了回程火车的发车时间，接着就来来回回地沿着城内用鹅卵石铺砌而成的狭窄街道闲逛，经过两旁矗立着木构房屋和乔治王朝时代精致外墙的福斯门街、肉铺街和彼得门街，途经幽暗的小巷，进出弥漫着香料气息的店铺，造访十八世纪的礼堂、挂着华丽行会旗帜和捐助者肖像的中世纪商业冒险家会馆，穿过罗马浴场的遗迹，踏进古老的教堂。她仿佛置身于一个中世纪的梦境中，这个城市的各种美好，色彩和光线，形态和声音，自顾自地施加于一种既兴奋又冷静的意识。最后，她路过圣彼得的雕像，穿过西门，走进冷清、空旷的大教堂。她坐下来稍事休息，抬头望向东边，那扇大窗户仿佛使空气都紧张了。她买了一个奶酪番茄面包当午餐，饥饿突如其来，因为不想打扰其他游客，她并不打算在这儿吃。她凝视着威严的圣父，圣父沐浴在中世纪彩色玻璃的荣耀光辉中，面前放着一本摊开的书——《我是始和终》。对于那些失去了身份，却有绝对把握能将之寻回的人来说，生活一定很简单。但是对她而言，那条路行不通。她的信条更令人沮丧、更不自量力，它并非没有令人安慰之处，不过也仅此而已。现在，由我亲自开始和结束。

菲莉帕早早来到公共汽车站，她庆幸自己没花太多时间吃午饭，因为双层公共汽车很快就坐满了。她想知道车上的乘客有多少是去探监的，月复一月，他们多久往返一次这条路。指路牌上没有提及监狱的字样，只是简单地注明这趟车将途经梅尔库姆，终点默克斯顿。其中一些乘客似乎认识彼此，一边打着招呼，一边侧身挤过过道坐在一起。大部分乘客拎着篮子或者鼓囊囊的大手提袋，上车后便塞在行李架上。乘客中男人占了一半，无一不大包小裹。不过，她觉得车上的气氛并不阴郁，也没有因为任何耻辱而心情压抑。或许，每个人都有各自的忧虑，不过这个下午，众人趁着晴朗的天气出行，焦虑似乎也淡了一些。阳光透过车窗晒着塑料座椅。车厢里弥漫着皮革、人和新鲜蛋糕的味道，混合了浓郁草香的夏日微风轻轻地拂过。公共汽车沿着林荫小路穿过人烟稀少的村庄，枝叶繁茂的马栗树刮擦着车顶，伴随着齿轮的嘎嘎声，汽车驶入一条上坡的窄路。越过路两旁的干砌石墙就是刚收割过的农田，雪白的羊群散落其间。

只有三位坐在一层的乘客似乎与车厢内的愉快氛围格格不入，其中一位是个头发灰白的中年男子，穿着考究，发车前坐到了菲莉帕旁边，全程一直望着对面的窗外，焦躁地转着中指上一枚普通的金戒指；另外两位则是坐在菲莉帕身后的中年妇人，二人一路都在聊天，其中一个一直愤愤不平地抱怨。

“她只知道要这个要那个，该死的，每个月都要。哟，说得倒好，但是我没办法啊。我得养那几个该死的孩子，面包都二十便士一条了，我没办法啊。劳驾，这个月要了毛线，二十团！她在给自己织坎肩。乔治不会再来了，他可受不了了，再也不会来了。”

她的同伴说：“佩吉特有打折的毛线。”

“那种毛线不好，必须是法国产的毛线。拜托，毛线八十便士一盎司。孩子们怎么办？如果她想织，给达伦织件套头毛衣就行。我没时间织衣服，我告诉过她，我的时间全被家务活和三个不满八岁的孩子占据了。可惜他们不放她出来自己照顾孩子。我才是蹲监狱的那个。我告诉她，我才是那个被判了刑的人。”

那个头发灰白的男人一直坐在位置上望着窗外，拨弄着他的戒指。

菲莉帕不时把手探进挎包，偷偷摸一摸那个装着她亲生母亲来信的信封。信是七月十七日，星期一，也就是两天前寄到的，内容既简短又公式化，就像菲莉帕写的那封信一样，她很清楚这一点。

感谢你的来信，也感激你的提议，不过我觉得你应该先见见我再做决定。如果你改变了主意，我也能够理解。我认为改变主意才是你明智的选择。我已经为你申请了一张有效期为一个月的探访许可证，如果你愿意来的话，我当然一直在这儿。

署名只简单地签上了“玛丽·达克顿”。

最后一行讽刺的幽默感激发了她的兴趣。不过，或许这就是她的目的。她不知道这是不是一种自我保护，一种事先降低对初次见面期待的方式。

二十分钟后，公共汽车减速，左转沿着一条更加狭窄的路驶入一片谷地。指示牌上标注了“梅尔库姆—两英里”的字样。他们穿过石屋村庄，途经梅尔库姆湾、一家杂货铺和一间邮局，爬过一座横跨一条湍急浅溪的拱桥，接着沿一堵八英尺高的石墙继续向前开。石墙有些年头了，不过修护得不错，一眼望去似乎绵延了数英里。石墙突然现出尽头，汽车晃晃悠悠地停在两扇巨大的铁门外。铁门敞开着，墙上的牌子漆着黑白两色，醒目地写着：“HM监狱，梅尔库姆农场。”

在她看来，这幢房子根本不适合用作监狱。这是一幢十六世纪的砖砌大楼，副楼宽阔显眼，与主楼相接处耸立着两座巨大的城堡式塔楼，如同瞭望塔一般。成排的高大直棂窗在太阳下闪闪发光，门窗的石头横梁透着几分神秘。大门的气势令人敬畏，繁重、华丽的门廊象征着权势与安全，不见好客的优雅。显而易见，这里为了满足监狱机构的使用标准进行了改造。延伸至正门的通道被拓宽了，留出了一块能停放六辆汽车的停车场，大楼的右侧是一排预制的棚屋，可能是工艺室或者增建的宿舍。主路左侧的草坪，三个穿着连身围兜工作服的女人正费力地摆弄着一台割草机。她们转过头，盯着渐渐靠近的探监人群，没有什么明显的反应。

眼前开阔的空地和漂亮的房屋沐浴在宁静之中，放眼望去不见看守人不免令她困惑不解。公共汽车载着最后几位乘客开往下一站。她忽然想起自己忘记询问返程时间了，突如其来的惊慌涌上心头，不知道返程的时间就不知道几点发车，她注定要滞留在这座不像监狱的监狱里。其他探监者坚定地沿着宽阔的砾石小路朝大楼走去，不管是好是坏，他们知道等待自己的是什么。他们的肩膀上挎着大包小裹，就连那个头发灰白的男人也拎着一捆书。只有她两手空空。菲莉帕跟在人群末尾，慢慢地走着，心怦怦直跳。人群中有个跟她年龄相仿、梳了一头小辫子的黑人女孩，小辫子上装饰着绿色和黄色的珠子。女孩回头看了一眼，停下脚步等她，问道："你第一次来吧？刚刚在车上见过你。你来探视谁？"

"我来探望达克顿夫人。玛丽·达克顿夫人。"

"玛丽？她和我朋友关在牛棚区的牢房里。我正要过去，我给你带路吧。"

"我不需要向谁报告一下吗？"

“到牛棚区监狱长办公室报告。你带证了吗？”

看菲莉帕一脸不解，女孩解释道：“你的证件，监狱探访许可证。”

“哦，带了。”

女孩领着她从房子的侧面绕过去，走向一片改造过的牛棚，她们穿过铺着鹅卵石的院子，跨过一扇敞开的门，进入一间小办公室，里面有一位穿着制服的女监狱官。黑人女孩递过自己的监狱探访许可证，砰的一声将包裹扔在小办公桌上。女监狱官熟练地核对了一眼许可证，操着讨人喜欢的苏格兰口音说：“哎呀，艾蒂，你今天好漂亮啊。你怎么有耐心串那么多珠子，我可做不到这样。”

艾蒂咧开嘴，笑着晃了晃精心梳理过的脑袋。红色、黄色和蓝色的珠子随着她的动作上下转动，发出丁零当啷的响声。监狱官转头看向菲莉帕，后者赶忙递上自己的探访许可证。

“噢，没错儿，你是帕尔弗里小姐。你第一次来这儿吧？监狱长猜你或许需要完全不受打扰的独处空间，所以我在会客室的门上贴了一张布告。你至少可以在里面待一个小时。艾蒂，好姑娘，你能带帕尔弗里小姐去会客室吧？我一刻也不能走开。”

沿着走廊没走多远便看见了右手边的会客室。门上挂着的布告板写着“使用中”的字样。艾蒂没有打开门，而是轻轻地踢了门一脚，然后说：“到了。或许待会儿车上还能再见。”她说完这话就走了。

菲莉帕缓缓地打开门，房间里空无一人。她随手关上门，靠着待了一会儿，庆幸自己还能从背后的木门汲取安慰的力量。如同亨德森小姐的办公室一样，这间会客室也充斥着一种虚伪的慰藉。这里很像转机候机室，只不过少了机场休息室的浮夸和粗俗，朴实无华的房间里摆满了风格不一的家具，看起来仿佛是十几个不同的家庭丢弃的家具。房间里没有什么令人眼前一亮的东西。当初的设计意图着重实用性，随后便被抛诸脑后。短暂逗留过的人离开这间会客室时不会带着留恋，也不会在黯然的氛围中留下一丝悲伤或者希望。房间里有很多各式各样的椅子，摆放在六张擦得锃亮的小桌子周围。素色的墙面有很多地方都留着污迹，好像有人清理过上面的涂鸦。壁炉上方挂着一幅康斯太勃尔的《干草车》复制品，壁炉架上摆着一个插着人造花的玻璃花瓶。会客室中间是一张八角形小桌和两把正对着的椅子。不同于整个房间营造出的随意氛围，它们的摆放似乎是有意为之。或许，在负责打扫会客室的囚犯看来，每次探视都是一次隔着无形却坚固的铁栅进行的正式交锋，所以才故意摆成这样。

等待的几分钟仿佛几个小时那么长。门口时不时有人经过，依稀传来好似学校课间休息时热闹的嘈杂声。菲莉帕的脑海中翻腾着各种各样的情绪：兴奋、忧虑、不满和愤怒。她独自一人在这间会客室等待？房间里的家具太整洁，墙壁太破旧，花还是假的。他们有个大花园，至少能采摘鲜花。牢房不该让待在里面的人如此焦虑。它不需要任何伪装，只要呈现出原本的样子。而且，她妈妈为什么不在这儿等她？她知道她要来，也一定知道公共汽车的到站时间。难道还有比在这儿等她更重要的事吗？她的脑海中浮现出各种奇形怪状的猜想。曾经金黄色的头发现在像稻草一般干枯，随着成串的珠子上下跳动，她妈妈抹了厚厚化妆品的脸下垂得厉害，放松地叼着一支香烟，涂着指甲油的手瘦骨嶙峋，伸向她的喉咙。她想："假如我不喜欢她怎么办？假如她忍受不了我又怎么办？我们要在一起待两个月。我现在又不能反悔，不能回科尔德科特特勒斯街告诉莫里斯我做了个错误的决定。"她走到窗户旁，目光越过铺着鹅卵石的院子，眺望第二排牛棚。她强迫自己仔细观察那些建筑，莫里斯教过她如何欣赏建筑物。这片牛棚比她住的房子更新一些；甚至算得上是新乔治亚风格。但是，荡着金鸡钟摆的钟塔看起来有些年头了。说不定他们拆除了原先的牛棚，后来又重建了。他们的改造工作做得不错。但是，她妈妈在哪儿？她为什么还不出现？

门开了，她转过身。她的第一反应是她妈妈托一位朋友带来一个坏消息，那就是她改变主意了，她根本不想见她；不过这个念头转瞬即逝，几乎在出现的同时便遭到了否定。她本以为对方是个年纪很大的女人，这可真是个愚蠢的想法。她第一眼看上去非常普通，身材苗条动人，穿着一条灰色的百褶裙，搭配一件浅色棉质衬衫，脖子上系着一条绿色围巾。所有可笑的想象仿佛见到圣物的魔鬼一般，尖叫着消失了。这就像认识自己一样。这是身份认同的起点。毫无疑问，在世界任何一个地方遇见这个女人，她都知道自己就是她的骨肉。她们下意识地慢慢地坐下，隔着桌子打量对方。她妈妈说："对不起，让你久等了。公共汽车来早了。我不想一直等着它，万一你不来呢。”

现在，菲莉帕总算知道自己浅黄色的头发遗传自谁了。不过，她妈妈的头发更贴合，如同一顶帽子，在眼睛上方修剪出刘海，或许是因为其中夹杂着银色头发的缘故，看起来更加轻盈。她的嘴巴比自己的还宽，一样的上唇线条，却显得更加坚定，然而嘴角的弧度却少了一分性感。不过，还是看得出她的高颧骨和略微弓起的鼻子的影子。只有眼睛不一样，明亮的灰色中隐约掺杂了些许绿色。二人仿佛是无法逃避痛苦的病患，神情谨慎而隐忍。她的皮肤说不定曾经也是蜜色的，不过现在看起来很白皙，几乎没有血色。那张脸依旧年轻、魅力十足，然而脸上的神采已然被常年的疲倦消耗殆尽，那双警惕的眼睛看了太多，也看了太久。

她们没有触碰对方，谁也没有将手伸过桌子。菲莉帕问：“我应该怎么称呼你？”

“妈妈。这不是你来这儿的原因吗？”

菲莉帕没有吭声。她本想道一声抱歉，自己空着手就来了，可是又害怕她妈妈会说：“但是你把自己带来了。”她受不了第一次见面就用这种陈词滥调开场。她妈妈问：“你真的明白我干了什么，你又为什么会被收养吗？”

“我不明白，但是我知道一二。我爸爸强奸了一个孩子，你杀了她。”

话音一落，菲莉帕感觉空气凝固了。有那么片刻，她妈妈的神情不知所措，仿佛某种脆弱的知觉破碎了。她说：“我确实犯了重罪，预谋恶意杀害了一个叫朱莉·梅维斯·斯凯思的孩子。这是事实，只是他们不再这么说了，那不是事先预谋好的。事情本不该发生。但是，她死了，说什么都无济于事。反正，所有的杀人犯都会这么说。你没必要相信。我不知道我为什么要说这些。如果我看起来像个社交白痴，请见谅。你是九年来第一个来探视我的人。”

“如果你告诉了我，我为什么不相信你呢？”

“这无关紧要。你不是个爱幻想的人吧？你看起来不像。你来这儿不是想证明我的清白吧？你不是看了太多犯罪小说吧？”

“除了陀思妥耶夫斯基和狄更斯，我不看犯罪小说。”

门外愈加嘈杂，传来刺耳的说话声和走廊里咚咚的脚步声。菲莉帕说：“他们太吵了，不是吗？这里像一所寄宿学校。”

“没错，一所纪律严明的寄宿学校，他们把难以管教的女孩从她们父母身边带走。这一片是旧牛棚改造的预释放宿舍。无期徒刑犯被假释前要在这儿待九个月。约克有一些思想开明的雇主愿意给囚犯们改过自新的机会，我们出去后就去那儿干活。监狱当局扣除我们的生活费后，再支出一些零用钱，然后把剩余的钱存进银行。等我出狱时，应该有二百三十镑四十八便士。我想……如果你还愿意跟我一起住的话……这笔钱可以用来支付公寓的房租。”

“我可以付那套房子的房租。那两百镑，你以后用得着。你做些什么呢？我是说，什么样的工作？”

她希望自己的语气听起来不像个未来雇主。她妈妈回答：“我并没有太多的工作选择，我将在一间酒店做服务员。杀人犯比小偷或者骗子更容易安置，但是失业率这么高，监狱不得不接受所有工作。不过，这也意味着我有医疗保险了。”

“酒店的工作一定很无聊。”

“很累，但是不无聊。我不怕工作艰苦。”

这话在菲莉帕听来不符合她的个性，可怜，甚至卑微，质朴得令她难堪。几乎算得上是一种恳求，这个维多利亚时代的厨房女佣迫切地想要被人雇用。忽然，她想起了在餐桌前俯下身的希尔达。这时候想起希尔达不免令她有些仓皇失措。她说：“我们必须待在这里吗？外面阳光很好。我们不能出去走一走吗？”

“如果你愿意的话。看守长建议我们去草坪散步。探视者们通常只能待在房间里，但是她为了你，为了我们俩，破了个例。”

鹅卵石小路旁种着欧椴树，周围环绕着巨大的草坪。她们沿着小路散步。砾石在阳光下闪闪发光，像滚烫的煤渣一样烫着菲莉帕的鞋底。远处的榆树因为得了枯萎病被剥光了树皮，裸露着白色的树干，如同苍白、扭曲的绞刑架一般依靠着橡树、山毛榉、马栗树和银桦树深深浅浅的绿色。透过树隙，顺着撩人的狭长小径，一片圆形的玫瑰花园映入眼帘，还有圆滚滚的石雕小天使。小径上干枯的山毛榉树叶随风摇晃，在她的脚下化为粉末。即便在盛夏，也总有一些枯死的树叶。某个地方，有人正在焚烧树叶：空气中弥漫着一股香甜的秋日芬芳。现在就烧树叶未免有些为时过早。伦敦的公园从不烧树叶。这是一种乡村气息，让人回想起彭宁顿被遗忘的秋季，只可惜她从未住过彭宁顿。经过夏日锤炼变得粗壮的马栗树和橡树的坚硬树枝，干枯的树叶，烟雾缭绕的篝火味，椴树花昙花一现的芳香，所有这些让她一时间陷入了混乱，仿佛四季在这一刻不合时宜地重叠在一起。或许，她去剑桥大学前的这两个月，不过是住进了一个新空间，并不会对她过去那些年产生什么不良影响。说不定，等她再次回想这次见面时，却叫不准究竟是春还是秋，只记得互不相关的气味和声音，还有那片孤零零的枯叶。

二人一言不发地走着。菲莉帕试图整理自己的情绪。她是什么感觉呢？尴尬？不是。友谊？这个词相对于她们之间脆弱的关系而言，有些过于讨好了。成就感？平和？不，谈不上平和。这是一种介于兴奋和忧虑之间的感觉，一种与平和心境毫无关系的幸福感。或许是满足感吧。现在，我至少知道了自己是谁。我了解了最糟糕的部分，与此同时也知道了最好的部分。不管怎样，来这儿是正确的决定，刻意保持的步调和距离避免了第一次接触过于随意，那将是一个至关重要的仪式，既是结束也是开始。

听见她的声音后，菲莉帕心想："我喜欢她的声音。"低沉、纯真、踟蹰，好像她妈妈才刚学会英语似的，那些单词是她脑海中形成的符号，很少说出来。真奇怪，菲莉帕感觉，比起知道这个女人杀过一个孩子，唠唠叨叨或者声音刺耳似乎更让她难以忍受。她妈妈问："你有什么打算？我是说，想做什么工作？"她停顿了一下，接着说，"对不起。这就是那种十岁孩子最讨厌被问，却总被问的问题。"

"我十岁就知道自己想做什么了。我想成为一位作家。"

“你在收集素材吗？所以你才主动帮助我？我不介意。至少我应该给你一些东西。除此之外，我也没什么能给你了。”

这是无可争辩的事实，她的语气中没有一丝自怜或者懊悔的意味。

“但愿我也能辞别我的生命。但愿我也能辞别我的生命。但愿我也能辞别我的生命。”

“《哈姆雷特》。现在听起来似乎很奇怪，但是进监狱前我几乎不知道莎士比亚。我向自己保证，我要按照时间顺序读他的每一部戏剧。一共二十一部。我计划六个月读一部。这样就能读到刑期结束。文字可以战胜顾虑。”

诗歌的悖论。

“没错，”她说，“我知道。”

菲莉帕感觉鹅卵石小路有些硌脚。她说：“我们不能去花园散步吗？”

“我们必须沿着这条小路走，这是规定。他们没有人手四处找人。”

“但是，大门没上锁啊。你们都可以走出去。”

“那也不过是走进另一座监狱而已。”

两个女人，显然是监狱的工作人员，踉踉跄跄，急匆匆地跑着穿过草坪。虽然她们没穿制服，但是不可能把二人错当成囚犯。其中一个搂着同伴的肩膀。她们的笑声爽朗，心照不宣。意识到不能称呼这些人为看守，菲莉帕问：“监狱的工作人员们，他们对你们怎么样？”

“有些像对待动物，有些像对待不听话的孩子，有些像对待精神病人。我最喜欢那些把我们当作犯人看待的工作人员。”

“那两个跑着穿过草坪的人，她们是谁？”

“她们是朋友，总要求一起当班，还住在一起。”

“你是说她们是恋人，同性恋？监狱里有很多这样的人吗？”她想起莫里斯含沙射影的讽刺。

她妈妈笑了。

“你说得好像那是种传染病似的。当然有，还是常有的事。人需要被爱，他们需要感觉自己对某个人而言很重要。如果你好奇我是不是，答案是否定的。至少，我没有那个机会。无论在监狱里还是监狱外，人都需要一个可以鄙视的对象。谋杀孩子的杀人犯地位最低下，即便在这里也一样。学会独处，不要引起别人的注意，这就是我的生存之道。你爸爸就不懂这一点。”

“他是什么样的人，爸爸？”

“他曾是个老师，但他没读过大学。他的爸爸，也就是你的爷爷，曾是一名保险公司职员。我猜他们家没有人读过大学。你爸爸念过教师培训学院，当时也是很了不起的。他曾在伦敦一所综合学院教高年级男生，直到他再也忍受不了。他后来去煤气所当职员了。”

“但是，他是什么样的人？他有什么兴趣？”

她妈妈的声音突然变得刺耳：“他的兴趣就是小女孩。”

或许，这个冷酷的回答打击到了她，让她彻底清醒地意识到她们为什么在这儿，为什么一起在鹅卵石小路散步。菲莉帕等了一会儿，确定自己的嗓音平静下来，她说："那不是兴趣。那是一种癖好。"

"对不起，我不该那么说。我甚至不能确定那是不是真的。看来我给不了你想要的。"

"我什么也不想要。我来这儿并不是因为我想要什么。"

但是，在菲莉帕看来，她的问题就是她的愿望清单。我想知道我是谁，我想获得认同，我渴望成功，我渴望爱。那个问题——"那么，你为什么来这儿？"横亘在她们之间，没人问起，也无法解答。

她们默默地走着。她妈妈似乎若有所思，然后她开口道："他喜欢二手书，喜欢探索老教堂，喜欢在城市街道中闲逛，喜欢乘火车去绍森德，一直走到码头的尽头。他喜欢看历史和地理书，但是从来不看小说。他活在自己的想象里。他不喜欢自己的工作，却没有勇气再改变，他没有勇气改变任何事。他很温顺，本该受人喜爱。他喜欢你。"

"他是怎么说服她进屋的？"

她克制了自己的声音，表现出礼貌的兴趣，仿佛在询问某种社交琐事。他在茶里放糖了吗？他喜欢运动吗？他是怎么强奸一个孩子的？

"当时他的右手打着绷带。那是真的。他被草耙绊了一跤，刮伤了右手，后来还化脓了。他下班时看见她，然后一路尾随她从女童子军汇合点走回家。他告诉她，他想喝杯茶，但是没办法往茶壶里添水。”

啊，真是个聪明的办法。他看见一个孩子带着儿童与生俱来的天真无邪，走在郊区的街道上。一个穿着制服的女童子军。日行一善。他施了一点小计谋，即便多疑、胆小的孩子可能也会上当。当有人需要帮助，而且还是她力所能及的举手之劳，她就没那么容易察觉危险。菲莉帕甚至能想象那个场景，那个孩子仔细地在冷水龙头下灌满水壶，帮他点燃煤气灶，主动提出留下来帮他泡茶，小心翼翼地端出茶杯和托碟。他利用了她身上的美好和善良，摧毁了她。如果邪恶真的存在，如果这两个字有任何现实意义的话，那么这无疑就是邪恶。

她听到她妈妈说：“他不是故意伤害她。”

“不是吗？那他想干什么？”

“跟她说说话，也许吧。亲吻她。爱抚她。我不知道。不管他脑袋里想的是什么，那都不会是强奸。他是个温和、羞怯、软弱的家伙。我猜那就是他会被孩子们吸引的原因。我以为我能帮助他，因为我很坚强。但是，那不是他想要的。他应付不了。孩子气、脆弱才是他想要的。他没有伤害她，你懂的，肉体上。那是法律意义上的强奸，但是他没有使用暴力。我想如果我不杀了她的话，她和她的父母以后会控诉他毁了她的人生，她再也不能拥有美满的婚姻了。或许，他们的担忧有道理。心理学家们声称孩子们永远无法克服早期遭受性侵犯的阴影。于是，我剥夺了她破碎的生命。我不是在为他辩解，只是你不需要把它想象得比事实更糟糕。”

菲莉帕想知道，还怎么比事实更糟糕。一个孩子惨遭强奸，然后被残忍杀害。她能想象事发时的细节，也想象过。但是，那种惨状、那种孤单、骇人听闻的最后一刻；她无法靠意志想象当时的感觉，也许只有切身的体会才能了解其他人的痛苦。痛苦和恐惧。只要经历二者其一就会彻底地了解孤独。

毕竟，莫里斯曾经告诫过她。在等待她妈妈回信的四天里，他们断断续续地聊过一次：“没有人能够承受太多的现实。没有人。我们为自己创造了一个世界，在那个世界里生活尚可以忍受。你可能已经为自己创造了一个世界，其中的想象或许比大多数人更多。已经耗费了这么多努力，为什么要毁掉它呢？”

她傲慢地回答：“如果我满足现状的话，或许会觉得这样对我来说更好。但是，现在太迟了。那个世界消失了。我必须再找一个。至少这次要以现实为基础。”

“是吗？你怎么知道最后不是一场幻影，结果更令你不舒服？”

“但是，了解事实总归是好事。你是个科学家……尽管是个伪科学家。我想在你眼里事实是神圣的。”

他回答：“善戏谑的彼拉多曾说‘事实是什么呢？’，无须为事实做出解答。如果你能发现事实，并且不把它同价值观混为一谈，事实就是神圣的。”

她们绕着草坪转了一圈，再度回到会客室的门前，却都不愿意进去，于是又慢慢地转过身，顺原路往回走。她问："我爸爸那边还有什么亲戚吗？"

"你爸爸是独生子。他有个堂妹，审判时她和丈夫移民加拿大了。他们不希望任何人知道这层亲戚关系。我猜他们俩还在世。那时候，他们还没有孩子，人到中年，大约四十岁吧，我估计。"

"你这边呢？"

"我曾经有个弟弟，名叫斯蒂芬，比我小八岁。当时，他在部队服役，北爱尔兰骚乱的第一年他就牺牲了，牺牲时还不满二十岁。"

"这么说，我唯一的舅舅也不在了，没有其他人了吗？"

"没了，"她不苟言笑地回答，"只剩我了。我是唯一跟你有血缘关系的人。"

她们继续慢慢地走着。炽热的阳光晒着菲莉帕的肩膀。她妈妈说："他们为探视者准备了茶，去喝点茶吧。"

"我倒是想喝，不过就不在这儿喝了。回约克再喝吧。我们还剩多少时间？"

"公共汽车来之前吗？还有三十分钟。"

"我应该做些什么？我是说，你出狱后能直接去我那里么，还是需要走什么手续？"

菲莉帕盯着地面，不愿意面对她妈妈眼神中可能流露的情绪。这是邀约和接受最后的决定时刻。她妈妈再次开口，声音很克制。

“目前监狱计划送我去肯辛顿的女缓刑犯收容所。我讨厌再住宿舍，但是没有选择，至少第一个月是这样。不过，我想去你那儿住应该不费什么事儿。他们会派人核实你确实有一套公寓，然后征得内政部的批准就可以了。你首先要写一封正式的申请函递交监狱的首席福利官，不过，再考虑一两个星期不是更好吗？”

“我已经考虑过了。”

“正常情况下，接下来的两个月你会做些什么？”

“可能没什么变化，在伦敦找一套公寓。我已经毕业了。去年，我十七岁，拿到了剑桥大学的奖学金。今年，为了消磨时间，我选修了哲学，通过了甲级考试。我也不是参加海外志愿服务的那类人。总之，我没有为你改变过计划，如果你在意的是这个的话。”

她妈妈接受了这个谎言。她说：“我将是一个令人尴尬的合租者。你怎么跟你的朋友解释？”

“我们不会主动拜访他们。如果碰巧遇见，我会解释说你是我的妈妈。他们还需要知道别的吗？”

她妈妈正式地说：“那么，谢谢你，菲莉帕。如果只是前两个月的话，我很高兴和你住在一起。”

之后，她们没有再讨论将来的事，只是一起走着，想着各自的心事，直到菲莉帕汇入探视者稀稀落落的人流中，沿着被太阳烤得干裂的宽阔甬道，走向大门，走向等候的公共汽车。

11

菲莉帕到家时刚过八点半，莫里斯和希尔达什么也没有问。不发问是莫里斯不干涉政策的一部分；通常情况下，他总试图给人一种无意探究的印象。希尔达满脸通红，带着点儿情绪，询问了一句菲莉帕的旅途是否顺利，便闷闷不乐地不再开口。即便只是个无关痛痒的问题，她还胆怯地瞥了莫里斯一眼，装出没听菲莉帕回答的样子。语气生硬，像是在应酬一个不受欢迎的不速之客。在推迟的晚餐中，他们像陌生人一样围坐在一起；不过，毕竟他们就是陌生人。那本该是一个需要陪伴的夜晚，但是他们几乎在沉默中喝着奶油浓汤，吃着马伦戈鸡[1]。终于，她推开椅子，站起身，说道："我妈妈似乎很乐意跟我一起住一个多月。明天我就开始找房子。"

说这几句话时，她的声音高得不自然，充满了挑衅的意味。她十分恼火自己如此生硬的语调，尽管整个晚餐期间她都在心里默默

1 一道法国菜，用大蒜和番茄油煎过的鸡肉，配以煎蛋和小龙虾。

地练习这几句话，可是说出来竟然如此困难。她从不惧怕莫里斯。为什么这会儿这么怕他呢？她十八岁了，已经成年，她只需要对自己负责。她现在大概像以往期盼的那样自由了。她没必要为自己的行为辩护。

莫里斯说："你会发现租一套你能负担得起的公寓没那么容易，反正伦敦中部是这种状况。如果你要借钱，就跟我说一声。别去银行借。按现在的利率付利息不划算。"

"我自己能搞定。我有为欧洲旅行攒下的钱。"

"既然这样，祝你好运。你最好留着家里的钥匙，万一你需要回来呢。如果你打算就此搬走，尽早通知我们。你的房间我可能另有安排。"

菲莉帕想，莫里斯的语气像是在打发一个不受欢迎的寄宿房客。不过，那正是他要达到的效果。

12

七月十七日，星期一，上午九点刚过，斯凯思拨通了城里的一个电话号码，过去的六年来，他每三个月拨通一次这个号码。这一次，他虽然没有得到自己想要的情报，但是，伊莱·沃特金也没有像往常那样许诺过几天再说，反而请他在方便的情况下尽快来他办公室一趟。没过半小时，他已经离开卢德门山，赶往哈利路亚路，拜访一个六年前曾见过的男人。那时候同行的还有梅维斯；这次他只能只身一人穿过圣保罗教堂的墓地，拐进幽暗、狭窄的小巷。

审判结束后，他们等了三年才开始同伊莱·沃特金调查有限公司接触。他俩在伦敦黄页电话簿上的一堆设计师和珠宝商中间找到了这家公司的名字，并列的还有十几家私人侦探事务所。他们花了一整天时间挨个拜访，希望从地址和外观评估其效率和声誉。梅维斯本打算排除那些代理离婚案件的事务所，但是斯凯思说服她没必要限制自己的选择。这不是个容易的差事。尽管他们相互扶持、意志坚决，但是仍有置身异国他乡之感。门面漂亮、没有人情味的事务所令人望而却步，破旧、不起眼的小地方又让人生不出好感。最后，他们决定到伊莱·沃特金调查有限公司碰碰运气，因为他俩喜欢哈利路亚路这个名字，办公室洋溢着欢乐气氛，一楼窗台外花盆箱里正吐露枝叶的水仙打消了梅维斯的顾虑。一位上了年纪的打字员接待了他们，然后带着他俩上楼，见了伊莱·沃特金本人。

当他们走进那间幽闭的小办公室时，伊莱·沃特金正蹲在嘶嘶作响的煤气取暖器前，用勺子将猫粮舀进三个浅碟里，五只不同大小、毛色的猫喵喵地叫着，绕着他瘦弱的脚踝磨蹭。有一只虎斑猫，看上去像是它们的家长。它交叠着爪子，蹲踞在书架顶，眯着细长的眼睛不屑地观望着这场混战。食物分好后，它轻轻一摇尾巴，跳下书架，踱到第三个碟子旁。这时，伊莱·沃特金才起身同他们打招呼。他身材矮胖，满脸皱纹，一头白发，耷拉着眼皮，说话时总微闭着眼睛，然后突然睁开，似乎在刻意表现他那双蔚蓝的小眼睛。他言谈间丝毫没有斯凯思害怕的虚情假意，似乎对他们的委托一点儿也不觉得奇怪。斯凯思已经练习过要说的话。

“三年前，一个名叫玛丽·达克顿的女人杀害了我们的女儿朱莉·梅维斯·斯凯思，被判无期徒刑。我们想了解她的情况。例如，她什么时候转狱，转移到哪儿，她做了些什么，她什么时候出狱。你能提供这类情报吗？”

“当然可以。只要你肯出钱，这个世界上没有什么得不到的情报。”

“需要很多钱吗？”

“不会很多。那个女人眼下在哪儿？霍洛威？我想是。十天后，打这个电话号码找我，看看我们能做些什么。”

“你们怎么获得情报？”

“获取情报的老办法，斯凯思先生，就是用钱买。”

“这当然是个可靠的法子，也没有什么违法的地方，但是我们不希望其他人知道这件事。”

“当然了。那么你需要多付一点钱。”

从那之后，他们每年给伊莱·沃特金打四次电话。每一次他都会在三天后回电话，告知他们他了解到的情报。一个星期之内，一张注有“专业服务费”字样的账单就会寄到。费用不等。有时候高达二十镑，有时候只有五镑。通过这样的方式，他们知道了玛丽·达克顿什么时候解除了监禁，开始在监狱图书馆干活，什么时候从霍洛威转移到达拉谟，又从达拉谟转移到梅尔库姆农场，什么时候遭三个犯人殴打然后被送往监狱医院接受治疗，以及她的案子第一次提交假释裁决委员会审议的时间。六个月前，他从伊莱·沃特金那里得知，她将于一九七八年八月被有条件地释放。

他赶到哈利路亚路时已经将近十一点。伊莱·沃特金办公室的窗外依然摆着花盆箱，里面只剩下了结块的泥土。通往过道的大门敞开着，空荡荡的一楼办公室堆满了打包好的箱子。脏兮兮的墙壁斑驳脱落；还留着长方形的痕迹，想必那里曾经挂过相框。窗户脏得不堪入目，几乎完全阻隔了光线，他不得不摸索着穿过破破烂烂的油地毡，踏上没铺地毯的楼梯。

楼上的办公室里，伊莱·沃特金像六年前一样等着他。那个煤气取暖器依旧嘶嘶作响，他认出了那张顶盖可以伸缩的大书桌和两个残旧的档案柜。猫不见了，不过斯凯思似乎仍然能闻见空气中弥漫着猫粮刺鼻的酸臭味。紧接着，他怀疑自己闻见的是病入膏肓的死亡气息。还好有那双明亮的蓝眼睛，他才认出了伊莱·沃特金，除此之外面目全非。那只握着他的手如同干瘪皮肤裹着的一把松散的骨头。他的脸就像蜡黄的骷髅头，只有眼睛闪着宝石般的光辉。

斯凯思说："我打听过玛丽·达克顿的事。我在电话里问你是否掌握了她出狱的确切日期。你让我过来一趟。"

"没错，没错，斯凯思先生。有些事最好面对面谈。请进吧。"

他走到第一个档案柜前，从最上面的抽屉中取出一个浅黄色文件夹。抽屉里似乎没有别的东西。文件夹已经褪色，不过很干净，几乎没有磨损。反正，它每年只打开四次，斯凯思想。伊莱·沃特金拿着文件夹，回到书桌旁，打开。斯凯思看见里面装着他的账单的影印件，一些小纸片，估计是电话记录的便签。此外，再没有其他东西了。

沃特金说："当事人将于一九七八年八月十五日星期二从梅尔库姆农场获释。"

"去哪儿？"

"现在还不能告诉你准确的消息，斯凯思先生；通常是北肯辛顿的一间缓刑犯收容所，不过监狱里传说这个安排或许有变。”

“你什么时候能给我准确的消息呢？下个星期我能再给你打电话吗？”

“下个星期我就不在这儿了，斯凯思先生。下个月，建筑商会把这里改建成一家咖啡三明治吧。我想，搞得隐秘一些才能吸引顾客，不过那就不需要我操心了。我已经拿到了不菲的租金。如果半年内你打电话过来，如果这儿还有人，如果还有人管事儿的话，他们会告诉你我死了。八月十五日我应该已经到了墨西哥。斯凯思先生，我一辈子都在期盼这一天，去看看霍奇米尔科的浮动花园，我将在三天内动身出发。这是我最后一次为你提供情报。而你，斯凯思先生，是我的最后一位委托人。”

斯凯思说：“很遗憾。”

他想不出还能说些什么。过了一会儿，他问：“你难道猜不出她会去哪个城镇吗？”

“我推测她会去伦敦。获释的人通常会去那里。谋杀案发生时，她住在埃塞克斯郡赛文金丝，对吧？所以，我猜她很可能去伦敦。”

“你知道他们什么时间释放她吗？”

“通常是上午。如果我是你，我会把计划定在上午。八月十五日，星期二上午。”

他是不是微妙地强调了“计划”这个词？

斯凯思说：“知道这个消息会很有帮助。我必须亲自见她一面，转交一封我妻子的信。我答应过梅维斯一定把信交到她手上。”

“我这辈子下定决心要亲眼看一看浮动花园。你相信轮回转世吗，斯凯思先生？”

“我没考虑过这个问题。我想对于那些相信自身价值的人而言，那或许是一种安慰吧。”

“但是，如果没有虚构出来的故事，你能相信自身的价值吗？”

他突然抬起浮肿的眼皮，一双明亮的蓝眼睛紧盯着他，满是嘲讽。他说：“斯凯思先生，杀人没有那么容易。甚至国家机关都放弃了。况且，他们还拥有各种便利条件，你或许能说出一二：绞刑台，老练的刽子手，也不用冒险控制犯人。你受过专门的训练吗，斯凯思先生？”

令他困惑的是，这些隐含着恐吓的话并没有引发他的惊慌。瞥一眼面前的骷髅便知道原因了，它像解剖学家的标本一般，突出的骨架覆盖着纸一样薄的皮肤，蓝色的血管清晰可见。死亡的标志足以令一个男人变得毫无威胁。他已经抛开了生命中微不足道的问题，一心向往着浮动花园。他的怀疑又有什么关系呢？等那个女杀人犯死后，他肯定会成为主要嫌疑人，说不定还是唯一的怀疑对象。重要的是不能给警方留下真实的证据或者法律依据。他隐约觉得警方或许不会尽心尽力地寻找证据。他冷静地说：“如果你这么认为，为什么不报警呢？”

"那不符合职业道德，斯凯思先生。我的职业并不是经常联系警察，虽然他们有时候喜欢找我问这问那。而且，你和我保持了一段长久、丰硕的职业关系。这些年来，你为某种情报付给我丰厚的报酬。至少，你要怎么利用这些情报，与我无关。再说，我还有三天就走了。"

斯凯思镇定地说："你误会了。我必须见那个女人，必须转交她一封信，仅此而已。我妻子希望她知道我们已经原谅她了。一个人恨了快十年，不能再恨下去了。"

"对极了。斯凯思先生，你读过托马斯·曼的作品吗？一位出色的作家。'为了人类，为了爱情，不要让任何人的思想受死亡控制。'我想我没引用错，相信你理解其中的含义。这次收你五十镑。"

"这个数目超出了我的预期。我身上只有四十镑现金。以前从来没有超过三十镑。"

"这是最后一次了，我想你也认同这个情报值这个价。不过，就付四十吧。我们不必写支票了吧？"

他付了八张五镑的纸币。伊莱·沃特金折起钱，塞进钱包。他说："这次就犯不着开收据那么麻烦了吧。现在，我们可以把你的档案扔进这堆垃圾里了。这个袋子装了不少被撕毁的秘密和痛苦。或许，你愿意帮我处理一下。这个档案夹太硬了，我撕不动了。"

斯凯思撕碎了每一张纸，又将档案夹扯成碎片，扔进袋子里，沃特金先生小本生意的残骸汇成了那片汹涌的纸片海洋。最后，他们握了握手。沃特金的手干燥、冰凉，却意外地有力；如果他愿意的话，完全能撕碎档案夹。斯凯思最后瞥了他一眼，他依然坐在书桌旁，目光透着温厚的怜悯。他的最后一句话却很爽朗："别被垃圾箱绊倒了，斯凯思先生。现在是你人生正有趣的时候，如果摔成残废就麻烦啦！"

当天下午，他打电话给当地最知名的房屋中介，请他们帮忙出售房子。对方回复他们将委派惠特利先生次日上午早点过去接洽。第二天上午十点，惠特利先生如约而至。他比斯凯思预料的年轻得多，肯定不超过二十岁，长着一张病恹恹的尖脸，穿着刻意，大概想博得客户对公司效率和诚信的信任。一身带深蓝色带垫肩的廉价西装松垮地套在他身上，好像他还能再长个儿似的。他迈着轻快、自信的步伐走来，还没进门就用锐利的目光打量起房子。他带着块写字夹板，内行地挥着一把弹簧卷尺测量每一个房间的尺寸，动作花哨。跟着他进进出出的斯凯思注意到他脖子上有个小脓包破了，脓血弄脏了他的衬衫衣领。这个发现令他难以移开视线。

"嗯，是一处不错的房产，先生。房子维护得很好，应该很容易出手。不过还是要提醒你一句，现在的市场已经跟六个月前不一样了。你打算卖多少钱？"

"你有什么建议？"

斯凯思知道，对方给出的价格不会高于他的需要。虽然佣金与售价挂钩，但重要的是尽快脱手，没有麻烦。虽然他噘着嘴像是在计算，其实他无权擅自定价。公司肯定已经明确过，阿尔玛路一处状态很好的半独立式住宅的合理价格是多少。

他花了几分钟慢慢从门厅走到客厅，又从客厅走到厨房，然后开口道："运气好的话，你可以卖到一万九千五百镑。花园维护不当。大家喜欢带车库的房子，而这里没有车库。这些因素会影响价格。我们可以先要价两万，然后再往下降。"

"我想尽快出手。我不介意开价一万九千五百镑。"

"你说了算，先生。怎么看房呢？今天下午你在吗？"

"不在。我给你一套备用钥匙。最好由你带人来看房。我不想见他们。"

"那样会耽搁一点时间，先生。我们得尽量多安排些人同一时间看房。你晚上能早些回家吗，例如，一个星期……"

斯凯思心想，就让他们赚佣金吧。

"我不想见任何人。如果他们保证把门锁好，你可以把钥匙转交给他们。反正也没有什么值得偷的。"

"噢，我们不想这样做，先生。还有，假如我告诉有意向的买家，你能接受一万八千五百镑，必要时甚至一万八千镑，我想很快就能出手。"

"好吧。卖一万八千五百镑吧。"

"登记册上有一对年轻的夫妇，可能会对一万八千镑感兴趣。他们有两个孩子，这里离学校很近。我看看能不能约他们今天晚上看房。"

“我希望尽快卖掉。他们不需要贷款吗？那得花些时间。”

“没有问题，先生。他们一直在建房协会存钱。如果他们喜欢这栋房子，一切都会很顺利。”

最后，他轻蔑地扫了一眼不成比例的客厅，然后说：“无论谁买了这房子都会砸掉中间那堵墙，打通它，改成一个大房间。厨房也需要重新装修。”

只要能尽快卖掉，斯凯思才不在乎他们怎么处置这房子。他需要为计划筹措资金。他和梅维斯一致认为可能要卖掉房子。他猜梅维斯没考虑过卖掉房子后的实际问题；现在他也顾不了那么多了。搬离舒适体面的郊区住宅，变得无家可归，只身面对陌生世界，这一切不免令他既兴奋又忧惧。即使他的寻人计划落空或者受阻，再找房子栖身也不是什么难事。他跟在惠特利先生身后，看着卷尺闪着银光，测量着狭小的厨房和门厅，这幢房子在他的眼里仿佛小型食肉动物的巢穴，隐秘地藏于地下，棕色的墙壁散发着野兽的气味。站在厨房里，他想象着它留在油毡上的足迹，散落在桌子下的皮毛和骨头。

13

菲莉帕明白，以她的条件在伦敦中心区找一套价格合理、带家具的两居室还是有优势的；外貌、年龄、声音和肤色都对她有利，除非有谁不明智地追问她的出身。她造访了十几家房屋中介，接待员和面谈者赞许的眼神和尊重的态度也证实了这一点。租期短是另外一个有利优势——“只是我去剑桥大学前的三个月”——而且，她不想合租。她用受过良好教育的声音自信地说：“只有我和我妈妈，两个人住，赶在我上大学和她出国之前，我们想在伦敦共度几个月。”她很清楚，这些话展现了她的孝心和体面。如果有合适的公寓，任何房屋中介都乐意租给她。但是，伦敦中心区带家具的短租公寓对于外地人而言，租金高得吓人，每当她试探着提出每星期四十至五十镑的报价时，对方便会报以难以置信的微笑，摇着头抱怨起《管制租金法令》的恶劣影响。她觉得自己不该这样出现——外表阔绰、出手寒酸，这令她萌生出一种骗人的罪恶感。很快，房屋中介们失去了兴趣，随便记下她的名字和地址，什么也没答应。

找房子的第一个星期，她每天重复着同样的行程。早餐过后，她离开科尔德科特特勒斯街68号，整个上午拖着沉重的脚步奔波于不同的房屋中介之间。午餐时，她买来刚出版的晚报，然后标出其中的潜在出租信息。接下来的半小时，她会准备一大把硬币，站在公共电话亭里，开始那项让人沮丧的任务，挨个联系登广告的人，然而大部分电话号码往往不是占线就是空号。下一步是看房子。那些房子不是窗户脏得透不进阳光，堪比深井，就是公用的厕所和浴室远离公寓，环境差得令人却步，脏得令人长期便秘；配备的家具尽是些房东不要的破烂，永远关不上门的衣柜，掉了瓷的炊具和油腻的炉灶，烧焦的桌面，长短不一的桌腿，凹凸不平、脏兮兮的床铺；虽然房东的广告里声称只租给女房客，但是这并不意味着厨房比其他基本日常用品干净多少。

没过多久，她被迫扩大了寻找范围。她逐渐认识到一个截然不同的伦敦，并开始以一种不同的眼光审视它。这座城市在不同人的眼里，有着不同的姿态。它烘托并渲染了某种气氛，但是并不会为谁创造气氛。在落魄者眼中更悲惨，在孤独者眼中更寂寞，富足、幸福的人看到的是富足和幸福，光鲜亮丽的生活证明了他们当之无愧的成功。一个星期过去了，菲莉帕没找到一套她能够忍受的公寓，哪怕只是暂时租住，沮丧和孤单与日俱增。曾几何时，她从科尔德科特特勒斯街的安全地带眺望北帕丁顿、基尔伯恩和厄尔斯考特的陋巷，当时她只当它们是迷人异域文化的边远居民点，任何一座首都多样色彩的一部分。如今这一切在她不抱幻想、带有偏见的眼睛看来，只剩下污秽和丑恶；无人清理的废弃物就快撑破袋子，垃圾堵塞了排水沟、被风刮进地下通道，墙壁被极端分子涂得乱七八糟，月台上的海报添油加醋地写着污言秽语，地下通道脏兮兮的混凝土地面散发着混合了消毒水的尿臊味，满眼尽是人类的丑陋。那些将自己的栖身之地弄得乱七八糟的家伙甚至比不上一只乖巧的动物。那些裹着布的外乡人或蹲在马路边，或透过敞开的门以疏离的神情恫吓她；空气中弥漫着咖喱和牲畜的气味，还有女人的发香，无一不凸显着排外意识，这一切都和她住的城市不一样。

七月二十八日，星期五上午，菲莉帕刚刚得知又一套登在广告上的公寓已经租出去了，她沿着埃奇威尔路一直走，突然发现辅路旁有一家她之前没注意过的房屋中介。瑞特里特房屋代理处最了不起的地方是它竟然能生存，并且存在至今，还有业务可做。许多规模更大、更干净、更豪华的代理处都没有多少可供租赁或管理的房源，然而不知道为什么，这家外表破烂、不讨喜的代理处却吸引了众多房主。脏兮兮的玻璃窗用透明胶带贴着许多手写卡片。大部分因时间过久已经泛黄；有些卡片上的墨迹已经褪成淡淡的血色。各种怪异的笔迹和拼写说明这里的职员变换频繁，筛选的标准也不严。仅有的几张曾带来希望的干净卡片很快便标注了“已租”的字样，根据卡片上不合理的租金判断，很可能并不真的有过这样的房子。

菲莉帕推门走进小办公室，办公室里摆着两张桌子，靠墙并排放着四把椅子。其中一把椅子上坐着一个印度人，正耐心地填写登记表。稍大一点的桌子后面坐着一个穿着艳丽的红发女人，她戴着一大串叮当作响的手镯，一边抽着烟，一边玩晨报上的填字游戏。她看上去像那种童年不大顺遂，付出了一些代价后，最终让生活走上正轨、获得成功的人。另一张桌子旁边坐着一个年纪稍轻的金发女人，正兴致缺缺地听一个面色涨红的罗圈腿喋喋不休，那个男人身穿格子花呢套装，头戴一顶装饰着羽毛的干净呢帽，这身打扮显然更适合布莱顿赛马场，而不是这间破旧的办公室。

金发女人的眼睛转向菲莉帕，显然在暗示她要开始做生意了。罗圈腿会意地朝门口走去。

“那么，再见。”

“再见。”两个女人毫无热情地同声应和。

菲莉帕说明来意，她想在伦敦中心区租一套两居室的小公寓，配简单的家具，只有她和妈妈两个人住，租期大约两个月。

“租到我上大学为止。只有我们俩住。只要房子的基本状况良好，靠近中心区，我不介意自己添置些东西。”

“你想要什么价位的房子？”

“都有什么价位？”

“视房子的情况而定。五十镑、六十镑、八十镑、一百镑，还有价位更高的。一般一个星期的租金不会低于五十镑。你也知道《租赁法》的规定，房东腾空房子前，不要付给他租金。”

“我很清楚《租赁法》。我可以预付现金。”

另一张桌子旁的女人闻言抬起头，没说话。

金发女人接着说："你是说，两个月？大部分房东愿意租给租期长的房客。"

"我以为他们喜欢短期出租。他们愿意租给外国人，难道不是因为他们知道房客很快就搬走吗？我可以保证，一到秋季我们就搬出去。"

红发女人接过话茬。

"我们不接受口头承诺，你得签个协议。拐角的事务律师韦德先生帮我们起草了一份。你说付现金？"

菲莉帕迫使自己紧盯着那双精明的眼睛。

"但是要打九折。"

金发女人哈哈大笑："你在说笑吗？任何配家具的公寓租金都没有折扣。"

另一张桌子旁的女人说："德莱尼大街那套带厨房和公共卫生间的两居室怎么样？"

"已经租出去了，比林夫人。那对带着孩子、有孕在身的年轻夫妇。他们昨天看了房。我跟你说过。"

"我们再翻翻卡片。"

金发女人拉开桌子左手边最上面的抽屉，浏览卡片索引，递过一张卡片。红发女人看着菲莉帕。

"现金预付三个月房租，房东要求最少租三个月。他开价一百九十镑一个月。三个月五百五十镑，即付，不收支票。这就是所谓的假期出租，也就是说不适用于《租赁法》。"

她的银行账户里有将近一千镑，是从生日礼物和假日打工存下来的积蓄。虽然她从不乱花钱，但也从不吝啬花钱。她始终相信自己能赚到钱。在她所有的需求中，钱似乎最容易到手。她稍稍犹豫了一下："好吧。但是如果已经租出去了呢？"

"随便你。你自己决定。"

金发女人带着一丝戏谑瞥了菲莉帕一眼，仿佛早已不指望人们行为端正，却依然能从目睹他们糟糕的表现中获得满足。菲莉帕点点头。年纪稍长的女人拿起话筒，拨通电话号码。

"贝克先生吗？瑞特里特房屋代理处，关于那套公寓的事。对，对，对。嗯……事实上科茨先生不愿意。对，我知道他在纽约。他打电话来了。他不同意您太太处理那些窄楼梯的主意，不能按她的要求做。而且，他不想租给有孩子的人家。是的，我知道，但是我才是做决定的人，您来的时候我刚好不在。然后，那辆婴儿车就放在门厅。不，给他写信也没什么用。我不知道接下来的一两个月他会在什么地方。抱歉。好的，我们会通知你。能接受一星期四十镑。好的，我明白了，贝克先生。好的。我们已经了解了详细情况。嗯。嗯。我想那种态度也没有什么大用处。毕竟，你什么文件也没签。"

她又拿起烟，继续看报纸。头也不回地对菲莉帕说："如果你愿意，现在就可以看房。德莱尼大街12号。梅尔大街的尽头，挨着埃奇威尔路，普雷德大街这一侧。两居室，一间厨房。至于卫生间，和一楼的蔬菜水果店共用。伦敦中心区找不到比这更便宜的公寓，很划算了。租金原本是现在的二倍，科茨先生突然去了纽约，所以才想短租。”

“配家具吗？”

金发女人说：“没有你想的那么齐全。大部分人喜欢带些自己的零碎东西。不过，这房子带家具出租。”

“我想现在看房，拜托了。”

菲莉帕登记后拿了钥匙，却没有立刻去德莱尼大街。似乎在她看来，一旦到了那里就意味着做了决定。倘若她不想租那套公寓，现在就要放弃。她觉得自己需要大步地走一走，协调起思想和行动。但是，人行道太拥挤了；人流摩肩接踵，童车和手推车挤来挤去，菲莉帕脚步凌乱，不由自主地被人从马路边挤进车流中。沿埃奇威尔路一百码处有一间咖啡馆，她几乎想也没想转身走了进去，挑了一张挨着窗户的桌子坐下来，塑料硬贴面的桌子污迹斑斑。服务员套着一件脏兮兮的夹克，留了一头油腻的长发，懒洋洋地站在柜台旁，菲莉帕点了一杯咖啡。温吞吞的咖啡盛在塑料杯子里，没滋没味，难以下咽。她看了看周围的顾客，虽然看不出他们有什么欣喜之色，但都喝了手里的咖啡，还点了其他食物，烤过头的汉堡包，软塌塌的薯条，边缘焦煳、浸着油的煎鸡蛋，她觉得莫里斯至少说对了一句话：同样是钱，穷人得到的总是不如富人。

窗前挂着的柳条花篮里是灰蒙蒙的假花和葡萄藤。人头攒动的人行道背靠着川流不息的车流。或白或棕或黑的脸时不时地凑到玻璃窗前研究价目表。他们似乎在盯着她；一张张接连不断的面孔仿佛一个移动的陪审团，无声地见证着她的道德窘境。

以往的经历中没有能帮助她解决当前困境的经验。她把钥匙环套在大拇指上，两把钥匙搁在掌心，那把耶鲁牌的钥匙想必是用来开共用前门的，另一把丘伯牌的则用来开公寓，冷冰冰、沉甸甸的钥匙强化了其象征意义。她所受的道德教育是一种语义学，一种针对享乐和伦理的纯理性探究，莫里斯称之为道德灌输，并得意地归结为自身正直的影响。面对他人时得体的举止是基于某种抽象的概念：良好的公共秩序，愉快的生活，自然正义——不管它意味着什么——总之是绝大多数人最优秀的品质。对大多数人而言，善意地对待他人是为了对方也善意地对待你。这意味着那些聪明、诙谐、漂亮或者富有的人不需要这种权宜之计；树立榜样似乎更适合他们。

以往所受的教育也无法给她答案。南伦敦学院名义上遵循基督教义，然而在菲莉帕看来每天清晨为时十五分钟的集体礼拜只不过是一种传统仪式，确保女校长宣布当天的通知时全校师生都在场。有些女孩信奉宗教。圣公会[1]，特别是高派圣公会，因其圆满地调和了理性和神话为人所接受，因其优美的祷告文为人所公认；然而从本质上讲，它不过是一种自由人文主义的普遍宗教，通过仪式迎合每个个体的喜好。至于自称是高派圣公会教徒的加布里埃尔，在菲莉帕看来也不过如此。那些为数不多的罗马天主教徒、基督教科学派信徒和不信奉国教的教徒被视为受家庭传统支配的怪人。无论他们声称自己信仰什么

1 又名安立甘宗，是基督新教三个原始宗派之一，也是带有盎格鲁–撒克逊人礼仪传统的宗徒继承教会。

都无碍于整所学校的中心信条——至高无上的人类智慧。那些女孩们同她们在温切斯特、威斯敏斯特和圣保罗的兄弟们一样，自童年起便习惯了残酷的智力竞争。她自己从上小学开始就受制于这种环境。她们注定成功，仿佛被烙上了无形的圣痕；她们是被祝福、被拯救的一群人，获救于单调、贫穷、卑微和失败。她们上的大学、选择的职业、嫁的男人都位于等级体系的前列，这一点虽然没有明说，但是大家都心知肚明。她并不认为这是她唯一能找到立足之处的世界。她是个作家；所有世界都向她敞开大门。然而跻身这个世界，莫里斯靠的是自己的奋斗，而她则靠着被人收养，所以她也没什么好抱怨的。等她在平庸阶层找过房子后，这个文明的城市将永远地向她敞开大门，她将成为一个自由的人，再也不是外来者。

她想起每个星期到学校讲一次道德哲学的比阿特丽斯夫人，或许能解答她眼下的困惑，或者提出更多问题，讨论它们之间的关联性，无论是否真有意义，说不定就能获得答案。她记起最近写的一篇周论文，其实那篇文章本身就是一张优秀毕业证书，因为只有高年级的学生才有资格听比阿特丽斯夫人的讲座。

“只按那条格言行事，同时你期待它成为放之四海而皆准的法则。参考黑格尔对康德道德哲学体系的批判进行讨论。”

但是这与一个有前科的女杀人犯和一个怀孕的妻子同时看上一套廉价的房子又有什么关系呢？撇开那个怀孕的妻子先发现房子这点。学校礼堂的布告板曾贴过一张通知。星期五十二点半至下午两点及星期三下午四点至五点半，牧师会在书房接待女孩们，或者提前预约。他是个缺乏幽默感的男人，女孩们对着他不恰当的措辞嘀嘀咕咕。但是，菲莉帕觉得他有自己的答案："瞧，我告诉了你们新的戒律，你们要彼此相爱。"

但是这并非意愿所能左右的。当然，信徒完全有理由这样回答："主啊，告诉我们如何去做？"而他，那个巡回传教的男人/上帝，如果他清醒地死在床上，就不会为人所知，他也有自己的答案："我已经告诉过你们。"

咖啡馆并不是解决道德困境的最佳场所。周围声音嘈杂，座位紧张。疲倦的女人们拎着折叠式婴儿车四处寻找空位，孩子们紧抓着她们的衣角。她坐得够久了，于是往没喝完的咖啡碟下放了五便士小费，将钥匙扔进挎包，义无反顾地沿着埃奇威尔路朝普雷德大街走去。

14

德莱尼大街位于梅尔大街里森树林的尽头，街道狭小，左手边的建筑物一楼是小店铺，二楼是住户。街尾有一家酒馆，华丽的旋转招牌映出“掷弹兵”几个字，再往前是一家投注站，透过彩色玻璃不时传出嗡嗡的低语声，里面仿佛聚集了一群愤怒的蜜蜂。紧接着是窗前贴满生发水和洗发水广告的理发店，橱窗里摆着四个发型模特：空洞眼窝里的眼珠翻着白眼，假发干得像枯草，让人想起古代大屠杀断头台上的牺牲品，要是往那些切断的脖子上画一条参差不齐的红线就更逼真了。理发店敞着门，菲莉帕看见两个顾客正在排队，一个干瘦的老头挥舞着梳子站在客人后面忙碌着。

旧货店和蔬菜水果店之间夹着一扇装着维多利亚式铁门环和信箱的绿门，门上漆着黑色的数字“12”。前门大开的蔬菜水果店曾是这栋房子的一楼。门口的招牌上用油漆写了店名：“蒙蒂蔬菜水果商店。”两家店的摊位都摆到了人行道上。蔬菜水果店的货摊铺了一块俗艳的假草皮，瓜果蔬菜仿佛艺术品似的堆在上面。昏暗的店铺里，闪着光泽的橘子被巧妙地堆砌成金字塔状；摊位后面的横杆上挂着成把的香蕉和成串的葡萄，打了蜡的苹果、胡萝卜和西红柿齐整地码放在一个个箱子里，仿佛准备庆祝收获感恩节似的。一个健壮、结实的年轻男人正举着一双大手拖住秤盘，往一个老头儿的购物袋里倒土豆，他长着一脸和善的圆脸，留了一头油腻的及肩长发。那位上了年纪的顾客使劲儿撑开袋子，他戴着连指手套和平顶布帽，系着羊毛围巾，将自己裹得严严实实，几乎看不到脸，生怕暴露在夏日的烈日下。

菲莉帕发觉自己左右为难，她既迫切地想看看公寓，又有些焦虑。这几乎演变成一场自我控制的练习，为了推迟失望的来临，她努力地观察起周遭的环境。

旧货铺看起来颇有意思。店外堆着各式的旧家具：四把曲木椅子，两把破藤椅，一张堆着几箱平装小说和旧杂志的结实餐桌，一架年代久远的缝纫机，缺了口的搪瓷洗衣盆里盛着各式各样的陶器，还有一台木制轧布机。桌腿旁斜倚着样式繁多的画框，里面镶着维多利亚风格的印刷画和业余水彩画。人行道上，两个年轻女人正围着一个亚麻的方纸箱兴致勃勃地翻找。橱窗的每一寸空间都塞得满满当当。各式物件不分好赖贵贱胡乱地堆在一起，令菲莉帕印象深刻。放眼望去，能看到斯塔福德郡的杯碟和碗盘，虽然有些裂口，花纹却依然精美；烛台和黄铜马饰；最显眼的位置上摆了一个古董娃娃，娃娃脸由精致的陶瓷制成，腿部填充了麦秆。

在蔬菜水果店摊贩探究的目光下，菲莉帕捏着那把耶鲁牌钥匙插进锁眼，走进狭窄的门厅。一股苹果和泥土的味道扑面而来，她想正是这股浓郁的气味掩盖了那些难闻的味道。门厅十分狭窄，窄得容不下一辆婴儿车，这会儿又堆了两袋土豆和一网兜洋葱。右手边敞开的门通往店铺；透过另一扇镶着玻璃嵌板的门，后院的景象一览无余。虽然只匆匆瞥了一眼，繁茂的藤蔓植物和栽着天竺葵的花盆立刻浮现在脑海中，她决定稍后再去一探究竟。菲莉帕爬过一截铺着粗毛毯的陡峭楼梯，来到楼梯拐角处的一间密室前。她小心翼翼地推开门，原来是卫生间。老式大浴盆的污水管周围污迹斑斑，不过其他地方竟然出人意料地干净。巴掌大的洗脸池上蒙了一层灰，肥皂盒里塞着一条黏糊糊的洗脸毛巾。垫着笨重桃花心木坐圈的马桶上方挂着一个高位水箱和系着拉绳的水箱链条。浴盆上方横跨过一根长绳，挂着一条牛仔裤和两条脏兮兮的毛巾，晾衣绳不堪重负被压弯了。

菲莉帕拾级而上来到公寓门前。钥匙轻易地转动了丘伯保险锁，菲莉帕穿过一个小门厅，视线豁然开朗，或许是因为有昏暗的楼梯做对比，又或许是因为三个房间的门都开着，整个公寓显得十分敞亮。她率先走进面前的那间，这个房间同整栋房子一样宽，她猜这应该就是主卧室。窗帘拉开了，一束阳光透过脏兮兮的窗格玻璃照进房间，空气中的灰尘颗粒折射出斑斓的色彩。房间面积不大，据她估计十五英尺长，十英尺宽，不过布局合理，有精雕细琢的檐口和两扇临街的窗户。左手边的墙壁修了一面维多利亚风格的壁炉，排风罩镶了一圈扇贝壳，装饰着系缎带的葡萄藤；壁炉上方是普通的木制饰架。炉膛里塞满了发黄变脆的旧报纸，周围的瓷砖地上散落了一堆烟蒂，不过房间里没有烟味，只闻得到蔬菜和苹果淡淡的秋日芬芳。房间年久失修。窗框的油漆已经剥落，露出光秃秃的木头。暗绿色的地毯污渍斑斑，壁炉前一圈圈的印迹，仿佛在暗示之前的住客曾经在这儿放过烧得滚烫的煎锅。不过，印着玫瑰花蕾的壁纸褪成粉褐色后，反而更讨人喜欢，而且竟然毫无破损，天花板虽然好几年没有粉刷过，但丝毫不见裂纹，糊缝儿的纸条也没有开胶。一根长电线从天花板中央穿出，一端吊着一个光秃秃的电灯泡，悬在单人沙发床上方。

沙发床上铺了一条手工编织的毛毯，不同颜色的方块拼凑成毛毯的图样。菲莉帕掀开毛毯，松了一口气，床垫很干净，跟新的相差无几。两个枕头也很新，不过除此之外就没有其他床上用品了。两扇窗户间立着一个橡木衣柜，不大却很结实，柜门刻着精美的雕花。她拉开柜门，衣柜纹丝未动。里面挂着两个衣架，三条灰色军用毛毯叠放在柜底，散发着樟脑球的气味。此外，房间里还有一把铺着浅黄褐色软垫的藤椅，一张中间是抽屉的长方形书桌和一把柳条椅面的曲木摇椅。

粗糙的单层亚麻窗帘挂在老式竹帘栏杆的木钩子上，皱巴巴、脏兮兮的，好像搁置已久，不过胜在质地优良。她站在窗帘后面，望着窗外狭窄的街道。街对面往左大约三十英尺的地方开着一家名叫瞎乞丐的酒馆。高耸的荷兰式门面，正中央的山形墙下嵌着一块椭圆形的匾，用粗重的花体字刻着数字“1896”。旋转招牌上，一个金发孩童领着一个白发苍苍的驼背盲人，场景栩栩如生，触动人心，很可能是当年的原作。酒馆旁是一条狭窄的通道，通道另一侧的荒地四周隔着波纹钢栅栏。看起来像战争遗留的轰炸废墟，不过她觉得更有可能是某个因为资金短缺而搁置的开发项目。混凝土地面已经开裂，缝隙里钻出齐腰高的杂草。荒地里孤零零地停着三辆车——一辆厢式货车和两辆轿车，仿佛废品一样被丢弃在无人看管的小绿洲。停车场旁是一间窗户半掩的二手书店，店外的两张支架桌上摆着花花绿绿的旧平装书，绿色和橘色的书皮十分醒目。接着是一家小杂货店，橱窗上贴着特价优惠的广告。一家自助洗衣店坐落在德莱尼大街和梅尔大街的拐角处。一个黑人姑娘在她的注视下费力地拖出两个塑料袋，估计是洗过的衣服，搬进空婴儿车里。除此之外，路上空无一人，上午十点的安静笼罩着整条街。

菲莉帕转过身，再次环视房间，心情越来越激动。这里可以好好布置一下。在她的心目中，房间已经焕然一新，壁炉光可鉴人，新漆的木器闪着亮眼的白光，窗帘洗得纤尘不染。墙壁不需要改动，她喜欢微微褪色的粉褐色。噢，地板有点麻烦。她翻开地毯的一角。结实的橡木地板虽然很脏，但是完好无损。如果先用砂纸打磨一遍地板，再抛光露出橡木的原色，暗色的墙壁刚好能映衬出木头的质朴和美丽，不过她怀疑这是否可行。她没有汽车，租砂光机有点难度，而且时间所剩无几。在这之前，她从未意识到一辆车的重要性。但是，地毯必须清走。她打算扯掉地毯，卷好后想办法扔掉，然后换块小地毯。这样一来房间或许显得有点空荡，不过却有了自己的魅力和特点，同她心目中阴郁和幽闭的牢房完全不同。

菲莉帕继续探索。公寓的另一端还有两个房间——一间小卧室和一间厨房，两个房间的窗户都朝着庭院，庭院的围墙外是另一条街狭长的后花园。其中的一两个打理得很精心，但是大部分都杂乱无章，摇摇欲坠的棚子、七零八落的摩托车、废弃的儿童玩具、乱糟糟的晾衣绳和混凝土燃料贮槽。幸亏正对着卧室的花园深处栽了一棵梧桐树，像一道绿色的屏障遮蔽了那些破烂，平添了几分人情味。

这个小卧室的格局太像牢房了，不适合她妈妈住，于是菲莉帕决定留给自己。她坐在单人沙发床上四下打量。墙上的壁纸已经撕掉了，随时可以重新粉刷，维多利亚式铁壁炉的两侧各有一个固定的橱柜。她不用再买衣橱，只要简单地刷一层乳胶漆就行了。松木的壁炉饰架也很讨喜。饰架表面的绿漆已经剥落，重新打磨光滑应该不是一件难事。窗台的宽度足够摆放盆栽。她能想象亮堂堂的窗台映衬着红红绿绿的天竺葵的景象。

最后，她走进厨房，惊喜地发现厨房相当宽敞，双层窗户前是洗涤槽和柚木滴水板。墙壁被刷成了白色，看来房东重新装修过这里。厨房里有一张木面的桌子，两把圆背椅，一台小冰箱和一个外表崭新的煤气灶。菲莉帕拧开煤气阀，松了一口气，煤气嘶嘶响，看来房东确实是突然去了美国。

验完房后，她锁好前门，梧桐树繁茂的枝叶遮蔽了凌乱的后院，从楼上的窗户看不到院子的全貌，于是她最后去看了一眼后院。院子里有一个户外厕所，木制坐便，石头地面，显然已经荒废很多年了。幸好没有异味。后院一团糟，其中一面院墙旁靠着一辆自行车，另外两面院墙旁堆着各种各样的垃圾：空油漆罐、一卷腐烂的旧地毯，还有像是从旧煤气灶上拆下来的零件。还有两个臭烘烘的破垃圾箱。她打算趁每星期收垃圾时把它们拖到街上处理掉。后院必须彻底清理一次，不过没有那么着急，可以稍后再说。

菲莉帕看了一眼手表，是时候回代理处确认她要租这套公寓了。她身上还有三十镑现金，或许可以用这笔钱付定金，她稍后再去银行取剩下的钱。无论如何，不能错过这套公寓。一签好协议，她就立刻搬进来，开始收拾。不过，最好还是先认识一下邻居。

他刚送走一位顾客，正小心翼翼地整理橘子堆成的小山。她站在旁边看了一会儿，看来对方已经意识到她的存在，但是在等她先开口。她说："早上好。您就是蒙蒂吧？"

"不，蒙蒂是我爷爷，二十年前就去世了。"他犹豫了一下说，"我叫乔治。"

"我叫菲莉帕。菲莉帕·帕尔弗里。我和我妈妈刚租了楼上的公寓。”

她伸出手。对方迟疑了一下，手往身侧的衣服上蹭了蹭，用力地攥住了她的指关节。手骨收拢的一瞬间，她疼得忍不住皱了一下眉。他问：“这么说，马蒂去纽约了？”

“他去了什么地方吧。我想他会回来的。我们只是两三个月的短期租客。我在考虑卫生间的事。代理处的人说卫生间是共用的。我想最好约定一下如何打扫。”

他似乎有些困惑，菲莉帕想。

“以前总是马蒂的女朋友们打扫。”

“听着，我不是谁的女朋友。不过考虑到我们有两个人，而你只有一个人，如果你没关系的话，我不介意负责打扫卫生间。”

“正合我意。”

“我们也会打扫走廊和楼梯。您介意我清理一下院子吗，我是说，扔掉一些杂物？我想我们可能会摆几盆盆栽——也许是天竺葵。虽然院墙很高，照不进多少阳光，但是总归能种些东西。”

“我的自行车得放在院子里。”

“噢，我没打算动您的自行车。当然不会。我只想清走那些旧油漆罐和废铁片。”

“我没问题。室外的厕所不能用了。”

“我发现了。似乎也不值得再修了；再说，我妈妈和我不会霸占卫生间。我们可以在打烊后洗澡。如果您能告诉我们您什么时间用卫生间，我们可以提前帮您清理干净。”

“嘿，我在那儿撒尿。那是我的厕所。我一喝啤酒就想上厕所，所以我也说不准什么时候要去。”

“实在抱歉。我在卫生间看见您的浴巾，我猜您或许想打烊后洗个澡。”

“那是马蒂的浴巾。我在家洗澡。只有大小便时，我才会去楼上的卫生间，可是我没办法告诉你确切的时间。可以吗？”

“好吧，那就这样吧。”

他们互相看着彼此。他说：“马蒂怎么样？一切都好吗？”

“我不清楚。想想他要的租金，应该还不错吧。”

他笑了，胖乎乎的手像变魔术似的挑了四个橘子，丢进袋子里递给她。

“这是样品。蒙蒂店里最好的。免费赠送，算是庆祝你乔迁的礼物。”

“你人真好。谢谢。我还从没收过乔迁礼物呢。”

慷慨、善意的举动令她深受感动，甚至有些手足无措。她朝他笑了笑，赶紧转身走开，生怕自己会哭出来。她从不落泪，但是过去的一个星期如此漫长、疲惫，她终于不用再到处找房子了。或许是因为疲劳，又或者是因为当她几乎放弃希望时终于找到房子的欣慰，才令她对这简单的善举如此感激。单薄的袋子禁不住橘子的重量，她用双手捧着，低头看着坑坑洼洼的橘子皮闪着诱人的光泽，感觉着掌心的重量。她像是怕橘子裂开似的，小心翼翼地托着袋子走上楼，然后将袋子靠在墙边，打开公寓门。

刚才看房子时，她发现厨房的橱柜中有许多陶器和一只韦奇伍德浅碗，还有喝了半罐的咖啡和可可。菲莉帕将橘子放进碗里，然后把碗摆在餐桌的正中央。在她看来，似乎这样便意味着她占有了这套公寓。

15

第二天，七月二十九日星期六，斯凯思买了一张当天往返维多利亚和布莱顿的廉价车票。此行的目的是买一把刀。虽然他出生于布莱顿火车站附近的一家小酒馆，不过这却是他第一次回来，年轻时他根本不懂什么叫思乡。买这把刀对他来说意义重大；既要精挑细选，又要不留痕迹，免于事后被人记起。所以买刀的地点得定在一个大城镇，最好距离伦敦远一点，还要选在一星期中最忙碌的购物日。布莱顿就像他的家，去那儿的好处是他不用在买刀的同时，担心在一座陌生的城市里迷路。

最开始，他打算在野营器材商店买一把狩猎刀或者鞘刀，不过当他心急火燎地搜寻着橱窗里的商品，壮着胆子踏进商店，却发现柜台根本看不见刀的踪影，一想到倘若他询问店员，对方势必殷勤地追问他买刀的确切用处，斯凯思愈加觉得这里不是他该来的地方。他在厚夹克、睡袋和各种野营装备之间流连，终于发现展板上挂着的一把折叠刀，不过刀刃或许太短了。同时，他也担心如果突然动手的话，他的手指是不是有力气及时掰开刀刃。他想要的只是一把简单的武器。不过，他还是在这家野营器材商店找到了另一件必需品：一个结实的帆布背包，卡其色，长约十四英寸，宽十英寸，带两枚金属扣和一条肩带。

最后，他在一家新开的家居时尚用品商店的厨具区找到了那把刀。货架上的商品琳琅满目；漂亮的杯子和托碟、陶制砂锅、设计精美的餐具以及一切厨房用得到的烹饪器具。熙熙攘攘的商店里，年轻夫妇们一脸幸福地商量着该为家里添些什么，目光犀利地打量着一罐罐调料、咖啡豆和果酱，心怀杀念的斯凯思穿梭于人群与货架之间。店里的工作人员似乎尽是穿着夏日连衣裙的漂亮姑娘，大多都忙于招待顾客，无暇顾及他。顾客们各自挑选商品，放进购物篮中，自行拿到收银台结账。他可以混入长长的排队队伍里，默默地交款，甚至无需开口说话。

斯凯思在刀架前精挑细选，掂量刀的重量和平衡感，抓在手里体会手感的舒适程度。最后，他挑了一把结实的切肉刀，三角形的刀刃长八英寸，刀尖极其锋利，铆接了一个简单的木把手。如剃刀般的刀刃外裹着一层牢固的硬纸板护套。他最看重刀尖的锋利程度。因为它将汇聚他全部的力气与意志，最先深深地刺进她的身体。如果一击即中的话，最后的转刀和拔刀只是一种反射动作。他准备了正好的钱，站进不长的队伍中，付款只花了几秒钟的时间。

斯凯思还带了一架双筒望远镜到布莱顿，这是他送给自己的退休礼物。他家里有一张伦敦街道地图，除此之外的另两件必需品已经在布莱顿买好了。他在一家连锁药房的柜台里选了一副小号防护手套，在另一家大百货店买了一件白色半透明橡胶雨衣，因为不想试穿，索性买了一件最大号的。如果他想充分地确保自己不沾上有可能像喷泉一样涌出的血，他需要准备一件长度几乎及地的防护衣。他把手套塞进橡胶雨衣的口袋里，再用雨衣裹紧双筒望远镜和鞘刀。最后，斯凯思轻松地把那捆东西塞进帆布背包的底层，背起背包。

最后，他决定去一趟“山羊指南针”酒馆，虽然他也说不清为什么要这么做。或许，其中的原因既简单又复杂；毕竟，眼下他就在布莱顿，近期内也不可能重返此地，而那家小酒馆就坐落在去火车站的必经之路，所以在即将步入新的人生阶段、再次远离儿时那段沧桑岁月之前，他想看一看那个地方是否有什么变化。小酒馆依旧如故，似乎仍然蜷缩在铁路拱桥的阴影下，低矮、阴暗、幽闭，除了熟客之外，很难吸引经过的路人。木墙内的公共酒吧区仍旧摆着一样的橡木长桌和长凳，墙上的枫木相框里依然镶着那张布莱顿码头的旧照片，照片里穿着防水帽的渔夫站在船前。透过窗户，仍然能看到酒馆对面的铁路拱桥张着黑洞洞的骇人大嘴。从小时候起，这些拱桥在他眼里就是滋生恐怖的地方，仿佛一个巢穴，里面藏匿着没有脖子的流涎怪物，它们的口水是致命的毒液。每次经过这里，他总是走路的另一边，但是又不敢跑，生怕脚步声引来它们的注意，他走得匆忙却小心翼翼，扭过头，眼睛看向别处。不过，十一岁那年，他同怪物们达成了协议。他会私藏一些食物，例如早餐的面包皮，晚餐的一截香肠或者一块土豆，当作献祭的供品放在第一道拱桥的入口处。晚上回来时，他会去看看它们是否笑纳了他的祭品。虽然他明白多半是海鸥吃掉了那些东西，但是当他发现残渣不见了，便会安心地回家。然而，他从来不害怕火车。夜里，他躺在床上，双手抓着毯子，盯着窗户，心里默默计算着火车抵达的时间，期待着预备的汽笛声和火车驶近的隆隆声，几乎在声音传进耳朵的一瞬间，金属的碰撞声就变得震耳欲聋，车灯的强光令人眼花缭乱地投射在天花板上，床也随着一起颤抖。

眼下，他独自坐在酒吧雅座昏暗的角落里，双手握着啤酒杯，回想起他第一次意识到自己很丑时的情景。当时他已经十岁零三个月了。格拉迪斯婶婶和乔治叔叔正在整理公共吧台，准备接待当晚的第一批客人。他的妈妈和特德叔叔出去了，特德叔叔是最近出现在他生活中的所谓叔叔中的一个。而他一个人待在酒吧和客厅之间漆黑的小过道里玩。他匍匐着趴在地板上，聚精会神地操纵双翼飞机模型滑进亚麻油地毡的灰色方格里。酒吧的门开了，他听见一阵脚步声，瓶子的叮当声，椅子在地板上拖来拖去的声音，接着他听见叔叔说道："诺曼去哪儿了？玛吉说他没出去。"

"我猜在他的房间里。那个孩子让我心里发毛，乔治。他太丑了，简直就是小克里平[1]。"

"哦，别胡说。他没那么糟，可怜的小家伙。他爸爸就其貌不

1 指霍利·克里平，1910年发生在英国的臭名昭著的"克里平杀妻案"的疑凶。

扬。可是这个孩子不惹麻烦。”

“这点我同意。如果他更健康一点就好了。我喜欢有精气神儿的男孩。他整天鬼鬼祟祟地爬来爬去，像个该死的小畜生。你拿钱箱的钥匙了吗，乔治？”

声音越来越小。他一声不响地爬过地板，偷偷溜出门，爬上旋转楼梯，回到自己的房间。摇摇晃晃的橡木五斗橱靠在窗前，顶部立着老式的旋转镜子，因为时间的缘故，镜面上斑斑点点。以前很少照镜子的他将床边的椅子拖到柜子前，爬上去，紧抓着复翼玩具飞机的小脏手用力地撑着橡木柜面，抬起头，望着破旧桃花心木镜框中映出的脸。他冷漠地盯着自己，廉价的金属圆框眼镜背后是一双鼓起的眼泡，干枯的棕色直刘海少得遮不住前额的皮疹，皮肤苍白得不健康、丑陋。所以，这就是他妈妈不爱他的原因。这个认知并未出乎他的预料。他也不喜欢自己。他清楚自己丑陋的外表得不到关爱，但是直到这一刻，才印证了某种他一直都懂、但是从来没有承认过的事实，例如喝奶时猛地推进他嘴里的奶嘴，那些俯身看向他的焦虑、失望的面容，还有隐藏在大人们的眼神和妈妈的抱怨中的暗示。这是他无法逃避的一部分，不会因为怨恨或者悲痛就消失不见。如果他生来就缺一条腿或者少一只眼睛，反而更好。人们或许会因为他的坚强佩服他，或者同情他的遭遇。但是这种精神上的缺陷既得不到怜悯，也无法治愈。

他妈妈一回来，他就跟着进了她的房间。

“妈妈，谁是克里平？”

“克里平？这算什么问题。你为什么问这个？”

“我在学校听见有人议论他。”

“他们找不到其他话题吗？他是个杀人犯，杀了自己的妻子，然后碎尸埋在了地窖。已经是很久以前的事了。那时候你爷爷还活着。希尔德拉普新月街。案发地点就在那儿！”大概是惊讶于自己的记忆力，她的声音一下子活跃起来，紧接着又恢复到往常威吓的语气，“确实是克里平！”

“后来呢？”

“当然被绞死了，你觉得他还能怎么样？别再说他了，行吗？”

那么，他既丑陋又邪恶，二者莫名地合为一体。回首往事，他不由得惊叹那个孩子竟然坚忍地承受了精神与肉体的双重负担，时至今日，即使明白了它的肆意和自己的无能为力，他恐怕也再难经得住这样的考验。

偷窃和国际象棋拯救了他。前者始于一次临时起意。某个星期六的清晨，酒吧开门前，他趁人不备溜了进去。他喜欢寂静、空荡荡的酒吧，华丽的铸铁桌腿支撑着一张张油渍斑斑的圆桌；漆着花纹的挂钟摇晃着钟摆，平时难以察觉的嘀嗒声衬托着酒吧此刻的寂静；盖着脏污塑料布的托盘上放着昨天剩下的两截香肠卷；烟雾缭绕的熏黄小屋中，啤酒的味道如同煤气一般浓郁；一排排酒瓶站在柜台神秘的幽暗里，等待着酒吧灯光亮起的神奇时刻，亮晶晶的液体将点燃整间酒吧的氛围。他壮着胆子走进酒吧中心的禁地，发现钱箱没有上锁，抽屉微张着嘴。他蹑手蹑脚地拉开。这就是，钱；不是握在大人们手中的成年权利的象征，也不是在超市偷偷摸摸塞进他妈妈钱包里的几张皱巴巴的小额钞票，更不是每个星期小心翼翼数给他做饭费或者充当车费的几枚硬币。面前的是真正的钱，两捆用橡皮筋绑在一起的钞票，看着像达布隆[1]的闪亮银币，还有咖啡色的便士。后来，他怎么也想不起怎么拿了那张一英镑的钞票。只记得自己惊恐地回到房间，后背抵着房门，搓着手里的钞票，心口怦怦直跳。

没有人发现钱丢了，或者就算有人发现也不会怀疑到他身上。当天上午，他就用那笔钱买了一辆莲花赛车的模型，星期一故意在课间时拿出来摆在课桌上玩。邻桌的男孩极力掩饰自己的羡慕。

“那是新款莲花赛车吧？你从哪儿弄的？”

“买的。”

“让我看看。”

他递了过去，光滑、闪亮的模型离开手心的那一刻，他的心随之猛地一疼。他说：“如果你喜欢，就留着吧。”

“你是说你不想要了？”

他耸了耸肩。

“我是说你可以留着。”

---

1 旧时西班牙币。

闻言，三十双眼睛转而望向这边。年级小霸王问：“你家还有吗？”

“可能还有吧。怎么了，你也想要？”

“我不介意。”

但是他介意啊。看着那张他害怕的脸和那双贪婪的小眼睛，他清楚对方有多么想要，诺曼心里暗喜。

“下星期，我给你带一辆。或许是星期一。”

受欺负的生活就此结束，紧接着的一年他的内心一直处于一种兴奋、活跃又恐惧的状态中，自那以后，他再没有过类似的经历。他没再偷过酒吧的钱。有几次，他满怀希望地溜进吧台，然而每次钱箱都上了锁。不必再面对诱惑让他松了一口气。冒险偷第二次太危险了。不过，随着夏日的来临，游客蜂拥而至，也为他带来了更安全的机会。放学后，他常常一个人沿着滨海大道或者沙滩闲逛，金丝边眼镜背后藏着那双看似温顺的眼睛，不安地眨动着，四处寻觅下手的机会；例如，随手放在沙滩包上的手袋，塞在运动服口袋里的钱包，帆布躺椅靠背上搭着的外套口袋里的零钱。他掏兜的技巧日益精湛，袋鼠一样的小手灵巧地探入夹克的下摆或者裤子的后兜。事后的路数也始终如一。他总是等到没人注意时才翻看自己的战利品。他通常躲在码头的大铁梁下，幽暗的气氛中弥漫着难闻的金属味。他掏出钱，把钱包埋在沙子里。他每次只拿硬币和面值一英镑的钞票。免得在当地商店使用大面额钞票时引人怀疑。或许是因为他总一个人单干，又或者是他外表看着干净、正派、毫不起眼，反正从来没有人怀疑过他。一整年中只有一次，他险些败露。当时，他买了一辆抢修车模型，没等到学校就忍不住在门厅玩了起来。簇新的玩具吸引了妈妈的目光。

“那是新玩具吧？哪儿来的？”

“一个男人给我的。”

“什么男人？”她的声音忽然变得刺耳、忧心忡忡。

“酒吧里出来的一个男人。一个顾客。”

“你干什么了？”

“没什么，我什么也没干。”

“那他让你干什么了？”

“没有，妈妈。他就给了我这个，真的。我什么也没干。”

“好吧，这是最后一次！不要拿陌生人的玩具。”

然而到了秋天，中学二年级刚开学，学校来了一位年轻、热情的新老师。米克尔莱特先生喜欢国际象棋。在他的推动下，学校成立了国际象棋俱乐部，诺曼迷上了这项运动。国际象棋不需要对手也能进行，他整日研究棋谱，悄悄制定自己的战术，他从公共图书馆和学校图书馆借来的书上学会了不同开局的精妙之处。在米克尔莱特先生的鼓励和称赞声中，他很快成为全校最出色的棋手，先后参加了当地学校的比赛、南部锦标赛，最后《布莱顿阿格斯晚报》还刊登了他的照片。这张照片被他的婶婶剪下来，在酒吧中传看。他一举成名。此后的学校生活平静、安稳。他不再偷东西，因为没有这个必要了。甚至铁路拱桥下的流涎怪物也消失了，只剩下空啤酒罐、皱巴巴的烟盒和一个发霉的黄枕头靠在最远的墙边，漏出湿乎乎的羽毛。

去往火车站搭乘返程火车的路上，他忍不住想，如果继续偷东西，他会怎么样呢？当然不能妄想永远不被人发现。然后呢？他会被贴上犯罪的标签；交由少年司法系统处理；成为官僚管教机构中令人厌恶的对象。无法从地方政府谋得一份受人尊敬的工作，不会遇见梅维斯，也不会有朱莉。他生命中的许多东西似乎都取决于那一刻，米克尔莱特先生在他兴致盎然的注视下摆开那些神秘的将士，那些棋子的命运同他一样，受制于随意却又无法改变的规则。

最后他回到家，走进卧室，试穿自己为行凶准备的行头。他站在衣橱长镜前打量着自己。手里的刀闪着寒光，单薄的肩膀披着白花花的雨衣，他看起来像是为了某台无望手术穿上手术服的外科医生，或许更像古代主持祭祀仪式的邪恶祭司，然而并不令人恐惧，有些感觉不大对头，甚至有些可怜。衣服没问题，寒气逼人的刀刃显露出尖锐的恐惧；然而镜子里与他对视的眼睛却倾诉着温和与痛苦，那双眼睛不属于刽子手，而令人想起受害者。

16

八月四日，缓刑监督官如约前来视察公寓。菲莉帕为这次造访做了精心的准备，她将为数不多的家具擦拭了一遍，重新调整了摆放的位置，又买了一盆天竺葵放在厨房的窗台上。距离她妈妈搬进来的日子只剩十天，公寓还有许多东西需要准备，不过到目前为止，她很满意自己的努力。上个星期的劳动强度前所未有的大，她也收获了前所未有的满足感。经过突击努力，她妈妈的房间已经初具规模。最艰巨的任务是把地毯掀起来扔掉，那天她在楼梯间费力地拖拽旧地毯，被灰尘呛得直咳嗽，乔治闻声赶来，帮她把旧地毯搬下楼，然后连求带劝地让清洁工带走了。接着，她花了两天的时间刷地板。一只装衣服的行李箱和一幅亨利・沃尔顿的油画便是菲莉帕从科尔德科特特勒斯街带来的全部家当。她把油画挂在妈妈房间的壁炉上方，虽然挂不了多久，但是她觉得这幅画挂在锃亮的隔热罩和淡雅的壁炉架上方格外漂亮。

菲莉帕庆幸手头还有些钱备用。她没想到清洁用品那么贵；必要的家居小饰品居然这么多，价格也贵得出乎意料。她参考从威斯敏斯特图书馆马里波恩路分馆借来的一本木工基础入门书，利用房东留在水槽下方的一套工具，经过反复的尝试后，成功地为厨房和门厅分别安装了一个碗架和衣架。她还从市场淘了一批便宜的维多利亚式旧瓷砖，贴在水槽后面。有些活儿她干得特别享受，例如，敞开窗户，在暖暖的阳光下把木家具漆成白色，或者跑去旧货商店和教堂街市场淘她们需要的其他家具。其中有两把小藤椅买得特别成功。藤椅本身的质量不错，却被刷成了奇怪的绿色。重新油漆，再铺上拼接的新靠垫，它们为两个房间增添了一抹亮色。乔治一看到她搬家具，便会放下手里的活计，跑来给她搭把手。菲莉帕喜欢他。二人的交流仅限于菲莉帕去他店里买水果当午餐时的几句寒暄，此外他们甚少说话，不过她能感受到他的善意。他有次问起帕尔弗里夫人什么时候搬过来。她回答八月十五日，却没有纠正他的称呼。

到了晚上，她筋疲力尽地躺在里屋那张小床上，透过大开的窗户聆听伦敦市区的喧闹和低语声，看着夜空中掠过的云朵，伴着往返马里波恩路和埃奇威尔路之间地铁的颤动慢慢陷入了梦乡。

当楼下的门铃终于响起时，缓刑监督官已经迟到了十分钟。菲莉帕打开门，门口站着一个黑发的高个儿女人，年纪看起来比她稍大一点。她费力地拎着一个埃奇威尔路超市的大塑料袋，疲惫地问："菲莉帕·帕尔弗里吗？我是乔伊斯·本格尔德。对不起，我来晚了。汽车密封垫不见了。我今天早上才刚度完假回来，真是糟糕的一天。奥布赖恩全家八人一起出庭。他们显然是怕我没事干，每次我一离开他们就举家出动，洗劫商店，向当局证明我不可或缺。他们倒是挺得意，站在法庭专席里，像一排猴子在龇牙咧嘴，但是我根本不需要他们这么做。你能沏点茶吗？我嗓子很干。”

菲莉帕泡好茶，拿出两个新的陶瓷马克杯。这是她的第一位客人。她告诫自己不能因为不满这次视察而毁掉一切，至少面对官僚作风时要表现出顺从的样子。缓刑监督官从包里翻出一袋巧克力全麦饼干。她撕开包装，递给菲莉帕。二人坐在餐桌旁，一边喝茶，一边吃饼干。

“你妈妈有自己的房间，是吗？依我看，是这间吧。我喜欢你的画。”

她在担心什么，菲莉帕思忖着，害怕她和她妈妈乱伦吗？难道有独立的房间就能避免了？她说：“你想看一眼卫生间吗？在楼梯平台那里。”

“不用了，谢谢。我又不是卫生检查员，谢天谢地。有你，又有这套公寓，你妈妈有可以投奔的人和地方。这就是我关心的全部。明天我会给监狱写信。一两天内你就能收到信息。我想他们会尽量维持之前的释放日期，八月十五日。”

“没问题吗？”菲莉帕极力掩饰着焦虑的语气。

“我想是的。为什么不呢？不过，还是得等内政部的最终决定。你常在家吗？我是说，我猜你已经找到工作了？”

“还没有。我打算和妈妈一起工作，在旅馆找个活儿，做个女服务员之类的。”她语带嘲讽地补了一句，“我们不怕干重活。”

“这么说只有你们两个外地人待在伦敦。不好意思。我今天下午心情不太好。如果不考虑客人的话，这是份不错的工作。十月份你就要去剑桥上学了吧？到时候你打算怎么办？”

“你是指我妈妈吗？没打算过。我想，如果她租不起这里的话，她可以租便宜一点的公寓，或者如果可能的话，她还可以找一份包住宿的工作。况且你们不是有假释犯宿舍嘛。”

她感觉缓刑监督官看她的眼神有些古怪。对方开口道：“这么说，她可能只是推迟了困境出现的时间。不过，最初的两个月对于假释犯来说是最难熬的，是他们最需要帮助的时候。她也确实要求要来这儿。谢谢你的茶。”

谈话持续了不到二十分钟，但是菲莉帕认为本格尔德小姐已经掌握了她需要了解的一切，问清了必要的问题。关上大门，转身上楼时，她的脑海中浮现出缓刑监督官的报告。

犯人的女儿已经成年，是个聪明且通情达理的姑娘，住处的条件不错，预付了三个月的房租。假释犯有自己的房间，那套公寓虽然面积不大、朴实无华，然而我登门时却干净整洁。帕尔弗里小姐打算和她妈妈一起工作。我建议核准这一安排。

第二章

释放令

1

八月十五日，星期二早上八点半，斯凯思在约克火车站开始了他的监视。前一天晚上，他抵达约克，在火车站附近一家不起眼的商业旅馆里住了一夜。他不想参观大教堂，也不想沿城墙内的鹅卵石路散步，所以投宿任何一个城市对他来说都没有区别。这个城市中的一切都无法令他忘却自己的任务。斯凯思轻装简行，帆布背包里除了鞘刀、卷起来的塑料雨衣、双筒望远镜和一副薄手套之外，多了一套睡衣和盥洗袋。他总随身带着刀和其他行凶工具，并不是说他打算在去往伦敦的旅途中对她下手，拥挤的火车上很难找到行凶的机会，他只是认为有必要随身带着刀。对他而言，那已经不是令人着迷或者恐惧的物件，而是自我力量的延伸，只有紧握刀柄，他才感觉自己是完整的。甚至到了晚上，肩上没有背包，手指无法悄悄探进包里摩挲刀鞘，他总感觉失去了什么似的。

约克火车站的格局十分便于监视，从站外大厅沿着一条拱形长廊一路走到中央大厅。右手边是女性候车室。他站在门外，瞥见里面摆着一张厚重的红木桌子，桌腿雕着精致的花纹，一张凹凸不平的长沙发，墙边靠着一排雕花椅子。未点燃的煤气取暖炉上方挂着一幅不伦不类的现代版画，看起来仿佛一排摊开晾晒的渔网。空荡荡的候车室里只有一位上了年纪的妇人蜷缩在一堆鼓鼓囊囊的行李中睡觉。车站大厅只有一个入口，指示牌显示开往伦敦的火车从八号站台驶发。沿华丽的浅灰色雕花柱向上望，巨大的拱形屋顶映入眼帘。清晨的车站弥漫着清新的空气和咖啡的香气。诡异的寂静笼罩着车站，静候着通勤人潮和第一波闹哄哄的旅客。斯凯思明白，这么早独自一人待在这儿会惹人怀疑，不过他觉得没什么大不了的。没有比火车站更公共化的地方了，没有人会找他麻烦，即使真有人怀疑，他可以谎称在等伦敦来的朋友。

书报摊开门了，他买了一份《每日电讯报》。手里有份报纸方便他看见目标时迅速地遮住脸。然后，他坐在长凳上开始等待。他从不怀疑伊莱·沃特金的信用，也没怀疑过今天早晨是她释放的日子。不过，他不由得担心自己会不会认不出她，近十年的牢狱生活或许彻底地改变了她，又或者她狡猾地从他的眼皮子底下溜过去。他翻出钱包里那张审判时他从当地报纸上剪下来的照片。照片出自一位商业摄影师之手，她和丈夫看起来正沿着绍森德散步，两个年轻人在阳光下手拉手，开心地笑着。记者不知道用什么办法搞到了这张照片。照片看不出任何信息，当他把照片贴近眼前时，照片中的脸分解成千篇一律的小颗粒，根本不像他最后一次在法院看到的那个女人。

长达三个星期的审判过程中，他每天都独自坐在那里，熬到最后一天时，一切在他眼里都变得不真实。他仿佛活在一个梦幻的世界中，被幽禁在整洁、森严的法庭里，截然不同的逻辑和价值观取代了平常的生活习俗，处于超现实主义的边缘，而那些法官是唯一的现实。其他人不过是些演员，只有那些身披长袍、头戴假发来回走动的人清楚自己的角色，侃侃而谈。两名被告并排坐在被告席上，间隔很远，互相不看对方，就连眼珠都不转一下。如果二人伸一下胳膊，他们的手指或许能触碰到对方，但是他们谁都没有动。脚本中没有提到触摸这个动作。朱莉刚刚遇害的那几天，仇恨像火一样灼烧他的心，驱使他跑到偏远的街道，他茫然地迈着绝望的步子漫无目的地走着，克制自己一头撞向整洁的城墙，或者像条狗般咆哮着要报仇；当他看着他们面如死灰的脸时，这一切都消失了，因为你如何恨一个不存在的人？他们只是客串角色，被选出来坐在被告席上好让这出戏继续下去的小人物。他们本该是最重要的演员，现在却无所事事，不受重视。他们看起来稀松平常，然而从某种可怕的角度看，又不普通；他们不仅是丢掉灵魂的肉体，如果被刺上一刀，恐怕也不会流血。陪审团成员似乎不敢看他们的眼睛。法官也无视他们的存在。斯凯思感觉即便少了他们，这出沉闷、散漫的戏也能继续演下去。

法庭里坐满了人，空气却没有变得污浊。审判无休止地拖延，以便演员从容不迫地说完指定的台词。控方律师冷静地陈述，语速配合法官记录的速度。偶尔没有人说话，或者戴着假发的律师突然直起身子望向法官，又或者法官沉浸于遐想中时，审讯便会一度陷入中断。待这个瞬间过去，法官手中的钢笔再次移动，辩护律师继续冗长的陈述。法庭的气氛难以察觉地缓和下来。

其中一位女陪审员令斯凯思难以移开眼睛。在那之后，无论他什么时候回想起那次审讯，脑海中总浮现出她的脸。随着时间的流逝，他已经逐渐淡忘了被告和法官，但是那位女陪审员的样貌却越来越清晰。她身材矮胖，戴着一副饰有人造钻石的眼镜，身穿红黄绿相间的三色格子披风，灰白的卷发搭配一顶与之相称的帽子。帽檐刚好遮住她吓人的眉毛，帽顶缀了个红毛线制成的绒球。像其他陪审员一样，整个审讯期间她正襟危坐，面色铁青地顶着一顶滑稽的帽子，仿佛机器人一样面无表情地转过头，看向说话的人。

两个被告由同一位辩护律师代为申辩，他试图用平静而理性的声音让陪审团相信，此案的性质属于性侵犯和过失杀人。公布裁决时，法庭的气氛既没有沸腾，也没有如释重负之感。法官宣布了两个无期徒刑的判决，照例说明这是法律规定的强制性判决。他不紧不慢地站起身，其他法务人员也随之起立。旁听者们推推搡搡地走出旁听席，不时回头张望，仿佛不愿意相信这出戏已经结束。律师们一边往公文包里塞文件和资料，一边商量着什么。书记员们在法庭中奔忙，思绪已经被下一起案件占据。审判仿佛一次教区委员会会议一样结束了，平淡无奇。曾几何时，法官宣判时会戴黑色的法官帽，不是真正的帽子，而是一小块黑色的方巾，由书记员放在法官的假发上。从前宣判死刑时，总有身穿长袍的牧师高呼“阿门”。他认为有必要保持这种戏剧性的结尾，庆祝正义获得了伸张，罪犯得到了惩罚。应当留下值得纪念的言行，应当安排更相称的仪式，而不只是陪审团主席在面对书记员的两个问题时毫无感情地回答“有罪”两个字，或者法官宣读判决时公事公办的腔调。有那么一瞬间，他险些跳起来大喊，还没结束，不能就这样结束。在他看来，这场审判更像是一种安抚仪式，而不是司法程序，除了他以外的参与者都获得了教育或者开释。在他们看来一切结束了。对于陪审团和法官而言一切结束了。对于朱莉而言一切结束了。但是对于他和梅维斯而言，一切才刚刚开始。

火车站的时钟急速地转动。十一点左右，口干舌燥的斯凯思想去小卖部买杯咖啡和小圆面包，但是他又怕离开座位后看不见入口的情况。然而就在这时，十一点二十分，他终于看见了目标，他不明白自己为什么担心会不认识她。斯凯思一眼就认出了对方，因为过于震惊，他下意识地扭过身，甚至害怕站在候车大厅另一边的她察觉出他汹涌的存在感。令人难以置信的是，近在咫尺的她竟然对相认瞬间的震惊毫无知觉。即使爱情也不会如此迫切地期待回应。斯凯思见她拎着一只小箱子，除此之外的一切他都不甚在意，眼里只有她的脸。这么多年过去了，他仿佛再次回到了那个法庭，眼睛一眨不眨地紧盯着被告席，然而眼下，他却萌生出一种当时没有的可怕念头：他永远无法摆脱她，反之亦然。他们俩都是受害者。他走到火车站书报摊的书架后面，像个突然抽筋的男人般弯下腰，紧搂住帆布背包，好像弯曲的胳膊能捂住刀，不被人发现似的。他突然发现一个拎公文包的男人关切地看了他一眼。于是，他直起身，强迫自己再次看向那个女凶手。这时，他注意到那个女孩。关于玛丽·达克顿，他无所不知。这个女孩跟她有血缘关系。不难推测，这个女孩太年轻，不可能是她的妹妹，也不可能是她的侄女，甚至不需要强调那张更年轻、更神采飞扬的面孔遗传自女凶手的特征，他完全能够确定这个女孩是玛丽·达克顿的女儿。

女孩走到检票处递过一张票和一张可能是某种旅行证明的纸。站在她身后的女凶手注视着前方，像个被护送的乖孩子。他尾随二人穿过大门，走进八号站台。站台上有大约二十个人在等十一点四十分的火车，女凶手和她的女儿站在距离人群四五十米的地方，一言不发。他不敢离人群太远，以免引人怀疑。现在时间还早，又无事可做，她们很可能会注意到他。斯凯思摊开报纸，半侧着身，背对她们听着火车进站的隆隆声。计划的第一步很简单。火车进站后，他不慌不忙、旁若无人地跟着她们登上同一节车厢。如果他不想在国王十字火车站跟丢她们，同她们待在一起就显得尤为重要。他庆幸现代城际列车有开放式的长车厢。否则老式通廊列车的独立车厢将会给他带来不小的麻烦。一方面要担心这么多年后女凶手是否还记得他的长相，另一方面同她们面对面地坐在一起，膝盖抵着膝盖，感觉对方的目光在自己的脸上流连，他的丑陋和鬼祟可能引发她们的好奇，这些都令斯凯思难以忍受。

火车准时进站。他谨慎地往后靠，让一家带孩子的旅客先过，眼睛时刻盯着那两个浅黄色的脑袋。她们沿着车厢往前走，面朝车头并肩坐下。他在车门旁边找了一个临窗的空位，将帆布背包放在面前的桌子上，再次抖开报纸遮住脸。虽然一坐下来就看不见她们了，但是他可以越过报纸小心地观察远处的车厢门，提防她们换到另一节车厢。不过，进进出出的乘客堵住了门，她们也没有换位置的意思。

然而，他很快就后悔选择了窗边的位置。就在乘警吹响哨子的瞬间，一家三口挤进了车厢，胖乎乎的夫妻俩和十几岁的圆脸儿子满头大汗，心满意足地嘀咕着占据了他旁边的三个空位。胖太太热烘烘的身体紧挨着他的大腿，斯凯思厌恶地朝车窗挪了挪。火车刚驶离车站，胖太太打开一个鼓囊囊的塑料袋，掏出保温杯、三个一次性杯子和一个装着三明治的塑料盒，将奶酪和酸黄瓜三明治分给丈夫和儿子。浓郁的醋酸和奶酪的酸臭味笼罩了小桌。他没法再摊开报纸，只能将报纸叠成小块，假装研究最后一页的出生与死亡名单。他寄希望于自己不用去卫生间。一想到要请胖太太腾出位置，他就胆战心惊。然而他更担心火车到站后自己会被堵在座位上，女凶手和她的女儿或许会趁他下车前甩掉他。

他几乎意识不到时间的流逝。起初，他僵直地坐着，唯恐身边的女人听到他怦怦的心跳，察觉他的兴奋。他久久地凝视窗外英格兰中部地区的荒凉风景，阴雨连绵的田野，湿淋淋的树木，陌生城镇里紧挨着的漆黑房屋和村庄如同荒芜文明中被遗弃的前哨，铁轨旁的电线忽高忽低。大约一个小时后，雨停了，炙热、明亮的太阳拨开云层，被雨水浸透的田野腾起淡淡的雾气，仿佛一团团薄棉絮。阳光一度将整个车厢都反射在窗户上，他看见一排幽灵似的乘客悬在空中，仿佛傀儡般一动不动，灰蒙蒙的脸像死人一样。火车在唐卡斯特市外临时停靠，车厢突然陷入了短暂的宁静，草地边缘一片高大、茂盛的欧芹吸引了他的注意力，纤细的白色花朵仿佛泡沫一般点缀其间，让他回想起小时候常去的循道卫理主日学校，他猜，那时候之所以每个星期日下午都送他去那里，大概是为了不让他碍他妈妈的事。每年八月，主日学校都会举办一次周年礼拜活动，孩子们按照传统用野花装饰教堂。纤巧美丽的花朵在维多利亚式丑陋建筑的沉闷黑石墙的衬托下黯然失色。他似乎又看见教堂靠背长凳尽头的陶盆里栽着枯萎的毛茛，他的新礼拜鞋上沾着欧芹的白色花粉。他安静地蜷缩在自己的座位里，唯恐上帝注意到一群蒙福者中坐着一个克里平，他尽量远离那些他无权分享的东西，担心自己表现出想要得到些什么的样子。主日学校留给他的只是一些《圣经》经文，在他的余生里，每当紧张或者危急的时刻，这些《圣经》便不经意地涌进他的脑海，然而不能保证每一次都时机恰当。回想那些漫长、焦虑的午后，他从来不认为那是一种公平交易。

整个旅途中，只有那个女孩沿车厢走过来时，斯凯思才收回一直望向窗外的目光。她经过他身边，甚至没有瞥他一眼，用力拉开车厢门。斯凯思这才注意到她，暗自琢磨起对方会不会影响他的计划。但愿她不会妨碍他。据他判断，如果朱莉还在世的话，她比朱莉小两三岁。但是朱莉死了，她却活着。面对这种不可挽回的疏离感，她们之间的差异又有什么重要呢。尽管如此，他不由得怀疑他温顺、羞怯的女儿是否能像她这般自信，以如此冷静的目光审视这个世界。女孩在他的注视下原路返回，她穿着一条紧身灯芯绒裤子，上身随意套了一件夹克，肩膀斜挎着皮革帆布旅行包，头发扎成一条粗马尾辫。灯芯绒裤子勾勒出她大腿的曲线，前拉链凸显出她平坦的腹部。她经过他面前时，斯凯思突然被唤醒了蛰伏已久的性欲，短暂的骚动释放了遗忘已久的青春期的羞涩兴奋。

女孩令他感觉困惑。无论他怎么回忆，也想不起审讯期间曾听说过她。不过，他和梅维斯在乎的只是那个强奸犯和女凶手，毫不在意那个家庭的其他成员。他们的存在是令人厌恶的事实，早晚会获得开释。他好奇这些年来她遭遇了什么。她看起来发育良好，家境优渥，神情倨傲，步履自若，看不出被剥夺了什么。既然她们一起搭乘这趟火车，她大概一直同她的妈妈保持着联系；但是，二人看起来并不亲密。在他观察二人期间，她们几乎没有交流。或许，这趟旅途只是尽孝道，女凶手安全抵达目的地后，她便会如释重负地离开。女孩莫名其妙的出现出人意料，情况稍显复杂，不过也仅此而已。女孩端着两个带盖儿的塑料杯和一份猪肉派往自己的座位走，途经他身边时，斯凯思发现她旅行包底部的细带子上系着一个小名签。大小刚好容纳一张探视证，旅行包的皮制包盖遮住了卡片上的名字。他灵机一动，想到下车时或许可以趁乱接近她，偷偷翻一下名签，瞄一眼卡片上的名字。这个念头令他莫名兴奋。余下的时间里，他目不转睛地望着窗外，筹划着如何行动。

两点十五分，火车驶入国王十字火车站，晚点一分钟。火车一减速，斯凯思立刻站起身，抓起雨衣和帆布背包。胖太太勉强地腾出位置，他率先离开座位。女凶手和她的女儿正朝车厢另一端距离她们最近的车门走去。乘客们纷纷起身，拿行李、穿衣服，挡住了他的去路，斯凯思侧身挤过车厢。对方走到门口时，他刚好跟上来。通常，乘客们要花一点时间将行李拖上站台，二人耐心地等着，没人四下张望，这比他预想的顺利得多。斯凯思把帆布背包放在地上，然后弯下腰笨手笨脚地整理鞋带。他抬起眼睛，视线刚好同那个摇摇晃晃的标签齐平。他只要迅速掀起包盖儿就能得到答案。虽然光线很暗，不过没有关系。卡片上的字并不是印刷的小号铅字，而是漂亮的手写黑体字：P.R.帕尔弗里。

但愿她们不要搭乘出租车。站在她们身后排队等车实在太冒险了，即便如此也未必能听到她们的目的地。还记得小时候图书馆的书总这样描写，男主角跳上下一辆出租车，大声朝司机喊道："跟紧前面那辆车。"他无法想象自己那么做的样子，而且伦敦主要交通枢纽外混乱的路况也不适用这个法子。不过，女孩带路沿着台阶走进地铁，让他松了一口气。这正合他的意。斯凯思保持了二十米左右的距离，尾随在她们身后，一边摸索着口袋里的零钱。不能在售票处耽误时间。运气好的话，如果距离足够近，说不定能听到她们的目的地。或者至少能从售票机上偷瞄到一二。只要能跟着她们就好办。一切都比他预料的顺利得多，他兴奋不已，信心十足。

突然，入口通道处喧哗起来，叫嚷声夹杂着嘈杂的脚步声。

想必是又一列火车进站了，一群年轻人跳下台阶，大喊大叫，推推搡搡地经过他身边，斯凯思被挤到墙边，挡住了视线。他奋力往前挤，终于又看见了那两个晃动的浅黄色脑袋。二人穿过去往北线和贝克卢线的入口，一直往前走，然后右拐，沿着宽宽的台阶向下，走进大都会线和环线的候车大厅。大厅里人头攒动，售票处前排起长队。女孩没去排队，也没挤进售票机前叽叽喳喳的人群里凑热闹。斯凯思惊恐地看着她掏出两张提前买好的车票，领着女凶手径直穿过检票口。检票员正仔细地核查每一张车票。他没办法强行挤过去，那样只会引人注意。斯凯思拼命挤到第一台售票机跟前。十便士的硬币仿佛黏在他手指上一样，他颤抖着将硬币塞进投币口。咔嗒一声，硬币掉回退币口。他又试了一次，这回售票机终于出票了。然而，同一时间也传来了地铁进站的声响，当他穿过人群挤进检票口时，那声音也停了下来。斯凯思冲上她们所在的西侧站台，却只来得及眼睁睁地看着环线地铁在他面前关上车门。空荡荡的站台只剩下两个裹着头巾的印度人和一个躺在长凳上睡觉的流浪汉。地铁缓缓启动，他一抬头刚好看见“环线”二字从指示牌上消失，取而代之的是哈默史密斯地铁的信息。

2

到了利物浦街站后，他才觉得有点饿。登上回程火车之前，他买了一份咖啡配面包卷。待他将钥匙插进门闩时，已经将近四点钟。寂静的屋子好像在预谋什么，仿佛一直在等待他的归来，等着分享他的失败或者成功。虽然时间尚早，斯凯思却感觉疲惫不堪，双腿酸痛。然而，这种真实的疲倦是一种全新的体验，不同于每天下班后的疲乏，那时候车站距离家的半英里路程简直称得上一场小磨难。他为自己准备了一顿下午茶，香肠、烘豆，接着又从冰箱取出四个一包的果酱馅饼，拿出其中一个。他感觉自己饥肠辘辘，必定吃得下这堆东西。他切开香肠，放在烤架上烘烤，炖锅里咕噜噜地煮着烘豆。斯凯思狼吞虎咽，却食不知味，只知道生理需求得到了满足。他在后面的小厨房煮了一壶茶，然后翻出印着玫瑰图案的蓝白色茶壶，这把茶壶还是他和梅维斯度蜜月时买的。他第一次意识到自己对这幢房子所怀有的某种感情，以及必须卖掉它的些许遗憾。这感觉着实古怪。因为他和梅维斯从未把这里当过家。他们买下它只是因为他们负担得起那笔钱，因为他们需要将所有回忆封存在赛文金斯，而阿尔玛路十九号又刚好在出售。在郊区，如果想隐姓埋名，只要搬离地铁线三站的距离，再换份工作就可以了。斯凯思犹记得他们第一次看房时，梅维斯无精打采地从一个房间踱进另一个房间，希冀获得些反应的房地产经纪人喋喋不休地吹嘘着这幢房子的优点。最后，她淡淡地说了一句："行了。我们就要它了。"那个经纪人吃了一惊，没想到这笔生意竟然这么容易就谈成了。过去的八年里，他们鲜少打理这幢房子，仅仅重新粉刷过一次，不常用的前客厅贴了新墙纸，此外为了维护房子状态做过一些必要的小幅度的结构性修缮。虽然毫无热情，梅维斯依然尽心尽力地将房子收拾得干干净净。它容不得灰尘和磨损，正如它排斥亲密、幸福和爱一样。奇怪的是，他此刻才产生归属感，觉得应该在整洁的月桂树篱后面留下些什么。他对这幢房子的留恋变得如此强烈，他甚至怀疑自己是否有勇气离开它，担心那些陌生人在这个厨房中取出水壶和炖锅时是否会因为突然的不安停下动作，是否能嗅出空气中的神秘气息，察觉到有人曾经在这里策划过谋杀。然而，他心知肚明自己必须离开。猎物藏匿在伦敦。他需要解脱出来，摆脱对这幢房子的留恋，抛弃个人财产，无论它多么微薄，无牵无挂地隐匿于陌生人中，自由地展开搜寻。

　　而且，现在他知道自己应该从哪里找起。喝完茶，他打开伦敦地图和地铁线路图，并排摊放在桌子上。她们搭乘环线向西而去。他数了一下车站。圣詹姆斯站大致位于环线的中央，那么如果去往圣詹姆斯站之前的任何一站，搭乘反方向的地铁可能性更大。排除维多利亚站，因为她们完全可以直接乘坐维多利亚线。同理，也可以排除南肯辛顿站和格罗斯特路站，因为这两个车站都在皮卡迪利线上，国王十字站有直达地铁。由此可以断定，她们会从国王十字站至肯辛顿大街站之间的八个车站中的某一站下车。当然，她们也可能从贝克街站或者帕丁顿站下车，换乘其他地铁线路，或者乘英国轨道列车离开伦敦。不过，他并不为此担心。他根本不相信她们会搬到乡下，只有人海茫茫的首都才能给予猎物安全感。伦敦从不刨根问底，又暗藏玄机，其中的数百个城中村满足了一千万人口各种各样的需求。那个女孩不是外地人。只有伦敦人才能如此泰然自若地穿行于迷宫般的国王十字地铁站。她还提前买了车票。也就是说，她一定是当天早上去的约克。没错，她们肯定在伦敦。

他勾勒出大地图上环线的路径，布鲁姆斯伯里站、马里波恩站、贝斯沃特站、肯辛顿站。他不熟悉这些区域，不过他很快就会了解它们。这一天并非没有任何成果。现在，他知道对方有个女儿，以及那女孩的名字。她通过某种契约关系——收养或者婚姻——将姓氏达克顿改为帕尔弗里。不过，他记得那女孩没有戴结婚戒指。唯一令他稍感挫败的是，她竟然费心提前买了地铁票。除非她们急着赶路，但是看她们走路的样子又不像赶时间，那么只剩下一种可能，她不希望自己排队买票时她妈妈夹在拥挤的人群里遭罪。如果是这样的话，便意味着她们之间存在着一种他始料未及的关切之情。如果女孩关心女凶手的话，她们很可能住在一起，这样的状况至少会保持一段时间。这无疑增大了找到她们的可能性。即使其他途径都宣告失败，那个女儿或许能帮他找到目标。斯凯思用铜版体在日记簿上悉心地写下八个地铁站的站名，仿佛破解谜语一样目不转睛地盯着它们，他随意地移动、排列这些字母，最后，他拼出了他需要的地址。

明天，他将进行下一步计划：直接通过那个女孩追踪女凶手。即便她们没有住在一起，找到女孩的住址无疑也是一大收获。他走到门厅，翻出伦敦电话号码簿L-R分册。虽然没有找到“P.R.帕尔弗里”，不过那无关紧要。如果她被人收养，号码应该列在她养父的名下。首先要做的是将电话簿所列的七个帕尔弗里的号码依次拨一遍。这个办法显然比乘地铁环线上上下下或者在布鲁姆斯伯里广场或肯辛顿广场穿来穿去明智得多；不过，他需要想一个可信的借口或理由，确保接到电话的七个陌生人不会起疑。倘若接电话的是女孩本人的话，他要说些什么呢？最关键的是不能让女凶手有所察觉。如果把她吓跑或者改名换姓的话，他或许要耗费一生时间去追查她，结果却很可能以失败告终。他年长她二十岁。死亡已经剥夺了梅维斯复仇的权利，大概也不会放过他。

他双手捧着茶杯，坐在安静的厨房里，忽然想到了一个主意。那个小小的创意仿佛原本就存在一般，只等着这一刻飞进他的大脑。他越琢磨越觉得这个计划天衣无缝。斯凯思讶异于自己竟然没能早一点想到它。他躺在床上，急切地等待天亮。

3

她妈妈走进房间，静静地站着。她似乎不敢开口，只转动眼珠四下打量。菲莉帕出门后，房间好像缩水了。刚刚油漆过的木板，褪色的地毯，不配套的椅子，它们看起来是不是太凑合，太寒酸了？她是不是兀自美化了眼前的一切？

“你喜欢吗？”她为自己流露出的忧虑而气恼。她已经为这地方倾尽了全力。它总归要比宿舍的合租房好些吧。更何况只住两个月而已。

“非常喜欢。”她妈妈绽放出与那天早上迎接菲莉帕时截然不同的笑容，笑意直达眼底。

“很漂亮。我没想到会这么美。找这样的地方不容易吧。你一定费了一番工夫。”

她的声音在颤抖，菲莉帕发现她妈妈的眼睛亮晶晶的，看起来十分疲倦。长途跋涉，人潮汹涌，想必令她情绪紧张。菲莉帕唯恐噙着的泪水滚落下来，赶忙说道：“我觉得很开心。逛市场非常有趣。乔治，就是楼下卖蔬果的摊贩，帮我找了不少东西。那幅画是我从科尔德科特特勒斯街带来的唯一的东西，出自十八世纪画家亨利·沃尔顿之手。他的一些作品在我看来过于伤感，近乎维多利亚风格，但是我喜欢这幅画。我觉得这里的光线和壁纸都很衬它。不过，你不一定非把它挂在那儿。”

“我觉得挂在那儿很合适，或者你想挂在自己的房间。你住在哪儿？”

“这边，厨房隔壁。我选了最安静的房间，视野也更好。你那间虽然阳光充足，但是噪声大一些。如果你喜欢的话，我们可以调换。”

二人走进后面的房间。她妈妈站在窗前，俯瞰那片院子和杂乱的狭长花园。几分钟后，她转过身环视房间。

“让我住大房间不公平。我们可以掷硬币决定。”

“过去十年来，我一直住大房间。这次轮到你了。”菲莉帕想问她，“你觉得自己在这儿会开心吗？”不过，这个问题似乎预设了前提，言外之意是她很满意自己的礼物。对她而言，这是新奇的体验，她从未如此谨慎地措辞，在意它们可能造成的伤害。这种谨慎本该令她们局促，幸好并没有。

她说：“来看下厨房。我把电视放那儿了。想看电视的时候可以把安乐椅搬过来。”

希尔达曾愤恨地说：“你得租台彩色电视。她在监狱看惯了彩电。这是无期徒刑犯的特权。她看不惯黑白电视。”

她们一起走回前面的房间。菲莉帕说："我觉得我们应该先休息十天再考虑找工作。我们可以先逛逛伦敦，或者去乡下住几天，如果你愿意的话。"

"都可以。只是有件事，我觉得一两个星期内最好不要让我一个人四处走动。至少别去人多的地方。"

"你不必独自一人出门。"

"我们能先买些衣服吗？我只有身上穿的这身衣服和一套睡衣。我认为可以从两百镑里拿出五十镑用来添置些衣服。然后扔掉箱子里的这些，我不想把监狱里的东西带到这儿。"

"那肯定很有意思。我喜欢买衣服。骑士桥还在打折，或许能买到些物美价廉的东西。然后把你从梅尔大街买的东西都处理掉。"

她们也可以把箱子处理掉，虽然菲莉帕不认为有哪个摊贩愿意为此付上几便士。纤维质地的箱子值不了几个钱，边角已经破旧不堪。比这好的箱子，他们也会扔进运河。她妈妈把箱子放在地板上，跪着打开，取出一套白色棉质睡衣放在床上。箱子里只剩下一个拉带盥洗袋和一只马尼拉信封。她把信封递给菲莉帕，抬起头看着她的脸。

"这是我在监狱里记录的关于朱莉·斯凯思事件的经过。现在别看，再过一两天。你看的时候也不要让我知道。既然我们住在一起，我知道你有权发问，关于那起案子，关于我，关于你的过去。我宁愿你别问，暂时别问。"

菲莉帕接过信封。莫里斯曾经说过："无期徒刑犯和杀人犯不得不为自己申辩。我说的不是政治谋杀犯或者恐怖分子，他们不必浪费心力编造理由。他们的辩护词可以从二手的或者现成的政治哲学中信手拈来。我说的是普通的无期徒刑犯，他们中的大部分都是普通人。谋杀是一种无法弥补受害者的犯罪。我们习惯于以厌恶的态度面对它。所以除了精神病患者，所有谋杀犯都要为自己的所作所为付出代价。他们中的一些人坚称自己是清白的，受了冤屈。有些人或许会相信。"

当时，她说："有些人可能是无辜的。"

"当然。这正是反对死刑的一个无可辩驳的理由。相当一部分人认为可以通过宗教忏悔搪塞过去，如果你喜欢的话，法律称之为悔罪；并声称自己获得了上帝的宽恕，倘若有人坚持死刑的话，舆论便将他们置于道德的不利情形中，这招简单、有效。当然，还有许多杰出人士乐于在情感上帮助你。这种情况下，我大概得转变立场。接着，辩护律师就会提出各种请求减刑的借口，精神不稳定、受人挑衅、贫穷、酗酒，诸如此类。还有一些更粗野的观点声称受害人罪有应得，那是正当杀人。你的妈妈因为一项指控坐了十年牢，她的罪行甚至监狱的女犯都无法原谅。这说明她很顽强，大概也很聪明。等她见到你，无论她给你讲什么样的故事，貌似都十分可信，而且特别符合你的心理状态，这一点我毫不怀疑。"

"无论她说什么都改变不了她是我妈妈的事实。"

他说：“你只要记住，这对她来说很可能是最无关紧要的事实。”

菲莉帕将莫里斯抛诸脑后。没必要急着提问。她可以不设防地了解她。毕竟，她们要一起过两个月。菲莉帕说：“我没有任何权利。我们住在一起，因为这是我们共同的心愿。对我们都有益。你也不必知道过去十年我是怎么过的。”她故作轻松地补了一句，“除了合租者必须承担的任务，例如洗完澡打扫浴室、洗自己的衣服，没有其他的义务。”

她的妈妈笑了。

“从这个角度讲，我可能挺合适。不然，我觉得你应该有更明智的选择。”

然而，根本不存在选择的问题。她妈妈去洗漱时，菲莉帕把信封锁进卧室床头柜的抽屉里。既然要求她过段时间再看，她可以等一等，但是不会等太久。她有种获胜的感觉，几乎欢欣鼓舞。她暗自想到：“你在这儿，因为你是我的妈妈。生或死都无法改变这一点。这是关于我自己我唯一能确定的事实。你的子宫孕育了我。你的肉体将我带到这个世界，你的血液首先沐浴了我，你的肚子为我提供了第一个歇息之处。”她的妈妈喜欢这个房间，乐意与她同住。它会成功的。她不必回到莫里斯身边，承认失败。他永远也不会有机会说：“我早告诉过你。”

4

第二天清晨，斯凯思只收到一封来自房屋中介的信，信里说那对年轻的夫妇已经获得抵押贷款，合同正在草拟中。他无动于衷地读着空洞的专业术语。房子必须卖掉。一方面因为他需要的钱远远超过微薄薪水带来的积蓄，另一方面也是因为他不相信自己报仇之后还会回到这里。这幢房子里没有什么他想保留的东西，甚至连一张朱莉的照片都没有。朱莉死后，梅维斯销毁了所有的照片。一只行李箱就能装下他要带的全部衣物。其余的物品和家具可以交由专业的房屋清理公司代为处理。他猜测这些公司专门承接处理那些无人在意的老人和孤寡者的遗物，省去遗嘱执行人的麻烦。无牵无挂地迎接未知的未来正合他的心意，孤零零的他就算死在公共汽车的车轮下，这个世界谁也不需要为他负责，谁也没义务强装悲伤。他将盖着尸布、挂着标签躺在公共停尸间里，等待警察找到愿意认领这具累赘尸体的直系亲属。在他看来，归于这样的虚无似乎意味着一种令人陶醉的无限自由。斯凯思煮着鸡蛋，将咖啡粉倒进热牛奶中搅拌均匀时，他突然发现自从着手实施这个计划以来，他越来越关心自己。梅维斯去世之前，他的状态仿佛在自动扶梯上踏步，不停地走，却没有前进一步，然而身侧虚幻世界的明亮影像、放大的照片和生活的蒙太奇却朝着相反的方向不断离去。而他在变幻的世界里执行着相同的动作。每天天一亮起床，穿戴整齐。七点半吃早餐，八点出门，赶八点十二分的火车。中午坐在办公桌旁吃三明治。傍晚回到家，在厨房同梅维斯共进晚餐，吃过晚餐后坐在电视机前看节目，梅维斯在一旁织东西。晚间的娱乐活动由电视节目主导。那些暗淡岁月里，如果碰上她喜欢的剧集，例如《楼上，楼下》《警察狄克逊》《福塞特世家》，她甚至还会费心打扮一番。她早已不为取悦他或者同他一起外出而换衣服，却会为了屏幕上那些转瞬即逝的光鲜影像梳妆打扮。遇上那样的夜晚，他们会用托盘呈上晚餐。这种生活不能称之为不幸。他感受不到“不幸”这种真实的情绪。然而现在，他站在死者的肩膀上，闻到了一种截然不同的空气，虽然凛冽，至少赋予了他生的幻觉。

斯凯思背着帆布背包坐在疾驰的火车上，东郊沿线那些站名突兀的火车站从他面前一闪而过，他琢磨着自己为新身份赋予的古怪而有趣的借口，竟然需要踏上这趟特别的旅程。其实，即使站在家里的前厅给那几个姓帕尔弗里的人打匿名电话，计划也能成功。虽然编造的理由看似逼真，支持了他的谎言不受人怀疑，但是他明白，如果想成功，必须注意每一个细节。没有人质疑他，没有人核实他的谎言，或者求证真伪，然而他必须这么做，仿佛谨小慎微地对待每个细微环节才能保证整个故事天衣无缝。

斯凯思从利物浦街车站上车，搭乘中央线地铁抵达托特纳姆法院路，然后沿着查令十字街一直走。他觉得规模最大的福伊尔书店最符合他的需求。他要挑一本值得为之费些气力的书，但是又不能过于昂贵，否则拾金不昧的好心人捡到后理应上交警察局。非小说类的书籍应该比小说更适合，他寻思了片刻，从书架上选了佩夫斯纳的《英国建筑》第一卷。负责收款的姑娘给他找零钱时，甚至看都没看他一眼。

然后，他步行到沙夫茨伯里大街，乘十四路公共汽车前往皮卡迪利广场。因为料想到需要大量零钱，斯凯思递给售票员一张面值一英镑的纸币。他钻进皮卡迪利广场的一个电话亭。他在袖珍口记本的地址页用铅笔记下了电话簿中所有姓帕尔弗里的人的名字大写首字母和电话号码，幸亏那个女孩的名字并不那么常见。虽然这些人中没有女士，但是也不奇怪。他记得自己曾经在哪儿看过这样的说法，广而告之自己的女性身份只能招来骚扰电话。列完八个电话号码后，斯凯思用铅笔在书店的包装袋写下“P.帕尔弗里小姐”几个印刷体字。尽管没有人会看，但是他依然小心翼翼地勾勒出参差不齐的笔画，尽量有别于平时的笔迹。接着，他拿起话筒，心里默默地复述了一遍准备好的说辞：“不好意思，打扰了，我叫耶尔兰德。我在圣詹姆斯公园的长椅捡到了一本购于福伊尔书店的书，包装袋上写着‘P.帕尔弗里小姐’的名字。我觉得有必要打个电话找一下书的主人。”

一个声音粗哑的男人接听了第一个电话，蛮横地告诉斯凯思他那里没有帕尔弗里小姐。“送到警察局。”对方命令道，然后迅速挂断电话。他明白第一次尝试通常以失败告终，他自己都能听出自己的声音虚假、紧张。或许对方误以为他是个新手骗子，或者想要报酬。他划掉这个名字，拨通第二个号码。

没人接。他不由得松了一口气，然后在电话号码旁画了个问号，接着拨下一个号码。

第三个电话是个女人接的，估计是个女佣或者寄宿生，带着浓重的外国口音：“太太去哈洛德百货逛街了。”斯凯思阐明来意，他想找帕尔弗里小姐，不是帕尔弗里太太，对方依旧回答：“太太不在家，去哈洛德百货了。请稍后再来电话。”他在这个电话号码旁也画了个问号，虽然心里已经相信这不是他要找的人。

拨通下一个电话号码后，他足足等了二十秒，就在他快要放弃的时候，电话终于接通了，女人不耐烦的声音从话筒里传来，对方拔高嗓门想盖过孩子火车汽笛般刺耳的叫嚷声。显然，她正抱着孩子。斯凯思察觉出她的急躁，没等他说完，对方便打断道，她女儿才六岁，还没买过书，更不可能把书落在公园的长椅上了。“不过，还是感谢您费心打这个电话。”她补了一句，挂断电话。

下一个电话号码也令他大失所望。接电话的是位女士，声音没有抑扬顿挫，语调带着老年人的颤抖。斯凯思花了很长时间才让她明白自己的用意，接着她就此事同她名叫伊迪丝的姐姐讨论了很久，对方大概耳聋，因为二人全程喊着交流，等待的过程中他不得不又投进更多的硬币。伊迪丝称不知道那本书的事，但是她的妹妹不愿意挂断电话，显然认为自己对此事负有责任。

零钱越来越少。下一个电话号码旁标注了“M.S.帕尔弗里”。地址位于科尔德科特特勒斯街68号。接电话的又是个女人，声音听起来犹豫，甚至有些不安。她小心翼翼地重复了一遍号码，仿佛这串数字对她来说很陌生似的。他说明来意，然后几乎立刻意识到就是这个号码。末了他问：“或许我能跟帕尔弗里小姐说句话吗？”

“她不在这儿。我是说，我女儿现在不在家。”

这下确凿无疑了。对方呼吸急促，声音透露出担忧。斯凯思信心大增，激动不已。他说：“如果您告诉我地址的话，我可以给她写信或者打电话。”

“噢，不行！而且，她们没有电话。不过，见到她时，我会转告她。只是我不知道什么时候能见到她。您说那本书叫什么名字来着？”

斯凯思报上书名。

“听着像菲莉帕的书。她喜欢看建筑方面的书。或许，您方便把书寄过来，由我转交给她吗？至于邮费，如果您附上地址的话，她会将钱寄还给您。不过，也可能不是她的书。”

双方陷入了沉默。片刻后，他说：“我想最好将书送还给福伊尔书店。说不定他们知道书的主人是谁。我猜您的女儿或许也会先去那里打听。”

“噢，没错！这样最好。如果菲莉帕打电话或者到这儿来的话，我会转告她您来过电话。谢谢您这么费心。我猜她大概正领着她——她的朋友——游览伦敦。她可能正需要那本书。我会寄明信片给她，告诉她您来过电话。”

如释重负后，她忽然变得殷勤起来。斯凯思挂断电话，手按着话筒站了一会儿。又热又黏的话筒赋予他一种真实感。现在，他知道了她女儿的住址，知道她被人收养了，还知道她们还待在一起，因为对方用了“她们”这个字眼。他知道了女孩名叫菲莉帕·帕尔弗里。菲莉帕·R.帕尔弗里。这一点比起他已知的一切都更为重要。

5

斯凯思的地图显示科尔德科特特勒斯街位于皮姆利科的边缘，维多利亚桥和埃克斯顿桥的西南方。他从维多利亚地铁站下车，沿着车站侧面的辅路步行过去。这里距离他之前的工作地点不远，只不过坐落在河的另一侧，完全像是另一座城市。那条死胡同隔开了更宽阔、更繁华的科尔德科特路，小巷两侧经过改建的连栋房屋仍然保留了十八世纪晚期的风格。斯凯思一踏进这条胡同便意识到这里绝非他能随意溜达之地，挂着窗帘的高大窗户后或许埋伏着监视的眼睛。他感觉自己像是个闯入者，擅自进入了一个秩序井然、文明、舒适的私人领地。他从未住过这样的街区，也不认识那样的人；却对他们的生活方式抱有先入之见。他们假装看不起贝尔格莱维亚区的现代风格；热衷于谈论混合不同阶层社区的优越性，然而绝不会送自己的孩子去地方学校念书；他们视惠顾科尔德科特路上的小店铺为己任，特别是那些杂货店和熟食店；每到周末，他们呼朋唤友到酒吧开怀畅饮，亲热地同酒保打趣，友好地问候其他顾客。

他沿街的一侧走到小巷的尽头，再沿街的另一侧折返。入侵者的感觉如此强烈，令他萌生出一种罪恶感。不过，既没有人上前质询他，也没有哪扇前门打开过，窗帘更没有任何动静。这条街给他一种截然不同的感觉；接着他忽然发现这条街没有停车标志，路边也没有停放任何车辆。那么，这些舒适房子的后侧一定有由马厩改建而成的车库。意识到这一点，斯凯思立刻沮丧起来。因为他不可能同时监视68号的两个出口，如果帕尔弗里夫人更习惯开车，而不是步行或者搭乘公共交通工具的话，他便很难跟踪她。他忽略了车的问题。不过，乐观的情绪再次占了上风。他发现专心不仅能赋予他毅力和自信，同时也能带来好运。他找到这里。他来对了地方。他知道了那个女孩和她家人的住址。或早或晚，她或者他们会帮他找到玛丽·达克顿。

终于，斯凯思不再提心吊胆，他沿着街道更仔细地观察两侧的排屋。小巷整齐的布局令人印象深刻；房子的区别仅在于气窗的样式和二层阳台的铁艺窗饰。地下室前的防护栏杆顶端设有长钉，末端装饰着凤梨。大门两侧的石柱烘托出威严的气势，黄铜的信箱和门环闪闪微光。许多房子都装饰了窗槛花箱；红粉交映的天竺葵肆意绽放，斑驳的常春藤爬满石墙。

他走到小巷尽头，横穿马路，来到门牌号为偶数的一侧。68号位于这条街的制高点，是为数不多的几栋窗前没摆花箱、门前没放盆栽的房子之一，却丝毫不影响其优雅。大门漆成黑色。地下室的厨房灯火通明。斯凯思缓缓经过，低头扫了一眼，看见一个女人正坐在餐桌旁，一边吃午饭，一边盯着黑白电视闪烁的画面，面前的托盘里摆着一盘炒鸡蛋。由此看来，帕尔弗里家有个女佣。这不足为奇。他早就料到火车上的那个女孩来自一个雇得起女佣的家庭，住着这样的房子，那天火车摇摇晃晃的车厢中从他身旁经过的金发女孩以其傲慢的性感向他，向所有的老人、穷人和平平无奇的人表明："看着我，但是别碰我。你们不配。"

斯凯思一边考虑着如何监视帕尔弗里家的房子，一边走回科尔德科特路。这条路同排屋对面的街道形成了鲜明的对比，商铺、咖啡馆、小酒馆和偶尔出现的营业处杂乱无章地开在街边，一派典型的伦敦内城商业街的模样，昔日的风采早已消失殆尽。这是一条公共汽车线路，一小群郁郁不乐的采买者拎着篮子、拖着手推车站在马路两侧的站牌下等车，而路面上络绎不绝的小汽车和货车加剧了交通的拥堵程度，同时表明这条路是通往兰贝斯大桥和沃克斯豪尔桥的交通要道。如果这不是科尔德科特特勒斯街，他完全可以自在地闲逛。

这时，斯凯思忽然注意到路对面刚好有两家旅馆正对连栋房屋，两幢维多利亚风格的大宅历经时代的变迁、战乱、衰落和拆迁，孤单、破败地夹在一家汽车门市部和超级市场庸俗、招摇的招牌之间，虽然灰泥已经剥落，整幢建筑依然十分宏伟。他可以透过楼上的任意一扇前窗将双筒望远镜瞄准68号的大门，舒服地坐着、观察、等待，从容不迫地思考、筹划他的行动计划，摆脱被发现的恐惧以及不停闲逛的单调和疲惫。

两家旅馆的名字似乎强调了自己与隔壁那家毫无瓜葛。左手边的旅馆名叫卡萨布兰卡，它旁边的那家名叫温德米尔。前者的店名不够温和，但是看起来更干净、更豪华，俯瞰科尔德科特特勒斯街的角度更佳。旅店的店门敞开着，他走进门廊，发现左侧墙壁悬挂的画框里嵌着一幅地铁线路图，右侧墙壁的镜子上绘有麦芽酒广告。他推开印满仿制信用卡的内门，一股食物、香烟和家具抛光剂的浓郁气味扑面而来。没有人值班，大厅里只有一位年轻的姑娘坐在接待处，守着一台小电话交换机。一条皮毛光滑的棕毛母狗睡在她脚边，松弛的肚皮贴着格子瓷砖起伏，微微地蜷着爪子。斯凯思的到来并未令它提起任何兴趣，它眯着一只眼瞥了一眼来人，然后了无兴致地合上眼，往姑娘的椅子旁拱了拱脑袋。电话交换机的一侧挂着一根白色的导盲犬牵引绳。听到内门转动的声响，她立刻转过头，失焦的双眼快速眨动，似乎在搜寻斯凯思头顶上方的空气。其中一只眼眶中的眼球凹陷、上翻，被眼睑遮住一半。另一只眼睛蒙了一层乳白色的膜。她身材纤弱，温柔的面庞透着热切，淡棕色的直发挽到耳后，别了两个圆形的蓝色发卡。斯凯思莫名地好奇她为什么选择蓝色，她又如何挑选了蓝色，被剥夺了选择这些小饰品的权利对她而言意味着什么。他问："我想要一间房。请问有空房吗？"

女孩笑了，然而死气沉沉的眼睛里没有任何光彩或者热情，茫然的笑容显得愚蠢、毫无意义。她回答："请按铃，马里奥先生一会儿就到。”

其实他早就看见柜台上的按铃，唯恐那个女孩可能误会他因为对方没办法服务而不耐烦，碍于她的面子才没按。按铃发出刺耳的铃声。一分钟后，一个身穿白色夹克的又矮又黑的男人穿过地下室的楼梯门。斯凯思开口道："请问正面有空房吗？我不想住背面的房间。我刚刚退休，想把郊区的房子卖了，在这一带找一套公寓。"

马里奥对他的解释毫无兴趣。如果他自称是爱尔兰共和军恐怖分子，正在寻找一个安全的藏身之处，说不定还能得到一些反应。马里奥钻进柜台，翻开油腻腻的登记簿，煞有介事地研究了一番，换上地道的伦敦腔："顶楼有间面朝正面的单人房。每晚十英镑，包括住宿和早餐，房费预付。晚餐另算。我们不提供午餐。"

"我得回家取东西。"

他记得曾经看过这样的说法，旅馆不信任那些没有行李的住客。他问："可以从明天算起吗？"

"那时候就没空房了。现在是旺季，懂吗？赶上有空房是你运气好。"

"我能看看房间吗？"

显然，这个要求在马里奥看来十分古怪，不过他还是摘下挂在木板上的钥匙，按下电梯按钮。电梯缓缓地载着他俩晃晃悠悠地爬升到顶楼。马里奥打开房门，抽身走开，留下一句："那么，楼下柜台见。"

一关上房门，斯凯思立刻走到窗边，瞬间松了一口气，这间房的位置正合他的意。如果往下一层，他的视野或许会被不时驶过的公共汽车和卡车挡住；而透过屋檐下这扇不大的窗户，他能够居高临下地监视进出科尔德科特特勒斯街的车辆。马里奥带走了钥匙，不过好在房门有门闩。斯凯思插上门闩，掏出帆布背包里的双筒望远镜。68号的大门微微颤动，仿佛笼罩着热浪般影影绰绰。他稳住双手，调整焦距，影像猛地出现在他眼前，建筑物轮廓分明，仿佛他一伸手就能触及闪闪发光的外墙。双筒望远镜扫过房子正面的每一扇窗户，挂着白色纱帘的窗口透露出神秘的气息。阳台上飘着一张纸，可能是从街上吹过来的，不知道它要在那里躺多久才会被人发现、扫走，那是这栋房子唯一的美中不足。

斯凯思收起双筒望远镜，打量起房间。他觉得不该逗留太长时间，以免引人怀疑。但是，他转念一想，又觉得马里奥不太可能起疑心。毕竟，这个阴冷、没有人情味的刻板房间又有什么值得偷窃或者毁坏的呢？他一点也不好奇马里奥为何这么急着离开，想必是为了避免解释或者找借口搪塞他。

地板上铺了一块残破的浅黄褐色地毯，似乎每一任房客都在上面留下了自己的痕迹；床边有一块不知是茶还是咖啡泼溅的污渍，洗脸盆下的污迹更不堪入目。墙角的一大片水渍正对着天花板一块相似的洇渍，想来屋顶一定渗水。朴素的木制床头板大概是为了防备住客利用领带在床栏杆边勒死自己。一个大衣柜摇摇晃晃地靠在墙边，柜门半敞。尺寸超大的胡桃木贴面梳妆台占据了房间最黑暗的角落，配着一面斑驳的梳妆镜。不过，房间也有一些可取之处。床坐起来非常舒服；床单虽然皱巴巴的，却很干净。他拧开热水龙头，汩汩的水流断断续续地淌了几分钟后，水龙头喷出了热水。他很满意这些小小的额外收获，不过它们并没有那么重要。他不在乎睡硬板床或是洗冷水澡。窗外的视野是他对这个房间的全部要求。

这时，他注意到床边的储物柜。结实的长方形柜子由橡木制成，打磨得十分光滑，一块挡板间隔出两块储物空间，侧面装了一根用来挂毛巾的木制滚轮。他认得这东西。他曾经见过这玩意儿。那是个医院的旧储物柜，大概是医院管理委员会趁着医院升级改造成批、低价卖掉的处理品中的一件。安置被弃之人的房间，用被丢弃的家具装饰真是再合适不过了。拉开柜门，一股浓烈的消毒水味扑面而来，仿佛记忆的催化剂般令斯凯思触景生情。他的妈妈临死前已经知道自己命不久矣，枕着枕头的脑袋焦躁地扭动，染过的头发是她最后的虚荣心，发根处一片灰白，消瘦脖子上的青筋仿佛绳子般清晰可见，手指像利爪一样刮擦着床单。他的耳边再次响起她抱怨的声音："我这辈子没什么好运气，天哪，一点也不走运。"

斯凯思试图抻平枕头，安抚她的情绪，却被她不耐烦地推开。他明白自己就是坏运气的一部分，即便她临终前，他也没能做些什么或者说些什么让她高兴。斯凯思忽然想知道，如果她现在看见他在这儿，知道他来这儿的原因的话，她又会怎么想呢？斯凯思几乎能听见她的嘲讽。

“谋杀！你？你没有那个胆量。别逗我了。”

斯凯思离开房间，小心翼翼、轻手轻脚地关上身后的门，仿佛消瘦的她一点儿都不舒服地躺在床上。他希望旅馆能换个床头柜，那么这个房间便再好不过了。

6

菲莉帕一向坚信如果不得不同人合租，与其与朋友同住，不如跟一个陌生人合租。而且，这位陌生人如此整洁、安静、容易相处，随和又不奉承，擅长家务又不过分洁癖。她们轻松地制定出共同遵守的日程表。她迅速地熟悉了每天醒来时听到的声音、闻到的气味，不敢相信这些都是近来才出现在她生活中的东西。每天早上，妈妈睡衣轻柔的窸窣声唤醒她，床头柜上静静地放着一杯茶。住在科尔德科特特勒斯街时，莫里斯偶尔也会为她端一杯早茶。然而，那就像发生在另一个世界的事，住在那里的姑娘已经死了。每天清晨，她准备早餐吃的麦片和煮鸡蛋，她妈妈打扫公寓，然后，她们坐下来喝咖啡，摊开地图，计划当天的行程。那感觉就像带着一个外国游客游览伦敦，只不过对方来自不同的文化，甚至不同的时间维度。这位聪慧、兴致盎然的游客欣然环顾着眼前的景色，只是她的目光似乎超越了面前的一切，努力将每一次全新的经历同记忆中陌生的世界联系起来。她像位游客似的警惕当地人，唯恐失礼的审美惹人注意，有时候分不清十便士和五十便士，或者突然失去方向感。菲莉帕看着她，感觉她的妈妈正同时遭受幽闭恐惧症和广场恐惧症的折磨。她非常害怕人群，仿佛来自人烟稀少的国度。伦敦到处都是游客，尽管她们早早出门，避开最受欢迎的旅游胜地，然而依然免不了在公共汽车停靠站、地铁站台、商店和地下通道碰见人挤人的情况。如果她们不想过隐士般的生活，就得忍受人群的闷热、吵闹和污秽，同几百万的肺共享同一片湿热的空气。

她发现她妈妈喜欢绘画，并拥有一种本能的鉴赏力；这对她妈妈而言也是个新发现。菲莉帕欣喜地意识到自己对于绘画的喜爱源自遗传，莫里斯细心的指导提高了她的兴趣，然而她的兴趣并非他精心培养的结果。最初的一个星期里，二人几乎算得上狂热游客，一大早便带着午餐便当出门，公园的长椅、轮船、公共汽车的顶层、城市的秘密广场和花园都是她们用餐的地点。

菲莉帕觉得自己知道她妈妈从哪一刻开始愿意接受这份幸福。她们住在一起的第三个夜晚，二人将她妈妈从梅尔库姆农场带来的随身物品抛进了伦敦大运河。从那一刻起，菲莉帕清晰地感觉到她妈妈开始接受了这份幸福。当天早上，她们乘公共汽车前往骑士桥，挤进一家正在打折的商场。当人群涌向她们时，菲莉帕看着她妈妈的脸，暗自惊讶内心竟然闪过一丝近乎病态、令人不快的情绪。她们本可以趁九点半游客抵达之前赶到埃奇威尔路的玛莎百货采买。她费尽心思地带她妈妈挤进这乱糟糟的商场，莫非只是为了目睹她穿上昂贵的衣服吗？莫非没有故意考验她胆量的想法吗？或许，甚至是为了满足自己恶劣的趣味——超然地观察她妈妈挣扎于痛苦与忍耐时的反应？当人群涌向电梯最混乱的瞬间，菲莉帕看着她妈妈的脸，突然担心对方会晕过去。她拽住她妈妈的手肘，往前挤。她没有拉她的手。一次也没有，即便在梅尔库姆农场那间阴冷的会客室，她们连手指也没有碰过，也没有过其他的身体接触。

不过，她很满意她们买到的物美价廉的衣服：一条浅黄褐色的亚麻长裤，搭配一件细羊毛夹克和两件棉衬衫。回家后，她妈妈又试穿了一次，转过身，神情古怪地望向她，既懊恼又顺从，仿佛在问："这是你想要的吗？你是这样看待我的吗？有魅力，聪慧，容颜未老。我的下半辈了没有丈夫，也没有情人。这些衣服有什么用？我又为谁打扮呢？"

之后，她坐在床边看着她妈妈整理行李箱。她把从监狱带来的所有东西都塞了进去：她来伦敦时穿的那身衣服、她的手套、她的内衣、她的挎包，甚至洗漱用品和睡衣。哪怕丢弃一件不起眼的生活必需品都是一种浪费，更何况换掉所有这些东西。但是菲莉帕并没有制止她。对于二人而言，这是一种必要的浪费。

她们赶在曳船道关闭的半小时前出发，她妈妈拎着行李箱，二人一言不发地朝运河走，直至踏上一条树荫遮蔽、人迹罕至的小路。低云密布的闷热夜晚，运河如糖浆般缓缓流淌，无声地流过低矮的桥梁，渗入潮湿的河岸。一群摇蚊在水面飞舞，一片片带着盛夏光泽的油亮叶子随和缓的河流漂荡。空气中弥漫着河岸淤泥的臭气、草坪的清香和运河上游花园飘来的玫瑰花香。鸟儿不再作声，只有远处动物园的大型鸟舍偶尔传来几声哀伤而陌生的啼鸣。

菲莉帕一言不发地接过妈妈手中的行李箱，扔进运河。她先四下张望了一眼，确保曳船道上没有人，即便如此，行李箱溅起的水花听起来仿佛有人落水，她们不约而同地对视了一眼，担心路上有人听见声音。不过，既没有呼喊声，也没有凌乱的脚步声。行李箱慢慢浮起，随水流缓缓漂流，仿佛一艘沉船般翘起一角，翻个身，没入水中。泛起的涟漪渐渐消失。

她听见妈妈轻轻地叹了口气。绿荫在她的脸上投下斑驳的光影，显出格外平静的面庞。菲莉帕感受到一阵生理上的解脱，扔掉的仿佛是她的东西，她的过去——并非她了解的那段过去，而是那些被遗忘的岁月，那潜伏在记忆边缘、已然没有那么尖锐的苦难童年。如今，它们沉没了，慢慢地沉入河底的淤泥中，永远地消失了。她不必再费心回忆它们，不必害怕它们可能跳出潜意识迷惑、恐吓她。菲莉帕好奇她的妈妈在想些什么，她的过去烙印在那么多的记忆中，记录在浅黄色的官方文件里，不可能轻而易举地抛弃。她们静静地站在河边。于是，咒语解除了。她的妈妈转过身，表情放松下来，如同刚从痛苦中解脱出来的女人，带着欣喜的笑容。然而，她只说了一句：“好了。我们回家吧。”

7

那天晚上，菲莉帕认定自己已经等得够久了，是时候读她妈妈的犯罪记述了。然而，当这一刻到来时，她却退缩了，不愿意拿出抽屉里的手稿。她甚至希望妈妈从未给过她那个信封，那样她便不必下这番决心。她想看，又不敢看。虽然没有谁阻止她毁掉它，但又不能那样做。既然它就在这儿，她必须读一读里面写了些什么。她扪心自问究竟是什么让她退缩。第一次拜访梅尔库姆农场时，她妈妈已经将事实和盘托出。那个大信封中没有什么能改变那些事实，也不能减轻或者开脱他们的罪行。

温暖的夜色中，她盖着一条单人毛毯，僵硬地躺在床上，凝视着窗外淡淡的薄雾。她妈妈的房间想必也开着窗。窗外间或传来里森树林沿线微弱的车流声和瞎乞丐酒馆外酒徒们的叫嚷和欢笑声。夹杂着花朵和泥土气息的夏日芬芳飘进窗口，仿佛窗外有一座繁茂的乡村花园。

她妈妈的房间没有一点声响，然而她依然耐心地等待着，直至酒馆里的叫嚷声归于平静，整条街安静下来，她才扭开床头灯。等妈妈入睡后再拆信封，这一点在她看来十分重要。菲莉帕慢慢地拿出抽屉里的信封。厚重的红色横格纸上隔行排列着她妈妈刚劲、工整却有些难懂的字迹。工整的笔迹，干净、正式的纸页和红色线格，令这份手稿看起来仿若一份宣誓书或者试卷。手稿用第三人称的口吻写道：

关进霍洛威的第五年，某天在图书馆的书架旁，一个因卖淫和敲诈勒索获罪刚刚入狱的女囚站在她旁边，满怀恶意地斜着眼看她，低声问：

“你是达克顿家的吧？我曾在公立图书馆的一本书里读过你的事。《五十年的血案：1920—1970》，一本关于谋杀案的百科全书，里面记录了最臭名昭著的案件。你的名字归入字母D，残杀儿童案那一章。达克顿夫妇。”

那时，她才意识到她不再是一个人，她顶着达克顿的标签，按照罪行分门别类，是罪恶勾当的同伙，臭名昭彰。不过，令她讶异的是编纂者竟然认为他俩值得浪费笔墨。毕竟，当时他们尚算不上恶名远扬，不过是一场没引发多大公众关注的审讯中两个辩护失败的普通笨蛋，根本无法与流行歌星自杀或者内阁成员的桃色新闻相提并论。想必作者为了填满残杀儿童案那个章节绞尽脑汁。她甚至猜得出他写了些什么。她自己曾经借阅过一本关于死亡的百科全书。

“一九六九年五月，马丁·达克顿和玛丽·达克顿被指控杀害了十二岁的朱莉·梅维斯·斯凯思，两位案犯的父母均出身受人尊敬的劳动阶级。案发时，达克顿任职员，他的妻子是一家医院的病历管理员。她利用业余时间攻读大学的校外学位，自诩热爱文化。人们普遍认为她在那个孩子的死亡案件中起了主导作用。”

她还有其他奢望，幸福、成功以及一种对他们而言截然不同的生活。没错，她确实起了主导作用。她总是带头，即便在二人的共同毁灭中也不例外。

那次谈话后，她决定写下关于这次犯罪的真相，只是有些事实同她的情绪一样飘忽不定，同她的记忆一样靠不住。如同一只蝴蝶，你能抓住它，杀掉它，钉在木板上，精致的细节和色彩的细微差异都一览无遗。然而，这样它就不再是蝴蝶了。她明白这种比喻有些做作，但是她自认为这样才恰当。

她曾经在审讯中发誓坦露事实，全部的事实，唯有事实。她险些脱口说出“愿上帝保佑我”，但是卡片上没有这句话。显然，只有小说里的证人才有那样的台词。证人席的壁架上摆了一摞圣书。穿长袍的书记员打扮得像教堂司事似的，递给她一本《圣经》。她很想知道如果对方拿错了书，假如递给她一本《古兰经》，又该怎么办呢。她用不用重新作证？她厌恶地接过黑色的《圣经》，她相信《圣经》封面一定沾了不少杀人犯的手汗，没有人会费心清理。这就是她对那场审讯的全部记忆。这些都是事实。

她记得那天她所在医院的妇科门诊比平时忙碌许多，她六点多才下班，到家时间稍晚。那天的天气即使在一月份也算得上非常寒冷。薄薄的雾气徘徊在路灯周围，弥漫进前花园，仿佛为树木披上了一件白色法袍，看起来好似被连根拔起，在薄雾中若隐若现。一推开前门，她就听到孩子的哭声。那是一种凄厉的哀号，虽然声音不大，却一声接一声，又很刺耳。起初，她以为那是只猫。不过，这感觉太荒唐了。她恐怕是最善于分辨孩子哭声的女人了。

接着，她看见了她的丈夫。对方站在楼梯中间，低头看着她。那一瞬间的一切都清晰地刻在了她的脑海中，孩子微弱的哭泣声，门厅温暖而熟悉的气味，印着图案的墙纸，她没能完美拼齐的接缝，还有她丈夫的眼神。她记得他羞愧的表情，里面包含着恐惧和绝望的哀求。然而，留在她脑海中的是羞愧。后来，她再也想不起当时他们说了什么。或许什么也没说。反正，那根本不重要。她知道。

谋杀案审判没有预审。你必须一次准确回答。没有解释的机会，只有看似无心的问题，而据实回答正是最危险的答案。她只记得公诉律师问了站在证人席上的她一个问题，而她给出了致命的回答。

“你上楼往孩子那里走时，心里在想什么？”

她想她本可以说：“我想看看她有没有事。我想告诉她，有我在，我会送她回家。我想安慰她。”虽然陪审团中没有谁会相信她，不过说不定有人愿意相信呢。可是，她却说出了事实。

“我得止住她的哭声。”

童年是一所无法逃脱的监狱，是一桩没有上诉权的判决。我们每个人都必须服满刑期。十一岁时，她意识到一个事实，她爸爸不打她和弟弟是因为他喝醉了；他之所以喝醉是因为他要打他俩取乐，而他只有喝得酩酊大醉时才有胆量打人。每当他深夜归家，没等他拖着沉重的脚步踏上楼梯，她的弟弟就开始哭号，她赶忙和弟弟爬上床，搂紧他，试图在蹒跚的脚步声和劝诫的牢骚中阻隔他的哭声。十一岁时，她便懂得不要有期望，唯有忍耐。她忍受住了。然而，余生却再也无法容忍孩子的哭声。

杀人犯常常为自己开脱，声称记不得当时发生了什么。或许真是如此。也许理智仁慈地抹去了那些不堪回首的记忆。但是，她依然记得当时的恐惧。为什么这个特殊的时刻只剩下一片空白？她一定冲那个哭哭啼啼的傻姑娘发脾气了，毕竟，她没受什么严重的伤害，肯定有人告诫过她不要跟陌生人走，她甚至没意识到应该停止哭闹，离开那栋房子，保持沉默。病理学家在法庭上公布了验尸结果。窒息导致了死亡，死者颈部留有人手造成的瘀痕。一定是她的手。还能是谁的呢？但是，她完全想不起自己曾经碰过那个孩子，也想不起从何时起她摇晃的不再是一个孩子。

那之后的记忆就像一部不断播放的电影，只有少许图像失传或者不清晰的片刻。她丈夫待在厨房里。她看见厨房的餐桌上摆着两个杯子、茶壶和奶盅。某个瞬间，她冒出个荒谬的念头，以为他要用茶恢复这一切。她说：“我杀了她。我们必须处理掉尸体。”

他接受了残忍的陈述，仿佛他已经料到了，仿佛她说的只是司空见惯的事实。或许他已经被吓傻了，再也没有任何恐惧能够触动他。

他小声说：“可是……她父母呢？我们不能把她藏起来，让他们不断地希望、疑惑，祈祷她平安。”

“他们不会期待太久。我们不必把她转移到太远的地方，搬到埃平森林就行。尸体很快就会被发现。但是绝对不能留在这儿。”

“你有什么打算？”

恐惧令她的大脑转得飞快。如同捏造情节一般，所有细节必须严丝合缝。她反复思考、更改、谋划。他们用得到车。尸体可以塞进行李箱里，但必须事先包裹好。一旦他们受人怀疑，法医科学家势必要搜查车辆。

他们会发现孩子的迹证，头发、她鞋子抖落的尘土或者衣服纤维。一条床单就能裹住她，例如烘衣橱里那条干净、普通的白涤棉床单。她向来在自助洗衣店洗床单，这样一来就无法顺着洗衣店的标签找到他们。然而，如何处理床单又成了一个难题，他们得随车带回来清洗。塑料布是更好的选择，例如洗衣店用来罩冬季外套的那种长塑料袋。等他们处理完尸体，可以把塑料袋团成一团，随手丢进任何一个公共垃圾筐，没人能通过一个塑料袋追查到她。不过，他们需要死亡时间的不在场证明，这意味着要快。他们必须立即行动。

她说："我们先去图书馆还书，我要再借一本厄普代克[1]的作品；它还在预约清单上。如果警方问询的话，图书馆的姑娘可以作证。然后去曼斯山看电影。我们得做点儿什么引起售票女孩的注意。我会借口自己没带够钱，问你要，我俩因为这事儿拌几句嘴。不，我说她找错了零钱更好。那么……我们得付一张五英镑的纸币。你有吗？"

他点点头。

"我想我有。"

他试图掏出钱包，可是两只手抖得像中风了一样。

---

1 约翰·厄普代克（John Updike，1932—2009），美国作家，诗人。作品包括系列小说"兔子四部曲"、"贝克三部曲"以及一些短篇小说集、诗集和评论集等。

她伸手探进他的夹克口袋，摸出钱包。纸币夹层里塞了一张崭新的五英镑纸币和几张皱巴巴的一英镑纸币。她说："我们只在电影院里待半个小时。等我们穿过门厅，就拿着各自的票分开走。如果警方怀疑我们，他们调查时只会询问目击者是否看见一对夫妻离开。他们想不到我们会分开行动。而且，我们不要坐同一排，最好坐边座，别挨着任何人。这应该不难。像这样的夜晚，电影院不会有太多观众。但是，你必须看紧我。一旦我起身离开，你就跟过来。我们从直通停车场的侧门出去。然后开车去森林。"

他说："我不想坐得离你太远。我不想我俩分开。不要离开我。"

他不停地发抖。她不确定他是不是听懂了她的话。她希望能独自一人处理这些事情，塞给他一个热水袋，像照顾一个伤心的孩子一样把他哄上床。但是，那样不行。他，比她更需要不在场证明。她不能把他一个人留在家里。他俩必须同时被人目击。她忽然想起在医院圣诞节派对上赢的小瓶白兰地。她一直留着以备不时之需。她急忙跑进储藏室，倒了一杯白兰地。闻到酒香时，她才意识到自己有多么需要它。但是酒瓶里只盛了几口酒，不够他们俩喝。她把酒端给他，随手拧开电炉的第三档。

"亲爱的，喝了它。暖和一下。待在这儿，等我准备好了再叫你。”

她没想到自己的思维竟然如此清晰。上楼前，她虚掩了前门，没有落锁，然后出门打开汽车的行李箱。街上荒无人烟。最近的街灯距离十码开外，昏黄的灯光晕染了寒冷的薄雾。39号的窗帘全拉上了；空荡荡的漆黑房间躲在帘子背后恭候新房主。43号也放下了窗帘，只有楼下的客厅透出一丝光线，传出一阵阵喜剧节目的欢声笑语。希克森一家是忠实的电视观众，这会儿已经坐下来欣赏晚间节目了。

她取出楼梯下方挂在橱柜衣架上的塑料袋。塑料袋里的外套依然透着一股洗衣液的味道，不知道这股熟悉的刺激性气味是否会令她时常想起今晚。接着，她想到手套。厨房水槽的水龙头上搭着一双洗碗时戴的薄手套。她不喜欢戴厚手套干活。她戴好手套，走上楼。

双人床边的床头灯亮着，窗帘拉着。那似乎是她第一次见那个孩子。她四仰八叉地躺在床上，左胳膊摊开，曲着手指，蓝色的短裤褪到膝盖，看起来十分安详。她的眼镜抖落在床罩上，设计精妙的镜片和金属框架十分小巧。女人捡起眼镜，摸索孩子外套口袋里的眼镜盒，却没有找到。她不免有些惊慌，仿佛保管好这副眼镜至关重要似的。忽然，她注意到地板上放着一个黑色的小背包。她捡起廉价塑料背包，暗自猜测这个新背包或许是为了搭配她的童子军制服特意买的。背包里有一块叠好的手帕，一本女童子军日志，一支铅笔，一个装了几枚硬币的小钱包和一个红色的眼镜盒。女人把眼镜收进眼镜盒里，然后翻开日志；稚嫩的笔迹映入眼帘：马真塔街104号，朱莉·梅维斯·斯凯思。她搞不懂这个孩子为什么绕远路回家，横穿游乐场显然距离更近，那样她也不会死在这里。他们这儿离马真塔街足有一英里远。一两天后，尸体会被发现，警方将挨家挨户地展开调查，每挨过一天，他们就会安全一些。

她拿起孩子的外套和女童子军贝雷帽，放在尸体上，轻轻地拉上短裤。然后，她小心翼翼地用长塑料袋罩住女孩，在孩子的头顶系了个结。女孩没戴眼镜，双眼紧闭，精致、漂亮的小脸罩在透明薄膜下有些变形，不真实。嘴唇微张，矫正牙齿的细金属丝挂着一滴如珍珠般的唾液，闪着湿润的光泽。她看起来宛若一份精心包装的圣诞节礼物，一个送给好孩子的洋娃娃。当她抱起尸体时，甚至能透过薄薄的塑料感受到女孩的余温。

孩子比她预想的重，沉甸甸地拉扯着她的胳膊和腹部肌肉。扛在肩上应该能省力一些，从失火的房子里抢救昏迷的人时不正是这么做的吗？但是不行，她必须轻轻地抱着孩子，像是哄慰熟睡的生病小孩，不能吵醒她。她的脑海中不断地回响：她没有死，只是睡着了。她想祈祷：

“哦，上帝，帮帮我们吧，请帮帮我们。保佑一切都好起来。”然而，无济于事。祷告的力量也无能为力。没有人，即便上帝也无法令一切好起来。

他们的车是一辆二手的迷你[1]，刚入手六个月。因为她有工作，他们才得以存钱买下它。即便如此，星期日带罗西去海边时也得精打细算。她驾驶技术不佳，不适应雾天开车，而且她清楚一旦出了交通事故被警察拦住的话，后果不堪设想，所以她开得很慢。他坐在她身旁，像具死尸似的直勾勾地盯着挡风玻璃。她往他的脖子上系了一条厚围巾，遮住了他半张脸；但是她没法蒙住他的眼睛。他俩谁也没有说话。只有她偶尔发生愚蠢的嘶嘶声，像是安抚一匹犟脾气的马。她的左手时不时松开方向盘，放在他的手上。只是她帮他戴了手套，不知道他裹在羊毛手套中的僵硬手指是否能感觉到她的触碰。虽然她常来这里，却从未开车来过，不知道哪儿能停车。她小心地拐进一条辅路，看见路边停着两辆车，谨慎地停靠在那两辆车身后。接着，她告诉他该做什么，他点点头，也不知道他是不是听懂了。她推开图书馆的大门，图书熟悉而温暖的气息和地板蜡酸酸的气味扑面而来，一群老人裹着破旧的大衣整日坐在邻近借阅室的报纸堆里，躲避孤独和寒冷。透过玻

1 迷你（MINI）是宝马集团旗下的小型汽车品牌。

璃隔断，她看见里面坐着三个老人，一时间不免有些嫉妒，因为他们还活着，马丁却已经死了。那是当天晚上她唯一不知所措的瞬间，她忘掉了那个孩子，以为蜷缩在汽车行李箱里的是他的尸体。然而，他好似行尸走肉似的跟在她身旁。

她拿着三本要归还的书，走向柜台。他依照她的吩咐走到距离最近的小说书架旁。她朝他大喊："亲爱的，没有时间选新书了，我们得准时赶去看那部大片。我就借一本厄普代克。"

他似乎充耳未闻，仿佛一具橱窗模型般直挺挺地站在书架前。她前面只有一位开朗的中年女人，显然是替体弱多病的母亲还书。女图书管理员一边整理借书表，一边冷淡地听对方喋喋不休地谈论要归还的书、她母亲的健康状况以及她想借的书。她一定是这里的常客。说不定还书是她呼吸自由空气的唯一机会。管理员递给她三张借书表："谢谢你，耶尔兰德小姐。"

现在轮到她了。她提出想预约一本厄普代克的书，并用粗体的大写字母往预约卡上填了她的名字和地址。她的手竟然一点都没抖，这出乎了她的意料。她费了很大的工夫才在白色卡片上勾出醒目的黑字。即使警察真来核查，也不会有人相信谁能在重压之下写出这么清晰的字迹。随后，她走到丈夫身边，对方像生了根一样，她牵着他出了大门，钻进汽车。

到这里，电影再次停止转动，图像消失了。最难开的路段一定是绕着曼斯山附近的五条迂回道路。不过，她肯定成功地绕出去了，没出任何交通事故，因为她记得下一个场景是她停在电影院门前的画面。停车场里的车比她预想的多，不过这是好事。这说明看电影的人很多，他们退场时不会太引人注目。她寻了个靠近出口的停车位。熄灭引擎，车厢里静得吓人。二人坐在雾气笼罩的车里，她又给他讲了一遍接下来的计划。她问："亲爱的，你听懂了吗？"他一言不发地点点头。他们钻出汽车，她帮他关上车门。雾更浓了，仿佛高杆街灯泄漏的一团团毒气，起起伏伏。二人蹚过齐膝的浓雾，走进影院门厅。

最后一场电影肯定开始放映了。售票处，他们前面只排了两个人。轮到她时，她递上一张五镑的纸币，买了两张八十六便士的电影票，然后接过找零，往前推了他一把，故意弄掉了四张一英镑纸币中的一张。她转身走回售票处："我想你少找了我一英镑。我手里只有三张。"

女售票员肯定地回答："我找了您四张，女士。您看着我数的。"

"可是，这儿只有三英镑啊。"

女售票员又说了一遍："您看着我数的，女士。"说完招呼起下一位顾客。

她转身离开售票处，大声地说："不好意思，肯定是我弄丢了。哦，掉在地上了。"

即便当时，她也觉得这个小插曲相当做作，不自然。女售票员耸了耸肩。他们一起穿过门厅，走向放映厅的入口。她递过他的电影票，可是他假装没注意到她轻推的手，没有接过去的意思。她知道他不愿意同她分开，于是只好同他坐在一起。

他们融入一片温暖的黑暗中。只有大屏幕亮着，光影交汇。大屏幕上詹姆斯·邦德的故事刚刚上演。她背过一只手，紧抓着他的外套，跟随着女引座员手电筒针尖般的光束沿座间的过道往前走。引座员将二人带至最后一排的两个座位跟前。这不行。她打算从侧门偷偷溜出去，不再走中间的过道。坐下十分钟后，她悄声对他说了几句，然后牵起他的手，离开座位，领着他朝大屏幕转移，这时她的眼睛已经适应了黑暗，依稀分辨出观众寥寥的一排只坐了三对夫妇，而且都挨着中间的过道。二人低声致歉，经过他们身边挤到这排末尾，几乎正对着红色出口标志的座位前，落座。

她耐心地等了半个小时才给他信号。此时电影正演到精彩的地方；背景音乐渐强，屏幕里汽车飞驰，人声鼎沸。坐在她前面的观众都聚精会神地盯着大屏幕。她拉了一下他的手，半弯着腰站起身。他尾随她，溜出门，踏上一小截水泥台阶，她推开最后一道门，冰冷的雾气扑面而来，他们走进停车场。她摸了摸外套口袋里的钥匙。没摸到。她立刻反应过来，她把钥匙落在车里了。她一把抓过他的手，拽着他穿过浓雾，奔向迷你车；其实她已经知道等待她的究竟是什么。两条白色停车线内空无一物。迷你车不知去向。

之后，记忆中的影像又中断了。他们肯定走了三个小时，手拉手，拖着沉重的脚步穿过浓雾，走向森林。记忆中的下一个画面是一条没有路灯的林间小路，笔直地向前延伸。

那个夜晚冰冷、寂静。路两侧的树木沐浴着迷雾，望不到边际。她似乎听见轻柔、持续的滴水声，如同滴血般缓慢，暗含着山雨欲来之势。在她的想象中，森林没有尽头，散发着黑瘴气，纠缠的灌木丛里潜伏着恐怖，光秃秃的高大枝丫慢慢渗出黏糊糊的毒液。她看见他俩呼出的一股股白气，融于夜色，牵引着他们向前。四周静悄悄的，只能听见两人漫无目的地走在柏油路上的脚步声，偶尔传来汽车驶近的引擎声。他们本能地躲进漆黑的树影里，直至车灯一闪而过，或许是去参加派对，又或者只是熬过漫长的一天后很晚才回家，总之那些普通人除了贷款、疾病、孩子、婚姻和工作之外，没什么可担心。

他突然停下脚步，语气阴沉，失魂落魄地说："我累了。跟我进森林，我俩找个地方躺下。我搂着你。你不会感觉冷。我们会在一起。我们永远不用醒过来。"

但是，她让他失望了。她不会跟他走。最后，他苦苦哀求，几乎快哭了，可她还是拒绝了。她说服他转过头，和她一起拖着脚步，沮丧地慢慢往家走。她从小就害怕森林。对她来说，森林并非小学童话中所描绘的那样：斑驳的林中空地，猎角长鸣，牡鹿遍布小径。那里只有一片腐败，掩埋着被谋害的尸体，她父亲曾恐吓她，如果她再大嚷大叫就把她扔进森林。在她幼稚的想象中，缓慢的溪流中流淌着汩汩的鲜血。

不仅仅因为恐怖的森林，更重要的是她不愿意分担——也从未分担过他的悲观情绪。生活对他来说是一场彻头彻尾的悲剧，是一连串要熬过去的日子，并非值得享受的恩赐，而是要忍耐的负担。喜悦常令他诧异。想到死亡，他不觉得痛苦；然而，活着却需要勇气。但是，她不一样。除了无法忍受的痛苦和彻底的绝望，没有什么能让她放弃生命。她生性乐观，希望滋养了她的人生。她忍耐了童年的诸多苦难并不是为了现如今轻易地死去。她安慰自己或许一切没有那么糟糕。偷车贼可能根本不会打开汽车行李箱；他们为什么要那么做呢？汽车本身并不值得偷。那就是说他们只想开一程，用完后便会弃之不顾。警察会适时地找到它，展开调查。但是，通过车追查到他俩并不能成为怀疑她是凶手的理由。强奸犯，无论是谁，都能从他们家门外偷走这辆车。他俩现在要做的是走回家，第二天一早去。

但是，她心里也知道希望渺茫。一旦汽车被人发现，他们就会成为主要嫌疑人。紧接着，警方会调查他俩当晚的行程；到图书馆借书，电影院售票处前的争吵。警察会问询二人，既然他们没有车，又没有直达或者便捷的公共汽车线路，他们是如何赶到电影院的呢？而且，他们不能说汽车是在电影院外失窃的。这样的话，为什么不一出电影院就报案呢？她知道即便是这种初步的盘问，马丁也熬不过去。她一度指望警察过几天再找上他，那时候没有什么能将他们同这起犯罪联系起来，有的只是挨家挨户的例行问询而已。没有对他不利的证据。现在，一切都变了。单凭那个塑料袋就能追查到当地的干洗店。她最近去过那里的事实也将浮出水面。

于是，他们步履沉重地回到家，等待他们的是停在门外的警车，街对面看热闹的眼睛，以及他俩再也不可能单独待在一起的事实。

森林的恐怖源自想象。可即将到来的恐怖却是现实。如果她发自内心地为他着想，她势必会握住他的手，跟随他步入漆黑的树影，在他的怀抱中克服恐惧。她向来更坚强。一直以来都是他向她寻求支持、安慰和庇护。毕竟，她之所以嫁给他，不正是因为他身上没有她父亲所谓的男子气概吗？这是他第一次请她相信他。他希望如此，希望同她一起躺在黑暗中，安慰她直至死亡降临。而她却因为童年的恐惧令他的希望破灭。她剥夺了他以自己的方式、以自己的节奏有尊严地死去的权利。她强迫他站上被告席，接受审判，经历十八个月的牢狱折磨，直至死亡给予他解脱。她曾耳闻囚犯如何对待猥亵儿童者。同他分开的十八个月里，她既无法安慰他，也无法诉说她的歉意。那孩子的死并不是他们有意为之；而是死于她无法自制的暴力行为，是幼年的她杀害了那个孩子。然而，最终抛弃他的行为却是故意的。

他说得对，我应该在那天晚上同他一起赴死，我们别无选择。真正的罪孽是背弃爱情。"全然的爱会驱散恐惧。"满足他的心愿并不需要全然的爱，只需要一点点仁慈，一点点勇气。

手稿到这儿中断了。菲莉帕关上灯，静静地躺着，心脏怦怦直跳。她感觉头晕、恶心，索性爬起来，在床边坐了好一会儿，然后走到窗边，探出头，深吸一大口清新的空气。她没有问自己对这个故事相信多少，也无法判断它究竟是创作还是纪实。她无法再置身事外，就像她无法将写下这些文字的女人弃置不顾一样。她不会告诉她妈妈她已经读过这份手稿，而她妈妈也不会问起。它记录了她被告知的关于那起谋杀的一切，以及她所知道或者需要知道的全部。她静静地凝望着夜空，十分钟后将手稿放回抽屉，上床睡觉。直到那时，她才好奇那天晚上她究竟去了哪里。

8

当天晚上他赶回旅馆，驻扎进他的指挥部。第二天清晨七点半，餐厅一开门，他就赶紧吃了早餐，八点钟开始监视。他闩上门，坐在窗边的椅子里，将双筒望远镜架在窗台上，身旁放着敞开的帆布背包，预备着帕尔弗里夫人一出现，随时收起双筒望远镜，跑下楼。乘电梯花费的时间太长，他必须行动迅速才不至于跟丢她。

九点十五分，一个高大的黑发男子拎着公文包离开68号。这位大概就是帕尔弗里先生。对方一副有条不紊的模样，似乎上午已有安排，斯凯思不认为其中有探望女凶手或其女儿的计划。他的直觉向来很准，他坚信只有电话里那个声音忐忑的女人才能带他找到她们。

九点四十五分，女佣拖着购物车磕磕绊绊地迈上地下室的台阶。两个小时后，她拉着装满东西的小车小心翼翼地原路返回，这期间没有人出入房子。后来，他出门，走进距离旅馆不到五十米的一条小巷中，在咖啡馆点了咖啡和三明治当午餐，下午一点四十五分时回到原位。整个下午，他一直守在望远镜旁，不过对面始终没有动静。刚过六点，那个男人回来了，从正门进屋。

七点钟，他中断监视，吃晚饭，八点钟回到窗边，一直等到天光渐暗，华灯初上，然后是十一点，午夜时分。第一天结束了。

接下来的三天都是如此。清晨九点十五分，男人离开家。十点钟，女佣拖着购物车出门。紧接着的星期一，阳光明媚，一直没什么收获的斯凯思需要活动一下，于是决定尾随女佣。他希望能和对方搭上话，说不定能打听出帕尔弗里夫人是否在家，甚至找借口询问那个女孩的去向。他不知道如何接近她，或者该说些什么，然而跟踪她的念头如此强烈，他一个健步冲下楼梯，当她拐进科尔德科特特勒斯街时，他刚好跑出旅馆。

她先去了一家当地的报刊经销处，付报纸费。经销商招呼她的名字时，他才知道她是谁。斯凯思暗自恼火，他竟然轻易地认定她是女佣，白白浪费了三天时间。他假装不知道选哪份报纸，偷偷瞥了她一眼，很难将这个瘦小、沮丧的身影，这张焦虑的面庞同他在火车上见过的自信女孩或者68号的女主人联系起来。他买了一份《每日电讯报》，看着她付完账，然后小心翼翼地跟在她身后，前往下一个目的地——肉铺。橱窗里摆着带骨的火腿，斯凯思决定买四分之一磅，留作午餐，回房间吃。他排在她后面，耐心地等她挑选羊前腿肉。这是他第一次见她生气勃勃的样子。屠夫拿出大块肉给她挑，两人以行家的眼光认真地探讨。她要求去骨，店家欣然同意，吩咐副手招呼其他客人，自己亲自接待这位懂行的顾客。

买完火腿，斯凯思尾随她穿过坐落着维多利亚式灰泥房屋的广场，钻进街头市场。她打量着农产品，慢慢地踱过每个摊位，神情似乎有些过度专注，不时偷偷地捏一下番茄和梨。最后，她走进一家熟食店，留他在人行道徘徊，装出一副对风干香肠感兴趣的模样。只见她盯着老板的长刀划入粉嫩的鱼肉，挑起一片油脂丰富的透明鱼片给她验货，接着她买了熏制鲑鱼。斯凯思从没吃过熏鲑鱼，挂在冷藏橱窗那半条鱼的价格令他咋舌。帕尔弗里一家人吃得不错。达克顿的女儿很走运。他一时冲动跟着帕尔弗里夫人走进店铺，买了两盎司熏鲑鱼，打算留在晚餐前吃，品尝一下这种未知佳肴的滋味，体验她的舌头曾感受过的味觉，这两片细腻的鱼肉拉近了二人的距离。

接下来的十天，他的生活模式都是如此。她的活动范围局限于皮姆利科，川流不息的维多利亚街和沃克苏尔桥大街像两条不通航的河流阻隔了她的步伐，她从不越界，他亦如此。每个星期两次，她步行到史密斯街的威斯敏斯特图书馆换书。每当这时，他便钻进阅览室假装翻看期刊，透过玻璃隔板看着她流连于书架之间。他很好奇什么类型的书会被她带回厨房慰藉自己。在他看来，她周身笼罩着一股焦虑和孤独，不过他的情绪并未受影响。他想不起自己的生活何时如这般轻松过。跟踪她不是难事。她时常沉浸在自己的世界中，几乎不在意周遭的事物，似乎与购物和食物不相干的东西都与之无关。但是，他不觉得慌张或者浪费时间。他坚信自己应该跟着她。用不了多久，她就会带他找到她们。

天气渐热，阳光越来越明媚。盛夏时节，她时常坐在河堤花园的长椅上，一边吃三明治和水果，一边望着梧桐树低垂的枝叶轻抚水面。他也习惯了到科尔德科特路的熟食店买一份便当，坐在公园里或者旅馆房间的窗边吃午餐。斯凯思坐在距离她二三十码的长椅上，看着她凝望泰晤士河砂堤旁的栏杆、梳理羽毛的海鸥、逆流而上的巨大驳船、拍打堤墙的潮水。吃完午餐，她蹲下身，掌心里托着面包屑，耐心地等待麻雀们赏光，有时一蹲就是十五、二十分钟。有一次，他模仿她耐心地等了片刻，麻雀拍着翅膀飞下来，颤动的羽翼和细小的爪子擦过他的掌心，他会心一笑。某个闷热、狂风大作的清晨，风暴裹挟着满潮而来，她带来一袋面包皮喂海鸥。斯凯思看着她站在栏杆旁，僵硬地挥舞胳膊，笨拙地抛撒食物。刹那间，海鸟齐飞，白翅、尖喙和利爪阻隔了视线，高亢、凄厉的鸟鸣响彻耳边。

斯凯思没想到自己竟然这么快就适应了卡萨布兰卡旅馆，甚至有种宾至如归的感觉。旅馆谈不上舒适，却也不虚荣做作。餐厅不远处有一间人满为患的小酒馆，几乎每天晚餐前他都会去喝一杯干雪利酒。餐食可以想见：果腹，仅此而已。不过，偶尔又无比丰盛。厨师们似乎在偷偷玩一个游戏，揣摩顾客们不满情绪的临界点，然后突然端上无可挑剔的晚餐平息他们的怒火。然而，大多数时间谈不上厨艺。斯凯思觉得所有汤都是一个味道，同罐头没有什么差别。鲜虾盅用的是又硬又咸的罐头虾，垫着软烂烂的莴苣叶，撒上最便宜的瓶装调料；自制的肉酱饼用的是廉价的肝脏香肠；袋装的土豆一成不变地捣碎了端上桌。自从他开始复仇以来，所有的感官都变得更加敏锐；他现在注意到这些细节，不过并不会为此困扰。

这家旅馆似乎由接待他的马里奥经营。斯凯思没发现其他的负责人。其余的职员都是临时工，包括那个上了年纪的跛子弗雷德，他负责给晚上十二点半之后来住店的客人们开门，常常整宿窝在前台后面的扶手椅里打瞌睡。常来投宿的客人大多是巡回推销员。马里奥同他们中的一些人混得很熟，经常穿着白色夹克同他们坐在桌前高谈阔论。打赌显然是他们共同的兴趣。查阅竞技场围栏和晚报，钱在众人之间转来转去。不过，旅馆的大部分生意仰仗西班牙来的外国旅行团。一星期一趟的早班车一到站，旅馆便活跃起来。马里奥像通了电似的，言谈举止突然转换成西班牙式；大厅到处是行李和喋喋不休的旅客；电梯又罢工了；而那条名叫科菲的母狗兴奋得静不下来。

这家旅馆是理想的监视场所。既没有人打扰，又没有人打听他。在卡萨布兰卡旅馆，倘若房客每个星期用现金预付账单的话，便不会引人注意。如果想找人聊天，或者希望听人说话，他就停下来和那个盲姑娘闲聊。他得知对方名叫维奥莱特·赫德利，是个孤儿，曾经在一所盲人寄宿学校上过学，现在同一位寡居的阿姨住在距沃克苏尔路不远的一间公营公寓。作为交换，他告诉对方他的妻子和唯一的孩子都已不在人世，却对自己的事只字未提。她是唯一他能够放心与之交谈的人。无论她如何揣测，那双看不见的眼睛都无法探究他的秘密、他的过去、他的目的，甚至他的丑陋和痛苦。

八月二十五日，星期五上午，斯凯思尾随帕尔弗里夫人穿过新建的广场，走进凉爽、馥郁的威斯敏斯特大教堂。他注意到她的手指并没有碰圣水钵里的圣水；显然，她来这儿不是为了祈祷，这只是一种消磨时间的方式。斯凯思混入一群讲法语的游客中，跟着她漫步于宏伟的大理石方柱间，驻足端详每一个小礼拜堂，俯身凝视玻璃棺中圣约翰·索斯沃斯如幼童般的镶银尸体。

此前，他从未造访过这座大教堂，没想到拜占庭式红砖建筑的西门竟然有此等奇观。粗糙、质朴的石砖随光滑的大理石柱向上攀爬，托起或绿、或黄、或红、或灰、或黑的巨大穹顶。它高悬于顶，被黑暗和混乱赋予了一种形式和实质，他感觉自己尽情沐浴在神秘之中。相形之下，流金溢彩、精美绝伦的圣母堂于他而言毫无意义，甚至高大、古朴的大理石柱也只是吸引他仰望壮观的穹顶。他没料到建筑能够带来如此震撼的体验。待一切尘埃落定，他将再次回到这里，仰望深邃的星空，从没有烛光和彩色玻璃的穹顶中寻求慰藉。还有其他建筑物值得参观，或许还可以游览其他城市。生活尽管孤独，却不仅仅是生存而已。然而，眼前的奇景令他萌生出一丝愧疚，他回想起麻雀刮擦掌心时的触感，那个近乎欢欣的时刻。玛丽·达克顿还活着，这时候体味快乐是对死者的背叛。他已经察觉自己受日常生活的怂恿，日益自满、倦怠。他只会再等一个星期。如果到时候还找不到女凶手，如果那个叫菲莉帕的姑娘还没有回科尔德科特特勒斯街的话，他就要另想他法，无论如何也要从帕尔弗里夫人口中套出她们的住址。

9

二人许诺自己的十天自由时光转眼结束，是时候找工作了，她们放弃了里森树林的政府就业中心，转而投奔报刊经销店外的晚报和布告栏，因为前者不免叫人联想到令人望而却步的官僚作风。埃奇威尔路北端有家文具店的布告板里贴了一张广告：距吉尔伯恩大街不远的席德鲽鱼店正在招聘厨房工作人员和女招待员。广告体贴地注明：乘16路公共汽车，剑桥大街下车即是；每小时一英镑报酬，包吃。她们计算了一下，如果每星期工作五天、每天工作六小时的话，她们就能赚到非常充裕的生活费。况且，每天还能额外吃一顿鱼。

席德鲽鱼店两面临街，主营炸鱼和薯条，附带经营咖啡，无论卖相或气味都给人新鲜的印象。在菲莉帕的想象中，席德矮小、黝黑、浑身油腻腻，然而事实上他是个满面红光的金发业余拳击手。他亲自干活儿，同时招呼着店里的生意，只见他掀开炸鱼锅的锅盖，将装薯条的铁丝筐浸入嗞嗞响的滚油中，一边同吧台旁的顾客们开玩笑，一边用防油纸和报纸打包外带订单，大声地指使厨房的工作人员，然后啪的一声把炸鱼和薯条盛进盘子里推给女招待员，后者时不时地探进传菜口，转述顾客的菜单。店里的喧闹声持续不断，震耳欲聋，席德和他的手下却充耳不闻。菲莉帕很快便搞懂了一点，来席德鲽鱼店吃饭的顾客们不见得需要强健的胃口，但一定要有强壮的神经。

店里的女招待员轮流候在餐桌前服务，倘若端过传菜口的盘子，扔在顾客面前的塑料贴面桌子上也算得上是一种服务的话。这份工作比洗餐具更抢手，因为能拿到小费。席德称大多数顾客或多或少都会留些小费，有时候遇到游客或者刚搬来伦敦还弄不清英国货币面值的移民，甚至能有意外的收获。这种轮流当招待员的方式帮他节省了雇用两个工种的差价，席德美其名曰："我们是一个有福同享的快乐大家庭。"

他痛快地接受了菲莉帕和她的妈妈，即便他有些奇怪这对受过教育的母女为何到他的店里找工作，却没有表现出来。菲莉帕原本以为在这儿工作既不可能碰见过去的熟人，也不会受人盘问。谁知她错了。同事们没完没了地问这问那，不过好在他们根本不在乎答案的真假。

晚班还有其他三位洗碗工：布莱克·希尔、玛琳和黛比。玛琳把头发染成亮橙色，刺刺的短发看起来仿佛被大剪刀砍过一样，脸颊点缀着两坨亮红色，显然她已经不愿意再用安全别针扎耳洞了，菲莉帕松了一口气。她的前臂刺了文身，一支利箭穿透两颗缠绕的心，周围环绕着玫瑰花环，一艘十六世纪的大型帆船张满船帆。黛比迷上了这艘船，一整晚都兴冲冲地帮玛琳擦拭盘子，站在旁边看着它在洗洁精的泡沫中沉浮。

“沉下去。前进，玛琳！沉下去。”她央求道，玛琳将双臂浸入洗洁精，让泡沫簇拥着小船。

潮湿、简陋的厨房位于咖啡间后身，装了两个水槽，她们二人一组，一边干活一边闲聊，聊头天晚上的电视节目，聊她们的男朋友，聊去西区购物的事。她们的情绪变化无常，动不动就发脾气，经常甩手不干，一副不可侵犯的模样，其实是缥缈又无用的自立在作祟，可是没过几天又回来了。她们背着席德满腹牢骚，当着他的面又跟他打情骂俏。众人有如解剖般巨细无遗地谈论着传闻中席德的性功能障碍，尽管在菲莉帕看来，他的精力显然被生意、偶尔的业余拳击赛、赛灵缇犬和如何令席德夫人快活耗光了。精明、粗鄙的席德夫人每天都会来炸鱼薯条店巡视一次，显然是为了提醒席德，同时告诫其他人，别忘了她的存在。可怜的席德，菲莉帕腹诽道。如果他的女奴隶们联合起来，他肯定受不了。不过，她们狡猾地打起了消耗战，时不时偷一些食物，面包、黄油、糖和茶叶之类的，他心知肚明，却从不捅破。或许双方都暗自视其为一种额外的津贴。不过，菲莉帕发现他从不拿钱箱冒险，总是严加看守。

身材瘦小的黛比，皮肤苍白透明，仿佛生命正偷偷地流逝。她的鼻头和手指尖总是红通通的，一双焦灼的眼睛来回滚动，参差不齐的耳廓像是被啃过，似乎快要渗血。她说话轻声细语，挂着甜美、空洞的微笑蹑手蹑脚地在厨房里走来走去。然而，她是最暴力的那个。同菲莉帕共用一个水槽的布莱克·希尔说："她十二岁时就拿刀砍了她妈。"

"你是说她杀了她？"

"差一点儿。后来他们把她看管起来。不过，她现在已经好了，但是千万别让她靠近你男朋友。"

"你的意思是她会拿刀捅他？"

布莱克·希尔哈哈大笑。

"不。她会操他。她太可怕了。天哪，那姑娘，太可怕了！"

菲莉帕机械地接过希尔递来的一个个盘子，暗自思忖着，倘若当年她爸爸遇到的是黛比而不是朱莉·斯凯思的话，他现在说不定还活着。没有强奸，没有谋杀，没有收养。他唯一的苦恼是如何摆脱她，阻止下一次见面，不过十先令和一袋糖大概就能打发她。碰到天真又愚蠢的朱莉·斯凯思是他倒霉。

她们仨都对她妈妈心怀敬畏，或许是因为她年长一些，或许是因为她平静的外表下暗藏着一股威慑力。不同于菲莉帕，她似乎向来对冲动的暴力无动于衷。一次，正在洗切肉刀的黛比突然拿起刀指着玛琳的喉咙，她只说了一句"黛比，把刀给我"，便成功说服女孩乖乖地交出了刀。不过，她们也好奇她的身世。某天晚上，她妈妈招待顾客时，玛琳和菲莉帕搭伙儿刷碗，玛琳问："你妈妈进过疯人院吧？我是说，精神病院。"

"是啊，进过。问这干吗？"

“或多或少看得出来。我阿姨也这样。看眼神就知道。全好了吗，她现在？”

“哦，是的，全好了。医生说她不能紧张，所以我们才找了这份工作。虽然没什么意思，但是下班后了无牵挂。”

没有人再问下去。所有屈尊来席德店里干活儿的人总要有一套说辞。正在旁边水槽搅洗涤剂泡沫的布莱克·希尔语气挑衅地质疑道：“你说话为什么像上流社会似的？”

“这不能怪我。我爸爸去世时我年纪还小，由我叔叔照顾。他和我婶婶都很讲究，我索性就离家出走了。而且，他还想跟我上床。”

玛琳说：“我叔叔也那样。不过，我不介意。他对我不错，过去经常带我去西区过周末。”

布莱克·希尔问：“你念过上流学校吧？”

“后来也逃出来了。”

“你们有地方住吗？你和你妈妈？”

“哦，有，只有一个房间。不过，我们不会在那儿待太久。我男朋友正在给我们买房子。”

“他叫什么，你男朋友？”

“欧内斯特。欧内斯特·海明威。”

众人在一阵轻蔑的沉默中接受了这个名字。玛琳说：“我不能和叫欧内斯特的家伙约会。我爷爷就叫欧内斯特。”

“他是个什么样的人？”布莱克·希尔问。

“非常喜欢户外运动，经常出去打猎。他喜欢公牛。实际上，他越来越讨人厌了。”

菲莉帕很快意识到她们极易受骗，编造谎言成了她的一大乐趣。要么她瞎编的故事并非离奇得难以置信，要么她们根本没上心。白日梦让她们自己的生活变得没那么难以忍受，他们自然不会小气地不许其他人这么做。真正烦扰她们，显然也令席德发愁的是她和她妈妈出示了二人的国民保险卡要求盖章。炸鱼薯条店里的姑娘们都在领失业救济金，这种正规的做法不免吓到了众人。菲莉帕感觉有必要解释一下：“都怪我的缓刑监督官。他知道我工作了。什么都瞒不过他。”

她们投来同情的目光。众所周知，缓刑监督官没有地方机构的社工好糊弄，不过在她们眼里这种过度的顺从有失身份。城市丛林的生存法则中没有天真这样的字眼。弱者、病患和无知的人总令强者和健康、聪明的人苦恼，每当想起加布里埃尔信奉或自诩信奉的理论时，菲莉帕常哑然失笑。如今他能够在席德的店里找到足够的证据。然而当菲莉帕腰背酸痛、大汗淋漓地俯在水槽旁时，她相信加布里埃尔的世界能熬过玛琳·黛比和布莱克·希尔可悲的蹂躏。

她的脑海中时常浮现两幅生动却矛盾的画面：暑假里某个晴朗的星期六清晨，披着开司米羊毛衫的加布里埃尔钻出他的阿斯顿·马丁汽车，一边喊着她的名字，一边雀跃地跑上68号的台阶；而布莱克·希尔弓着背把五个孩子要洗的一大包脏衣服背到厨房的角落，打算回家时用婴儿车推到自助洗衣店。或许莫里斯的脑海中也有同样生动的画面，正是这种差异令他成为一位社会主义者，即使现在也依然如此，尽管他信奉的理论只能将加布里埃尔的阿斯顿·马丁汽车转让给一个跟他一样的特权阶层，在这个世界中没有哪种经济制度能将阿斯顿·马丁转给希尔，把洗衣服的活计和五个孩子转给加布里埃尔。

某次朝夜间公共汽车站走的途中，她妈妈问："你不觉得我们在利用她们吗？"

"怎么利用？想想看，我们刷的盘子比她们多一倍，你更应该说她们利用我们。"

"我想我的意思是，我们假装友好，假装是她们中的一分子，可是回到家就把她们当作某种物件或者标本议论、取笑。"

"她们确实很好笑啊，比一般办公室里的同事更好玩。她们又不知道我们怎么议论她们，有什么关系呢？"

"她们或许没关系。但是我们可能不一样。"

沉默了几秒钟后，她问："你打算写她们吗？"

"我没这么想过。那不是我们来这儿工作的目的。我想我会默默地把她们储存在潜意识里，需要时再说。"

她原以为她妈妈会问："你也会把我储存进去吗？"但是，她什么也没说，二人一言不发地继续走。

上了公共汽车，她妈妈问："你说我们应该在席德的店里干多久？"

"只要我们还没厌倦炸鱼和薯条。我承认有时候我也琢磨法兰西盾之家酒店是不是也缺人刷盘子。”

“你常去那儿用餐吗？”

“只有遇见某些特殊场合时才去。法兰西盾之家、快乐的轻骑兵和蒙普拉斯尔是莫里斯最喜欢的几家餐厅。他每天都会光临贝尔多瑞利。有时候我会去那儿跟他一起吃午餐。我喜欢贝尔多瑞利。”

菲莉帕想知道莫里斯现在是不是还去那儿吃饭，贝尔多瑞利先生有没有问起过另一个世界的她。她妈妈试探着说：“如果你不觉得太累或者无聊的话，或许我们可以再干一两个星期。我不介意吃鱼，我挺喜欢的。”

“我一点也不觉得无聊。我们随时可以换工作，反正保险卡已经盖完章了，我猜如果我们向席德施压的话，他还能帮我们开一份介绍信。你有没有发现，他不怎么开账单，三分之二的生意靠现金交易，没有交税凭证，我敢打赌只要稍稍提一下这件事，他肯定痛痛快快地付我们一年工资而不是代通知薪金。”

“我们不该那么做。他对我们不错。”

“总之，我们随时可以走。那儿也挺有意思。等你吃够了鱼就告诉我一声。”

10

她们享受着无拘无束的自由，以蒙蒂蔬菜水果商店楼上的三个小房间为圆心，遍及整个伦敦。二人享受着这座城市的自由，穿过圣詹姆斯公园榆树下起伏的草坪，避开趴着的游客和他们的背包，寻一块空地躺下，透过斑驳的树影沐浴耀眼的阳光，聆听午间乐队的演奏。演奏台周围的一圈折叠式躺椅早已坐满了老听众：来自郊区或外省的大块头女士们随身带着三明治和遮阳帽，戴着戒指的胖手紧紧地护住大腿上鼓鼓囊囊的手提包。一旦飘起毛毛雨，她们便翻出包里的雨衣遮住膝盖，抖开一块六角风琴似的薄塑料盖住帽子。既然已经付了折叠式躺椅的租金，没道理被英国变幻莫测的天气哄骗，放弃欣赏四十分钟的黄铜管弦乐，接受乐队指挥轻快的致意。

尽管这些行程几乎算得上日常，然而对于菲莉帕和她妈妈而言，二人的生活仍然以德莱尼大街和梅尔大街为中心。菲莉帕自认如果想隐姓埋名，伦敦找不到比这儿更合适的地方了。这里有属于它自己的生活方式，社群意识源自熟悉的面孔，而不是探听它们背后的隐私。德莱尼大街是一条僻静的死巷，居民以住在自家小店铺楼上的中老年人为主，自给自足，宛若一座古老而寂静的村庄，又似一湾滞水坐落在湍急的马里波恩路和埃奇威尔路之间。许多住户自父辈起便生活在这条街上，例如旧货商店的图克夫妇，两位疯疯癫癫、整天领着一群小狗在梅尔大街闲逛的佩格小姐。他们潜移默化成一个严密的小圈子，总像交换信息似的，喜欢默默地站在左邻右舍的门廊，即使最暖和的日子似乎也爱挤在一起取暖；面对不速之客或者新住户，他们或冷眼旁观、或看好戏、或面露嘲讽，如同本地土著看着又一批受骗而来、很快即将幻想破灭的移居者。他们最关注的莫过于地方当局计划开发这片区域的传闻和威胁，凝视荒地四周波纹栅栏的冷漠目光不时流露出担忧。好奇的菲莉帕偶尔不经意地提起，并从乔治口中得知了一些关于他们的情况。如果她和她妈妈常去瞎乞丐酒馆喝酒的话，说不定知道得更多，不过她们觉得还是保持距离，谨慎为妙；经常光顾酒馆就别妄想不被人刨根问底。她们自认被这条街所接纳，邻居们礼貌、友善，对视时偶尔微笑致意，却从未打听过什么。

星期六是梅尔大街的集市日。上午九点，警备车就位，立起路障，封锁整条街的交通。集市虽然不大，却热闹非凡，应有尽有，同时洋溢着英国特色。讨价还价的双方既幽默又好脾气，偶尔还会用旧币交易。一大清早，摊贩推着木制大手推车运来二手地毯，摆了一地。任凭顾客们踩来踩去，没有人在意，也没有人制止。集市本身充满了节日的氛围。晚些时候，集市摇身变成东方露天市场，铜货商贩叮叮当当地摆出各式器皿，巴基斯坦人的摊位悬挂起木制珠帘兜售廉价珠宝。布料摊上堆着大捆的艳丽布匹；瓜果蔬菜、鸡鸭鱼肉、花草树木和锅碗瓢盆，各类摊贩高声叫卖；空气中不乏热狗摊令人作呕的气味；街道的拐角，一个文弱的男孩佩戴着“耶稣爱我”的徽章，耐心地为来往的冷漠人群发放小册子。几只猫或在货架间打闹，或躺在旧衣摊的毛线套衫上伸直懒腰一动不动，店铺外的狗，或瞪着亮晶晶的眼睛兴奋得停不下来，或蜷卧着轻声哼唧，半闭着眼睛沐浴阳光。菲莉帕和她妈妈翻找着旧衣摊的手织毛衣，其中一些旧得根本没法再穿。买回来后，她妈妈便动手拆掉，重新清洗、整理。浴室里似乎总晾着一绺绺毛线。收纳零碎杂物的盒子里收藏着她们搜罗的宝物，其中有一块手工刺绣的亚麻茶巾，经她们缝补、洗烫，每逢星期六下午茶便隆重地拿出来铺上。

货摊后面坐落着各色的小商铺；老式布商依然出售长袖长裤的羊毛紧身衣和卫生衫，橱窗里挂着粉色的系带束身内衣，垂下的细绳荡来摆去；希腊熟食店弥漫着糖浆和浓郁的地中海酒香；干净的小杂货店光线总是很暗，散发着香甜的气息，戴维斯夫人经过挂着铃铛的店门，从昏暗的店铺里端出牛奶、黄油和茶；此外，还有五六家稍大一点的旧货商店，店里塞得满满当当，后院堆着旧家具，墙边的架子上摆着五花八门的陶器、锅和绘画，方便顾客翻找中意的物件。她们在这儿淘到了两个完好的杯子，一个是早期的伍斯特瓷，另一个是斯塔福德瓷，配套的茶托缺了一角，另外还有一个形状讨喜、落满灰尘的盘子，清洗过后露出蓝白色的花纹，原来是一只十七世纪的斯旺西陶器。逛集市仿若玩过家家，重现了她们俩都不曾体验的童年乐趣。

她妈妈的过去，菲莉帕几乎一无所知。她们偶尔简单地聊起曾经的狱中生活，不过却从未提及那次犯罪以及她们早年间一起生活的经历。菲莉帕不问任何问题。她认同L.P.哈特利的观点：过去犹若异乡，每个人都有权利选择要不要回去。既然她妈妈没那么选，她也无权强迫，脆弱的她很难再次踏上那条鹅卵石小路。她已经读过那起谋杀案的记述；她告诫自己，就目前而言这已经足够了。她不能利用公寓、陪伴，以及维护妈妈不受新世界聒噪的干扰，兑换一份并非自愿奉献的信任。没有承诺，意味着双方都不必承担责任。然而，她意识到自己越来越无法想象她们终将分离的场景。她几乎强迫她妈妈跟她住在一起，因为她需要了解自己的身世。眼下，她正以一种从未预期或谋划过的方式渐渐挖掘自己的过去。至于她妈妈的身世则是另一回事，等等再说。不必急于探寻过去，体验现在已经趣味无穷，更何况她们还有一辈子的时间。

11

十天后，她妈妈的缓刑犯监督官造访了公寓。虽然菲莉帕心知肚明这种拜访在所难免，是她妈妈获得假释的前提条件，却依然抵触对方的到来。他曾致信提前知会了登门的时间，菲莉帕却借口送洗床单逃出门，看似是为二人腾出单独谈话的空间，其实是回避同对方打照面。然而，待她回家时，刚掏出钥匙打开门便听见她妈妈清晰、自然，甚至有些活泼的说话声。缓刑犯监督官正端着马克杯，坐在厨房里喝茶。反应过来时，她发觉自己正同一个目光柔和、健壮结实的年轻人握手，对方蓄着乱糟糟的黄褐色胡子，已经谢顶。他身穿蓝色的斜纹布裤子和浅黄褐色的运动衫，搭配一双棕色的凉鞋，出奇地整洁，浑身上下干净利落。莫里斯的一些同事穿着也很休闲，不过他们只是想和学生们打成一片，虚有其表。而眼前这个男人的衣着很适合他。她妈妈帮他做了介绍，菲莉帕一时语塞。她不想认识对方，甚至不想知道他的名字。

他带来一株自己栽培的非洲紫罗兰。菲莉帕看着他帮她妈妈把花种进花盆，心里涌起一股怨气，她讨厌他，讨厌她妈妈俯首帖耳地听命于这种温和却有辱人格的监视，讨厌他侵犯她们的私人领地。她明白这种情绪源自嫉妒。她在照顾她妈妈，她们相依为命。她们不需要政府精确配给的官僚主义关怀。后来，她妈妈和他一直在聊种在厨房窗台上的一盆盆香草，趁她妈妈去找纸笔记花草名字的间隙，菲莉帕问："你觉得十年后社会能否不再干涉我妈妈？你要知道，她不会对任何人构成危险。"

他轻轻地回答："假释的规定对谁都是一样的。法律不能厚此薄彼。"

"但是又有什么用呢？不是针对我妈妈；我知道这个问题的答案。我指的是那些更普通的当事人。你们称其为当事人，对吧？要我说，你倒是像情感银行经理人。"

他没理会最后一个问题，回答了第一个。

"用处不大。更重要的不是避免他们伤害别人，而是尽量帮助他们不伤害自己。"

"但是，你具体要做什么？"

"条例规定：'劝告、帮助、待其如友。'"

"可是，你没法利用《议会法案》同人交朋友。任何人，即使一无所有，难道会满足于这种虚假、退而求其次的友谊？"

"退而求其次是绝大多数人的选择。友谊如同金钱，人们需要的其实不多。他们给予我的友善远胜过我的付出。你的欧芹长得不错。可它的生长并不是为了我们。你是从种子开始种的吗？"

“不是，从贝克大街的保健食品商店弄的根茎。”

菲莉帕摘了一小把欧芹递给他，作为紫罗兰的回赠。这样她们就不必觉得亏欠他什么。他接过欧芹，掏出手帕，就着厨房水槽的热水龙头洗了洗，又换冷水冲干净，然后小心翼翼地包好叶片。他的手很大，手指短扁上翘，动作轻柔，从容不迫。他弯腰俯在水槽旁，运动衫随着他的动作向上撩起，露出一小片如鸡蛋般光滑的棕色肌肤。她突然涌起一股触碰一下的冲动，想知道他在床上会是什么样子。加布里埃尔做爱时像个芭蕾舞者，自恋地沉浸于自己的身体，每个动作都力求完美，似乎边做边想：“虽然这是缺乏美感的生理需求，不过，我得努力保持优雅。”眼前的男人则完全不同，文雅直率，既无矫揉造作之态，又无内疚自责之感。他包好欧芹，开口说：“见到这个，玛拉一定很开心。谢谢。”

菲莉帕猜玛拉大概是他的妻子或者女朋友。她知道如果她问，对方肯定会回答她，但是他不会主动提起。他似乎超然地看待自己和周遭的一切，面对他人的善意只取其表面的意义，仿佛善意是生活中的通用货币，言简意赅地回答问题，仿佛洞察不到其背后的动机。或许他的工作要求他只以表面看人。面对她明显的敌意，他没有任何反应，而且也不像在刻意克制自己。菲莉帕觉得可以将他的态度归纳为：“我们血脉相通，受困于同一条沉船。指责、辩解和惊慌都无济于事。只有彼此友爱才能获救。”

探视结束后，菲莉帕开心地听到他跟她妈妈说：“大约一个月后吧，或许您愿意顺道来我办公室一趟。我大部分时间都在外出探视或者出庭，不过星期二和星期五的九点到十二点半待在办公室。”

她很高兴他不会再来了，公寓又成了她们俩的私人领地。除了帮她搬家具的乔治和短暂造访的乔伊斯·本格尔德之外，他是唯一闯入这里的人。菲莉帕觉得自己还没做好准备同那种或许生来便如此善良的人打交道。

12

周末的晚上，或者不需要工作的星期一，她们时常将卧室的两把柳条椅搬进厨房，一起看电视。看电视对菲莉帕而言是件新鲜事。以前，她的大部分时间都忙于准备普通水平考试、高级水平考试和剑桥大学奖学金，整条科尔德科特特勒斯街的人都很少开电视。如同许多专家学者一样，莫里斯虽然从不拒绝在电视上抛头露面，然而除了少数几个曲高和寡的节目之外，对待其他节目总是一副嗤之以鼻的态度。现在，她和她妈妈迷上了滑稽、荒唐的家庭连续剧，剧中的角色们周而复始地现身新一集，身心毫发无损，伤口愈合后没留下任何疤痕，甚至精心打理过头发，准备迎接新一轮情感与身体的洗礼。这种活在当下的实用能力传达了一种潜在的信息：过去可以置诸脑后。菲莉帕觉得，应该杜撰一个新词描述这种虽然平庸却坦白的享受。对电视剧的沉迷怂恿二人提早打开电视机，刚好赶上莫里斯同主教对谈节目的最后十分钟。

莫里斯看起来神情自如，与周遭的环境相得益彰，置身于一把黑色皮革和铬合金制成的休闲转椅中，跷着二郎腿，小幅度地转动。菲莉帕分辨出他短袜上的图案——小巧的箭头指向脚踝，以及锃亮的手制皮鞋。他向来讲究衣着。大块头的主教僵直地靠在相同的转椅里，看起来不太舒服；身着紫袍的他胸前挂着单薄的银十字架。菲莉帕看不起这种羞于维护自己信仰的模样。倘若一个人信仰某种东西，应该派头十足地佩戴精美、有分量的护身符。而眼前的主教显然落入了下风，阴郁的脸上满是尴尬，挂着些许难为情和若有若无的讨好笑容，就是那种清楚自己无力反击又力图掩饰的表情。

莫里斯表现得无懈可击。他的小动作，菲莉帕了若指掌，忽而耸动左肩，忽而别过头，忽而扣紧右膝上瘦骨嶙峋的双手，耸起肩膀，仿佛思绪都倾注于争论的焦点。这些古怪的举止并不是因为紧张，只是大脑和身体互相影响的外在表现，躁动的精神和肉体受困于这个由钢铁和皮革制成的时髦玩意儿；纸板墙上挂着他们精心设计的节目名：《针锋相对》。莫里斯的声音相较于平时更高亢，一副学究气。

“好吧，我们扼要重述一下您要我们笃信的是什么吧。您宣称上帝是一种精神，我理解为非物质，您的教义不是称上帝没有形态、没有实体、没有情感吗？——他按照自己的形象创造了人。人，生而有罪。我不会抓着您重温那个讲述天堂皇家植物园和禁果的寓言——用您的话说，他辜负了上帝的荣耀。每个孩子降生时都烙着原罪的印迹，然而并不是因为自己的过错。上帝不要求人类供奉血腥的祭献赎罪，反而将自己唯一的儿子送到世间遭受最残暴的折磨，用死亡满足父亲复仇的欲望，调停人类及其造物主重归于好。而且，这个儿子还是童贞女所生。顺便提一句，上个星期您告诉我们，某种意义上讲性欲是神圣的，皆因拜上帝所赐，我奇怪的是他为什么看不起他自己创造并恩准的生育法则。我们被要求相信这位由上帝创造、伴随神迹降临的人从生至死不曾有罪，却为人类最初违抗神旨而赎罪。现在，我们或许尚未掌握大量关于耶稣生平的历史证据，不过我们确实了解很多罗马的极刑手段。我有幸说，尽管您或我都未曾目睹过钉十字架，然而作为一种处决方式，我们认同它痛苦、不体面、耗时长、残忍、血腥。无论您或我，倘若真的看见有谁被拖上十字架，并且能救下他的话——当然，前提是不以身犯险——我想任谁也不能置之不顾。然而，慈爱的上帝显然乐意，事实上，也希望此事发生在他唯一的儿子身上。您不能要求我们相信这样的上帝，他甚至不如他最卑微的创造物富有同情心。我不再有儿子了，但是我难以苟同这种父爱。”

她妈妈站起身，一言不发地调低了电视的音量。她问：“不再有儿子，他这话什么意思？”

“他有过一个儿子，不过奥兰多和他妈妈在一起车祸中丧生了。于是，莫里斯和希尔达收养了我。”

这是她俩第一次提及菲莉帕的养父母，她耐心地等着，好奇二人之间的沉默是否能就此打破，她妈妈会不会过问过去的那十年，她在科尔德科特特勒斯街过得是否开心，她在哪儿上学，过着什么样的生活。但是，她妈妈只问了一句："作为一个无神论者，他就是这样教养你的吗？"

"嗯，九岁那年，他告诉我宗教是无稽之谈，只有傻瓜才相信，并明确地表示我必须自己思索其中的道理，自己拿主意。我想，他从未信过教。"

"嗯，他现在相信了，否则他为什么如此憎恨上帝？即便主教请他相信小妖精或者地球扁平论者的观点，他也不至于这么慷慨激昂。可怜的主教！如果他想获胜的话，就只能说些他难以启齿，同时也是BBC电视台、观众——特别是基督徒们——最不愿意听的话。"

菲莉帕好奇，什么话呢？她问："你相信上帝吗？"

她妈妈回答："噢，是的，我相信。"她瞥了一眼屏幕，莫里斯仍在表达自己的观点，却只剩下无声的装腔作势。"主教并不一定知道他热爱什么，但是他热爱他认为他信仰的东西。你父亲知道，但是他憎恨自己所知道的。我相信，但是我不能再爱。他和我都是不幸的人。"

菲莉帕想问："你相信什么？又有什么分别呢？"仿佛第一次踏上危险、未知的土地，她的心中混合了兴奋、好奇和忧惧的情绪。她说："但是你不能相信地狱。"

"一旦身陷地狱，你就相信了。"

"但是，我认为没有什么不可饶恕的。我的意思是，这难道不是宗教的意义吗？你不能将自己凌驾于上帝的仁慈之上。我认为基督徒们只需祈求。”

“你还得相信。”

“好吧，你确实相信，你刚说过。你很幸运。我不相信。”

“还要悔悟。”

“那有什么难的？我认为心怀歉意是最简单不过的事。”

“不只是心怀歉意，你做了某件事，结果不尽如人意。不仅仅是希望自己没做过。那很容易。悔悟意味着‘我行此事，我担罪责’。”

“唔，有这么难吗？如果立刻祈求原谅，并以来世作为补偿，似乎是个公平的交易。”

“我不能花十年时间为自己开脱，说我没有责任，说我只是没能及时阻止自己犯错，当我重获自由——如同过去一般的自由，当社会认为我已经得到了应有的惩罚，当其他人不再关心那件事时，我并没有像获得上帝宽恕那般宽慰。”

“为什么不行？记得海涅[1]临终前的遗言：‘上帝会宽恕我，这是他的本分。’”

她妈妈没吭声。显然，话不投机，她的表情因不愉快的对话变得回避。菲莉帕自顾自地说：“您为什么不愿意谈论宗教呢？”

“你不信教，不是也过得不错吗。”

她瞥了一眼屏幕，突然起身关掉电视机。主教亲切、窘迫的面

1 海因里希·海涅（Heinrich Heine，1797—1856），德国抒情诗人和散文家。

孔瞬间分解成像素消失不见。紧接着，菲莉帕的脑海中冒出一个更切身的念头。她问："我受洗了吗？"

"受了。"

"你从没告诉过我。"

"你以前从没问过。"

"我受洗时叫什么名字？"

"罗斯，取自你祖母的名字。你爸爸叫你罗西。你应该知道自己叫罗斯，出生证明上有记录。被收养之前，你叫罗斯·达克顿。"

"我去煮些咖啡。"

她妈妈似乎想说些什么，又改变了主意。她离开厨房，回到自己的房间。菲莉帕取下厨房置物架上的两个马克杯，放在餐桌上，双手发抖，提着水壶灌水。她当然早就知道自己叫罗斯，当初拆开那封相貌平平的信封，抽出她的出生证明时，她就知道了。不过，当时她只当它是一个新标签，没怎么在意，虽然莫里斯把它改成了中间名，容许她保留一些过去的记忆。壶口抵着水龙头，发出咔哒咔哒的声响。她小心翼翼地把水壶放在滴水板上，弯下腰，紧抓住冰冷的水槽沿，似乎强忍着恶心。罗斯·达克顿。罗西·达克顿。菲莉帕·罗斯·帕尔弗里。一排书的书脊写着罗斯·达克顿。仿佛那串三音节的密码同她没有任何关系。我以圣父、圣子、圣灵的名义为你施洗。一捧水淋向她的额头。它几乎没有任何实际意义，莫里斯大笔一挥便将其抹去。她好奇自己在哪里受洗，赛文金丝街昏暗的郊区矮尖塔教堂吗？罗斯。这名字甚至不适合她。如同皮斯、斯卡利特·旺德和艾伯丁一样，是人名册中常见的名字。她本以为自己早已习惯关于她的一切都是假的，就连名字也不例外。那么，她现在为什么抖成这样？

她止住颤抖的身体，如同一个被委派了陌生任务的孩子，小心翼翼地灌满水壶。罗斯。奇怪的是她妈妈从未叫过她那个名字，甚至不曾无意间叫错，毕竟，那是她起的名字，至少获得过她的同意，那个名字她叫了八年，过去孤独的十年中，她一定曾记起过那个名字。如果她相信上帝，那个陌生、古怪的存在，她——菲莉帕，她——罗斯，祈祷时一定会提到那个名字，如果她真的祈祷的话。上帝保佑罗西。自她们第一次见面起，她肯定时常费心提醒自己她叫菲莉帕。每次当她叫出拜莫里斯所赐的新名字时，她就扮演一次违心的角色。不，这不公平。虽然介意这些事很荒唐。可是又有什么关系呢？她希望她妈妈能抛掉谨慎，喊出她的真名，哪怕只有一次。

13

吃过早餐后不久，斯凯思突然涌起一股寂寥之感，仿若有重物压得他喘不过气，突如其来，令人心烦意乱。梅维斯去世后，他早已习惯了孤独，却没料到能再次真切地感受这种情绪，也没料到烦躁和无聊的余波再次侵扰了他。十一点时，帕尔弗里夫人仍未露面，他猜她不太可能再现身了。上个星期日也是这样。或许星期日是他们夫妻二人一起出门的日子，据他调查有条路直通屋后的车库，他们很可能开车沿后面的车道离开家。只有跟踪她才能帮他摆脱眼下的无聊。他的生活已经同她息息相关，她每天的外出路线就是斯凯思的活动轨迹，现在少了她，他甚至感觉形单影只。

旅馆人满为患，星期六傍晚新来了一个西班牙旅行团，提供给其他客人的服务变得敷衍了事。餐厅里一片嘈杂，大厅堆满他们的行李。马里奥喋喋不休，手忙脚乱，火急火燎地往返于前台和餐厅之间。斯凯思早早地坐在卧室的窗边，避开拥挤，不抱希望地将双筒望远镜对准68号。这天清晨天气变化无常，先是疾风骤雨猛烈地敲打窗户，接着雨过天晴，乌云消散，太阳出来了，人行道蒸腾起徐徐的水蒸气，炎热而晴朗。十一点半时，他愈加坐立不安，于是下楼找科菲。维奥莱特一如既往地守着交换机，狗卧在她脚边。因为对方依赖声音，斯凯思便开口说了一句“看见太阳真开心”，随即意识到自己用词不当赶紧止住了声。他应该说感受阳光。她笑了笑，无神的眼睛寻找着声音的来源。令他意外的是，他竟然听见自己说：“今天下午，我打算去摄政公园赏玫瑰。你星期日下午没班吧？带着科菲一起去怎么样？”

“太好了。谢谢你。我俩都愿意去。”

她摸索到狗脑袋，摸了摸。狗动了动，竖起耳朵，一双亮晶晶的眼睛盯着她的脸。

“你想先吃顿饭吗？我是说，午餐？”

她红着脸，点了点头，看起来似乎很高兴。斯凯思发现她浅黄褐色的开襟羊毛衫下穿了条簇新的蓝色棉质夏季连衣裙。听到他说完那些话，她双手轻抚了一下裙子，绽开笑容，好像很高兴自己费心换了这条新裙子。斯凯思告诫自己他已经干了一件蠢事，现在又干了第二件。此刻再收回那些话，为时已晚，而他也不想那么做。他思忖着该带她去哪里吃午餐。维多利亚大街有一间他偶尔光顾的小三明治吧，不过他不确定星期日是否营业。那家店干净，但不是很上档次。但是他转念一想，反正她也看不见，隔间简陋、狭窄与否似乎也没什么关系，这个念头一起便令他羞愧难当。不能因为她看不见就欺骗她。他必须筹划一次特别的用餐。毕竟，她是斯凯思结婚后，除梅维斯外邀出去的第一个女人，对他来说意义超乎她的想象。无可否认，她是个盲人。不过，如果她看得见，就不会接受他的邀请。斯凯思记得火车站附近有家意大利餐厅。说不定那里星期日还营业。他发现那间餐厅不欢迎带孩子的客人，但是没人在意狗。至少，科菲不会有什么问题。

斯凯思豁然开朗。是时候休息一天了，同别人散散步，聊聊天。他俩约好，临近十二点时他来前台喊她，然后斯凯思转身回到自己的房间。推开房门时，他忽然意识到今天似乎没必要再背那个装着谋杀工具的帆布背包了，但是他不确定把它锁在房间里是不是安全。不过，这个背包几乎已经成为他身体的一部分。倘若右肩突然少了熟悉的重量，走路的姿势也会怪怪的。为什么不背呢？他突然想起，他一时冲动选了最合适的人选陪他走一走。她不会好奇背包里装了什么，更不会问。案发后，即便事情败露，警察追查到卡萨布兰卡旅馆，也不会请她指认他的身份。

14

八月二十七日，她们同居后的第二个星期日，吃过早餐，她妈妈突然问：“你想去教堂吗？”

菲莉帕吃了一惊，随即征求妈妈的意见，仿佛那只是个稀松平常的提议而已。她曾经接触过一段时间的布道，自认能像谈论教堂建筑风格一般介绍各个教堂的宗教仪式和音乐。她询问她妈妈的看法：喜欢马里波恩教区教堂严谨的仪式和高水平的唱诗班，还是喜欢玛格丽特街诸圣公会弥撒炫目的镶嵌画、镀金的圣像和彩色玻璃？又或者圣保罗大教堂富丽堂皇的巴洛克式建筑？她妈妈说想去一个幽静、近一点的地方，于是她们选择了十一点在尼尼安·康珀爵士凉爽、整洁的圣塞浦路斯教堂举办的诵唱圣诗礼拜，清一色的男声唱诗班站在楼厅上清唱祷告文，声音柔和的牧师一丝不苟地布施天主教义，浓郁、芬芳的玫瑰焚香笼罩着高高的祭坛。由始至终，菲莉帕垂首静坐，既然自愿来这儿，至少应该表现出象征性的礼貌恭顺。他们没有强迫她来。既然信与不信无关紧要，又何必冒犯似的炫耀自己的不信仰。毕竟，听一听未被修订者修改得面目全非的克兰麦[1]经文也无妨。伴随着轮流吟唱的洪亮韵律，弥留之际的简·奥斯汀从哥哥手中领受圣餐，获得了慰藉。这个事例本身便足以平息不敬之念。菲莉帕看着她妈妈垂着头，紧握双手，不禁好奇她同她的上帝正交流些什么。她一度猜测："或许她在为我祈祷吧。"这个念头令她隐约萌生出一股欣喜之情。她虽然不会祈祷，却喜欢唱赞美诗。浑厚的嗓音时常出乎她的意料。雄浑的女低音比她平时的说话声更低沉，甚至不像她的声音，似乎她性格中自然、莫测的那部分只能通过贫乏的韵文和怀旧的校园集会曲调释放。

施圣餐时，她妈妈并没有往祭坛走，反而趁着最后一首赞美诗悄悄地溜出门，尾随其后的菲莉帕明白这样才能避免在牧师和会众面前介绍自己，也不必费心同陌生人攀谈。无论这种不领圣餐的奇特宗教仪式对她妈妈意味着什么，至少不用在圣堂喝咖啡或者在门廊闲话告别，菲莉帕心存感激。最后一首赞美诗临近结尾时，二人轻轻关上身后的门，决定不做午餐，趁天气晴朗多在外面逛一逛。她们可以先去贝克街找个价格便宜的地方吃饭，然后前往摄政公园，消磨整个下午。

虽然住得很近，这却是她们第一次游览摄政公园。清晨的雨已经停了，湛蓝的天空缓缓飘过沐浴着阳光的云朵。湖对岸，远处树

---

1 托马斯·克兰麦（Thomas Cranmer，1489—1556），第69任坎特伯雷大主教，是圣公会的代表人物和最重要的改革家。

从上方映着淡紫色的晴空。铁桥两侧的天竺葵和常春藤垂下长长的枝条，拂过湖面上划桨游客们笑意盈盈的面庞。雨后的公园重焕生机。堆在树下躲雨的折叠式躺椅重见天日，一个个小家庭坐在椅子上凝视着玫瑰花圃，眺望远处的风景，椅腿陷进潮湿的草地；更令人宽慰的是，洗手间和咖啡馆都近在咫尺。星期日风雨无阻来散步的人牵着爱犬，漫步在薰衣草和飞燕草间，咖啡馆前的队伍越排越长。玛丽皇后玫瑰园里粉红色的哈里尼玫瑰、亮黄色的夏日艳阳玫瑰、埃娜·哈克尼斯玫瑰和和平玫瑰被雨水浸润，纤细的花瓣还挂着残留的雨滴。

她妈妈在灌木丛中徜徉，菲莉帕在一大片白玫瑰间寻到一条长凳，坐下，掏出挎包里的袖珍本《多恩[1]诗集》，那是她花十便士从某个市集摊位淘来的；头顶的玫瑰花轻轻摇曳，百花绽放，飘来阵阵芳香，偶尔有白色小花瓣和金色的花蕊撒落在三叶草草地上。阳光暖暖地抚过她的脸，勾起昏昏欲睡的惆怅。她记不得上一次来玛丽皇后玫瑰园是什么时候的事，或许她从未来过。相较于自然风光，莫里斯更喜欢建筑物，即便如摄政公园这样规划得井井有条的自然园景，他也没什么兴趣。菲莉帕的记忆中有一座玫瑰花园，不过那座花园在彭宁顿，她想象中的父亲穿过绿树丛朝她走来。奇怪的是如此清晰、强烈的回忆——伴着芬芳、温暖、柔和的午后阳光，甚至充斥着痛苦——只是孩子气的幻想。

1 约翰·多恩（John Donne，1572—1631），英国詹姆斯一世时期的玄学派诗人。

不过，眼前这片花园很真实，莫里斯关于建筑的观点没有错。自然需要对比，需要齐整的砖石反衬。约翰·纳西排屋的柱廊和三角墙，动物园奇特的轮廓，甚至简约庄重的邮政局大楼，都映衬了公园的美，勾勒、限定了它的范围。菲莉帕暗自思忖，倘若这片苍翠繁茂无穷无尽地蔓延，演变成堕落的伊甸园，恐怕也令人难以忍受。

菲莉帕收回视线，不再盯着摇曳的玫瑰花，转而望向她妈妈。她时常观察她妈妈，有时候，她想，她妈妈不过是换了种被监视的方式。此时，她轻轻地捧着一朵橘红色的玫瑰，嗅着花香。大多数爱花人闭着眼睛闻香；她却睁大着眼睛，神情专注，面部肌肉紧绷，仿佛正遭受痛苦的折磨。她远离人群，一动不动地站着，除了掌心的玫瑰眼中别无他物。

就在那时，菲莉帕看见了那个男人。他沿着湖畔的斜坡走来，戴着眼镜、身材矮小、头发灰白，殷勤地陪伴一位牵咖啡色导盲犬的失明女人。对方的视线落在她身上，目光接触的一刹那，出于那一刻懒洋洋的愉悦情绪，她本能地报以一笑。令人始料未及的是，他僵在原地，眼睛一下子瞪得老大，似乎陷入了一种难以置信的恐惧。接着，他突然转身，抓着女伴的手肘，几乎半推着她往湖边走。菲莉帕放声大笑。这个其貌不扬的小男人，虽然普通却不招人厌烦，绝不至于没见过女人会心的微笑。或许，他以为她是个狐狸精，潜伏在夏日的玫瑰花丛中，正打算勾搭他。她目送古怪的二人逐渐远去，暗自猜测他们之间的关系，他是女孩的父亲吗？他又该如何解释突然催促她离开？她似乎曾经在哪儿见过他，不过记不太清了。毕竟，他的长相很难令人过目不忘。但是，她总觉得自己应该认识他，却怎么也想不起来，这感觉不免令她有些挫败。菲莉帕垂下眼，重新沉浸到诗集中，将那人抛到九霄云外。

15

维奥莱特·赫德利焦急地提高了嗓音："怎么了？发生了什么？你没事吧？"

想必被他抓疼了胳膊，又或者嗅到了突如其来的亢奋和恐惧？人们不是总说盲人有第六感嘛。斯凯思放慢了脚步。

"对不起。没什么。只是突然遇见了一个人，过去在会计事务所共事的同事。我不想勉强自己跟他说话。"

她默不作声。斯凯思忽然意识到对方或许误以为他怕被人瞧见，觉得跟她在一起丢脸，于是赶紧解释道："我向来不喜欢他。他这人好管闲事，有点儿爱欺负人。你知道那种人吧。我不想让他看见我，也不想跟他说话。"

她温柔地说："他一定让你非常不高兴。"

"不至于非常不高兴。不过，突然看见他确实有些意外。我本以为那段日子永远不会再同我产生瓜葛。这座花圃里种了一片非常漂亮的黄玫瑰。我去看看标牌，告诉你是什么品种的玫瑰花。"

她说："这种玫瑰叫夏日艳阳。"

他难以控制自己的语气。失望令他涌起一股想吐的冲动。她们在一起。刚刚猛然转身的一刹那，他瞥见那个女凶手正俯身站在一片玫瑰花丛旁。他终于找到了她俩，却无能为力，束手无策，不能跟踪她们。眼下，时机再合适不过。他可以像那个女孩一样，找个地方坐下，若无其事地晒着太阳盯梢。公园越来越拥挤。等她们起身回家时，混迹在人群中尾随其后并不是什么难事，谁会留意人群中的一个无名氏呢？必要时，他还可以借助双筒望远镜。很多游客都戴着这玩意儿，时不时地举起望远镜，瞄准奇异的水鸟。他拥有天时、地利、人和，却只能眼睁睁地看着她们离开。某个瞬间，他甚至萌生出甩掉维奥莱特的念头，找个借口把她安置在长椅上，许诺去去就回。但是，他不能这么做，光是想想便令他羞愧不已。毕竟，他还得回旅馆，她也一样。到时候，如果她问起他去了哪里，他不知道该如何解释。不过，最糟糕的是菲莉帕·帕尔弗里看见他了，甚至还冲他笑了笑。如果再见面，她很可能认出他。

那个发自内心的率真笑容无邪得令他惶恐，似乎邀他共享这温暖、芬芳、欣喜的时刻，涵盖了对共同人性的认知以及他断绝的亲情之乐。可是，事情真的那么简单吗？二人慢慢地走回旅馆，一路上谁都没作声，斯凯思反复回想自己出于本能的恐惧掉头就走的那个瞬间。他肯定没搞错？那个笑容流露出无意识的快乐，别无他意。她不知道他的身份，更猜测不到他的企图。所以，干吗非要自己相信那抹笑容别有深意呢？哪怕只有一瞬间，无疑也很愚蠢。

不过，有一件事千真万确。这个小插曲毁了维奥莱特·赫德利的一天。起初，一切顺利。她享用了午餐，接着二人在公园共度了美好的时光。他发现同她聊天是一件十分轻松的事。但是，一切都结束了。甚至科菲也垂头丧气地耷拉着尾巴，踉跄地跟在他们身旁。他吸取教训。从现在开始，他必须学会忍耐孤独。无论多么谨小慎微，一旦牵涉寻常的友谊、关照和信任，都有可能招致危险。他必须独来独往。为了眼前的任务，他必须摆脱牵绊。

16

接下来，八月三十一日，星期四，她终于带他找到了她们。那天同以往一样平淡无奇，斯凯思守在窗前，双筒望远镜瞄准68号的大门。帕尔弗里先生照例九点一刻出门。他看了一眼手表。其实看不看时间不重要，但是他已经养成了计时的习惯，仿佛小说中的间谍记录目标的一举一动。三分钟后，帕尔弗里夫人现身。他立刻发觉她有些反常，对方既没有带网兜，也没有推手推车，随身只有一个老式的大手提包。她换下了那件一成不变的开襟羊毛衫，穿了件浅黄褐色的大衣——裁剪平淡无奇，样式也有些过长；头上蒙了一块蓝白相间的大头巾。然而，天气并不冷，微风徐徐；或许她只是不想被风吹乱头发。最出乎意料的是她戴着浅黄褐色的手套，正式的穿着令斯凯思确信了自己的推测，这次外出不同寻常，她努力打扮得时尚。

他一把抓过帆布背包，快步跟上。斯凯思距她四五十米远，尾随她朝维多利亚街走。他跟着她穿过埃克斯顿桥，踏上车站旁的辅路，正担心她是不是打算在车站入口处排队等出租车时，她转身进了地铁站，这着实令他松了一口气。帕尔弗里夫人在三十五便士的售票机前取了一张票。斯凯思发现自己身上没有五便士的硬币，两个年轻的背包游客挤到他前面，已经往售票机里塞了两个十便士，正慢条斯理地翻剩下的硬币。斯凯思赶忙把手里的两枚十便士硬币塞进旁边的售票机；然后距离她几米远，尾随她穿过检票口，一路朝维多利亚线走。

乘自动扶梯时，他尽可能地靠近她，唯恐她突然上车；没等他俩走到月台，便听见列车的隆隆声渐行渐远，斯凯思如释重负。下一趟列车很快到站，车厢里乘客不多。他挨着车门坐下，同她拉开距离。帕尔弗里夫人正襟危坐，双脚并拢，两只戴手套的手放在膝盖上，目不转睛地盯着对面的广告。她看起来很紧张，心事重重。难道只是他的想象吗？她仿佛正准备接受某种严酷的考验，浑身紧绷，如同即将经历一次可怕的体检或者重要的面试。

她在牛津广场站换乘，斯凯思跟着她穿过长长的通道，朝着北行的贝克鲁线走。其间，她没回过一次头。帕尔弗里夫人从马里波恩站出站，斯凯思攥着一个五十便士的硬币尾随她上了自动扶梯，突然担心补票时售票员可能在找零的步骤上耽误他的时间。万幸一切顺利。售票员淡漠地塞给他三十五便士的零钱，没耗费太多时间，待他跨过检票口时，她还没走出马里波恩站的站前广场。她没有加入等出租车的那三四个人，而是朝北向马里波恩路走去，斯凯思又松了口气。

走到这里，他故意落后了一段距离。十字路口的信号灯拦住了她，川流不息的来往车辆挡住了她的去路。他猜信号灯变色前还要等一段时间，他不想靠她太近，同她单独站在十字路口前。不过，他必须跟她同时穿过路口。如果他错过了这个信号，还得多等几分钟，这几分钟足够她消失在马里波恩路南侧错综复杂的街道。幸好这一次也有惊无险。二人一起经过路口，距离只有几米远，不过她似乎根本没意识到他的存在，转身拐进西摩广场。

这座雄伟的石砌建筑物正是她的目的地，檐口上方挂着精巧的盾形纹章。“内伦敦少年法庭”的铭牌赫然在目。帕尔弗里夫人消失在绿色的双层玻璃门内，门内传出一阵孩童的叫嚷，仿若置身学校操场一般。斯凯思考虑着下一步的行动。显而易见，她既不是少年犯，也不是某个少年犯的母亲。他还知道她不是这里的工作人员。这意味着她要么是证人，要么是青少年治安法官。不过，后者在他看来不太可能；然而，无论哪种情况，他都无从得知她什么时候能出现。最后，他执意走进大楼，询问当值的警察可否旁听审判。对方委婉地拒绝了他，青少年法庭不对公众开放。他说：“我的一个朋友，耶尔兰德小姐，是其中的证人之一。我不记得案件的名字了，但是我同她约好结束时在这儿等她。他们大概什么时候结束？”

“看情况而定，先生。而且不止一个案子。如果是辩护案件，她要在这儿逗留很长时间。不过，中午或者临近傍晚时通常都会结束。”

斯凯思折回马里波恩路，坐在公共汽车站旁，为下一步做打算。有必要在这儿消磨一整天，等帕尔弗里夫人离开吗？再三考虑，他决定必须这么做。毕竟，如果他推测无误的话，女凶手和那个姑娘就住在这片区域，靠近摄政公园的某个地方，这是自他跟踪帕尔弗里夫人以来，她第一次接近她们。所以，她很有可能回家时顺路探望二人。下午晚些时候，他再回来盯梢。门口不方便监视，对面也没有容他藏身假装翻书的书店。他必须适时地出现，沿着西摩广场来回溜达，既要盯住法庭的入口，又不能走得太近引人怀疑。不紧不慢地闲逛，时刻保持警惕，虽然单调乏味，但是避免引人耳目应该不算太难。这里不是小镇街道，没有人藏在窗帘背后偷窥。只要他保持安静，自顾自地溜达，不时遵守交通信号灯穿过马路，几乎不大可能有人注意他。假如有人注意到他怎么办？斯凯思劝慰自己，他有些过于谨慎了。他的行踪只需对三个人绝对保密，更何况其中一个人正待在这幢大楼里。在此期间，他决定去马里波恩路的公共图书馆消磨几个小时——那个姑娘是个买书的人，说不定会去那儿——然后，再逛逛摄政公园的玫瑰花园。贝克街肯定有卖三明治和咖啡当午餐的地方。斯凯思看了一眼手表。现在已经将近十点。他紧了紧肩膀上的帆布背包，向右拐进贝克街。

17

她从未想过有朝一日有机会坐上青少年法庭，然而，莫里斯以命令的口吻建议她应该培养“厨房之外的兴趣”，他某个同事的妻子是治安法官，提议她尝试做青少年治安法官，并帮忙推荐了她的名字。莫里斯说：“你应该能做出有益的贡献。法官席向来是上层中产阶级的专属，经久不废。他们需要摆脱固有的错误观念。这些人大多不知道当事人的生活状况。你能够分享一些不同的生活体验。”

她明白，他所谓的不同的生活体验是指她在莱斯里普最贫穷区域狭小的排屋里长大；作为家里唯一的孩子只念过综合学校；父母是劳动阶层；因为在意邻居们的看法，所以家里的窗帘有图案的那侧朝外；父母对她最大的期望就是她能谋一份银行的工作；为了省钱，每年度假时他们都下榻同一家布莱顿旅馆。

帕尔弗里夫人背靠皇家盾形纹章，坐在主席的左手边，眼前的一切似乎都无关她的痛痒。时常与她一同出庭的多萝西夫人住在伊顿广场，假日前往诺福克郡一幢翻新的十七世纪教区长住宅度假。面对眼前态度各异——或顺从、或愠怒、或畏惧的孩子和父母，虽然她没有体验过他们的生活，但是似乎并不妨碍她理解他们的感受。她凭借一种人之常情，麻利地同他们打着交道，远比穿花呢套装的笨重身体和粗鲁、傲慢的嗓音更善解人意。她瞥了一眼社会调查报告，里面提及未婚同居的丈夫进了监狱，孩子太多，又没有什么生活来源。她倾身向前，语气轻快地朝站在她面前的男孩的母亲说："我了解到你丈夫目前不在家，你一个人养育四个男孩一定不容易。你在霍尔本有一份打扫办公室的工作；那个地方离你很远。你怎么去呢，乘中央线吗？"

那个女人显然从这番话中感受到了希尔达未曾察觉的同情，急切地扑到她面前，大吐苦水，仿佛法庭里只剩下她和多萝西夫人：她述说自己如何艰难，韦恩在家时是个好孩子，他只是太想他爸爸，才跟比林斯帮那伙人鬼混，因为总在学校挨欺负才不肯上学，她想过送他上学，但是她八点上班，送他就要迟到一小时，迟到就要扣工资，再说，送了也没用，点完名他就跑了，她上班路途还算顺利，只不过得在牛津广场站换乘，花费太高，因为地铁票涨价了，但是又不能坐公共汽车，因为早班车时间不准。

多萝西夫人不住地点头，好像她一辈子都在牛津广场站换乘，到霍尔本打扫卫生。她们之间似乎传递了某种无法言说的同情、认同和理解。说完后，那个女人的情绪好多了，她觉得多萝西夫人也感觉好多了。希尔达想起无意间听某位法官同事说过的话："她对付那些人的态度，仿佛她们是她父亲猎场看守人的老婆，不过这种方式似乎很奏效。”

不过，对希尔达而言，每次出庭都是一场旷日持久的折磨，倒不是因为她无法胜任这个位置——迄今为止，她早已习惯了这种不足——而是担心莫名其妙的脸红。有些时候尤为严重，然而她却无计可施，无法摆脱这种痛苦。每次出庭，或迟或早，她知道尴尬的时刻终将降临，没有什么能阻止它；意志力、绝望的祈祷或者可怜的权宜之计都无济于事：她绞尽脑汁想办法掩饰，或不经意地扶额，假装沉思；或故意低头翻文件，垂下头发遮住两颊；或假意咳嗽以帕掩面。先是一阵没由来的恐惧攫取她的心，如疼痛一般真实，接着，火烧火燎的红晕从脖子开始，星星点点地蔓延到脸颊和前额，一片诡异的猩红。她感觉法庭里的每双眼睛都盯着她。由父母陪同的那个孩子在椅子上坐立不安；书记员抛开法庭登记簿，抬起头，惊讶地望向她；社工们投来职业性的怜悯目光；主席顿了一下，瞥了她一眼，尴尬地转过头；当值的警察冷漠地看着她，面无表情。随后，红晕渐渐消褪，仿佛海浪冲刷过的沙滩般暂时回归冰冷、平静。

今天，帕尔弗里夫人顺利地熬过了上午的出庭，没遭太多罪。一点钟，法庭休庭，三位治安法官照例光顾克劳福德街的一家意大利小餐馆，共进午餐。今天上午，与她共事的搭档是空军上校卡特和贝林小姐。白发苍苍的空军上校举止拘谨，帕尔弗里夫人有时候会将这种老派的礼节误认成和善。为人直爽的贝林小姐目光犀利，戴着大大的角质边框眼镜，是外伦敦一所综合学校的高级英语老师。她令希尔达自觉像个脑袋不灵光的四年级学生，不过她并不反感，因为她私下也这样看待自己。两位搭档都没有令人生畏的感觉，如果不必担心执着打探她家庭状况的空军上校问及菲莉帕在做些什么的话，或许她能更好地享用千层面和博若莱红葡萄酒。

然而，下午第一个案件刚刚开始二十分钟，她忽然感觉心跳加快，红晕涌上脖子和脸颊。她抓起放在大腿上的手帕，掩住口鼻，假装克制恼人的咳嗽。上午开庭和午间休息时，她一直不安分地绞着那块手帕，布片湿乎乎的，一股汗臭、肉酱和葡萄酒的气味。她干咳了一阵，假惺惺的咳嗽声在她听来都显得不自然，作证的社工犹豫了一下，瞥了一眼法官席，然后继续往下说。担任主席的贝林小姐不动声色地推过一瓶水。双手发抖的希尔达伸向水瓶。温吞的水滑过舌头，她知道最糟糕的时刻过去了。这次的状况不严重。红晕逐渐消褪。相信庭审结束前，她不必再面对尴尬的场面，直到下一次噩梦降临。

帕尔弗里夫人放下手帕，一抬头正对上一双惊恐万状的眼睛。起初，她以为那个孤身一人坐在距法官席两英尺位置上的姑娘尚未成年。接着，她想起这是一起指控虐待的监护案，女孩是婴儿的母亲。她大概十几岁，面色苍白，瘦高个，一头乱糟糟的金发，鼻子又尖又细，丰满的上唇富于曲线，下唇松弛，毫无血色。她没有化妆，眼圈还挂着弄花的眼线。灰色的大眼睛流露着绝望的祈求，直直地望向希尔达。

希尔达这才注意到对方不伦不类的衣着。想必有人建议过她戴帽子出庭。帽檐处垂下一束樱桃，碾碎的枝叶已经褪色，说不定最初买下那顶宽檐草帽的契机是为了她的婚礼。女孩穿着一件旧旧的浅黄褐色棉质上装，衣服上淡淡地印着洗得褪色的广告语，薄薄的衣襟别着一枚玫瑰花胸针，直往下坠；一条黑色短裙包裹着裸露的双腿，膝盖像孩子似的布满结痂和疤痕。脚上穿着一双厚厚的软木底凉鞋，脚踝绑着塑料鞋带。她抱着一个鼓鼓囊囊的黑色手提包，样式过时，紧紧地搂在胸前，生怕哪位治安法官冲过去抢走似的，眼睛一眨不眨地盯着希尔达。呆滞的目光除了无言的呼救外，别无他物，然而希尔达觉察出一种更复杂的情绪在二人之间流淌，一股痛苦的怜悯油然而生。她想倾身向前，伸出双手拉起女孩，搂住那副僵硬的身体。或许，她们都能从那个不真实的拥抱中获得某种安慰。她同女孩一样处于受审的境地，被判不能生育，失去了自己的孩子。她咧开嘴，扯出不合时宜的微笑。对方毫无反应。那个姑娘看起来比孩子大不了多少，即使面对如此羞怯的人，却吓得不知如何回应这种友善。

希尔达似乎根本没留意地方政府社工提供的证据。那姑娘的孩子刚出生十个星期，根据《安全地点命令》，男婴目前安置在一间收容所内。地方政府正在申请第二份临时监护令，为该案的最后聆讯做准备。到了辩护的最后阶段，贝林小姐先后转向空军上校卡特和希尔达，小声问：“我们延长临时监护令，再给二十八天时间，方便地方政府准备案子。”

希尔达没吭声。贝林小姐重复了一遍："那么，我们延长临时监护时间？"

希尔达下意识地说："我想我们应该讨论一下。"

贝林小姐不动声色地通知法庭治安法官们请求暂时休庭。当贝林小姐一行人离开时，法庭里的其他人竟然也慢吞吞地站起身。

希尔达明白她的言行无助于改变局面，她的怜悯和愤怒无济于事。他们必须保护那个婴儿。威严、善意的正义机器无情地转动，虽然它难免犯错，然而无论她做什么或者说什么都是螳臂当车。一旦它停下来，那个婴儿有可能再次受到伤害，甚至丧命。幽闭、阴暗的休息室中，她的搭档们表现出十足的耐心。毕竟，她此前从未有过异议。空军上校卡特试图解释她早已清楚的事实。

"我们只是提议一个二十八天的临时监护令。没有三四个星期的时间，地方政府完不成案件的准备工作。在此期间，我们必须保护那个婴儿。剩下的交由法庭决定。"

"但是，他们六个星期前就带走了孩子！现在，她还要再等四个星期。如果到时候他们不把孩子还给她呢？"

贝林小姐意外地温柔："只有法庭才能决定。也就是我们，不是什么无名无姓的人。那孩子目前受《安全地点命令》的保护，但明天就是最后的期限。地方政府再次申请了临时监护令，我认为我们不能置之不理，否则孩子将被遣送回家，这么做太过冒险。你也听到医生提供的证据了吧，大腿内侧的圆形烧伤很可能是烟头烫的，已经愈合的骨折肋骨，臀部的瘀伤。那些不可能出于偶然。"

"但是，社工说她丈夫已经抛弃他们母子，离家出走了。如果他是该负责的人，那么孩子现在已经安全了。"

"我们还不知道他是不是那个该负责的人，也不知道虐待孩子的究竟是谁。判定法律责任不是我们的工作。这里并非成人刑事法庭。我们只管考虑孩子的福祉，继续保护他直至他获得切实的监护。"

"可是，她将彻底失去她的孩子，我知道必定是这样的下场。他才十个星期大，而他们母子已经分开六个星期了。有谁替她说话？"

贝林小姐说："那正是我对这类案件的担心。政府施行《一九七五儿童法案》第六十四章之前，类似她这种境遇的母亲无法获得法律援助、保障自己的权益。孩子有律师帮助，家长却没有。令人不能接受的是第六十四章并未实施。理应有程序监督议会法案是否得到有效执行，还是如同第六十四章这般一直延误实施。不过，那不是我们关心的问题。我们无能为力。眼下，我们必须判决是否有充足的证据确保我们颁发临时监护令的合理性。我想我们没有选择的余地。我们无法阻止她丈夫随时回家；说不定那姑娘希望他回家。即便她没有虐待孩子，显然她也没有能力阻止他虐待孩子。"

希尔达小声说："我希望能带她和孩子回家。"

她想到菲莉帕干净的空房间。虽然菲莉帕厌弃它，不需要它，然而对于那个女孩来说是个安乐窝。她们可以将婴儿床安置在阳光充足、朝南的窗户旁。女孩似乎需要好好吃一顿；为饥肠辘辘的人做饭算得上一桩美差。这时，她听见贝林小姐说："你必须谨记受训时学到的东西。青少年法庭不是福利审理委员会。地方政府有义务照管那孩子。我们必须遵照法律、法规审慎行事。"

众人重返法官席，贝林小姐直截了当地宣布了预料之中的决定，希尔达避开女孩的眼睛。有那么一瞬间，她觉得那个紧抱着大包、瘦骨嶙峋的姑娘仿佛一个等待判决的死囚，不过下一秒那感觉消失了。接下来的下午，她强迫自己专心审阅每个案件。令人心酸的案件接二连三：弱者、罪犯和一无所有的人依次经过她面前。一份份关于穷困、无能、不幸和失败的社会调查报告愈发令她深感无能为力。庭审结束后，她独自站在法庭外的阳光下，突然迫切地想见菲莉帕一面，确定她是否安然无恙。她想跟她说说话，虽然知道这不可能。菲莉帕已经说得很清楚了，尽管只是暂时地分开，但是务必完全切断联系。她知道她们住在哪里，距离德莱尼大街非常近。只在屋外看一眼，确认她们确切的住址应该没有什么大碍。

她像往常一样，小心地避开铺路石的接缝，闷着头往前走。希尔达从小便认为踩石头缝会带来坏运气。她琢磨着这会儿去德莱尼大街或许不太方便。如果她们都工作——无疑如此——现在说不定刚回家。假如不小心遇见她们的话，那简直太糟糕了。菲莉帕肯定误会她暗中监视她们。当初，她坚持保密行踪，不向任何人透露住址，不允许任何人致电。菲莉帕只把地址留给希尔达一个人，方便她转寄信件，或者发生紧急事件时联络她。可是，希尔达搞不清楚，什么情况才算紧急事件呢？莫里斯要病到什么程度呢？她觉得所谓的紧急事态应该没考虑过她。希尔达暗自祈祷：“求您了，上帝，千万别让她们看见我。”这种绝望、荒谬的请求不时在她的生活中上演。“求您了，上帝，保佑焦糖布丁成功。”“求您了，上帝，保佑我能理解菲莉帕。”“求您了，上帝，保佑我这次出庭时别脸红。”“求您了，上帝，让莫里斯再爱我吧。”焦糖布丁从未失手，然而她原本靠自己就能搞定。其他的祈愿，那些对爱的奢求，上帝向来置若罔闻。她毫不奇怪。因为结婚后，她没再去过教堂，又怎能指望祈祷得到回应呢？显然她对莫里斯的畏惧远胜于上帝。

希尔达朝马里波恩路走去，丝毫没有察觉马路对面距离她二十米远的跟踪者，斯凯思一声不吭地加快脚步，趁绿灯尾随她一起穿过路口，小心地保持一段距离，途经马里波恩站，穿过里森树林，踏上梅尔大街。

18

就这样，斯凯思终于找到了她们。他神色平静地站在那里，望着德莱尼大街，镜片后一双温和的眼睛不断地闪烁，内心却恨不得振臂欢呼。他回想起那个跪在布莱顿镇循道卫理礼拜堂的小男孩，此时此刻，他也想跪下去感受一下坚硬的路面。他猜得没错，她们在伦敦。她们就在这儿，住在距离他所站的位置仅几米远的12号蔬菜水果店的楼上。不到十分钟前，他看见帕尔弗里夫人在附近徘徊，不时抬头看，快步经过商店，然后沿原路折返，再次抬头张望。即便她是个内奸，受雇带他寻找猎物，也无法将这场出卖她们的哑剧表演得更好了。辗转了两分钟后，她走到小摊前买了两个橘子，生怕她们出现似的，迅速瞟了一眼窗口。斯凯思不明白她为什么如此紧张。或许是因为那姑娘坚持保密？如果她是被收养的，她和养父母之间的关系如何？她当然是被收养的，她是女凶手的女儿，这一点毫无疑问，她姓帕尔弗里也毋庸置疑。或许她的养父母不赞成她离开家。一想到帕尔弗里夫人这次试探性的探视或许是缓和她们关系的第一步，斯凯思不免兴奋起来。如果女孩搬回科尔德科特特勒斯街，留女凶手一个人住在这里，那么他动手时就容易多了。

买完橘子后，她加快步伐沿着梅尔大街拐进埃奇威尔路，排队等待开往维多利亚站的26路公共汽车。她打算回家了。斯凯思不必再跟着她。他赶紧跑回德莱尼大街，唯恐错过她们，错过证实她们住在那里的机会。不过，站在街角，望着了无生气的街道，他不再怀疑，心底涌起一股熟悉的欢欣和恐惧。他再次感受到那个十岁男孩病态的亢奋，他站在布莱顿码头下潮湿的沙滩上，耳边回荡着大海波涛汹涌的咆哮，小手里攥着刚刚偷来的战利品。那时候和现在一样，他毫无罪恶感。最奇怪的是，在清白的年岁中他一直生活在无休无止的罪恶里；然而当他真成了小偷，这种罪恶感反而消失了。朱莉的死也一样。他相信只有当匕首刺入玛丽·达克顿的喉咙时，他才能永远地驱散心中的罪恶感。斯凯思不知道如何让梅维斯的灵魂解脱，他只知道如何解救他自己。

紧接着，目标出现。再次见到二人的冲击已经没有摄政公园初遇时那般强烈，斯凯思控制住了自己的情绪。女孩关上前门，对她妈妈说着些什么，然后二人一同转身往梅尔大街走。她们穿着随意，宽松的长裤搭配夹克衫；女孩的肩膀上挎着旅行包。斯凯思推测她们要去往贝克街和伦敦西区，赶忙向右拐进梅尔大街。然而，回头一瞧发现她们跟他走了同一条路，距他只有四五十米远。他赶紧溜进一条小巷，来回徘徊等她们经过。

折回德莱尼大街后，斯凯思以战略家的眼光打量着周遭的环境。眼下，不必再提防她们，他可以不慌不忙地踩点，考虑在哪里监视不致引人注意。瞎乞丐酒馆显然是个待选项，却很快遭到了否决。伦敦小酒馆里的常客们和酒馆老板彼此熟识，新面孔的反复光临势必引人耳目。虽然他们不会找他搭讪，不会打扰他。然而，一旦发现尸体，他无疑将成为犯罪嫌疑人之一。倘若他在女凶手的家里动手的话，警方会带着他们的照片前来问询。虽然尚不清楚酒馆老板和他的顾客们会不会协助警察调查，但是迟早有人提到他。此外，他的酒量很小，试想一下坐在烟雾弥漫的酒馆里忍耐着常客们好奇的目光，慢慢地啜饮一品脱啤酒，那感觉令他如坐针毡。而且，那儿实在算不上一个有利的监视地点。像所有维多利亚时代的小酒馆一样，从外面很难瞥见酒馆里面的状况。除非站起身，透过华丽的彩色玻璃张望，否则什么都看不见。

酒馆旁的书店和蔬菜水果店旁的旧货商店都方便他假装闲逛、逗留。可是，同样地，如果频繁露面的话，很可能引人耳目。或许，自助洗衣店是最理想的选择。然而，他带的换洗衣服不多，没办法时常送洗；他暗自琢磨或许他不需要洗任何东西。自助洗衣店很忙碌，他只需要像其他人一样带着塑料袋和报纸，耐心地坐在那里，人们自然以为他要么在洗衣服要么在烘衣服。梅维斯生病的那段日子里，他曾经往自助洗衣店送过床单。他知道那里人来人往，人们常趁等待期间买东西或者去酒馆喝一杯。但是，他必须小心行事。虽然警方不太可能来这儿盘查，他也不能整天坐在原地。更何况，那个女人和她女儿说不定也会来，她们当然不会错过如此便捷的自助洗衣店。

斯凯思思来想去，觉得应该想办法接近那套公寓。他慢慢地踱步，故意沿着靠公寓的那侧走，他注意到那把门锁，那是一把最容易撬开的耶鲁锁。蔬菜水果店的位置显然是这幢房子原本的客厅。店铺旁有一扇门，想必通往楼下的门厅，同样挂着一把耶鲁锁。

斯凯思走到路对面的二手书店，翻阅搁板上的四摞平装书。他突然晃过神，不明白自己为什么站在这儿，为什么没有跟踪女凶手和她的女儿。他随身带着刀。究竟是什么让他放弃了下手的机会呢？这种事以前也发生过。报纸常有报道，人山人海的人行道，地铁站入口处拥挤的人群，沉默的行凶者悄悄动手，迅速抽身，只留下狼狈的围观群众一头雾水，待明白过来发生了什么事后吓得目瞪口呆。他觉得某种程度是因为事出突然，太出人意料。斯凯思还未做好杀人的心理准备。他的思绪一直专注于如何追踪她们，还没来得及考虑如何动手的问题。更重要的是，这不符合他的预期，众目睽睽下肮脏的街头犯罪，仓促、笨拙，搞不好还有弄砸的风险。那不是他想要的结果。在他的想象中，他和女凶手单独待在一起。她躺在床上睡觉，露出脖子上跳动的血管。他不慌不忙、郑重其事地将刀刺入她的喉咙，完成正义与赎罪的仪式。

书店是个闲逛的好去处。窗户被后面的书架遮住一角，成了一面镜子。他假装翻看一本脏兮兮的《永别了，武器》，不时地抬头，瞥一眼准备打烊的蔬菜水果店，摊贩拖着一袋袋洋葱和土豆往店里搬，摞起番茄和莴苣的箱子，推倒精心摆好的苹果和橘子金字塔，拆掉搁板桌上铺着的绿色人造草皮。斯凯思放下书，慢悠悠地穿过马路，踱进对面的旧货商店。门口的人行道摆着不值钱的家具：一张所有抽屉都不知去向的木桌，两把椅面破损的藤椅，一个装着裂纹陶器的锡制浴盆。桌子上的纸箱里乱糟糟地堆满了旧眼镜。他挑出一两副随手比划一下，像是检测视力一般。透过模糊的镜片，斯凯思看见蔬菜水果店的摊贩脱掉浅黄褐色的工作服，取下里间挂钩上的蓝色牛仔夹克，换上，消失了一会儿，再回来时拿着一根顶端带钩子的杆子，哐当一声锁上了店铺的铁门。

几秒钟后，他走出前门，仔细关好门后朝德莱尼街的方向走去。这么说，他不住在店铺楼上。可是，他仍然需要一把钥匙开前门的耶鲁锁，因为店铺从里面反锁了，只能通过前门出入，除此之外别无他法。他应该随身带着钥匙，也许同其他钥匙挂在一起，又或者揣在夹克的口袋里。他穿了一条紧身牛仔裤，两个后兜紧贴着臀部，没装钥匙。斯凯思心不在焉地挑选一副又一副眼镜，不停地翻找。如果真有适合他的，说不定值得买一两副。换副眼镜能改变他的外在形象。以前，他从未考虑过乔装，在他看来乔装是一种他不具备的技能。然而，他知道自己具备另一种技能，虽然已经过去很多年，但是他从未失过手，想必这次也一样。那便是“扒手”技能。

斯凯思沉浸在终于找到目标的兴奋中，甚至舍不得离开德莱尼街。但是，12号大门紧锁，附近又没有安全的藏身之地，他需要回到那个不为人知的房间，休息，思考，计划。离开之前，他又沿着街道走了一圈，考察各种可能性。他注意到瞎乞丐酒馆旁有一条狭窄的过道，过道一侧是酒馆肮脏的砖墙，另一侧是高约七英尺的波纹钢栅栏，隔开一块杂草丛生的荒地。毗邻德莱尼街一侧的钢板早已锈迹斑斑，水泥支柱摇摇欲坠，甚至能透过钢板间的缝隙监视街道的状况。问题是如何进入荒地，还要确保周围没有能俯瞰这块有利地形的高层窗户。

斯凯思迅速地扫了一眼德莱尼街，然后快步走进过道。倘若有人问起，他也想好了应对的借口；抱歉地说一声在找厕所。很快，他就发现这个理由比他预想的更可信。过道的尽头是个小院子，散发着浓郁的啤酒味和淡淡的尿臊与煤灰味。右侧是酒馆的后门，面前是一家已经废弃不用的露天煤店，一扇上下各有一道狭缝的木门潦草地漆了“公用男厕”几个字。

他急匆匆地走进厕所，闩上门闩。透过木门顶部的缝隙能看见酒馆背面挂着厚窗帘的昏暗窗口，也看得见栅栏。这里似乎比前面更不安全，两块钢板之间的缝隙足够一个瘦弱的男人挤进去。尽管酒馆墙角的支架上有盏老式的路灯，天黑后动身或许比较妥当。虽然已是晚夏时节，凉风习习，不过天光依然持续到傍晚。除非没有俯视荒地的高层窗户，否则他的监视时间仅限于天黑后的几个小时。

巨大的木椅几乎能吞没他，想必时间同酒馆一样久远。他消瘦的屁股抵着木椅，如同一只困兽般蹲伏着，所有的感官都警觉起来。四下无声。既听不见脚步声，也听不见德莱尼街的吵嚷声，甚至梅尔大街隆隆驶过的车流声也变轻了。消毒剂的气味像煤气般刺鼻。天空开始飘起蒙蒙细雨，起风了，水雾顺着门缝刮进来，模糊了他的眼镜。他掏出手帕擦干镜片，发现自己的双手不停地发抖。令人奇怪的是，就当前这一刻而言，他仿佛躲在密室般安然无恙，无人察觉，却为何如此痛苦。或许是因为终于找到她们带来的后知后觉的惊愕。

是时候离开了。打定主意后，他迅速溜出厕所，肩膀紧贴着栅栏最单薄的钢板用力顶开。钢板微微错开一条缝。斯凯思用手扳开旁边的钢板，锋利的金属边缘刺破他的掌心。缝隙逐渐变宽，他赶忙趁机挤进去。

仿佛步入一座花园。斯凯思沿着栅栏的阴影费力走动，杂草几乎齐腰高，夹杂着粉色的小花，看起来十分纤弱，却冲破了板结的泥土和混凝土顽强生长。走到杂草最高的地方，他驻足环视这片荒地。这里远比他预期的更利于他行动。荒地里只有一扇门，对着德莱尼街，不仅封上了，还上了锁。斯凯思猜，那儿原来应该有一排房子，后来因为开发拆掉了，他面前是一堵没有窗户的秃墙，隔壁的房子也推倒了。瞎乞丐酒馆的侧墙没有窗户，荒地的另一边是一幢玻璃混凝土建筑物，看起来像是一所学校。透过楼上的窗户或许能看见他，不过放学后大楼应该空无一人，当然，除非用来办夜校。不过，肯定不会安排夏天上课吧？他必须搞清楚这一点。

接着，他发现或许根本没有这个必要。他很走运。荒地距离德莱尼街几码远的地方扔着两辆旧汽车，其中一辆是破货车，另一辆只剩底盘，没有轮子，左侧的车门耷拉着。如果拖到合适的位置，例如正对着钢栅栏的缝隙，便可以帮他躲避来自旁边学校窥探的目光。即使如此，视线也会受阻。理想情况下，他需要正对着12号的大门。他费力地走过去，紧贴着钢栅栏，仿佛栅栏的高度和波纹曲面某种程度能起到迷惑的作用，令他不那么显眼。

斯凯思抑制了跑进车里藏身的冲动，快步朝货车的方向走去。他气喘吁吁地走到那里，松了一口气，闭上眼睛，背靠栅栏。几秒钟后，他睁开眼睛，环顾荒地。它依旧一片荒芜，细雨转成斜雨，一丛丛野草随风摇曳，愈加荒凉。斯凯思转过身，仔细查看栅栏。正如他所愿，视线正下方刚好有一块缺口。虽然并不是正对着蔬菜水果店，但距离已经够近了，宽度也能保证他的视线不受阻碍。

他站在那里，双腿微曲，张开双臂，手指紧抓着波纹钢栅栏，目不转睛地盯着12号紧闭的大门，守望着。雨水打湿了他的肩膀，顺着夹克领子汩汩流下。他努力擦拭模糊的眼镜，然而手帕很快就湿透了。德莱尼街拐角的路灯亮起，湿漉漉的人行道闪着跃动的光。某处的教堂传来洪亮的钟声，一刻钟，半小时，九点，十点，十一点。梅尔大街的车流越来越少。酒馆的喧哗声越来越大，最后伴随离去的脚步声和道别归于平静。她们依旧没回家。斯凯思时不时地直起身，舒缓肩膀和双腿难耐的酸痛，但是只要一听见脚步声便立刻俯身查看。二人到家时已经十一点半，似乎累得有些无精打采，女孩在他的注视下摸出包里的钥匙。推开门时，她们好像随意地说了些什么，然后走进去，关上身后的大门。几秒钟后，二楼两扇长方形的窗户透出微弱的光。直到这时，一直蜷缩着几乎动弹不得的斯凯思才第一次觉得饿，夹克和衬衫好像湿药膏一般糊着他的后背，他再次挤过栅栏的缝隙，艰难地走回贝克街站，乘环线去往维多利亚站。

19

当天傍晚莫里斯回家时，厨房里亮着灯，却空无一人。希尔达站在花园的铁艺桌旁，摆弄着雕花玻璃钵里的玫瑰。浅口的玻璃钵造型粗犷，他花了一两秒钟才想起它的来历。这是希尔达的父母送给他们的结婚礼物。他甚至能想象对方为玻璃钵过高的价格焦急商量的样子。他记得他妈妈也曾有过一个非常相似的钵，而且向来不放心交给他清洗。星期日茶会时，她往现成的蛋糕上盖一层果冻，再涂上一层厚厚的人造奶油，做成乳脂松糕，然后摆进玻璃钵中当作茶点。眼前的这个钵胡乱地塞着用来支撑玫瑰的金属丝。希尔达每往里插一枝玫瑰，金属丝就刮擦着玻璃发出一声令他烦躁的声音。玫瑰摘得太晚，又摆弄了太长时间。菲莉帕准备客厅的插花时，总是早早地剪下来，放进水里，摆在阴凉处。这些花却蔫巴巴地摊在桌子上，耷拉着花苞，花梗也变得软塌塌。莫里斯忽然觉得自己不喜欢玫瑰。经过这么多年，直到这一刻才发觉这一点真令人不可思议。玫瑰受追捧得过了头，它们的美仰仗宜人的香气和诗意的联想，然而凋零得很快。精致的花瓶中插着一枝绽放的花，靠在素白的墙边，营造出堪称奇迹的色与形，不过一丛花的美感却取决于栽培的技艺。玫瑰花园总显得杂乱不堪，带刺的灌木丛长着难看的叶子，参差不齐，难以打理，花期短暂，花瓣随风凋落，归于泥土。香气又如同廉价的香水般令人作呕。真不明白以前他为什么认为它能带来乐趣呢？

不甚满意的希尔达拔出玫瑰重插，不小心刺伤了手。大拇指冒出一粒血珠。“像玫瑰一样在痛苦的芬芳中死去。”究竟是勃朗宁[1]还是丁尼生[2]的诗句？菲莉帕应该知道。正回忆那句诗的出处时，莫里斯忽然听见希尔达怒气冲冲地说：“我怀念菲莉帕准备插花的日子。一个人又做饭又摆桌，活儿太多了。”

“嗯，菲莉帕的装饰审美值得称道。那些是为今晚准备的吗？”

她忽然抬起头，一脸担忧、戒备地看着他。

“不好吗？”

“花束会不会太大了？大家聊天时应该越过花束看着彼此。你不能对着一个看不见的人聊天。”

“噢，聊天！”

“聊天才是晚餐会的主题。而且，花的气味太浓郁了。餐桌应

1 罗伯特·勃朗宁（Robert Browning，1812—1889），英国诗人，剧作家，主要作品有《戏剧抒情诗》，《环与书》，诗剧《巴拉塞尔士》。
2 阿尔弗雷德·丁尼生（Alfred Tennyson，1809—1892），英国桂冠诗人。

该以菜香和酒香为主。玫瑰的香气混淆了人的感官。”

希尔达的语气透着一丝愠怒，在莫里斯听来特别刺耳，自从菲莉帕离家后他时常听她这么说：“我似乎做什么都不合心意。”

“合心意？合谁的心意？”

“合你的心意。我真不明白当初你为什么跟我结婚。”

话一出口，她一脸惊恐地看着他，或者至少在他看来是这样，仿佛这些话只能在心里想想，一旦说出口便会招致灭顶之灾。他拾起一枝玫瑰，花朵垂落在他的掌心，他听见自己冷漠的声音：“我跟你结婚因为我喜欢你，因为我觉得我们在一起会幸福。如果你不幸福，一定要告诉我你有什么烦恼。”

荒谬的是款款真情听起来像是虚情假意，肺腑之言倒不像真话。如果他爱得够深，倒可以谎称：“因为我爱你。”但是，如果他爱得够深，也完全没必要说谎。

希尔达喃喃自语：“你不用这么跟我说话，好像我是你的学生一样。我知道你觉得我很笨，不必掩饰。”

莫里斯没吭声，只是站在原地看着她用力把最后一枝玫瑰硬塞进那团金属丝里，擦伤了花梗。花插得太多，头重脚轻，缠成一团的金属丝翻出来，玫瑰花瓣、花粉和水珠洒了一桌子。希尔达轻轻地叹了口气，掏出手帕擦拭。她说：“菲莉帕走了，你怪我。我知道你怎么想的。我不能给你生孩子，收养的也留不住。”

“太荒唐了，你必须明白我能阻止菲莉帕离开，但是我不愿为此付出代价。菲莉帕必须自己找出回归现实的途径。”

她的声音很轻，轻得他只听见她说："如果我能生个孩子的话，那就不一样了。"

他忽然心生怜悯，虽然只是一瞬间的事，却足以令他丧失理智。他听见自己说："你提醒了我，我刚好有件事要告诉你。上个星期我拜访了帕特森医生。没有什么大事，只是一次例行体检。不过，他通过我的体检记录证实了十二年前我们找专家会诊时我的猜测。我没有生育能力，跟你没有任何关系。"

她捧着玫瑰花，盯着他说："可是，你有奥兰多啊！"

他厉声说："这和奥兰多没关系，是他出生之后的事。医生认为我在奥兰多六个星期大时患过流行性腮腺炎，造成了不孕不育。这种情况并不少见，但也没有治疗的办法。"

希尔达盯着他，目不转睛的凝视令人焦躁不安。莫里斯本想若无其事地耸耸肩，苦笑一下嘲弄命运的乖张，转身走开，回避谈论关于他不孕不育种种矛盾的细节。然而，对方无声的凝视却牵绊了他，令他挪不开眼睛。他咒骂自己的愚蠢，仅仅为了几枝破败的玫瑰和刹那间徒劳的同情，便脱口而出。幸好尚未和盘托出，他从未想过自己会说出来，虽然只是事实的一部分，却是最重要的部分。这个秘密他保守了十二年，如同一个或许有些声名狼藉却深得他心的朋友，而现在不再专属于他了。对待这个不太光彩的秘密，他认为自己的反应同大多数男人一样。大多数时候，他记不得这件事，这并不需要任何的意志，而是因为它本身已经成为他的一部分，如同他的消化系统一样，除非出了毛病，否则没有任何感觉。偶尔想起时，莫里斯便视其为自身性格中一个有趣、复杂的成分加以揣摩，就像他揣摩学生复杂的性格一般，这有利于他的研究。他甚至乐在其中。虽然如此，这个秘密依旧有些不光彩，至少得具备儿时调皮时的天真才能与之共处。有时候，它擅自侵入他清醒的头脑，引起痛苦和忧虑的情绪，甚至呼吸急促等轻微的生理表现，莫里斯将其诊断为负疚和羞愧，不过这种情形越来越罕见。而现在，它已经不再是他的秘密。他背负了十二年的心理压力，现在还得肩负起希尔达的责备和失望。莫里斯不由得同情起自己。她为什么用那种不敢置信的眼神盯着他？他才是需要得到谅解的人。丧失生育能力的人是他，不是她。

希尔达说："你早知道了，对吗？你根本没去帕特森医生那儿。我们第一次做检查时，你说你不想再继续下去，你已经受够了，那时候你就已经知道了。你一直让我误以为，我们不能有孩子都是我的错。这么多年来，你一直让我觉得有问题的是我。"

"不是任何人的错。谈不上是谁的错。"

他准是疯了才忽然觉得他俩之间缺的只是坦诚。他婚姻的悲剧——尽管用悲剧形容这种司空见惯的不幸未免有些小题大做——不在于她总是错误地回应他的需要，而在于她根本没有能力给予正确的反馈。她指责道："如果没嫁给你，我本可以有个孩子。"

"或许吧。假如你嫁给别人，对方也想要孩子，而你俩又能生儿育女的话。"

她垂下眼帘，笨拙地收拾好玫瑰花，闷声说："有人喜欢我。

乔治·波寇克喜欢我。”

看在上帝的分上，乔治·波寇克是谁，这个名字拨动了莫里斯的心弦。哦，原来是大学招生办公室那个长粉刺的年轻职员。这么说，他和乔治·波寇克曾是情敌喽。倘若这件事没能伤害他的自尊心的话，那也轮不到别的事了。

晚餐时，希尔达比平时更沉默寡言，莫里斯看得出一方面出于她习惯性的害羞，另一方面出于她有心事。直到客人离开，他俩回到卧室独处时才有机会交谈。她挑衅地开口，仿佛等着他责备似的：“我打算辞掉青少年法庭的职务。”

“辞掉？为什么？”

“我应付不了，帮不了任何人。我也不喜欢，熬过三个月任期后，我就不干了。”

“如果你这么觉得的话，没必要继续下去。不过，你最好给大法官办公室写封信，我建议你少一些幼稚的理由。”

“干不好，帮不了别人，这理由不幼稚。”

“那你闲暇时间做什么？需要我跟格温·马歇尔聊聊吗？他们一直在物色辅导学生的人选。”

“你凭什么觉得我能干好这个呢？我自己安排时间。”

她顿了一下，接着说：“我想要一只狗。”

“在伦敦？合适吗？遛狗可不是件容易事。”

“有地方遛，路堤花园，圣詹姆斯公园都可以。”

“公园里的狗已经够多了，公园被弄得一塌糊涂。不过，如果你真想要的话，最好确定你要哪个品种的狗，我们搜罗一些信誉好的狗舍，这个周末去看一下。”

莫里斯惊讶于自己的慷慨。这主意或许不坏。希尔达和菲莉帕不太合得来，可是少了她这房子又显得空荡荡。如果训练得当，一只狗不会给他带来多少麻烦。他们可以趁周末开车去一趟狗舍，权当兜风了。

她说：“我不在乎品种。我想从巴特西狗之家领养一只流浪狗。”

莫里斯烦躁地说：“说真的，希尔达，如果你决定养狗，至少也挑一只长得好看的。”

“我不在乎好不好看。你和菲莉帕讲究这些，我可不在意。我想要一只流浪狗，一只没人要的狗，一只再找不到家就会被人道毁灭的狗。”

坐在梳妆台前的希尔达转过身，神采飞扬，几乎恳求道：“它不会弄乱花园。我知道你多看重那些玫瑰。我会好好训练它，保证不让它上花坛。它可以睡在厨房的篮子里，也不会多花钱。我们剩下那么多食物足够它吃了，还可以找潘特勒先生要些骨头，我是他的老主顾。”

他说：“我想应该没问题，只要你负责照顾它。”

他的语气仿佛迁就纠缠不休的孩子。她难过地说：“嗯，我负责。我来照顾它，这我能做到。”

“劳驾选一只个头小一点、不常叫的狗。”

听了这话，希尔达放下心。她记得菲莉帕曾经说过，每当莫里斯拿出一副简·奥斯汀笔下人物的腔调时，说明他心情不错。文学典故对她而言没有任何区别，但是她分辨得出语气。她可以养狗了。她想象着它的模样，亮晶晶的眼睛，摇着尾巴，仰着头看她。现在还没法帮它取名字，她得先知道它长什么样子。不过，她喜欢小淘气这个名字。莫里斯和菲莉帕肯定觉得这个名字太普通了，然而这就是她想要的那种狗。希尔达躺在莫里斯很少睡的单人床上，内心涌起一股自信。她没有不孕不育，那是他的问题。她不必再用生命弥补那与她无关的缺憾。而且，熬过三个月的任期之后，她也不必再坐在法庭里受罪了。

第三章

暴力行为

1

眼下，他怀着越来越高涨的激动心情从皮姆利科一成不变的生活中抽离出来，进入一个全新的世界，她们的世界。行动本身不再前途未卜，是时候从生理和心理两方面做好动手的准备了。斯凯思体会到一种不同以往的感受。跟踪帕尔弗里夫人时，虽然他是尾随的那个，却有一种尽在掌握的感觉。她领路，他跟随，但是二人之间那根无形的缰绳始终攥在他手里。在他看来，这种跟踪似的欣快游戏，没有丝毫焦虑，他坚信她终将带他找到猎物。她的孤独、可悲的徒劳和无法逃避的背叛甚至令他萌生出一丝同病相怜的情感。

现在却大不一样；他深入敌腹，跟踪的对象由一个变成两个，而且那个女孩见过他，再度碰面肯定能认出他。斯凯思依然记得玫瑰花园中羞愧和惊骇交织的一瞬间。而她也更年轻、更敏锐、更灵活，肯定也更聪明。任务难度无限加大，暴露的风险随之增加。他必须抓紧时间，更巧妙地行动。首要的任务是藏身荒地监视她们的一举一动，弄清楚她们每天的活动规律。

他花了一个星期的时间搞明白她们每天傍晚五点出门去了哪儿。其中三天，他远远地沿梅尔大街跟着她们，然后躲在一家药房的门口看她们登上朝北开往埃奇威尔路的16路公共汽车。第二天，他偷偷躲在距离公共汽车站更近的地方，等她们赶到后，尾随她们上车。见对方坐在一层，斯凯思赶忙溜到二层，买了一张到终点站的车票，生怕售票员问起他的目的地，接着透过车窗观察她们在哪站下车。汽车行驶了二十分钟后停靠在克里克伍德街站，一瞥见二人下车的身影，他立刻跑下楼梯，在第一个红灯处跳下车，急匆匆地往回赶。可惜，太迟了，她们早已不知去向。

第三天傍晚，斯凯思再一次搭乘那趟公共汽车，确定对方上车后他赶忙现身，跑上公共汽车的二层，寻了个座位。这次，因为早有准备，所以幸运地没有跟丢。他距离目标三十码远，看着她们走进一家卖炸鱼和薯条的餐馆——席德鲽鱼店。斯凯思慢慢地经过餐馆门口，站到隔壁公共汽车站等车的队伍中，等着看她俩会不会再出来。十分钟后，他再次经过餐馆门口，隔着玻璃窗看着一排排塑料贴面桌子，却不见二人的身影。斯凯思一点也不奇怪，因为他难以相信她们跑这么远的地方来只是为了吃顿晚餐。这样看来，这里是她们工作的地方。这个选择倒是令他大吃一惊。不过，他随即反应过来。她们需要的工作必须确保女儿遇不见熟人，同时又没人问东问西。

于是，斯凯思了解到每天下午五点至晚上十一点之间他可以放松警惕。他既不能在公共汽车上动手，也不能在她工作的餐馆动手。那么，夜晚归家时的梅尔大街怎么样？他想象着某天晚上，他手握匕首，紧贴着门，伺机而动；猛地刺向她的喉咙，用只有她能听见的声音低低地叫一声“朱莉”，狠狠地拧两下、撕裂血肉抽出匕首，然后拔腿往德莱尼街跑——可是，跑去哪里呢？这招行不通，听起来就不切实际。迅速抽出匕首时，如果被骨头卡住怎么办？还得费时间拔出来。他总不能扔下匕首不管吧。到时候肯定血流如注。而且那个姑娘也在场，她比他更年轻、更强壮、更敏捷。他怎么能指望全身而退呢？

监视的第一个星期里，她们从没分开过，更重要的是二人从早到晚待在一起。自从他放弃了街头行刺的打算后，他转而注意起女孩何时留她一个人待在公寓。他得找个借口登门，最好安排在天黑之后，应该不太难。他可以借口从科尔德科特特勒斯街帮菲莉帕·帕尔弗里带了急信儿。知道女孩的姓名和以前的住址无疑能够帮他赢得对方的信任，至少有机会进门。这正是他需要的全部。倘若能趁她睡着时下手更好，干净利落，无须担惊受怕。不过，所有的前提是他跟她面对面地单独待在一起。

斯凯思依然坚持每天跟踪她们，他并未打算伺机动手，只是单纯因为看不见二人的踪影，他便坐立难安。在地铁里跟踪她们再容易不过。她们通常从最近的马里波恩站上车。据他推测，当初她们第一次从国王十字车站启程时，女孩应该选择了环线的贝克街站或者埃奇威尔路站下车，以节省时间、免去换乘的麻烦。斯凯思保持一段安全的距离，跟在二人身后，当对方站在月台等车时，他便在通道入口处徘徊；上车后则站在与之不同的车厢内，守着车门观察她们何时下车。下车后就变得困难起来。他时常因为太过谨慎而跟丢目标。她们偶尔沿着僻静的河岸穿过伊斯灵顿区或金融区的乔治亚广场，任何跟踪者在那里都无处遁形。每当这时，斯凯思便倚靠着桥栏杆、教堂的门廊或者商铺门口，手举双筒望远镜远远地看着，直至她们从视线中消失。

跟踪、时刻紧盯着她们已经显得没那么重要了，他反而越来越痴迷于融入对方的生活，间接地感受她们的兴趣，分享她们的快乐，一旦离开她们，他心里便焦躁得刺痒难耐。尽管她们已有定居此地的迹象，斯凯思依然担心某天清晨他赶到德莱尼街时发现人去楼空。他关注二人同居生活的每一个细节，发现女孩似乎掌控一切，由她安排午餐，掏出挎包中的塑料餐盒，打开，递给她妈妈；由她负责买车票，带地图。看来他别指望她俩能分开了，意识到这一点的斯凯思烦躁不已。某个晚上，他甚至做了一个混乱不堪的噩梦，在梦里他杀了那个女孩。对方赤身裸体地躺在卡萨布兰卡旅馆的床上，喉咙附近的伤口不再流血却微微翕动，仿佛两片湿润的嘴唇。他被眼前的失误吓坏了，顾不得手里的匕首还滴着血，急忙转过身，却看见他的妈妈和女凶手正站在门口，紧抓着彼此，放声大笑。直至第二天，噩梦的阴影仍然如影随形，自从找到二人后，他第一次做了一番心理建设才鼓起勇气离开房间。

将他和她们紧密联系起来的是仇恨，也是嫉妒。他从未见过二人有过身体接触，她们也不经常聊天；然而，她们的笑容是面对同一件事时发自内心的微笑。她们的关系更像朋友，克制、和睦、冷静，之所以同居一室是因为眼下她们不愿意和别人住在一起。所以，他不由得认为自己原本或许也能同女儿一起散步、欢笑、像朋友一样相处。

这种状况或许持续了好几个星期，斯凯思白天跟踪她们，然后回旅馆吃晚餐，夜幕降临后躲在钢栅栏后等待，直至她们的脚步声消失在12号门后，长方形的窗口映出灯光。他蜷缩在黑暗中，几乎不知道自己在期待些什么。女孩不太可能这么晚留她妈妈一个人在家。但是，不等到灯光熄灭，他又不甘心离去。终于，九月九日星期六的清晨，一切都变了。

正如上个星期六一样，她们在梅尔大街的市集闲逛，斯凯思隐没在人群中跟踪她们，时而藏身古董商铺的屋檐下，时而躲在小摆件的摊位后，一旦对方转过头，他便后退一步，隐匿于一排排摇曳的棉布衬衫、夏季连衣裙和印第安印花长裙间。那是一个明媚、温暖的清晨，晨雾散去后，梅尔大街人头攒动。斯凯思站在向西印度妇女兜售芒果和大串未熟香蕉的摊位旁，听她们断断续续、含糊不清地高声叫卖，眼睛盯着路对面，女凶手和她的女儿正翻拣着硬纸板箱里的旧亚麻布，似乎在寻找饰带。旁边的摊位摆了一顶帽檐上翻的澳大利亚丛林宽檐帽。突然，女孩抓起帽子，扣在自己头上，披散的金发如同摇曳的金色幕帘般飘垂，帽子的系带垂落在下巴下方。她轻快地转向她妈妈，挑衅地推了推帽檐，接着翻挎包，找钱买下这顶既时髦又可笑的帽子。女凶手开怀大笑！隔着宽阔的马路，对方毫不掩饰的笑声压过西印度妇人们嘹亮的嗓音、摊贩们高声的叫卖和歇斯底里的犬吠传入他的耳中。

她在笑。朱莉死了，梅维斯也死了，而她却在笑。斯凯思惊骇不已，并不是因为他早已习惯的愤怒，而是源自一种深切的悲痛。朱莉在坟墓中腐烂，她的生命尚未开始便遭扼杀。这个女人却对着太阳尽情欢笑。他失去了自己的孩子。然而，她的女儿却健康地活着，仿佛从朱莉的鲜血中获得滋养的吸血鬼一般沉浸于耀眼的美丽。她们自由地散步。他却像食腐动物般鬼祟地尾随其后。她们和睦地坐在房子里，听着音乐，笑着，聊着。可是他孤零零地蜷伏在冷风中，夜复一夜，像个偷窥狂似的透过墙缝窥视。耳畔仿佛再次响起格拉迪斯婶婶的声音，虽然她死了，像他的妈妈一样，像梅维斯和朱莉一样，她却依旧在说："那孩子令我毛骨悚然。他像个倒霉的畜生一样爬来爬去。"你作为仆人不过是一条狗罢了，怎可以行这事呢？他倒不如跷起一条腿，倚靠掩护着他的破旧车门，宣泄自己的无能和自我厌恶。他妈妈的声音如此真切，仿佛她真这么说过："杀人！你？别逗我了。"

斯凯思发现自己在哭，无声的眼泪难以抑制地滚落，如同咸涩的雨水沾湿他颤抖的嘴唇，溅落在他无用的双手上。他泪眼迷离地穿过人群。他无处可去，无处可藏。偌大的伦敦没有一个能容他安静哭泣的角落。他想起朱莉，钢制保健眼镜后那双忧郁的眼睛，闪着金属光泽的牙齿矫正器。他很少想起那张模糊的面容。谋杀最大的恐怖之处在于它削弱了旁人对死者的记忆。如果朱莉死于疾病或者交通事故，他现在或许能怀着悲伤的心情记起她，但是这种悲伤势必渐渐趋于平静。然而现在，所有关于朱莉的记忆都笼罩着愤怒、惊骇和仇恨。所有关于她童年的画面都因为可怕的结局蒙上了恐惧和耻辱的烙印。凶手甚至剥夺了他作为人悼念死者最寻常的情感。斯凯思甚少回忆，因为回忆令人不快。倘若凶手夫妇都遭受绞刑，究竟能否净化他的灵魂，抑或为她的死亡增添新的恐惧？

待回过神时，他已经走到梅尔大街的尽头，瑟瑟发抖地站在人行道的边缘，看着车流汇入埃奇威尔路，渴望回到卡萨布兰卡旅馆那个被他当成家的小房间。与此同时，他下定决心。跟踪她们的日子结束了，他拒绝再像一只牲畜一样被牵着鼻子走。如果没有什么能分开她们的话，他必须想办法溜进她们的公寓。例如，趁夜半时分女凶手独自入睡时偷偷地潜入。那么，下一步得想办法偷钥匙。

2

她们心照不宣地认为眼下谈论那段分开的岁月为时尚早，转而聊了很多关于书的话题。被剥夺的过去和无常的未来令英国文学成为两人都能接受的话题，既不尴尬，又不局促，安全系数最高。然而讽刺的是，九月十五日星期五早餐期间那短短一分钟关于文学的闲聊竟然让她们碰见了加布里埃尔·洛玛斯。

菲莉帕问："除了莎士比亚，你在里面还读些什么？"

"多半是维多利亚时代小说家的作品。图书馆的条件比你想象的好。牢房文学要具备两个要素：一是篇幅长；二是作者能构建一个独特的世界。我是监狱里三卷本小说的权威，专门读一些讲述聪明的姑娘自讨苦吃地嫁给幼稚或者根本算不上男人的家伙的故事；例如，《一个贵妇人的画像》《米德尔马契》和《阿灵顿小屋》[1]。"

菲莉帕问："在监狱读那种书不会扫兴吗？"

---

1 三本书都是英国维多利亚时期的长篇小说，作者分别是亨利·詹姆斯、乔治·艾略特和安东尼·特罗洛普。

“不会，因为我读这类书时还没进监狱呢。《米德尔马契》帮我保持了六个星期的精神健康。全书八十六章，我规定自己每天读两章。”

《米德尔马契》于一八七一年首次出版。按当时的法律，她妈妈原本被判处绞刑，但是不公开执行。三年前已经废止了公开处决。莫里斯应该知道这些。她说：“我没有那么强的自制力。不过，《米德尔马契》是一部精彩的小说。”

“是的，不过如果乔治·艾略特能更坦率地探讨性就更棒了。倘若一部以婚姻为主题的小说不告诉读者们这场婚姻是否圆满，不失为一种缺憾。你觉得卡苏朋是性无能吗？”

“是，你不觉得吗？书中所有的迹象都暗示了这一点。”

“可是，我不想通过一部现实主义小说中的种种迹象推断事实。我希望被明确地告知。我知道维多利亚时代的作家们不能赤裸裸地表述，但也不必如此羞怯。”

菲莉帕说：“我无法将羞怯这个词跟乔治·艾略特联系在一起。如果你批判维多利亚时代的文学，为什么不欣赏一下维多利亚时代的艺术呢？上午我们去皇家艺术学院参观大型维多利亚时代画展吧，我记得它十七号闭幕。如果结束后你还没腻烦的话，我们再按原计划去考陶尔德学院。”

“我想现在任何事都不会令我腻烦。”

就这样，她们终于遇见了菲莉帕的老熟人。其实，这件事本身没什么大不了的。她心知肚明这种情况在所难免。可是，问题在于这个人是加布里埃尔·洛玛斯。

当时，她们正站在画廊内阿尔玛-塔德玛[1]的《罗马浴室》前，研究目录注解，加布里埃尔·洛玛斯悄无声息地从她们身后走来。令人诧异的是他独自一人；不过，更令人意外的是他竟然出现在那儿。菲莉帕没法回避为二人介绍彼此，况且她也没那个打算。她碰了碰她妈妈的胳膊："这位是我的朋友，加布里埃尔·洛玛斯。加布里埃尔，我妈妈。她现在住伦敦，我俩住一起。"

他巧妙地掩饰了自己的惊讶。有那么一秒钟，那张神情傲慢、多变的脸凝固了，不过也仅仅持续了一秒钟，他两只手紧攥着目录，轻松地说："很高兴遇见您二位。不过，能否请你们忍痛放弃这些耀眼的画作，赏光到福特纳姆梅森百货共进午餐呢？餐后，我们可以参观泰特美术馆。虽然亨利·摩尔[2]的展览落幕了，但并不妨碍我们参观泰特美术馆。"

虽然他微微笑着，声音恰到好处地洋溢着热情和快乐，可是眼睛小心翼翼地避免过于仔细地观察她妈妈。菲莉帕目不转睛地盯着他的脸说："不用了，谢谢你，加布里埃尔。我们打算先逛考陶尔德美术馆，再吃午餐。今天的行程已经安排满了。"

菲莉帕明白，对方良好的教养和骄傲不允许他执意跟她们结伴而行。他说："几个星期前，我和你养母通过一次电话。她说你躲

1 劳伦斯·阿尔玛-塔德玛（Sir Lawrence Alma-Tadema，1836—1912）英国维多利亚时代画家，以豪华描绘中世纪前的古代世界而闻名。

2 亨利·斯宾塞·摩尔（Henry Spencer Moore，1898—1986），英国著名雕塑家。

到没人的地方去了。她可真神秘。”

“她没必要这样。她没告诉你我打算在伦敦自力更生地过三个月吗？我想试一试依靠莫里斯帮我养成的习惯能否养活我自己。我正为一本书体验生活。”

第二个解释听起来有些做作，她宁愿自己没说过。然而，不同于第一个解释，它确实如此。眼下，预科班最后一年的学生们多半正为自己的处女作收集素材，仿佛生活阅历像垃圾般散落在他们舒适生活的表面。

他说：“巴黎、罗马和拉文纳呢？我记得你说过，你打算趁去剑桥读书之前攒钱出去旅行。”

“不是什么大事。拉文纳的镶嵌画等等再说。我还有一辈子的时间呢。但是，这次体验机不可失。”

“你们俩为什么不抽个晚上干点儿别的呢，看看芭蕾什么的？”

加布里埃尔好奇地朝她妈妈眨了眨眼睛。菲莉帕说：“不用了，谢谢你，加布里埃尔。我谁也不想见。倘若感觉寂寞就去找朋友，稍有不舒服就跑回家，整件事情便失去了意义。”

“你现在看起来一点也不舒服。当然，显然你也不寂寞。”

二人说话期间，她妈妈挪到旁边，假装研究目录，同他俩拉开距离。加布里埃尔瞥了她一眼，流露出明显的好奇和类似轻蔑的神情。他说：“那么，直到去剑桥为止。”

“直到去剑桥为止。”

"我能开车送你吗？"

"噢，加布里埃尔，我不知道！现在说这些似乎为时过早。说不定，我会联系你。"

"好吧，离开了，潜匿了，逃脱了，消失了。替我向西斯莱[1]问好。"

"什么西斯莱？"

"《鲁弗申的雪》。我是说，如果你真打算参观考陶尔德的话。愿你体验生活顺利。"

他扬了扬眉毛，做了个懊悔的鬼脸，似乎想表示遗憾，不过菲莉帕从中捕捉到一种共谋的暗示。接着，他转过身，朝她妈妈鞠躬告别。菲莉帕走到她身边说："我很抱歉。我以为他离开伦敦了。事实上，我从未想过能在这儿遇见他，更没想到他一个人来。他总装作看不上维多利亚时代的艺术。不过，我们迟早会遇见一些我的熟人。如果你不介意的话，我也不介意。"

"我介意的是你没法邀请他们到家里做客。"

邀请他们到家里做客。这句话变戏法似的勾画出这样一幕：城郊小屋前的下午茶时间，装饰衬垫上摆着自制的司康饼、鱼子酱三明治和最精致的茶具，这样不致令她在这个底细不明却颇有好感的年轻人面前因为家世丢脸。虽然她从未待过这样的房间，奇怪的是她能确切地描述出它的样子。她说："但是，我没那个打算。我们

---

1 阿尔弗雷德·西斯莱（Alfred Sisley，1839—1899），法国画家，印象派创始人之一，《鲁弗申的雪》为其代表作。

自己过得很惬意，至于加布里埃尔，他和我要在剑桥一起度过三年时间。你没觉得无聊吧？”

“没有。不无聊。从来没有。”

“你觉得他怎么样？”

“很英俊，不是吗？又帅又自信。”

“的确如此。没有什么能令他放弃以自我为中心。”

但是，那件小事勾起了她些许的焦虑。他真的理智地接受了那次失败的性尝试吗？他是那种要小小地报复一下的男人吗？仿佛呼应她的想法似的，她妈妈说：“我觉得他很危险。”

“你这么说真是恭维他了；他没比其他年轻的雌性动物危险多少，对我们也构不成威胁。任何人都不能。”

她的脑海中浮现邓恩的一段话，不过她没有大声地念出来：“谁又像我们这样安全？除了我们两人中的一个，谁也不能对我们做叛逆之事。”

她好奇她妈妈究竟有没有读过邓恩的作品。她说：“忘了他吧。他没扫了你今天的兴致吧？”

“没有，没人能坏了我的兴致。”她顿了一下，好像考虑要不要问，随即补了一句，“你喜欢他吗？”

“我们似乎不能离开彼此太长时间。但是，我想我们之间没有什么能跟喜欢扯上关系。别想加布里埃尔了。趁咖啡馆人不多，我们赶紧进去吧，然后去考陶尔德。我想带你欣赏几幅真迹。”

3

当天傍晚，时间刚过六点半，刺耳的电话铃声令希尔达的心怦怦直跳。她不愿意接电话，幸好白天电话也不常响。莫里斯的同事们找他时多半打去学院，他或菲莉帕在家时，总是由他俩接听电话，她理所当然地认为那些电话找的不是她。然而，自从菲莉帕离家后，她越来越畏惧那些时断时续的执着召唤。希尔达原本打算接听，转念一想生怕是法院打来通知她开庭的电话，又担心莫里斯说不定打电话告诉她晚些回家或者带朋友回家赴宴。她想不出合适的理由跟他解释电话为什么一直占线。

电话的存在很难被忽略。在这栋房子中，它似乎无处不在。门厅的桌子和他们的床边各有一部。莫里斯甚至还在厨房的墙上装过一部分机。偶尔，希尔达放任它响个不停，一动不动地站着，甚至不敢呼吸，仿佛那机器有自己秘密而邪恶的生命，能察觉她的存在。最后一声铃响过后非难似的沉默以及无能和懦弱滋生的罪恶感，远比接听她恐惧的电话更令人难以忍受。她说不清楚自己害怕什么，只知道这急促的铃声通报了未来潜伏的某种灾祸。

她往围裙上揩了揩手，接起电话，听筒那边传来投硬币的声音。她湿乎乎的手几乎抓不住听筒，她举起另一只手抓稳电话，自报家门。那头传来熟悉的声音，她松了一口气。

“帕尔弗里夫人吗？是我，加布里埃尔·洛玛斯。”

仿佛她认识好几个加布里埃尔似的，一般没那么迂腐的人都直接说“我”。面对他，她一直稍感畏惧。他总给她找麻烦，不费力地迷惑她。偶尔，他们的视线不期而遇时，他的眼睛总闪烁着嘲弄的光，似乎在说：“你知道你不值得理会，我也知道，所以我们俩还能做什么呢，我亲爱的、可爱的、无趣的帕尔弗里夫人？”不过，至少这是她熟悉的声音，真实的声音，不属于陌生人，既不神秘又没有想象中的恶意。她问：“你好吗，加布里埃尔？”

“很好。听着，我看见菲莉帕和她妈妈了，在皇家艺术学院艺术委员会举办的大型维多利亚时代画展上遇见的。当时，她们正在欣赏亚伯拉罕·所罗门的两幅油画：《等待判决》和《无罪开释》。在那儿碰见她原本不该感到奇怪。菲莉帕一向迷恋维多利亚时代的作品。不得不说，我崇拜维多利亚高雅艺术所独有的威严感。每幅画都讲述了一个故事。多么摄人心魄的故事啊！天哪，完全是颓废的色彩盛宴。至高无上的自信，悲怆，维多利亚式的色情以及等待着不忠妻子们的可怕命运。您参观过那个展览吗？”

“不，还没有。”

他心知肚明她不参观展览。莫里斯通常趁午间休息或者回家途中抽空去。菲莉帕或只身前往或与朋友们结伴而行，偶尔约加布里埃尔一起。只有一次，她试图培养希尔达的艺术兴趣，于是带她去参观普拉多美术馆的画展。结果不太理想。首先画展人潮拥挤，其次那些画对希尔达而言过于晦涩。她只记得一张张阴郁的西班牙长脸和暗沉的长袍，实在难以提起兴致。在她看来没有一幅画跟她或者她的生活有关系。加布里埃尔的声音似乎突然变模糊了，她侧着耳朵仔细听他说些什么。“真令人心力交瘁。我是说，那些画，不是这次偶遇。虽然也挺让人心力交瘁。”

“她看起来如何，加布里埃尔？高兴吗？”

“菲莉帕？谁知道呢？没人比她更能掩饰情绪了。她想聊聊，但是我俩只有大约五秒钟的时间。她妈妈倒是识趣地走开了；至少我觉得她挺识趣，给我们单独聊天的机会，不过现在我又不那么确定了。总之，她走到墙边，卖弄地研究起福特·马多克斯·布朗的《再见，英格兰》。嗯，如果必须选一幅的话，它恐怕是最值得欣赏的作品了。那场景非比寻常，不是吗？我是说，菲莉帕和她妈妈。”

困惑、迷茫的希尔达问：“菲莉帕告诉你的吗？”

“哦，没错，只挑重要的说了几句。时间不多。她邀请我星期四去她们住的地方。显然，她妈妈那会儿不在家。她说有事要谈。”

希尔达心中一悸，没想到菲莉帕竟然如此随便地吐露了她的秘密，毕竟她再三叮嘱无论什么时候都不能向任何人吐露这件事。任何人。不过，或许加布里埃尔是个例外。她有时候感觉说不定是这样。不过，她说了多少呢？他刚刚说的“判决”和“无罪开释”是什么意思？希尔达问：“什么事？她还好吗？”

“她没生病，如果您问的是这个的话。可能有点儿紧张，或许是受了阿尔玛–塔德马的触动。我们遇见的时候，她们正准备出去。正如我所说，当时确实没时间聊别的，只能挑紧要的说，诸如她妈妈这么多年去了哪儿。”

看来她告诉他了，他知道了。希尔达不解地问：“她跟你说了这个？”

“噢，我或多或少也能猜到一些。她眼神警觉。我瞥了一眼，我猜大概不是进医院就是蹲监狱。我不确定带她参观高雅的维多利亚时代艺术是不是为了帮她融入现代化的伦敦。我试过邀请她们一起参观泰特美术馆，但是，看她妈妈的神情似乎不太欢迎我。”

“你感觉她俩怎么样？你确定菲莉帕没事吗？”

“我并不完全确定这种体验有什么作用，如果您问的是这个的话。我猜这也正是她想见我的原因。”

“加布里埃尔，想办法劝她回家。我是说，如果她不愿意的话，也不用一直住家里。只要回来跟我们聊聊就行。”

“我也这么想。切断联系太愚蠢了。她只想到生物学联系，简直不可理喻。无论从哪种意义讲，您都是她的妈妈。”

他不相信自己的话，她也一样。不过，这并不重要。他为什么跟她撒谎呢？他们为什么都跟她撒谎，他们甚至不肯费心让那些显而易见、司空见惯的幼稚谎言更可信一些。但是，至少他见到菲莉帕了，至少她获得了一些消息。接着，她听见他说："我准备下星期四下午六点钟过去。问题是我把地址弄丢了。我当时随手记在目录背面，现在找不到了。名字也不见了。"

"达克顿。名字是达克顿。她们住在德莱尼街12号，西北向。挨着梅尔大街。"

"我记得梅尔大街和门牌号。当然，她介绍过她妈妈姓达克顿。我只是记不得德莱尼街了。您要捎什么口信儿吗？"

"我的爱。请转达我的爱。或许你最好不要提我们聊过，但是，加布里埃尔，请试着劝她回家。"

"别担心，"他说，"她会安然无恙地回家。"

放下电话后，希尔达的情绪好多了。她甚至涌现出一丝幸福感。毕竟，如果她们参观展览，说明情况不算太坏。倘若生活难以忍受，她们也不能一起参观展览。至少，菲莉帕跟某个朋友或者某个同龄人取得了联系。加布里埃尔会再打电话来，知会她消息。她不打算告诉莫里斯他来过电话。她知道他担心菲莉帕，但是她也知道莫里斯不愿意提及这种挂念。不过，下个星期四，她便能得到一些新消息。说不定那时候菲莉帕已经准备回家了。或许一切都会好起来。

希尔达冲了冲手，擦干后转身继续切洋葱，心里短暂地闪过一丝疑惑，加布里埃尔为什么不怕麻烦地从公共电话亭打电话来呢？

4

他的计划很简单，但是他明白实施起来颇为棘手。他计划取出蒙蒂夹克口袋中的钥匙环，与此同时留下一串大致相同的钥匙。哪怕蒙蒂只是下意识地察觉钥匙擦过大腿的重量和声响，都意味着偷窃失败。如果仅仅偷走钥匙，几乎意味着立刻暴露。所以一旦拿到钥匙，他必须马上复制一套，最好能在附近找一家配钥匙的店，并且顾客得多，这样才能避免被人记住。然后，再将真钥匙还回去，假钥匙取回来，也就是说他必须在一段较短的时间内露两次面。他出现时，蔬菜水果店里还要有其他人在场，所以他必须谨慎地选择时机。然而，当务之急是要近距离地观察一下钥匙环以及钥匙的数量和重量。

第一天，九月十一日，星期一，八点四十五分，斯凯思抵达荒地的监视点，架好双筒望远镜。九点零三分，蔬菜水果店的摊贩骑着自行车出现，摸出紧身牛仔夹克口袋里的钥匙，打开门。对方刚好背对着街道，他根本看不见钥匙。两分钟后，店门吱吱嘎嘎地打开，蒙蒂拖出店铺后面装着蔬菜和水果的板条箱，依次码好，开始做生意。他脱掉蓝色的夹克，换上破旧的浅黄褐色工作服，敞着衣襟，工作服两侧各有一个大口袋，左侧口袋的接缝处有点开线。店铺和房子一层过道间的门敞开着。

九点十分刚过，店铺外停了一辆小货车，司机和一个小伙子钻出驾驶室，费力地搬下一箱箱水果和蔬菜，堆在人行道上。临街的大门紧闭。蒙蒂掏了掏左侧的口袋，往小伙子手里塞了些什么，然后开始帮司机卸货。小伙子打开门，拖过一网兜西班牙洋葱掩住门缝，动手往店里搬成箱的生鲜农产品。有那么几秒钟，钥匙就插在锁孔里，亮晶晶的金属环和一串吊坠钥匙挂在木制门板旁。这时候，司机刚好搬过一箱苹果，挡住了斯凯思的视线。接着，小伙子紧抓着钥匙，扔给蒙蒂。除了金属的寒光和蒙蒂划破空气的手，他什么都没看清。

接下来的三天，天天如此。斯凯思终日驻守着监视点，临近中午吃个三明治果腹，然而始终没机会近距离地观察钥匙。蒙蒂总是一个人干活，每天中午到马路对面的瞎乞丐酒馆买满满一品脱啤酒，然后从店里拖出一个板条箱，翻过来，坐在摊位旁边喝啤酒，握着一大卷看着像番茄奶酪卷的东西大快朵颐。他偶尔趁上午到酒馆里坐一坐。每当这时，旧货商店那个瘦小的男人暂时帮他照管摊位。斯凯思猜测他们之间大概达成了某种约定，因为对方去瞎乞丐酒馆时，蒙蒂也时不时地帮他留意旧货商店。那三天里，连通店铺和房子之间的门始终半开着，只有当蒙蒂打算离开时才会关严。斯凯思费了一番工夫调整双筒望远镜才透过栅栏的缝隙看清那扇门也装着一把耶鲁锁，他猜蒙蒂晚上离开前同样会一丝不苟地锁上它。

星期五清晨，一无所获的斯凯思觉得必须得靠近一些，必须一大早过去趁开门时瞥一眼。他没什么理由不这么做，总要有人当第一位顾客。虽然他有可能引人注意，同时增加了被人记住长相的风险。但是没有办法。需要伪造不在场证明时再考虑对策吧。现在，他全部心思都集中在如何拿到那串钥匙上。

关键的是时机。蒙蒂总是在九点到九点五分之间出现。女凶手和她女儿通常在九点十五分到九点三十分之间出门。假如蒙蒂准时现身，与此同时另两个人不提前离开，情况好处理得多。但是，九点之前在德莱尼街闲逛过于惹眼。旧货商店和二手书店九点半才开门，如果他只身一人在空荡荡的街道漫无目的地溜达，说不定透过12号的窗户一眼就能注意到他。

那天下午，斯凯思到埃奇威尔路的沃尔沃斯商店买了一个帆布购物篮。第二天清晨，九点钟前，他沿着梅尔大街慢慢地朝德莱尼街的岔路口走。九点零二分，蒙蒂骑着自行车从里森树林的方向拐进德莱尼街。斯凯思快走几步，赶在他下车前追上去问："早上好。现在开门了吗？"

"马上。等我三分钟。您赶时间吗？"

"还可以。我先去车站附近的书报摊买份报纸再过来。"

说话间，蒙蒂一只手扶自行车，另一只手捏着耶鲁牌钥匙，插进锁孔。斯凯思紧盯着钥匙环，努力记住它的大小、形状和钥匙的数量，心里掂量着它们的重量。大钥匙环挂着两把耶鲁牌钥匙；一把扁平的小钥匙，尺寸跟汽车钥匙差不多；还有一把结实的丘伯牌钥匙，大约两英寸长，看起来重一些。

斯凯思在马里波恩车站买了一份报纸，坐在候车室里抖开它，遮住脸，挨到十点。确认女凶手和她女儿离开德莱尼街后，他返回蒙蒂的摊位，买了四个橙子、一磅苹果和一串葡萄。他可以趁白天吃掉这些水果，减轻负重。随后，斯凯思快步赶到沃尔沃斯商店，买了一个大钥匙环，钥匙环系着印了花体大写字母的标签，禁不住他三两下拉扯，断开了。

余下的时间里，斯凯思辗转于梅尔大街和教堂街的旧货商店和古董市场。他最先找到的替代品原本插在一个破旧茶叶盒上，被他拿来冒充最小的那把钥匙。接着，他从一个装着螺丝和烟斗通条的烟草缸里找到了一把耶鲁牌钥匙。厚重的丘伯牌钥匙确实比较难找，最后，他迫不得已从某家商店旧柜子的顶层抽屉里偷了一把大小和重量差不多的钥匙。令他得意的是他的手指依然敏捷、灵巧。德莱尼街一家旧货商店外的桌子底下塞着一个旧铁盒，里面装着钉子、螺丝、眼镜和电子设备的坏零件，斯凯思从里面翻出了第二把耶鲁牌钥匙。中午之前，他已经成功凑齐了一套钥匙，无论外形和重量都十分接近蒙蒂的那串，跟他期望的差不多。

当天下午，斯凯思重温儿时走过的每一条街道，一阵阵兴奋和恐惧中伴随着欣快、满足和全然的熟悉感。埃奇威尔路的混凝土地下通道回荡着远处轰鸣的海浪声。他只需对着太阳闭上双眼，便能再次感受到粗糙的沙砾在脚趾间摩擦，看见色彩斑斓的海岸；听见孩子们彼此叫嚷着跑过小巷；当年在操场遭受的恐吓几乎已经抛诸脑后，眼下夹杂着夏日阵雨后人行道弥漫的海洋气息扑面而来。现在同那时候一样，他清楚地知道摆在他面前的是什么，明白它的必要性和必然性。现在同那时候一样，他一边渴望赶紧结束这一切，一边又有些羞愧地期待或许他尚有选择的余地，其实考虑到风险太大，他现在完全可以阻止自己。与此同时，他心里有个声音叫嚣着一配好钥匙便立即返回摊位，趁着这股热乎劲儿碰碰运气。但是，他知道那可能引发致命的后果。现在得验证一下他的老手艺有没有生疏。

星期日和星期一，他花了整整两天来练习。斯凯思锁上房门，往椅子上挂了一件夹克，左手的小拇指勾住新钥匙环，悄悄地探进口袋，大拇指轻轻地拎起自己的钥匙环，同时不知不觉地退下手指勾着的替代钥匙。他反复地练习，有时候用拇指，有时候用中指，观察夹克口袋细小的动静，自己计算秒数。速度意味着安全。熟练后，再换成右手。他必须具备左右开弓的能力。除非时机成熟，他距离蒙蒂足够近，近到能摸到对方的夹克，他才知道钥匙放在哪个口袋里。整整两天，他几乎足不出户，只有买三明治时才匆匆穿过大厅，甚至无暇理会维奥莱特的问候。她一听出斯凯思的脚步声，立刻瞪大无神的眼睛寻找他的身影，可他不忍浪费练习的时间。九月十八日，星期一晚上，他终于觉得万事俱备。

5

第二天，斯凯思收拾了两套内衣、几件衬衫，塞进塑料购物袋。他先去了德莱尼街的自助洗衣店，赶到那里时刚过九点。洗衣机启动后，他挪到敞开的门旁，坐在椅子上监视12号的动静，心里禁不住担心，生怕女凶手和她女儿说不定一会儿也过来洗衣服。他安慰自己这种可能性微乎其微。如果她俩出门时有携带衣服的迹象，他完全可以赶在对方进门之前溜出去，稍后再回来取衣服。

幸好一切顺利。上午九点三十分，她们像往常一样准时出门，随身只背着挎包。对方一出现，斯凯思赶忙离开窗边，不过她们沿着马路对面径直走远，根本没朝他这边看。清晨最早出门的总是那一两个领取养老金的老人，这会儿正光顾蒙蒂的店，眼下店铺生意冷清，街道尚未苏醒。当第三位顾客——一位上了年纪的老妇人，费力地拎着一袋土豆离开时，斯凯思认为时机已到。他抓起空袋子，穿过马路朝对面的摊子走去。右手深藏在夹克口袋里，手指勾着那串仿制钥匙。令他恼火的是恐惧汗湿了他的双手，手里的钥匙越来越湿热，不过转念一想手湿或许刚好能帮到他，钥匙能悄无声息地滑落。好在他的手没发抖。即便儿时接连扒窃的那段时间，他的手也从未颤抖过。

眼下，店里没有其他顾客，蒙蒂拿起考克斯黄苹果往袖子上蹭，再排成一排，依次摆在前面的摊位上。斯凯思假装饶有兴致的模样，打量着一盒鳄梨，同蒙蒂擦身而过，左手轻轻地碰了一下对方右侧的口袋。里面似乎垫了东西；或许是一块手帕，又或者抹布之类的。总之，没有任何质地坚硬或者金属类的东西。这样看来，如果钥匙在他身上，一定放在另一侧的口袋里。斯凯思从货摊后面绕出来，要了四个橙子和四个考克斯黄苹果，蒙蒂帮他挑好，然后放进他撑开的购物袋里。最后，他指着货摊后面横杆上挂着的一串不太熟的香蕉，要了两根。那串香蕉最不好拿，蒙蒂左手抓住横杆，保持平衡，伸手去够。斯凯思走到他旁边，眼睛紧盯着香蕉，小拇指勾着仿制钥匙，虚虚地握在掌心里，然后小心地探入对方的口袋，摸到那串缠在一起的冰冷钥匙时，心中涌起胜利的欣喜。他赶忙伸出中指勾起钥匙环，同时轻轻地退下替代品。经过这几天的练习，加之又没有兜盖碍事，整个过程惊人得顺利，前后不到三秒钟便大功告成。等蒙蒂拧下那两根他挑中的香蕉，站直身体，把它们搁进秤盘时，斯凯思正撑着购物袋，温顺地站在他身旁。

他克制情绪，不慌不忙地走出德莱尼街，一拐进梅尔大街立刻加快脚步。幸运的是马里波恩站外刚好停了两辆出租车。他乘第一辆车赶往塞尔福里奇百货商场，找到底层配钥匙的柜台。尽管时间尚早，他前面已经排了两个人，只等了几分钟便轮到他。斯凯思从蒙蒂的钥匙环解下两把耶鲁牌钥匙，递过去。担心新配的钥匙不好用，索性配了两套，然后从前门离开，正如他预计的那般，眼下是早高峰时段，不断有送游客购物的车驶来，所以他毫不费劲地叫到了一辆出租车。他吩咐司机往马里波恩站开，付过车费后，他走进车站大厅，以防司机留意。两分钟后，斯凯思折回德莱尼街。他计划先回自助洗衣店甩干衣服，然后透过窗口监视蔬菜水果店，等时机合适时再换回钥匙。然而，刚一靠近货摊，他的心猛地一沉。蒙蒂没穿那件浅黄褐色的工作服。天气渐热，店铺忙碌起来，他只穿着蓝色牛仔裤和背心。外套不知去向。

他离开德莱尼街，坐在马里波恩站的长凳上等待时钟指向十一点五十五分。到时候，蒙蒂势必穿过马路，到对面的瞎乞丐酒馆买啤酒。三十分钟的等待似乎没有尽头。他焦虑不安地坐着，每隔几分钟就站起来在车站大厅里来回踱步。晚上关门之前，蒙蒂都用不到钥匙。其实关门的时候也用不到，耶鲁牌的门锁只要一带门就能上锁。第二天清晨开门之前，他或许都没发现钥匙被换了。但是，晚上根本没机会下手，只能现在换回来。

十一点五十二分，斯凯思回到德莱尼街的书店，漫不经心地闲逛。十二点，蒙蒂跟邻居打了声招呼，没一会儿便钻出店铺，走向对面的瞎乞丐酒馆，身上穿着牛仔夹克。旧货商店的老头坐在翻过来的板条箱上，仰起脸晒了一会儿太阳，然后展开报纸。该动手了。说不定几分钟后，或者更快，蒙蒂便端着啤酒回来了。成功只能依靠大胆。斯凯思快步穿过马路，钻进店铺的角落，速度如此之快，老头几乎来不及抬头，他已经闪了进去。一切顺利。那件浅黄褐色的外套挂在墙上，下面堆着两袋土豆。手指摸到光滑的金属钥匙时，他的心开心地雀跃。

老头赶了过来，站在墙壁和柜台之间。没等他开口，斯凯思抢先说："我买东西的时候，不知道把玛莎百货商场的购物袋落在哪儿了。我只来过这儿，对面的书店和梅尔大街的乳品店，另两个地方都没有。我想，或许蒙蒂帮我收起来了。"

那双锐利的小眼睛流露出怀疑的神色。不过，斯凯思并没靠近钱箱，而且时间很短，根本来不及偷什么。再说，柜台后面又有什么值得偷呢？他没好气地说："蒙蒂？他不是蒙蒂。蒙蒂已经去世二十年了。那是乔治。他没跟我提过购物袋的事。"

"后面没有，这里也没有其他能放东西的地方。看来是落在自助洗衣店，被人捡走了。谢谢你。"

斯凯思赶紧退出来，穿过马路，走到瞎乞丐酒馆门外时刚好碰上蒙蒂——现在还不习惯称呼他乔治——两只手各端着满满一品脱的啤酒，小心翼翼地往回走。

此时的轻松、兴奋和得意远远超过儿时小偷小摸的成就感。他的心高唱着不知给谁的赞美诗。倘若钥匙环系着绳子，他应该能把钥匙旋转出一道光圈，然后像抛玩具似的扔起来，再接住。然而，他的脸看不出任何欢欣的神色。经过乔治身边时，还冲对方笑了一下。那个笑容肯定有些古怪，等他拐进梅尔大街时，乔治惊讶的脸一直徘徊在他的脑海中。

6

他小心地搭配好两套钥匙，分别穿上长短不一的绳子。一套用来开前门，另一套用来开门厅和店铺之间的门。至于哪套钥匙开哪扇门，只有试过才知道。他希望自己吉星高照，一次成功。否则在门前逗留或者摸索得越久，被人发现的可能性就越大。斯凯思躲在荒地里监视，捱到女凶手和她女儿出门上班，然后又等了四十分钟，以防她们忘带东西突然折返。波纹钢栅栏的缝隙限制了他的视野，他没办法窥见德莱尼街的全貌，只能耳朵紧贴着栅栏，待听不见任何脚步声后，赶忙穿过荒地，像往常那样从栅栏的缝隙里挤出来。德莱尼街空无一人。店铺大门紧闭，楼上的窗口亮着灯，斯凯思想象得出一家人共进晚餐或者坐下来观看晚间节目的场景。左手边的自助洗衣店灯火通明，只剩一位上了年纪的妇人正费力地拽出洗衣机里绞成一团的亚麻制品，塞进手拖车的篮筐。

他摸了摸口袋，掏出一套钥匙，紧紧地攥在手心里，然后快步走到街对面，将钥匙插进锁孔。转不动。他的嘴唇不受控制地发抖，于是赶紧默默地告诫自己：别着急，别着急，别着急。他掏出另一套钥匙，这一次钥匙毫不费力地转开了门。他闪进门厅，正打算关上身后的门。

就在这一瞬间，一股原始的恐惧攫住了他。房子轰隆隆地震动。他呆愣地站在那里，屏住呼吸，随后放下心。马里波恩路和埃奇威尔路之间的隧道里大概有地铁列车经过。噪声慢慢地消失，房子重新归于平静。他关好门，一动不动地站在原地，聆听寂静。门厅里弥漫着土豆泥土的芬芳，间或还有一丝淡淡的苹果果香。门厅尽头的门镶嵌着两块不透明的玻璃，朦胧背后大概是花园或后院。他打开手电筒，循着光束穿过门厅，发现门的顶部和底部都插了门闩。看来后院无处藏身。女凶手和她女儿入睡前肯定会查看这些门锁。

他擎着手电筒，照亮楼梯，拾级而上，每迈一步先用脚试探一下，再踏实地踩上去。他在楼梯平台处停了一会儿，再登上第二截短楼梯。她们房间的门在左侧。斯凯思将手电筒调到最亮的挡位，明亮的光圈清楚地映出了一把安全锁。

失望像胆汁一样，呕吐的欲望不断翻涌。他并没有挫败地捶门，只是头顶着门靠了一会儿，尽力压抑恶心。紧接着袭来一股愤怒和自我背叛的情绪。他竟然蠢得没想到门上了锁。他只是参照他们曾经住过的独栋住宅的情形，理所当然地认为只有一扇前门，一把锁。而且，眼前的这把锁并不是耶鲁牌。除非他再偷一套钥匙——但又如何下手呢？——看来只能破门而入。

他原本打算详细地勘察一下这套公寓，搞清楚女凶手的卧室在哪儿，以便动手时能毫不迟疑地冲进她的房间，逃离时不致走错门。现在，这一切成为泡影。他不得不改变计划。不过，还有许多事可以做，还有许多准备可以筹谋。虽然他知道母女俩半夜才回来，却依然蹑手蹑脚，左手微微地遮挡手电筒的光束，竖起耳朵留意任何轻微的声响。他轻轻地推开浴室门，迅速闪到一旁，生怕里面有人似的。浴室顶部的排气窗完全敞开，凉爽、强劲的空气扑面而来，吹得窗帘如波浪般翻滚。窗帘被拉开了，他不敢开手电筒，不过伦敦炫目的天空闪烁着或紫或红的光，映出了燃气热水器的轮廓，淋浴喷头和白色的大浴盆。浴室里没有壁橱，没有浴帘，没有任何供他藏身的地方。

接下来，他花了五分钟上下楼梯，考察阶梯有无声响。第五级和第九级的吱嘎声特别大，切记不能踩上去。其他大部分阶梯一踩上去也嘎吱作响，不过如果紧贴着墙走，声音便能降到最低限度。

最后，他掏出口袋里的另一套钥匙，打开连通店铺的门。一推开门，迎面撞上浓郁的泥土气息，混杂着柠檬和柑橘的气味，呛得他喘不过气。一片漆黑。金属百叶门透不进一丝光亮，即便后间有窗户，想必也用木板封住了。窗帘不可能遮得如此严实。他倚着门，凝视着黑暗，自进门以来这才得以自由地呼吸。即便母女俩提早回来，她们也没有这个房间的钥匙。在这里，他很安全。他壮着胆子打开手电筒，缓缓地扫过店铺，光束照亮土豆和水果的摊位，一张折叠搁板桌，一卷人造草皮，一摞摞待售的盒装番茄、苹果和莴苣，墙边倚着麻袋装的土豆和网兜装的洋葱。后间封闭的窗户下是老式的瓷制水槽；其中一个水龙头不见了，另一个水龙头断断续续地滴水。他险些伸出手拧紧它，幸好忍住了。光束扫过墙边塑料贴面的木制桌子，上面摆着小煤气炉、水壶和茶垢斑斑的茶壶，下面的橙色盒子侧翻在地，里面有两个蓝边马克杯，一个标着“糖”的罐子和一个印着乔治五世国王和玛丽皇后加冕礼的茶叶罐。

他找了个盒子倚住手电筒，然后借着唯一的光束将长长的橡胶雨衣和手套穿戴整齐，扎紧袖口。最后，他抽出帆布背包底部的匕首，靠着货摊后面牢固的木制立柱蹲下，蜷起膝盖，顶着下巴，瘦削的屁股紧贴着坚硬的地板，紧握鞘刀。他心里完全清楚，今晚他不会动手，虽然他也说不出原因，只是模模糊糊地感觉橡胶雨衣和手套能保护他，避免留下痕迹被蒙蒂发现，而且他应该严阵以待，万一奇迹降临，女凶手一个人回来呢？斯凯思坐在黑暗中，数着水龙头不断坠落的水滴，嗅着橡胶雨衣温暖的味道和店铺里的泥土气息，戴着白色手套的双手放在胸前，像牧师那样掌心贴着掌心。

临近午夜时分，她们终于回来了，他听见前门紧闭的声音，紧接着是一阵嘀嘀咕咕的耳语声和嘎嘎吱吱的楼梯响，随后脚步转移到头顶。这栋房子原本并非两户公寓，所以两层之间只隔着托梁和木制地板。她们把木地板踩得咯吱咯吱响，偶尔听着像要裂开一样。每当这时，他的心也跟着怦怦直跳，只能呆呆地盯着天花板，生怕板缝间掉下一只脚。楼上的一举一动都清晰可辨，似乎他的气味和呼吸也能传过去。脚步声很好分辨，步履轻盈一些的是女凶手；女孩个子更高，步伐更自信。紧接着，脚步声分开了，往不同的房间走动。步履轻盈的那个去了房子前面，这么说女凶手住在临街的房间。五分钟后，他听见脚步声横穿天花板，又过了几分钟，卫生间的水箱传来水流声，燃气热水器嗡嗡作响。想必女凶手去了浴室。如果所有方案都行不通，这或许倒是个机会。当务之急要搞清楚，如果家里只有两个女人，她还会不会不嫌麻烦地锁门；如果她俩中有一个在浴室，房间的门是开着还是关着。或许出于本能，她们会关上两道门。倘若，最后，他只能在浴室动手，这些信息都很重要。

十二点半，最后的声音消失了，然而他仍旧坐在原地，坚硬的木制立柱顶着他的脊背。那几麻袋新收的土豆散发出更浓郁的泥土气息。斯凯思屏住呼吸，试图挥散那段记忆，但无济于事。蓦然间，他仿佛又同梅维斯回到东伦敦茫茫的公墓里，站在朱莉墓边的红土堆旁，望着小小的白色棺材慢慢地沉入漆黑的墓穴中。送葬的只有他俩，梅维斯坚持举行一场私人葬礼。他们一向不与人来往，为什么悲伤时慷慨？为什么承受邻居们探究、饱含深意的目光？他们的牧师病了，年轻的替补牧师穿着没擦干净的鞋主持葬礼。梅维斯的目光始终没离开过那双鞋，事后为此抱怨不休，斯凯思劝慰道："不过，葬礼主持得很好，亲爱的，我觉得他悼词念得很好。"

回答他的总是梅维斯越来越常见的固执不满："他应该擦干净鞋。"

斯凯思拉回思绪，重新思量起睡在他头顶的女凶手。几天之内，她将死去。或许他和那个女孩也难逃一死。那一刻似乎尚无足轻重。也许眼下他无法看穿或者理解这种必要性，当那一刻来临时，他也无力阻止悲剧的发生。说不定三人一同赴死是正确的选择，彻底地了结，免除他最后的麻烦。对他而言，监狱比死亡更可怕。此刻，他才意识到迫近死亡的或许是他自己，而不是她，想到这里，他的思绪又飘回过去。他的脑海中闪现一连串明亮、不连贯的画面，如同闪烁的电视荧幕一般。山羊指南针酒馆中花哨的圣诞树透过门缝若隐若现；一缕缕海草紧紧缠绕着码头的墩梁，随着汹涌的绿色海浪沉浮，他踢起潮湿的沙子埋住金色的钱包；米克尔莱特先生的食指和中指间捏着一个骑士，滑过棋盘，推向他；伊莱·沃特金舀出猫食，嘶嘶地呼唤着那窝小猫；朱莉穿着崭新的女童子军制服；马真塔街庭院的苹果树下，朱莉安然地睡在摇篮里；当地一所中学的法语夜校课，二人初次相遇时，梅维斯隔着伤痕累累的课桌瞥了他一眼。他搞不懂他俩为什么选修法语课。既没去过法国，又没有特别想去的意愿。不过，那是一切的开始。后来他们之间发生的故事并没有令他觉得自己可爱；只是，出于某种偶然的奇迹，梅维斯发现了他的可爱之处。

他不时打个盹，然后醒过来，伸展一下酸痛的双腿。终于，天亮之前，他慢慢地站起身，脱掉手套和橡胶雨衣，连同鞘刀一起收进帆布背包。守夜结束，新的一天来临。今晚他不再过来；为了保持新鲜感和警觉，隔天留在卡萨布兰卡旅馆一个晚上显得尤为重要，同时也要保证充足的睡眠。下一次过来是星期四，然后隔一个晚上再来，一直等时机成熟。他乐观地相信不会等待太久。

他极其小心地关好店门，然后蹑手蹑脚地穿过几米长的门厅。还要关前门，不过他不太担心那轻微的咔嗒声会吵醒楼上睡觉的人。即使女凶手醒着，或者睡得不安稳，这么小的声音也很难吵到她。这栋老房子夜里总有神秘的噪声。再说，等她打开灯，走到窗前，他早已溜得没影了。斯凯思关上前门，动身前往贝克街车站等候第一班环线列车。

7

九月二十一日，星期四下午三点左右，菲莉帕挨着卧室敞开的窗户坐在柳条椅里。她和她妈妈刚刚参观完布朗普顿礼拜堂的玛佐利大理石雕塑回来，距离出门上班还有一个小时。她妈妈说要泡些茶。于是，厨房间或传来细微的声响，宛如小动物的争吵，偶尔夹杂清脆的叮当声和轻柔的脚步声，令人异常愉悦。她妈妈卧室的门开着，不过星期四提早打烊，街上静悄悄的。她卧室窗口传来的声响仿佛来自另一个遥远世界的欢呼。天气闷热，惊雷阵阵，半小时前天空逐渐放晴，现在房间里洒满柔和的暮光。

菲莉帕静静地坐着，一动不动，陶醉在一种陌生的喜悦中。甚至房间中的静物乃至空气本身也渲染了斑斓的欢乐。她盯着窗台上的天竺葵。为什么以前从未发现它竟然如此美丽呢？她向来视天竺葵为市政园丁们华而不实的权宜之计，公园的花坛里，政治集会的讲台上，随处可见，作为一种实用的盆栽不必费太多心思就能繁茂地生长。此刻，在菲莉帕眼中它美得出奇。每一朵小花仿佛娇弱的玫瑰花蕾卷曲在毛茸茸的嫩茎顶端，不知不觉却不可避免地向着阳光绽放。粉红色的透明花瓣隐隐透出黄色的条纹，重重叠叠的扇形绿色叶片，浓淡相宜，脉络错综复杂。她脑海中浮现威廉·布莱克的诗句，熟悉又新鲜："一切存在的事物都是神圣的，生命以生命为乐。"甚至她身体的潮涌，如轻柔的涓涓细流，克制地涌动，而不是身体每月一次令人不快的废物代谢。没有什么是不必要的。每个生命都隶属于一个伟大的整体。每次呼吸都是享受快乐。她希望自己知道如何祈祷，她能对某个人说："感谢您赐予我这欢愉的时刻。请帮助我让她幸福起来吧。"她又想起一句熟悉却不知出自何处的话："我们生活，动作，存留，都在乎他。"

这时，前室传来妈妈的呼唤。空气中弥漫着柠檬的清新气息和新沏的中国茶的茶香，床头桌的混凝纸浆托盘里摆着茶壶和那两个特别的茶杯——伍斯特瓷杯和斯塔福德瓷杯。她妈妈笑盈盈地递过一个薄纸裹着的小包："我为你织的。"

菲莉帕接过纸包，抖出一件翻领针织套头衫，浅棕色和浅黄褐色交织，右胸口和后背各巧妙地编织进一块苹果绿色的椭圆，针法花样，每块镶条都呈现不同的纹理，配色协调，样式简洁、大方。菲莉帕立刻套在身上，高兴地大喊："真漂亮！真漂亮！你手真巧，什么时候织的？"

"半夜，在我房间。我想织好以后再给你看。真的很简单。落肩式接两条椭圆的袖子而已。现在穿太热了，等秋天你去剑桥上学时穿正合适。"

“我现在就想穿。我要好好留着它。真好看。大家肯定问我在哪儿买的。我要告诉他们是我妈妈给我织的。”

她们望着彼此，两张脸都洋溢着幸福。“我要告诉他们是我妈妈给我织的。”她自然而然地说出这句话，没有一丝尴尬。菲莉帕想不起过往虚构的生活中她何曾如此简单地吐露过心声。她拽出翻领里的马尾辫，晃晃脑袋，展开双臂，兴奋地转圈。两扇窗户之间的椭圆镜子映出她旋转的模样，一道道金色、浅黄褐色、棕色和亮绿色飞快闪过。她妈妈站在她身后，脸颊依然红彤彤的，明亮的眼睛生机盎然。

一阵刺耳、急促的门铃声打断了她们的兴致。菲莉帕停下来，二人凝视着对方，眼神满是讶异和担忧。自缓刑监督官上次造访后，再没有人按过门铃。她妈妈说：“也许是乔治回来取东西，忘了带钥匙。”

她一边朝门边走，一边说：“你留在这儿。我去开门。”

没等她走下楼梯，门铃又响了。菲莉帕立刻预感到来者不善，她打开门。

“帕尔弗里小姐吗？我是特里·布鲁尔。”

声音透着谨慎，几乎带着歉意。他递过一张名片，大概听见她下楼的声音时便准备好了。她看也没看。这种卡片警察也有。卡片各有名堂：逮捕令，授权书，身份证，许可证，通行证，无外乎在说：“让我进去，我有授权，我很安全，我很正派。”她不需要通过一张卡片弄清楚他要干什么。菲莉帕盯着他的脸。

“你有什么事吗？”

他很年轻，比她大不了多少，浓密的卷发紧贴着前额，心形的脸庞，下巴凹陷，颧骨凸出，湿润的嘴唇轮廓分明，微微噘起，眼睛又大又亮，淡棕色中点缀着绿色。菲莉帕直视着他的眼睛。

“随便聊聊。我是位专栏作家，自由撰稿人，受邀为《号角》杂志写篇专访，讲一讲无期徒刑犯和他们对监外生活的适应情况。没有耸人听闻的东西。你也知道《号角》杂志，他们不喜欢哗众取宠。我追求的是人情味。你怎么找到你妈妈的？分开这么多年后再一起生活有什么感受？她是怎么熬过蹲监狱那段日子的？我想采访你们俩。当然，不会用真名，也不会提达克顿。”

现在不可能当着他的面摔上门，因为对方的一只脚已经插了进来。菲莉帕说：“我不明白你在说什么，我也不想见你。”

“哦，我想你没有别的选择，对吧？我总比十几个记者强。一次采访，独家，我绝不再打扰你们。保证不提你们的住址和姓名。其他人可不肯做这样的让步。这用不着我告诉你吧。”

自称专栏作家或者自由撰稿人显然是谎话。她甚至怀疑对方的记者身份。他很可能只是个实习记者或者供职于《号角》杂志干些杂活儿，视这次采访机会为自己成功的第一步。不过，肯定有人给他通风报信，能这么干的只有一个人。她问：“你怎么知道我们住这儿？”

“我有朋友。”

“尤其是一个叫加布里埃尔·洛玛斯的朋友？”

对方没有回答，但是她立刻知道自己猜对了。他的面部肌肉没受过训练，掩饰不住表情。看来加布里埃尔一定往科尔德科特特勒斯街打过电话，精心挑选了希尔达有可能独自在家的时候。莫里斯能透过电话察觉危险和欺骗，然而愚蠢、无知的希尔达注定沦为受害者。菲莉帕不知道加布里埃尔施了什么伎俩从她嘴里套出了真相，又知道了多少。当然，关于他们的偶遇他肯定撒了谎；即便没有什么必要，他也不可能放过哪怕一个撒谎的机会。接着，他进行了调查。他即将前往剑桥大学攻读历史专业，查明事实时一向注重细节，何况又没有什么难度，能监禁一个女人近十年的案件屈指可数。他只要研究一下一九六八年至一九六九年间的简报便能找到答案。没想到他竟然花了一个星期的时间才搞清楚她妈妈的身份。不过，或许他还谋划着其他重要的事情，这种小背叛根本不值一提。

望着布鲁尔贪婪、逢迎的笑容，她明白加布里埃尔为什么对她感兴趣。奇特、淡漠的神情总能吸引他。不然，一开始加布里埃尔为什么对她上心？他选人就像逛街边小摊挑摆件一样。她曾经有幸目睹加布里埃尔参加派对时随时可能为灯光下的一个回眸、一串连珠妙语或者一次自信的转头而着迷。他选人也像买摆件一样，一旦觉得买了不合算的东西便立刻丢弃。这张脸羞怯的美貌、暗藏的堕落和危险以及虚假的脆弱一定激发了他的兴趣。对方试图装出一副恳求、毫无恶意的模样，但是菲莉帕几乎能嗅出他的兴奋。他穿着考究，却显得别扭。这身衣服想必是他最拿得出手的套装，专门为面试、婚礼、勾引或者勒索预备的。衣服裁剪入时，但是翻领太宽，材质更像是合成纤维，而不是毛料，已经起皱了。奇怪的是加布里埃尔竟然没帮他解决一下衣服的问题。不过，他自我感觉良好，自诩虚伪、讨好的笑容能掩盖这些小瑕疵。

“听着，你最好放我进去。赶紧搞定。不然我还要再来。我不想在这儿讨论，也不想大吵大嚷。毕竟，街上可能有人听见我们说话。我猜，他们以为你妈妈是帕尔弗里夫人吧？最好别露馅。”

她妈妈站在楼梯口，低声说：“让他进来。”

菲莉帕闪到一边，他趁机溜进门。她妈妈站在敞开的公寓门边，布鲁尔挤过去，自信地跨进前室，好像他曾经来过这里一样。二人跟在他身后，肩并肩地站在门口，看着他急切地爬上狭窄、破旧的楼梯，根本不在乎它们的单薄和脆弱！他肆无忌惮地打量房间，犀利的目光仿佛债权人正给她们为数不多的财产估价一样，最后落在亨利·沃尔顿的画上。即便在菲莉帕看来，那幅画眼下也突然变得不得其所，似乎暂时混淆了他。

他竟然站在那里，真可恶。菲莉帕怒火中烧。汹涌的愤怒迸发灵感的火花。

“你等着，”她恨恨地说，“你等着。”

菲莉帕跑进厨房，拖出水槽下壁柜里的工具箱，抓起最大、最重的那把凿子，经过前室时她瞥了布鲁尔一眼，只见对方一脸愚蠢而茫然的惊讶，紧接着走出去，关上门，然后将凿子的刃口捅进门锁与边框间狭窄的缝隙中，不停地撬锁。她没有精力关心房间里发生了什么，全部的力气和注意力都集中在手上。锁撬不开。毕竟最初设计时考虑了如何承受这种暴力。但是房门本身不堪一击。原本装这扇门时根本没打算当前门用，而且它已经服役八十多年了。菲莉帕使劲儿地撬门，喘着粗气，很快伴随咔嚓一声，木门掉落了第一块碎片。大约两分钟后，木门终于开裂，她哼地一用力，木门应声崩开。菲莉帕跨进前室，跟布鲁尔面对面，手里攥着凿子，上气不接下气。她平复了一下，开口道："好了。现在滚出去。如果你敢写一个字，我立刻向《号角》杂志和报业委员会投诉你擅闯民宅，不仅破门而入，还威胁我们不接受采访便将我们的私事公之于众。"

布鲁尔倚着墙，眼睛盯着凿子，声音吓得发抖，哑着嗓子低声说："你这个疯婊子！谁相信你？"

"比相信你的人多。你敢试试吗？请你记住，我养父母是体面人。而你呢？你认为一家声誉良好的报社经得住这种舆论？我妈妈或许得不到同情，但是我不一样。我是个孝顺女儿，出身不好的剑桥大学奖学金获得者，赌上自己的前程帮助她。玛丽·达克顿的女儿说：'她是我的妈妈。'这就是你想要的吧？我有资格得到别人的同情。你真以为有人相信门是我撬的吗？"

"那不是我的凿子！我为什么会带一把凿子过来？"

"是啊，为什么呢，或许除了砸门也没有别的理由？你看好，这是一把非常普通的新凿子，没有任何特殊标记。即便你能证明它不是你的，也请你记住，现在是二对一。想必你知道我妈妈是谁，她做过什么。你觉得一个谎言能噎住她的喉咙？不，不会，如果想毁掉你的职业生涯的话，绝不会。”

他惊呼道：“上帝呀，我相信你做得出来！”

“我是她女儿。如果这招不灵，让你侥幸逃脱，你觉得我能留你快活多久？”

无疑，他这会儿真怕了。菲莉帕嗅得出那种像呕吐物一般的气味。他退到房门边，她握着凿子，指着他的喉咙，步步紧逼。布鲁尔转身拔腿便跑，楼梯传来他慌乱的脚步声。

她妈妈扶着墙，像个盲人似的摸索着走过来。菲莉帕赶忙上前，扶着她走到床边。她俩挨着坐下，肩并肩。她妈妈低声说：“你吓坏他了。”

“是吧，是吗？他们不会刊登什么，他也不敢写什么。至少眼下不会。即便他跟别人说起这件事，他们也得先咨询律师。”

“我们不能离开这儿吗？不用太久，暂时避几天，让他以为我们被吓跑了。我们可以去怀特岛的文特诺。我九岁时随主日学校去过一次。那里有悬崖、沙滩、五颜六色的维多利亚式小房子。他以为我们搬走了，也不会再来了。”

“他不可能再回来。他不敢。他知道我没开玩笑。《号角》杂志更不可能刊登他那些多愁善感的废话。即便他们登了那样一个故事，也不可能表明我俩的身份或者刊出我们的住址。他们要维护自由的良知。追踪你不是他们的主营业务。况且，在他们看来，获释的无期徒刑犯属于受保护的对象。”

菲莉帕没想到她妈妈吓成这样。刚出狱时，她看起来那么坚强，或许当时她什么都不在乎。或许站在运河岸边的薄暮里，望着那个破旧的行李箱终于沉入水中，她才开始面对惨淡的人生。菲莉帕挨近她妈妈，搂住她颤抖的肩膀，紧贴着她的脸颊，拥住她冰冷的身体，轻轻地吻了她。一切顺其自然，轻而易举。她为什么花了这么长时间才明白，爱没有什么可怕。她说："一切都会好起来。不用害怕。我们在一起，没有人能伤害我们。"

"可是，如果他找另一家报纸呢？"

"他不敢，只要还在《号角》杂志工作他就不敢。如果他真这么做的话，我们完全能毁掉他的职业生涯。到时候，你只需要证实我跟他们说的话。如果你害怕也很正常。只要撒个谎就行。"

"我想我不擅长撒谎。"

"我不明白你为什么怕撒谎。说真话对你也没什么好处。不过，你不用撒谎。我说过，他不敢再来。"

"门呢，怎么锁？"

"我明天去买把门闩，晚上先用着，等我装把新锁。没关系，不用担心。他不敢再来，除了这幅画这儿也没有什么值得偷。小偷不会光顾这种地方，它们对亨利·沃尔顿肯定不感兴趣。科尔德科特特勒斯街曾经遭过一次劫。他们喜欢拿容易出手的细软。这里没有别人感兴趣的东西。"

她看见她妈妈不安地搓着两只手。菲莉帕的手指跟她妈妈一样瘦削、细长，指甲韧窄。绞着双手——一种很少用的描述方式，既老一套又不具体；然而事实上很常见，不过"绞"这个字并不适合描述手掌有节奏地彼此按压。那双手似乎正在安抚彼此。她呆呆地盯着前面，显然全然没顾得上互相揉捏的手掌。或许她正回忆光滑的鹅卵石在掌间滚动的感觉，记忆中层层叠叠的海浪一眼望不到边际，斑驳的浪花涌向她赤裸的双脚，碎成泡沫。她眨了眨眼，回到现实，问道："他怎么知道？"

"加布里埃尔·洛玛斯告诉他的。加布里埃尔能察觉出丑闻、秘密和恐惧的蛛丝马迹，那是他的天赋。他根本无法抗拒。我理解这种感受。对他而言太有诱惑力了。就像我和那个孕妇一样。最后，我们想的只是自己。"

"什么孕妇？"

"一个你不认识的人。一个我欺骗的人。一个同样想要这套公寓的人。"

"他似乎不像加布里埃尔·洛玛斯的朋友，完全不同阶层。"

"噢，加布里埃尔是六边形人格。只要其中一面跟他接近便能产生亲密的错觉。别说他了。说不定离开伦敦一阵子是个好主意。文特诺或者其他地方都可以，只是你千万别寄希望于它还是老样子。没有那样的地方了。我们需要一些钱。我银行里还剩一些，但是我们要留点儿为房子到期后做准备。怀特岛不好找工作，至少很难立刻找到，特别是夏季快结束的时候。"

她妈妈转过头，眼巴巴地看着她。

"我保证你会喜欢那里。我们不必离开太久。"

菲莉帕说："你可以换个名字，或许方便些。"

她妈妈摇摇头。

“不，我不能那么做。那是屈服。我必须知道自己是谁。”

菲莉帕站起身。

“我们明天动身，先修门，再换把新锁。不过，我要先回一趟科尔德科特特勒斯街。用不了太久，不超过一个小时。你不会有问题吧？”

她妈妈点点头，努力扯了扯嘴角：“很抱歉，我太蠢了。别担心，我没问题。”

菲莉帕背起挎包，朝门口走。她妈妈突然喊她回来：“罗斯！你不会拿不属于你的东西吧？”

“放心，”她回答，“我只碰他们欠我们的。”

8

菲莉帕打算拿几把银茶匙。那玩意儿体积小、易携带、方便出手，而且价格不菲。莫里斯收藏了一百多把，多半锁在更衣室的壁式保险箱里，剩下的陈列在客厅那个十八世纪的红木橱柜中。橱柜通常锁起来，但是她知道钥匙在保险箱里，同时也知道保险箱的密码。莫里斯偶尔更换陈列的展品，不过紫色天鹅绒上的银茶匙一经摆好，他便甚少再看。菲莉帕从小就喜欢帮他摆这些银茶匙，喜欢它光滑的触感和指尖微妙的平衡感。莫里斯曾经教她辨认上面的印记，拿出盒子里的茶匙，一把把地递给她，让她猜测制作的年代和银器匠的姓名。没错，她应该拿银茶匙。这并不难。如果莫里斯没有重新设置壁式保险箱的密码——她认为这可能性微乎其微，她甚至不必撬锁。橱柜很精致，没必要毁了它。她从未想过把这次偷盗伪造成入室行窃。她需要的数量只要能负担她们母女俩一个月不工作的生活费就够了。莫里斯能猜到是她拿的，有朝一日她会跟他解释为什么这样做。菲莉帕知道哪些稀有，哪些最值钱。即使品相最普通的银茶匙也能在教堂街市集卖三十镑。她只需要拿二十把最值钱的银茶匙便能立刻解决她们的燃眉之急。出手的难度不大，她打算找合适的店铺单独出售。虽然卖不出它们应有的价格，但也不至于少卖。

急于尽快完事，赶紧回到妈妈身边，菲莉帕决心奢侈一把，出了马里波恩车站便叫了一辆出租车，直抵科尔德科特特勒斯街，出于本能的警惕她在拐角处付钱下车，出租车启动的瞬间她忽然觉出此举的可笑和多余。地下室的厨房一片漆黑，她早知如此，今天是星期四，希尔达出庭的日子。菲莉帕屏住呼吸，轻手轻脚地打开门，关好，生怕气味清新的白色门厅有回音似的。她像个陌生人般站在门口，在她看来这幢房子也深知这一点。接着，她踮起脚尖往楼上的卧室走去。正当她的手搭在门把手上，即将转动的那一瞬间，一种本能告诉她房子里肯定有其他人。她猝然停下脚步，缓缓地推开房门。

床上有两个人，莫里斯和一个姑娘，斜倚着，听见脚步声的二人吓呆了。激情的时刻刚刚过去，凌乱的床铺和摊开的浴巾说明了一切，空气中弥漫着如同生面团般的性爱气味。莫里斯只穿着短裤，那姑娘一丝不挂，轻轻地抽泣着，笨拙地爬下床，抓起放在椅子上的衣服。菲莉帕站在门口，看着羞得满脸通红的女孩揪着衣摆尽量遮住下身，难看地撅着屁股摸索床底的鞋，隐约察觉到莫里斯满不在乎的嘲讽目光。菲莉帕知道自己以前见过她，然而一时间又想不起时间、地点。裸体带来的冲击力混淆了感官，矛盾的是它既暴露了身份，也削弱了身份。菲莉帕紧盯着对方的脸，终于想起她是莫里斯的学生，又过了一秒钟才想起她的名字：希拉。希拉·曼宁。十八个月前，她曾来吃过晚餐；当时加布里埃尔也在场。这位客人很尴尬，紧张得口若悬河，时而咄咄逼人，时而愤愤不平，重现了一遍莫里斯最近关于劣势循环的讨论。加布里埃尔一直找她麻烦，插科打诨，时不时转移话题，从马克思主义信条聊到美食和假期这种无聊的小事。虽然菲莉帕觉得这样不太友善，不过男人们多半如此，他们的友善总是留给那些漂亮、成功——最不需要这些的女人。菲莉帕断定他这么做倘若不是故意为难她，就是照搬了幼儿园那套——哪怕最糟糕的晚宴，身为客人他也有责任拯救它摆脱社会灾难的话题。显然，女孩那时候就爱上了莫里斯。她竟然花了十八个月才爬上他的床？

现在，她们面对面，菲莉帕不动声色地闪到一边，让女孩过去。对方搂着一堆衣服遮住胸，在菲莉帕轻蔑的注视下滑落了手里的鞋；满脸通红地弯腰捡时，衣服又掉了一地。菲莉帕注意到对方强壮的身体，跟苍白的脖子和消瘦的面庞不成比例。厚实的乳房如同哺乳期的母亲似的，棕黄的乳晕隆起小山包一样的乳头。这样的乳房他怎么亲得下去呢？菲莉帕得意地想到自己高耸、紧实的乳房，微微凸起的纤巧乳头。她欣赏自己的身材，虽然还不曾了解如何用它寻欢作乐。

菲莉帕走进房间，关上门："我以为你不会自降身价地带她回家，在自己的床上跟她乱搞。"

“你建议我用谁的床更合适呢？别太老套，菲莉帕，非要搞得像二流肥皂剧一样吗？”

“不过，眼下状况确实如此，不是吗？老掉牙的闹剧。”同样地，这次对话也一样，菲莉帕想，如同我们对彼此说的每一句话，矫揉造作。

莫里斯坐在床上，套上衬衫。他竟然不先穿裤子，菲莉帕吃了一惊，光着腿无疑更不堪一击，更荒唐，同时也是卧室闹剧中的保留桥段。白底蓝纹的短裤很短。她曾经数次见希尔达掏出洗衣机里的一大团男式衣物。莫里斯衣着讲究，每日更换。

他说：“看起来或许是老掉牙的闹剧，但是你想没想过万一我喜欢她呢，可能爱她呢？”

“不。你跟我一样。我们都不知道如何去爱。”

菲莉帕一度担心永远学不会，不过现在不必再担心。她看着他穿衣服，心想这种状况不知持续了多久。几个星期，几个月，几年？莫非始于希尔达担任法官？多么绝妙的机会，连续三个月，每个星期的同一天，这栋房子空无一人。来过几个姑娘？每学期一个吗？他们要避人耳目，不能同时回来，不过那并不难。莫里斯可以沿便道穿花园回家，待门铃响起再去开前门。午后的街道静悄悄；即使有人看见女孩，也没有什么大不了。毕竟，他是讲师，有责任辅导学生。她问：“她现在在哪儿？”

“我不知道。我猜，浴室吧。”

“很久了，别淹死喽。不然还得浪费口舌。”

“噢，我倒不认为她能自杀。虽然她缺乏安全感，情绪有些激动，但也不至于自杀。你要是担心最好去看看。”

“那是你的事，我可不管。她很软弱，不是吗？没想到你喜欢她这种类型。她真是你能找的最好的姑娘吗？”

“别小瞧她。”

“冲她那顿晚餐时的论调，不小瞧她还真有点儿难。她关于财产和盗窃的那番话太乏味了。二流的术语，三流的观点。我等她说两句新奇、有趣的见解都等烦了。不怪你沦落到跟她上床，总比听她说话强。”

莫里斯已经穿戴整齐，正把梳妆台上摆着的零碎玩意儿往口袋里装。他说：“说来也奇怪，那顿晚餐后她成了我的情人。真对不起她。跟我在一起总担惊受怕。”

“这也是你娶希尔达的原因吗？”

话一出口，她就后悔。然而，莫里斯只是回答：“不是，因为她为我而难过。”

菲莉帕等他继续解释，可他不再开口。忽然，她想起奥兰多。她从未在莫里斯面前提过他的名字，但是眼下同情迫使她一吐为快。她说：“我忘了奥兰多。我总是忘记。我想大概因为你从未说起过他，从未给我看过他的照片。我也没跟你说过‘我很遗憾他不在了’这样的话。迄今为止，我没感觉特别遗憾。如果他没去世的话，我也不能站在这儿。倘若注定要认识一个孩子的话，我也不可能认识他。但是，你失去了他，比我妈妈失去我更彻底。至少，她知道我活在这世界的某个地方。”

莫里斯没有回答，却停下了正认真整理夹克的双手。菲莉帕看着他的脸。一瞬间，他仿佛筋疲力尽的演员般神情空洞，所有的情绪和台词都消失了。接着，痛苦、悔恨和接受失败的哀伤划过他的面庞，稍纵即逝，短得她险些错过。她曾经见过这种表情。当时的血腥画面现如今仍旧历历在目。轮胎刺耳的刹车声，紧接着是如爆炸般的轰隆声。年轻的摩托车骑手，没戴头盔，躺在牛津街和查令十字路的岔路口。摩托车的车轮在空中空转。诡异的寂静凝结了空气。紧接着传来嘈杂的说话声和哭喊声。一个脸如同猪油一般的女人，胸脯横挂着开襟羊毛衫，愤怒又痛苦地大喊：“他开得太快了！太快了！哦上帝啊，那些该死的摩托车！”

他躺在那里，在众目睽睽之下咽了气，妇人的咒骂是他在这个世界上听见的最后的声音。菲莉帕不由自主地朝他走过去，与他的目光不期而遇。那双眼睛流露的神情恰如她刚才所见——悔恨地接受了一个可怕的事实。事后，她赶快回家，记录下来，这是对创伤的创造性回忆练习。那页已经撕掉了。她时常撕掉这样的练习。她的生活已经够累了，想象与现实之间的边界含糊不清。她宁愿此刻没有想起这件事。眼下是一个胜利的时刻，一个计划和行动的时刻。她不希望思及死亡。

他俩同时察觉希拉·曼宁走进了房间。对方已经穿好衣服，拎着外套和笨重的老式手提包。她略过菲莉帕，径直朝莫里斯说：“你保证过没有危险，你说过没有人在。”

她试图勇敢地维护自己的尊严，然而难免流露出抱怨和责备。菲莉帕觉得她的声音听起来仿佛希尔达抱怨晚归的莫里斯耽误了晚餐似的。他不喜欢别人提醒他这种恼人的小过失。幽默和洒脱倒是能帮她成功地结束这场灾难，可惜她不具备那样的能力。无论她说什么，他们之间的关系都走到了尽头。女孩仿佛初次性体验时被抓包的孩子一样羞耻而笨拙。但凡回想起这个房间、这个时刻、这个男人，女孩只能记起自我厌恶。菲莉帕明白她也是这份羞辱的一部分，她平静地坐在床上，坐在莫里斯身边，掌控的不只是她自己。

她说："对不起。无心之失。"

这话她自己听着都虚伪。她鄙视任何相信她的人，而那个姑娘确实不相信她。

"没关系。你已经做了你想做的事。"

女孩转过身。见她垂下头，菲莉帕不知道她是不是已经开始哭了。莫里斯立刻站起身，走过去，搂着对方的肩膀，轻声说："这对你来说太可怕了。对不起。别担心。你知道，这些都不重要。再过几个星期，你便能一笑置之。"

"这些向来不重要，至少对你而言不重要。我再也不来了。"

或许她以为这种感伤的威胁能煽动他的某种情绪：痛苦、愤怒或者申斥。相反，他仿佛礼数周全的主人般说道："我送你出去。你确定东西带全了？"

她点点头。二人一同走出去，莫里斯的胳膊依然搭着她的肩膀，一分钟后菲莉帕听见前门砰的一声关上。她坐在一片狼藉的床沿等他。莫里斯站在门口，一言不发地打量了她一会儿，然后在房间里踱来踱去。他说："你玩得开心吗？你看起来很高兴。"

"是的，没错。我想这是我生平第一次感觉自己对于其他人而言很重要。"

"必不可少，你是指？对自我意识而言，没有什么比获知幸福是人的天赋更令人兴奋了。那正是幸福婚姻的基础。当然，对方必须能感知幸福，这种能力比人们想象的罕见。你觉得你妈妈是这样的人？"

"大部分时间，是的。"

"我想有时候她不知道自己有没有权利活下去。"

菲莉帕说："她为什么要这样想？世界上杀害孩子的凶手多的是：战争时期的炸弹，贝尔法斯特的流弹，一时不耐烦错踩了油门又或者酗酒的司机和不称职的医生。他们从未质疑过自己是否有权活下去。她已经在监狱熬了近十年的时间。如果其他人有权活下去，她也有。"

"你们平时都做些什么？我猜你一定享受充当保护者的角色吧，令她受益于你的教育。"

她心想："你应该最清楚这一点。你不是很享受对我说教嘛。"而嘴上却说："我们参观画展，我带她逛一逛伦敦。"

"她不是很熟悉伦敦吗？她和达克顿住得离伦敦够近了。"

"我不知道。我们没聊过过去。她不想谈。"

"她倒是很聪明。顺便问一句，你回来干什么？时间选得不是特别合适，我猜是突发的计划吧？”

“我回来拿钱。有报社找到我们。我们得离开一段时间，至少是一阵子。虽然我不认为他们还会再来，但是我妈妈很不安，不愿意住在德莱尼街。我们打算去怀特岛。”

“开始东躲西藏了，她还要拖累你？”

“不是拖累，绝不是。我自愿跟着她走。”

“看在上帝的分上，为什么选怀特岛？”

“我们觉得我们会喜欢那里。她小时候曾经跟什么主日学校去过。”

“那儿有廉价的避难屋。我猜你打算拿保险箱里的东西吧。我放在那儿的东西也只够你渡过索伦特海峡而已。”

“还有其他东西我可以拿去卖。例如银茶匙。我们只要能撑过最初的两个星期就够了，然后我俩可以找工作。虽然已经夏末，应该也不太难。我们什么都能干。”

“那家报社怎么知道你们住在那儿？”

“我们在皇家艺术学院展览遇见了加布里埃尔·洛玛斯。我猜是他怂恿那个人去的。不过，他肯定先给希尔达打了电话，套出我们的住址。那没什么难度，对加布里埃尔而言不难。”

“或许，你早该料到那位爱说漂亮话、道德败坏的保守党人完全干得出这事。算了，至少你知道背叛不是极左分子的特权。”

“我从未想过会是这样。”

“所以，现在你要在敲诈和盗窃之间做出选择。你为什么不卖掉那幅亨利·沃尔顿的画呢？你已经带走了。它是你的。”

“我们喜欢那幅画，要一直带在身边。而且，这是你亏欠我们的。”

“不再欠了。你十八岁，已经成年。我收养你，给了你家、食物、教育、适度的照顾和真心实意的关爱。没有亏欠。我不认为我们之间有什么尚未了结。”

“我考虑的不是我自己，而是我的妈妈。你欠她我的卖身钱。你没必要收养我，可以单纯地抚育我，成为我的法定监护人，提供家和教育，不必把我从她身边永远地抢走。试验一样进行——反正都差不多。你仍旧可以说：‘看看我都做了什么。看看我把这个古怪、执拗、沉默的孩子——这个强奸犯和杀人犯的女儿变成了什么样！’你似乎向来不在意诸如正义或者报应这种抽象的概念，似乎也不真的关心她干了些什么。你也从未看重过刑事审判吧？治安法庭，刑事法庭；不过是一套确保穷人和弱者不要不知天高地厚、打消无产者非分之想的体制。小偷最后蹲了监狱，靠买卖货币发家致富的投资家却荣升上议院。你不是常说嘛，社会分化——你甚至清楚这种社会经济分化是如何形成的——上层坐在皇家纹章下审判，下层成了众矢之的。富人住城堡，穷人守大门，法律决定了他们的高低贵贱，分配了他们的财产。她为什么得不到你们这种人的怜悯？她贫穷、社会地位低下，未受过良好的教育，这些都是你为犯罪申辩的理由。那么，为什么不能宽恕她？”

莫里斯冷静地说：“我不习惯将小偷小摸和谋杀强奸混为一谈。”

“可是你对她一无所知！你不知道她杀害那个孩子的时候承受了怎样的压力。你根本不想知道。你只知道她有你需要的东西——试验材料——那就是我。稀缺的试验材料，不，独一无二。一个专门满足你的需要被抚养长大的孩子，证明了人类是环境的产物。还有附带的好处，有个孩子占据你妻子的时间，方便你跟学生乱搞。难怪你把手伸向我。可是，我妈妈呢？如果一切发生在废除死刑之前，她可能要面临绞刑，刽子手或许能公正些，至少能留些东西给她。而你却要永远地抢走我。原本她出狱后，我们根本不认识对方，甚至永远没机会见面。你有什么权力这样对待我们？现在，你竟敢说你不亏欠她！”

“这是她告诉你的？”

“不是。这是我自己想的。”

莫里斯走到她面前，然而并未坐到她身边，而是居高临下地看着她，生硬地开口：“这就是你过去十年间的感受？试验材料？别急着回答。好好想一想。说实话。你们这一代人盲目地追求坦率，越是能刺伤人的事实，越想弄个明白。当你咽下希尔达精心烹饪的佳肴时，你当真认为自己是个试验动物，正在进食配比精确的蛋白质、维生素和矿物质？”

“希尔达不同，我希望自己能爱她。”

他说：“我敢说我俩都希望自己能爱她。”他补了一句：“她很想你。”

她想大声呼喊：“但是你呢？你想我吗？”然而，说出口的却是：“对不起，我不打算回来。”

“那么，剑桥大学呢？”

“我现在觉得剑桥大学似乎没有我想的那么重要。”

“你打算延期入学，等一年？”

“或许不念了。毕竟我想当小说家。大学教育对于一个作家而言并非必不可少。甚至可能是一种劣势。有许多更好的方式度过未来三年。”

“你是说，跟她一起？”

“是的，”她简单地回答，“跟她一起。”

莫里斯走到窗前，站了一会儿，撩起窗帘，俯视街道。菲莉帕不禁好奇，他想看什么？他希望从对面排屋油漆锃亮的大门，格调优雅的扇形窗，黄铜框架的花盆和窗槛花箱中获得什么启示呢？过了一会儿，他转过身，徘徊在两扇高窗间，眼睛紧盯着地面。他们俩谁也没有说话。然后，他说：“有些事我必须告诉你。不，这么说不严谨。我无须告诉你。今天下午之前，我并没有这个打算。但是，现在是时候让你不要再生活在幻想的世界中，让你面对现实。”

菲莉帕心想：“他假装出一副勉为其难的关切模样，然而内心却兴奋难耐，充满胜利的喜悦。”这种兴奋感染了她，她甚至莫名萌生出一股恐惧。不过，那种感觉很快消失了。现在，无论他说什么、做什么都无法伤害她和她妈妈。她的视线随着他谨慎的步伐移动。此前，她从未如此细致地观察过他的外形，他的每一次呼吸，头和手的每一根骨头，肌肉的每一次收缩；他们之间的空气随着他的心跳咚咚作响。紧张的意识令她预感到她即将获知某些她闻所未闻的事实，某些她无法自圆其说的事实。如果他想伤害她，也与希拉·曼宁无关。他根本不在意刚才丢脸的场面！改变他的是她对奥兰多离世脱口而出的同情。这一刻关系到她和他，也关系到奥兰多。菲莉帕等着莫里斯开口。即便他想装出一副尴尬、不情愿的样子，她也不会先说话。

他说："你一直以为希尔达和我收养你是在谋杀事件发生后，你妈妈被判无期徒刑，不得不放弃你，她别无选择。我原以为你们一起生活后，她或许能告诉你真相。显然，她什么也没说。你的收养令早在朱莉·斯凯思遇害两个星期前便通过了审查，而在那之前你已经寄养在我们家长达六个月的时间。事实很简单：你妈妈放弃了你，因为她不想要你。"

菲莉帕希望他能停下没完没了的缓慢踱步，走过来，坐在她身边，看着她的脸，做些什么，但是别碰她。然而，他只瞥了她一眼，狡猾、诡秘的一瞥转瞬即逝，她甚至怀疑那贼眉鼠眼的短暂一瞥是否出于她的想象。有什么东西，或许是一粒灰尘，刺痛了他的左眼。莫里斯掏出夹克口袋里的手帕擦了擦，站在那里眨了眨眼睛，随后又开始缓慢地徘徊。他说："我不知道最初哪里出了问题。结婚时她已经怀孕了，大概是这样。我听说熬过艰难的孕期之后，她又经历了漫长而痛苦的生产过程。这正是虐待儿童的鉴识指标之一。总之，母婴之间缺乏情感联系。我猜你也不好带。难以喂养，不听话，哭个不停。最初的两年，她晚上几乎无法入睡。”

莫里斯顿了一下，然而菲莉帕什么也没说。他的声音冷静、自制，仿佛一次已经在学生面前重复过许多遍、早已烂熟于心的学术演讲。他继续说：“情况并没有好转。哭叫的婴儿长成讨人嫌的孩子。你们俩的脾气都很暴躁，当然，你还小，只能造成她的心理创伤。不幸的是，她带给你的伤害更大。有一天，她朝你拳打脚踢，揍得你鼻青脸肿。事后，她很害怕，认定自己不适合当妈妈，于是她重回工作岗位，让你跟寄养父母住在一起。我猜那是一种周托，周末接你回家。她每星期陪你两天。”

菲莉帕低声说：“我记得。我记得梅阿姨。”

“毫无疑问，你曾经接连有过许多所谓的阿姨，她们的适合程度不同，责任感也不同。一九六八年六月的某天，她们中的一个带你去了彭宁顿；原本是带你去玩，乡村一日游。当时，那里的房子还没卖掉，你的那位阿姨到彭宁顿探望在那儿当糕点师的姐姐。当然，她现在已经退休了。所有的老佣人都不在了。那时候，我要赶在房子拍卖前整理海伦娜的遗物，希尔达和我就是在那儿的花园遇见了你和你的寄养父母。希尔达跟她聊了起来。我猜，那时候她刚好跟房子里的某个人换班。我们就这样得知了你。她叫贝多斯，格拉迪斯·贝多斯夫人。她说她不想再照顾你了，你不好带，但是她又不忍心送你回你父母身边。她不是很聪明，甚至不喜欢你，但是她很有责任感。”

“那之后我再也忘不掉你。一想起来就莫名烦躁，我宁愿自己从没听说过你，但又始终无法忘掉。我不想扯上关系，所以不停地告诫自己你与我无关。当时我甚至没考虑过收养孩子。希尔达曾经提及过这种可能性，但是我没兴趣。显然，我不需要物色孩子。我对自己说了解一下你发生了什么也没有坏处。于是，我们通过贝多斯夫人的姐姐很快找到了她。她告诉我们你已经彻底回到了父母身边。我几乎就此罢手。但是，当时我刚好在附近；心想拜访一下也没什么害处。我甚至懒得为这次登门编造一个借口，一点都不像我的做派。通常，我不会毫无准备地贸然行事。那时已是傍晚，你妈妈刚下班回家。你不在家。两天前，你被伊尔福德的乔治五世国王医院收治，怀疑颅骨骨折。那是你妈妈最后一次对你发脾气，也是最危险的一次。”

她傲慢的双唇吐出一句话：“所以，那孩子不记得八岁之前发生过什么？”

“失忆一方面是因为那次受伤，另一面，我猜是情绪失控导致大脑自动回避想起难以忍受的经历。希尔达和我从未想过治好它。为什么要治呢？”

“后来呢，发生了什么？”

“你的父母同意你出院后由我俩代为抚养，如果一切顺利的话，由我们收养你。没有人会检举。院方显然接受了你妈妈的解释，她声称你滚下楼梯一头撞上底层的栏杆支柱。那是在玛丽亚·科尔韦尔案之前，政府不如现在这般重视故意虐待的现象。不过，她跟我讲了实话，讲述了七月那个晚上发生的一切。我想她很高兴能有人陪她聊聊，向一个陌生人倾吐苦水。你出院后直接搬到我们家，六个月后我们收养了你。收养获得了你父母的同意，我可以这么说，毫无勉强之意。这就是你的妈妈，而你现在准备为她放弃剑桥大学，跟着她东躲西藏不知要到什么时候。当然，斯凯思谋杀案是另一回事。毕竟，她没有杀了你，虽然我觉得也快了。”

菲莉帕并没有大喊大叫地痛斥他说谎，反驳这一切都不是真的。莫里斯向来只在重大问题上说谎，前提是他确信谎言不会被戳穿。这件事对他而言无关紧要，而且很容易证实。但是，她不打算核实真伪。她知道事实如此。她只希望自己别再这样发冷。她的脸、她的四肢和她的手指冰冷彻骨。他应该看见她正瑟瑟发抖。为什么不从希尔达的床上拿条毯子裹住她？她的嘴唇甚至冷得发胀，如同注射了麻药一般僵硬、麻木。她吃力地吐出几个含糊不清的字：“为什么之前不告诉我？”

“我愿意相信那是因为我不想伤害你。或许是这样吧。揭穿残酷的事实需要勇气。我的勇气寥寥无几。我确实试图提醒你，劝你了解真相，读一读审判的新闻报道。这样你便能获知案发日期。你已经知道自己的收养日期。而且，报道从未提过孩子，这或许也会令你感觉奇怪。但是，当时你根本不想知道真相，也不愿意跟我们聊；你似乎已经决定执迷不悟。不可思议的是面对这么重要的事情，像你这样一个向来依赖自己智慧、看重自己头脑的人竟然不动动脑子。”

菲莉帕想大声呼喊：“我还有什么可依赖的？我还有什么可选

择的？”但是，她只说了一句：“谢谢你现在告诉我。”

“它不需要任何改变。这无关紧要。毕竟，你不在乎品行、社会责任或者养育之恩。如果你只关心血缘关系的话，那么你现在至少返本还原了。但是，我养育了你十年，或许我无权要求你什么，不过，至少我有权对你的未来发表看法。我不允许你轻易地放弃剑桥大学。为期三年的学习机会一旦错过就覆水难收，你现在不觉得，因为你还年轻，根本意识不到它的重要性。”

他冷冰冰地说：“另外，我有权维护自己乔治王朝时代的银器。如果你要给她钱，那就卖掉亨利·沃尔顿的画。”

谈话结束后，她仿佛用人般低声下气地说：“我走之前，你还有什么话要对我说吗？”

“只有一件事，如果你愿意的话，这里依旧是你的家，是你的归宿。收养令能够证明这一点。如果那张法律权利转让证明缺乏血脉的情感负载，难道你原生家庭沾染的血还不够吗？”

菲莉帕走到门口，转过身，看着他，问道：“可是，你为什么那么做？为什么是我？”

“我告诉过你。我没有办法忘掉你，担心你遭遇不幸，我痛恨糟蹋。”

“但是，你肯定期待过什么吧：感激、消遣、乐趣、施恩的满足，晚年的陪伴，诸如此类的小事？”

“当时似乎并没有这么想过，不过我想我的确有所求。我的诉求向来狂妄。或许我期待的是爱吧。”

三分钟后，莫里斯站在窗口看着菲莉帕离去。她仿佛变了个人，失去了往日的神采和自若的步履。或许佝偻的腰背令她宛若矮小的老妇人，又或者匆忙冲出前门的脚步令她如同鬼祟的不速之客。街道尽头，菲莉帕突然跑起来，掠过人行道冲向一辆出租车。莫里斯倒吸一口凉气，心猛地一沉。待他鼓起勇气再次睁开眼睛，她安然无恙。即便相隔这么远，他依然能听见刺耳的刹车声和破口的谩骂。接着，她头也不回地踉跄着跑远。

莫里斯并不后悔自己说出了一切，也没有特别担心她。她熬过了最初的七年，同样也熬得过这次考验。毕竟，她立志成为作家。他记不得谁曾经说过，艺术家应该自幼年起承受尽可能多的创伤而不屈服。她不会屈服。任何人屈服，她也不会。保护她那颗坚强心脏的铁丝网终将挂满破碎的衣衫和撕裂的皮肉。尽管如此，焦虑依然不断地涌现，令人恼火，难以名状，正如他所有的焦虑一样，它与愧疚息息相关。他不知道她要跟她妈妈说些什么。无论她们之间有着怎样的血缘关系，他觉得她对她妈妈的爱在任何意义下都不是他所理解的那种无私奉献。毕竟，她们只在一起生活了五个星期。而她却跟他和希尔达共同生活了十年，显然，她不曾因为爱与被爱而困扰。他想象不出如果刚才坐在床上，带着激情过后的疲乏，向她吐露关于希拉·曼宁的部分事实，她会说些什么，看起来又是什么样子呢。

“我跟她苟合是出于自负、无聊、好奇、性幻想、怜悯，或许还出于爱。然而，她只是替代品。她们都是替代品。当她躺在我怀里时，我想象她是你。”

莫里斯见床单皱了，赶忙伸手抚平。希尔达这种偏执的家庭主妇肯定能注意到这样的细节。接着，他走进浴室查看是否有希拉遗留的蛛丝马迹。他倒不担心卧室残留了她的香水味。早在他第一次带她回科尔德科特特勒斯街时便提醒过她不要喷香水。当时她回答：“我向来不用香水。”

他想起当时她一脸尴尬和伤痛，他不应该注意这些。他的提醒暗示了某种风险评估，或许出于此前曾有过的尴尬和暴露，贬损了她眼中的爱情，将他们第一次共度的时光变成了庸俗、肮脏的私通。事实并非如此，但是对他而言又没有太多不同。莫里斯不明白自己为何沉溺于这种狭隘的欲望。无聊？男性更年期的倦怠？弥补不育症的缺憾？彰显自己的男子气概，证明自己仍能吸引年轻女性？又或者，追求他早知无望的失落爱情？

莫里斯身心俱疲。他需要放松一下，于是取了一只玻璃杯和一瓶尼尔施泰因白葡萄酒，提着冰桶，走进花园坐下。空气如湿透的毛毯般沉重、压抑，他似乎能闻见远处闷雷的金属味。他希望炸雷能撕裂毛毯，大雨倾盆而下，他仰起脸，感受冰凉的雨水浸透他的皮肤。希尔达为什么这么晚还没回家，他忽然想起早餐时她说过晚些时候要去牛津街买东西。他猜今晚他们得吃冷餐对付一顿了。

希拉·曼宁的事并未令他沮丧。两个星期后，希尔达即将告别青少年法庭的法官席，他原打算以此为借口结束这段风流韵事。今晚的尴尬一幕救了他，不必再经受旷日持久的感情折磨，不必再忍受欲望消逝后的诉求和责难。这些唤起他怜悯心的女人最大的问题在于她们难以摆脱。他羡慕某些同事的艳福，总能与洒脱、老练、淫荡的小妞们打交道，她们追求的不过是短暂的快乐和偶尔的佳肴款待。

莫里斯寻思着应该告诉希尔达菲莉帕回来过。他打算实话实说，当然不包括希拉·曼宁那部分。他相信菲莉帕不会跟希尔达提这件事，即便说了莫里斯也没那么在乎。菲莉帕即将回家的消息将令希尔达开心不已。生活将一如既往地过下去。他想这就是他想要的。莫里斯闭上眼睛，抛开内疚和烦恼，放空思绪。沉浸在平静的瞬间里，美酒和玫瑰的芬芳带他再度回到十年前，六月的某天，他穿过彭宁顿高大的树篱，走进巨大的圆形玫瑰园。那是他第一次见到菲莉帕。

9

莫里斯从未见过像她那样的孩子。她一动不动地站着，同那个身材走样、不停抱怨炎热天气的丑陋女监护人拉开些许距离；弯弯的眉毛下，一双明亮的绿色眼眸严肃地注视着他。午后柔和的阳光透过树篱投下斑驳的树影，二人仿若隔水相望。玉米穗似的金色发辫绕过她的额头，成熟的十六世纪文艺复兴时期发髻同她孩子气的身材形成鲜明的比照。他猜她大概七岁。她身穿一条苏格兰式短裙，考虑到眼下的天气未免有些厚实，裙摆几乎垂到小腿，身侧别着一根巨大的安全别针。两条苍白的胳膊覆了层毛茸茸的细毛，沐浴着阳光闪闪发光，单薄的衬衫紧贴着她如同小鸟般瘦骨嶙峋的胸膛，粉嫩的乳头隐约可见。

希尔达同那个女人攀谈起来，得知她名叫格拉迪斯·贝多斯，来彭宁顿探望她的姐姐。这边，他也跟那个孩子聊了起来："你在这儿不无聊吗？你喜欢做什么？"

"您有书吗？"

“图书馆有很多。你想看吗？”

她点点头，于是二人穿过草坪，两个女人尾随其后。女孩走在他旁边，保持着距离，双手拘谨地合拢，置于身前，姿态丝毫看不出孩子气。身后几码远，贝多斯夫人似乎正朝希尔达大吐苦水，那种女人大多如此。沉默寡言、不善交际的希尔达很容易赢得信任，或者换句话说，缺乏自信和冷酷的她不知道如何拒绝。每个星期两天，每当钟点工来干活儿时，无论莫里斯什么时候进厨房，总能看见两个女人坐在一起喝咖啡，希尔达温顺地垂着头倾听对方滔滔不绝地发泄对家务的不满。诉苦声伴着玫瑰的芳香传入他们的耳朵。

“他们也没付多少钱。我整天都要照看她，有时候夜里也要看着。她是个磨娘精。永远别奢望她能跟你说声‘谢谢’。别提那个脾气了！动不动就大喊大叫。做了噩梦叫得更厉害。怪不得她妈妈受不了她。长得也不好看，你说是吧？怪模怪样的。不过，告诉你她可聪明啦。成天埋头看书。噢，还特别犟！总有一天会害了自己。”

莫里斯瞥了那孩子一眼。她肯定听见了。怎么可能听不见呢？但是，她毫无表示，保持僧侣般的庄严，像个小大人似的走着，环握的双手仿佛捧着什么珍宝。

那个女人说得对。她不是个漂亮孩子。但是，精致的面部轮廓和绿色的眼眸预示着异乎寻常的美。她聪明、勇敢、骄傲。这些都是他欣赏的品质。这孩子未来一定有所作为。他想告诉她：“我不觉得你相貌平平。我喜欢聪明的孩子。千万不要为自己的聪明而羞愧。”然而，他又看了一眼她那张板着的脸，什么也没说。怜悯对于这个骄傲、固执的孩子而言是一种冒犯。

彭宁顿南面静谧的广阔橘园，一眼望不到边际，金黄色的光芒令他目眩神迷。他和海伦娜第一次造访彭宁顿时见识过这样的景致。当时也是盛夏；不同的是那时他正沐浴爱河，醉心于玫瑰和紫罗兰的芬芳，回味着途中野餐时饮过的美酒，沉湎于幸福和无限的青睐。他俩携手返回彭宁顿，通知她父亲他们要结婚了。此刻，脚下是同一片草坪，那孩子的身影仿若幽灵般跟着他。回首往事，他几乎已能心平气和，怀着同情和轻蔑看着那个好骗的可怜傻瓜在那个逝去的夏季里嬉闹，现在看来，那个夏季似乎囊括了所有的甜蜜和美好，那颗重生的心充盈着骄傲。莫里斯和那个孩子一起穿过草坪，怀揣各自的痛苦。

走出太阳的暴晒，图书馆显得阴凉、清爽。图书已经先一步售出，管理员和用人们正忙着核对、打包书目。由于一位贵族背弃了自己的责任，这座宅邸不再隶属于一个家族——遵循长子继承制代代相传，而是自贬身价沦为制度化建筑，他本该为此欢呼。然而，当他仰望精心粉饰的天花板，环顾书架上华丽的格林林·吉本斯雕刻品，内心却浮现一股淡淡的忧郁。如果这个房间属于他，他永远都不会放手。

孩子站在他身旁，二人一言不发地看着。然后，他领着她，穿过房间，走向堆着海伦娜个人藏书的海图桌。

他问："你几岁了？认字吗？"

她的回答斥责了他：“八岁。我不到四岁就认字了。”

“那么，我们看看你读得怎么样。”

他挑了本莎士比亚的书，翻开，递给她。当时，他仿佛一个漫无目的的学究。那天下午天气炎热，他有些无聊，那孩子勾起了他的好奇心。她艰难地捧着书，读了起来。那是《约翰王》[1]中的一段。

“若是愁苦能填补我的儿子的空缺，

睡在他的床上，和我走来走去，

露出一副他的可爱的样子，重复着他所说过的话，

使我想起他的一切优点，

以他的形体填起了他所遗下的服装。”

她一字不差地读完了台词。当然，她的朗读缺乏无韵诗的抑扬顿挫。但是，她知道那是一首诗，孩子气的声音格外认真，平铺直叙地朗读着不熟悉的字眼。这更令人感觉心酸。泪水刺痛了他的双眼，这是他得知奥兰多不是自己的亲生儿子后第一次热泪盈眶。

故事由此展开。在他看来，他生活中的两次转折都与回忆奥兰多有千丝万缕的联系：第一次，希尔达同情的泪水令他怦然心动；第二次，菲莉帕清澈的嗓音让他热泪盈眶；同时，那也是他生命中仅有的忘却自我的时刻。一次促使他再婚；另一次促成他收养菲莉

1 莎士比亚所著的历史剧，描绘了12、13世纪之交的英王约翰王的一生。

帕。他并未询问自己她们现在是不是令他大失所望。他不清楚自己期望些什么。或者正是无欲无求成就了那纯粹的时刻，使之接近所谓的善良。他几乎已经忘却丧恸的痛苦，现在又隐隐浮现：奥兰多的夭折和永远无法生育的孩子；彭宁顿七零八落的图书馆；十年前某个逝去六月里的一天，穿着可笑裙子的孩子同他一起穿过洒满阳光的草坪；淡淡的忧思笼罩了他。

10

菲莉帕完全不记得自己如何从科尔德科特特勒斯街回到了德莱尼街，大脑一片空白，身体仿佛遵照某种程式化的指令行动。后来，她只记得一幕：奔跑在维多利亚街，追逐公共汽车，抓住光滑的栏杆，忽然惊慌失措，接着站在尾部车门处的一位乘客猛拉了她一下，把她拽上车。德莱尼街静悄悄。昏黄的街灯下，绵绵细雨如银丝般闪着寒光，瞎乞丐酒馆的彩绘玻璃映出五颜六色的光。菲莉帕拧开耶鲁锁，轻轻地关上前门，没有开灯，平静地爬上楼梯。黑暗中，她推开公寓的房门，锋利的木头碎片刺痛她的手掌。空气中弥漫着浓郁的醋酸味，想必她妈妈正在厨房调制沙拉酱，准备晚餐，听见她的动静，高声唤她。记得上次从赛文金丝返回科尔德科特特勒斯街时，迎接她的也是这股味道，两个时刻彼此重合，往日的伤痛加剧了新伤。她妈妈的声音洋溢着幸福和热情。或许她已经消化了恐慌。或许她已经认定她们根本无须搬家。她走进厨房。她妈妈转过身，笑意盈盈地迎接她。接着，笑容渐渐消失，菲莉帕盯着这张跟自己如此不同又如此相像的脸，看着它慢慢地失去血色。她妈妈低声说："怎么了？发生了什么？出什么事了，菲莉帕？"

她说："你为什么不叫我罗斯？刚刚你还叫我罗斯。罗斯是我受洗时你给我取的名字啊。你差点儿杀了我的时候，我是罗斯。你决定抛弃我的时候，我是罗斯。你把我送给别人收养时，我是罗斯。"

片刻的寂静之后，她妈妈摸索着跌进椅子。她说："我以为你知道。你第一次到梅尔库姆农场时，我问过你知不知道自己是怎么被收养的。你说你知道。"

"我以为你问的是我知不知道那起谋杀案。我以为你在提醒我你不得不放弃我的原因。你肯定清楚我在想什么。"

"后来我给你看了犯罪记述，里面记载了她的死亡时间和我的判决日期。即便那时，你也没问任何问题。"

"我根本没注意什么日期和时间。我关注的只是你！"

她妈妈没理会菲莉帕，继续说："后来，因为我在这里过得很开心，所以什么也没提。我安慰自己，过去的一切跟我们无关，那只是另一个故事中另外的两个人。我想，或许我可以放纵自己两个月，无论以后发生什么，至少我能留下值得回忆的经历。但是，我打算告诉你，最终肯定跟你坦白一切。"

"等到你确信我已经习惯有妈妈的时候？等到我舍不得让你走的时候？噢，天哪，你可真聪明！莫里斯提醒过我，你很聪明。至少我了解了一件关于我自己的事，明白了我的心计源自何处。我爸爸呢？他也恨我吗？或者他太无能，阻止不了你，太懦弱，只能强奸孩子？你究竟对他做了什么，逼得他只能通过这种方式证明自己的男子气概？”

她妈妈抬起头，看着她欲言又止，仿佛有什么事需要解释又解释得清一样。

“你千万别怪你爸爸。他想留下你，我劝他放你走。因为我觉得那样对你更有利，事实确实如此。如果你跟我们在一起，现在又是什么下场呢？”

“我就那么讨人厌，那么麻烦吗？你就不能再忍耐一下？噢，天哪，我何苦找你！”

“我确实试过。我想爱你，也想你爱我。但是，你根本没反应，整天哭个不停，怎么都哄不好。你甚至不要我喂你。”

菲莉帕大喊道：“你是说我抗拒你吗？”

“不是，只不过在我看来似乎是这样。”

“怎么可能？我只是个婴儿。我别无选择。为了活下去，我也得爱你。”

她妈妈的语气透着菲莉帕无法忍受的谦卑：“你希望我现在离开吗？”

“不，我走。我再找个地方。对我而言容易一些。我不必非得回科尔德科特特勒斯街。我在伦敦有很多朋友。你可以留在这里，住到租约期满，方便你找住处。我再找人来取那幅画。其余的东西都归你。”

她听见她妈妈的声音，轻得难以捕捉："我对你的伤害比那个孩子的死更难以原谅吗？"

菲莉帕没回答。她抓起挎包，朝门口走去。忽然，她转过身，最后一次对她妈妈说："我不想再见到你。我情愿他们十年前就绞死你，情愿你已经死了。"

11

菲莉帕强忍哭泣，待跑出德莱尼街才放声恸哭，痛苦地尖叫。她披头散发地在雨中狂奔，任由挎包撞击胯骨，本能地拐向里森树林，寻找运河牵道黑暗的僻静处。然而，牵道的大门早已关闭。虽然明知无济于事，菲莉帕仍旧挥舞拳头猛砸了一阵。泪水混合雨水打湿她的脸。她谁也看不见，也不关心自己在哪儿，往哪儿跑，只是痛苦地哀号。突然，一阵刀绞般的抽痛迫使她弯下腰，仿佛即将溺水般大口地喘气。她紧紧地抓着近旁的栏杆，捱到剧痛消失。栏杆另一侧高树林立，即便隔着雨幕仍能嗅到运河的气息。她忍住抽泣，倾听着。黑夜里暗藏着许多细小的神秘声音。接着，不知何处传来一声嚎叫，陌生而诡异，比她的恸哭更凄厉瘆人，以痛苦回应痛苦。那是某种动物的嚎叫；她想必距离摄政公园不远。

现在，她平静多了，涟涟的泪水如同一弯小溪缓缓流淌。她趁着黑夜前行。城市灯火通明，如涓涓血流。炫目的车前灯和鲜红的交通信号灯投下血红的光影。细密密的雨如同一道水幕，淋湿她的衣服，沾湿她的嘴唇，好似海水般咸涩，打湿的头发紧贴着她的脸颊和眼睛。

菲莉帕觉得，眼下她的心绪仿佛一座漆黑、沸腾的地牢，各种念头互相倾轧，彼此纠缠，争夺仅有的空气。混乱思绪中回荡着一个孩子微弱、痛苦的悲戚。那并不是超市中时常上演的耍脾气似的哭闹；那种夹杂着恐惧和痛苦的哀号也无法用一袋糖果安慰。菲莉帕告诉自己千万不要惊慌，惊慌意味着失去理智。她必须理清头绪，遏制混乱。但是，首先，她得先止住那可怕的哭泣。她举起双手，掐住脖子，用力地扼住喉咙，让那个孩子安静下来，当她松开手时，哭声停止了。

她们共度的几个星期里从未提及那个死去的孩子，也未提及孩子的父母。他们有多在意那个孩子？又伤心了多久呢？或许他们现在又有了孩子，而那个逝去已久的受害者仅仅成为一段近乎忘却的痛苦记忆。愁苦填补我的孩子的空缺。那个孩子死了。对她而言，这个事实远不如她妈妈有没有把厨房收拾干净重要。她妈妈曾杀过一个孩子，把她的小手紧紧地夹在婴儿车上，越拖越快，直至她跌倒在转动的车轮下。然而，另一个地方，另一个孩子。她也曾杀过那孩子的爸爸。他沐浴着夏日的阳光，如天神般美丽，穿过草坪走进他们相会的彭宁顿玫瑰花园。如今他也死了，被她埋葬在树林潮湿的积叶中。但是，那是别人的父亲。她的父亲躺在监狱院子某个无名冢下。还是说，他们只那么掩埋行刑的谋杀犯？命丧监狱的重罪犯的尸体又如何处置呢？会不会趁夜色悄悄地运走，薄棺收殓，送进附近的火葬场，没有任何悼词，推进熊熊燃烧的焚尸炉烧光？骨灰怎么处理呢？收集起来的骨灰残渣肯定埋在了什么地方。她从未想过追问，她妈妈也从未提起。巴特诺菲尔不见了，不过终将见到他，因为他仿佛是我很久之前的某段记忆，很久，很久以前。

突然，她面前闪耀着沃里克大街地铁站的标志。宽阔的马路沿流动的灯光蜿蜒，两侧是意大利风格的房屋和灰泥粉饰的别墅。她沿着空无一人的人行道停停跑跑，前花园的灌木丛探出院墙，落英缤纷，湿漉漉的白色花瓣和落叶如阵阵细雨飘落在她的头发上。终于走到了运河，她在横跨分水道的精巧铁桥上驻足。一座座十九世纪的高杆灯沿铁桥而立，投下一缕缕颤动的光线照亮运河港地，郁郁葱葱的小岛，泊在运河坝旁的彩绘长艇和树影幢幢的漆黑水面。灯光最亮处，梧桐树仿佛燃烧着摇曳的绿色火焰，雨水从她脚下一艘长艇的棚顶倾泻而下，插在艳丽搪瓷罐里的紫菀随着风雨飘摇。

她身后，湍急的车流嗖嗖地驶过，冲过排水沟，溅起的水花扑向大桥。目光所及之处空无一人，运河两旁的林荫道也不见人烟。阳台窗户洒落的灯光照亮了梧桐树，为滞缓的水面铺了一条歪扭的光路。

她依然穿着她妈妈给她织的那件套头毛衣。浸透雨水的毛衣，沉甸甸的，冰凉的高领紧紧箍住她的脖子。她抬起胳膊，举过头顶，扒下衣服，甩出去，衣服轻轻地砸在护墙上，然后掉进运河。有那么一分钟，它漂在灯光照耀下的河面，如薄纱一般脆弱、透明。两条袖子伸展着，如同一个溺水的孩子。接着，它慢慢地飘浮出光圈，几乎无法察觉，缓缓地下沉，只剩下消失的影像残留在她的想象中。

脱掉套头毛衣，她感到一种身体上的解脱。这会儿，她只穿着一条裤子和一件薄薄的棉布衬衫。雨水淋湿了衬衫，紧贴着皮肤。她无拘无束地继续行进，穿过韦斯特韦的混凝土拱桥，朝南面的肯辛顿走。她没有时间概念，也全无方向感，只知道不停地走。不知何时，倾盆大雨变成毛毛细雨，淅沥沥地滴落，当她远离嘈杂的公路，走进安静的广场时，雨终于停了。

终于，她走到筋疲力尽。疲劳突如其来，仿佛沉重的打击令她的双腿摇摇欲坠，她跌跌撞撞地走到旁边的人行道，紧抓着广场花园的一排铁栏杆。疲惫击垮了她的身体，解放了她的头脑；思绪再次恢复连贯、清晰、理性。她头抵着铁栏杆，感受着如同炙热烙铁般的栏杆留在她额头上的印记。栏杆后的水蜡树树篱刺痛了她的脸颊，树叶浓郁的青涩气息充盈了她的鼻腔。疲惫的浪潮席卷她的全身，留下些许近乎愉悦的倦怠。

意识悄悄地溜走。突然，一声高亢的尖叫猛地将她惊醒。静谧的夜晚突然被凌乱的脚步声和嘈杂的喧闹声惊扰。远处的角落，一群年轻人涌入广场，互相推搡，踉踉跄跄地穿过马路，走向花园。他们显然喝醉了。其中两个人勾肩搭背，声嘶力竭地吼着一首悲伤又不怎么悦耳的歌。其他人则伴以断断续续的儿歌，毫无意义的口号或者嘶哑刺耳的部族战斗呐喊。菲莉帕生怕对方看见她，她的挎包和她自己显然很容易成为猎物，于是她紧靠着栏杆。那伙人没有明确的目的或方向。但愿他们能蹒跚着折回马路，千万别看见她。

然而，叫嚷声越来越响。他们朝她走来。其中一个家伙抛起一卷卫生纸。纸卷飞越栏杆，掉进花园，险些砸中她的脑袋。散开的卫生纸仿佛一道白光乘着夜风飘浮、旋转，最后挂在灌木丛中，好似一张轻盈的蜘蛛网。他们继续往这边走，隔着水蜡树能看见他们的脑袋摇来摆去。她紧挨着栏杆，赶紧向后撤，但是她一动，对方反而注意到她。他们大吼一声，齐声欢呼。

她拔腿就跑，然而对方紧随其后，比她预料的更有方向感，似乎醉得也没她想的那么厉害。恐惧战胜了疲惫，她飞快地穿过宽阔的街道，钻进一条尽是高大破屋的小巷。她听见自己在人行道狂奔的脚步声，余光瞥见一闪而过的栏杆，感觉心脏怦怦狂跳，但是她知道自己坚持不了多久。对方依然穷追不深，不过叫嚷声小多了，显然是想节省气力。左前方突然出现一个岔路口，她急忙拐进去，看见栅栏之间有扇门敞着，松了一口气。她几乎摔下台阶，跌进恶臭的黑暗中，险些撞上三个破旧的垃圾箱，却不顾一切地挤到垃圾箱后面，躲在前门楼梯下狭窄的空间里，蜷缩成一团，双臂交叉抱在胸前，试图平息怦怦的心跳声。这擂鼓般的心跳怎能逃过他们的耳朵呢？追逐的脚步迟疑了一下，噼里啪啦地经过，最后消失了。街道尽头传来他们恼火的叫嚷。接着，又是一阵混乱的呼喊和歌唱。他们没有继续找她，大概以为她住在这条街，已经安全回家；又或者喝得太醉，头脑不清楚。一旦目标消失，他们的兴趣也随之消失。

他们的声音消失了很久之后，她仍旧蜷缩在原地。她觉得自己被囚禁在一个又黑又臭的牢房里，呼吸着尘土和死囚的气息，不见天日。那三个臭气熏天的垃圾箱像门闩般挡住了她的去路，看不清形状。黑暗中，既没有豁然开朗的启示，也没有心灵的慰藉，有的只是痛苦的反思。自从开始追查身世之谜，她想到的只是她自己。她没考虑过希尔达的感受，希尔达给不了她什么，但是也从不奢求什么，她的要求很少，不过她的要求很迫切。看在多年来辛勤照料她的分上，希尔达原本可以期待获得更多回报，而不仅仅是偶尔请她帮忙准备晚餐的插花。她没考虑过莫里斯的感受，虽然他跟她一样傲慢自大、自欺欺人，但是他为她倾尽一切努力，尽管所有的付出并非出于爱，但他仍旧慷慨地给予，善意地保护她免遭残酷事实的伤害。她更没想过她妈妈。除却信息的提供者和只知自爱的活例子，她还有其他的身份吗？她告诉自己必须学会谦卑。虽然还不知道自己是否已经吸取了教训，但是眼下如同弃儿一般匍匐在这座沉睡城市的恶臭角落，倒是一个重新开始的好地方。她深知她妈妈和她之间的纽带胜过一切，无论仇恨、失望抑或是被抛弃的痛苦都无法与之相比。无疑，这种渴望再次见到她，获取安慰的情绪正是爱的开始，她又怎能奢望这个世界存在没有痛苦的爱呢？

过了一会儿，她慢慢地钻出那座囚牢，再次呼吸夜晚凉爽的空气，仰望漫天繁星。疲倦令她头重脚轻，她继续往前走，搜寻着街名。她只知道自己身处“西十区”，其他一无所获。此刻她站在某座安静而神秘的广场，天空中云海翻涌。在她眼里，这座城市似乎无限伸展，寂静荒芜，被苍白的月光周而复始地照亮。这是一座死城，瘟疫横行，所有生命都弃它而去，只剩下那伙打扫废物的笨蛋。这会儿，他们摇摇晃晃地走进某个肮脏的角落，挤成一团死去。她孤立无援。剥落的灰墙下，高高的栏杆锈迹斑斑。城市腐朽的恶臭如同瘴气似的从地下缓缓升起。

这时候，她看见一个女人踩着精致的高跟鞋优雅、轻快地穿过广场，朝她走来。她身穿浅色的长裙，围着披肩，金色的头发高高绾起。周身的一切都显得洁净、淡雅——衣袂飘飘，皮肤白皙。二人相遇时，菲莉帕出声询问："您能告诉我这是什么地方吗？我想去马里波恩车站。"

回答她的声音愉快、悦耳，彬彬有礼。

"这里是莫克斯福特广场。沿着这条街走大约一百码，第一个路口左转就是拉德布罗克丛林地铁站。恐怕你已经错过了末班地铁，不过可以搭乘夜间公共汽车或者出租车。"

菲莉帕说："谢谢你。只要我能找到拉德布罗克丛林路，我就知道怎么走了。"

女人微笑着，穿过广场。这场邂逅既出人意料又平淡无奇，菲莉帕甚至怀疑那是她疲惫的大脑想象出来的幻影。这位大胆的夜行者是谁，她要去哪里？什么样的朋友或者恋人会在凌晨时分把她留在这儿，无人相伴？她刚刚参加完聚会，又或者从某个派对逃出来吗？不过，她指的方向没错。五分钟后，菲莉帕赶到拉德布罗克丛林路，朝南往家走。

德莱尼街空无一人，寂静无声，仿佛平静夜空下酣然入睡的乡村街道。大雨洗涤过的空气弥漫着海的气息。所有的窗户都漆黑一片，只有12号的窗口透过窗帘映出朦胧的光。看那亮度房间大概没开顶灯。她妈妈一定还醒着，或者不小心睡着了，却忘记关床头灯。菲莉帕希望她没睡。她想不出她们要跟彼此说些什么。她知道她不能说对不起，眼下还没做好准备；她这辈子还没说过对不起。然而，或许这将成为她感觉抱歉的开始。或许无需言语，她妈妈便能理解。她要掏出前门钥匙，交给她妈妈："我肯定一直打算回来。我忘记把钥匙留给你了。"

她站在她妈妈的门口，而站在那里便已说明一切，因为那等同于说："我爱你。我需要你。我回家了。"

12

床头灯亮着，柔和的光线下，她妈妈仰躺在床上，睡着了。但是，房间里还有其他人。一个身着白袍的男人瘫坐在床脚，两只手垂在膝间，灯光衬得他微微发亮。菲莉帕走到床边，男人毫无反应，一动不动，甚至没抬头看她一眼。她妈妈面容安详，可是脖子却有些不对劲。有东西咬住了她的喉咙，一只白色鼻涕虫般的小畜生深陷在她的血肉中。有什么东西正在生吃她，扒皮抽筋，零星的肉渣溅落在她惨白的皮肤上。然而，她仍旧纹丝不动。菲莉帕转身看向那个男人，这一次她终于发现男人低垂的手中握着一把沾满血的刀。一瞬间，她恍然大悟。

他看起来如此怪异，以至于菲莉帕一度怀疑对方是自己历经这样一个大起大落、筋疲力尽的夜晚之后神智昏迷的幻影。然而，她知道他真实存在。他坐在她妈妈身边的事实如同她的死一样不容置疑。他穿着白色透明塑料材质的长雨衣，像一层薄膜般裹着他。双手戴着外科医生的橡胶手套，紧贴着他苍白的肌肤。那副手套对于他那双瘦弱的手而言太大了。指尖的塑料粘连在一起，犹如剥落的皮肤耷拉着。她说："摘掉手套，真恶心。你也让我恶心。"

男人顺从地脱掉手套。

他抬起头，像一个渴望安抚的孩子，喃喃地说："她不会流血。她不会流血。"

她走到床边。她妈妈双眼紧闭。闭着眼睛死去，考虑得真周到，不过这也能选择吗？她努力回忆照片中的死者。那并不难，这样的影像很多。她这代人的思想如同幼儿园的壁纸，充斥着死亡的形象；暴力笼罩着他们的摇篮。贝尔森堆积如山的尸体仿佛一只只剥了皮的兔子；埃塞俄比亚和印度的饥饿儿童，如同畸形的怪胎；牺牲的士兵们蓬头垢面，横七竖八地瘫倒在地，死不瞑目。不过，这些都是能在梦中消失的幻象。事实上，她睡觉时也睁大了双眼。但是，她妈妈闭着眼睛。难道她如此平静地进入了梦乡？

她转向那人，恶狠狠地问："你碰过她？"

他没有回答，低垂的脑袋动了一下，既能解读成"碰过"，也能解读成"没碰"。床头桌上的小药瓶旁摆着一个没封口的信封。她展开信纸，读道：

如果上帝能宽恕她的死，那么他也能宽恕我。这五个星期补偿了过去十年每一天的痛苦。这与你无关。没有任何关系。这是我理想的归宿，绝不仅仅是为了你。我能够坦然地迎接死亡，因为你还活着，因为我爱你。

永远不要害怕。

她将信纸放在桌子上，再次看向那个男人。他依然坐在床边，垂着脑袋，拎着刀。菲莉帕接过他手里的刀，搁在桌子上。他孩童般的手瘦弱、纤细，仿若仓鼠的爪子。他不住地发抖，床也随之摇动。她妈妈的尸体说不定也要笑得直颤。菲莉帕担心那双勉强合上的眼睛突然睁开，她不得不直视死亡。悲痛的可怕之处并非悲痛本身，而是熬过悲痛。甚至在悲痛尚未开始之时便意识到这个真相，这感觉着实有些奇怪。她愈加温和地说："离她远点儿。她不会流血。尸体不会流血。我比你先找到她。"

菲莉帕抓着他的肩膀，几乎拖着他离开床沿，移驾柳条椅。两挡电暖炉已经关闭，好像她妈妈临死前还记得她们要省电的事。她拧开一挡，转过电暖炉朝向他。她说："我认识你。我曾在摄政公园见过你，还有其他地方，以及更早的时候。你一直在计划杀她吗？"

"我妻子想杀了她，从我们的女儿遇害的那一刻开始一直想杀她。"接着，他又补了一句，"我们一起计划的。"

他似乎需要解释。

"今晚我来晚了，但是你还在。前面房间的灯一直亮着。我坐在店铺里，一边留意声音，一边等待。然而一直听不到你离开的动静。楼上什么声音都没有。半夜时我偷偷溜上楼，发现房门砸坏了，开着。我以为她睡着了。她看起来好像睡着了一样。直到我把刀捅进去才发现她睁着眼睛。她双眼圆睁，盯着我。”

菲莉帕说：“你最好马上离开。你完成了你的使命。虽然她最终逃脱了你的制裁，但那并不是你的错。”死亡能够偿还一个人的罪孽，然而机会只有一次，她已经赎罪。你也亲手履行了你的计划。

菲莉帕轻轻地摇晃他的肩膀，更大声地说：“我必须报警。如果你不想警察赶到时还在场的话，最好现在就走。你没必要再卷进去。”

他一动不动，盯着电暖炉，咕哝着什么。菲莉帕不得不低下头听他说话。

“我不知道会是这样。我想吐。”

菲莉帕搀着他走进厨房，托着他的头，方便他扒着水池呕吐。她暗自惊讶自己竟然能毫不反感地触碰他，扶着他坚硬的脑袋，抚过丝一般柔软的头发。她的手指似乎能同时清晰地感受每根发丝的光滑和一把头发的轻柔。她想告诉他：“她并不是有意杀害那个孩子。只是当时她控制不住那突如其来的愤怒。她从未如你我期盼她死这般觊觎那孩子的性命。”可是，说这些有什么用呢？有什么意义呢？他的孩子死了。她的妈妈死了。言语、解释、借口，全无关紧要。面对最后的结局，无论辩解又或者借口都无济于事，做什么都于事无补。

厨房中的一切都保持着原样。她托着男人颤抖的脑袋，呕吐物的酸臭味钻进她的鼻腔，菲莉帕四下打量着那些熟悉的摆设，惊讶地发现它们竟然没有任何变化。混凝纸浆材质的圆托盘中搁着茶壶和两只茶杯；玻璃罐里装着闪耀着光泽的咖啡豆，多么诱人啊，现磨的咖啡曾经是她们奢侈的享受之一；窗台的花盆里栽种着一排排草本植物。朝北的窗户虽然采光不佳，却没影响它们茁壮生长。她俩原本打算明天收割香葱做香草煎蛋卷。桌子上的罐子里还装着她妈妈调制的酱汁，空气中飘浮着一股醋酸味。不知道将来再闻到这股味道时，她是否能想起眼下这一刻。菲莉帕的目光扫过叠得一丝不苟的茶巾、挂钩上的两只马克杯和锅柄仔细对齐的平底锅，内心不由得感叹她们曾多么用心地维护这种虚幻、动荡的生活，赋予它整洁、条理和永恒。

他还在干呕，不过吐出来的全是胆汁。最难熬的时刻过去了。菲莉帕递给他一条毛巾："如果你需要的话，卫生间在楼梯平台那儿。"

"嗯，我知道。"他抹了抹脸，目光温和地望向她，"你不会有麻烦吗？我是说，跟警察周旋。"

"不会。她是自杀。刀伤是死后造成的。医生可以证明这一点。你自己也看见了她没有流血。我认为残害死者不构成刑事犯罪。即便构成，我想他们也不会指控我。大家都想尽快了结这件事。你瞧，没有人在乎她。没有人在意她的死。她甚至算不上是个人。大家巴不得她九年前就死掉。她应该被施以绞刑，他们只会这么说。"

"但是警方可能会认为你杀了她。"

“遗书能证明我没有。”

“假如他们认为你伪造遗书呢？”

他怎么有这么匪夷所思的念头。

这是一颗多么善于诡辩的脑袋啊。菲莉帕看着那双温顺而焦虑的眼睛，背后聪明的小脑瓜一定正飞快地筹划。他应该写惊悚小说。他具有惊悚小说作家的思维，偏执、负罪感、关注琐碎的细节。长久以来，他一直怀抱着死亡的念头生活。菲莉帕说：“我能证明那是她写的。我有她的笔迹，一份她在监狱里写的手稿，讲述了一个强奸犯和他妻子的故事。你瞧，你最好赶紧走。没必要让警察发现你，除非你想自己这副尊容登上所有报纸。有些人不怕；你也想这样吗？”

他摇了摇头，说道：“我想回家。”

“家？”菲莉帕反问。她没想到，这个昼伏夜出的掠食者、这个散发着酸臭味的瘦弱破坏者竟然还有个家。菲莉帕听他嘟囔着卡萨布兰卡的什么家，猜想应该是胡言乱语的梦呓。

他问：“我们还能再见吗？”

“我想没机会。我们为什么见面？我俩之间的共同点就是我俩都希望她死。我不认为这能成为社交的基础。”

“你确定自己没问题吗？”

“噢，是的，”她说，“我确定。许多人都能证明我的清白。”

门边放着一个她起初没注意到的帆布背包。他脱下橡胶雨衣，卷起来塞进背包。她猜，这个动作他之前肯定重复过很多次。他伸手拿刀时，菲莉帕立刻出声制止：“别碰。放在那儿。我来处理，在上面留下我的指纹。”

他们一起下楼，仿佛她使出浑身解数终于送走了这个难缠的客人。斯凯思沿着德莱尼街头也不回地快步离开，菲莉帕目送他，直至他的背影消失不见，转身回到卧室。她不敢看她妈妈，径直走到桌边，抓起刀，握了一会儿，然后跑出公寓，赶到马里波恩车站打电话给莫里斯。

候车大厅空空荡荡，整排电话亭除了最远的那间有个年轻人蜷缩在里面之外，其余的都空无一人。菲莉帕看不出对方是喝醉了还是睡着了。或许他已经死了。她认识那人，之前曾见过他在梅尔大街不厌其烦地发传单。

她从钱包里翻出一枚十便士的硬币，拨动那七个烂熟于心的数字，听见莫里斯重复电话号码的声音后，塞进硬币。他几乎立刻接通，一点也没耽搁，那部电话就在他床边。菲莉帕说：“我是菲莉帕。请过来一趟。我妈妈死了。我曾希望她自杀，谁知她果然自杀了。”

他问：“你确定她死了？”

“确定。”

“你在哪儿打的电话？”

“马里波恩车站。”

“我马上来。你留在原地等我。别跟任何人说话。我赶到之前什么也别干。”

凌晨时分，街道荒无人烟，即便如此他肯定开得很快。似乎只等了几分钟，便传来罗孚车的引擎声。

菲莉帕迎上去，扑进他的怀抱。僵硬的手臂紧紧地搂住她，显露出一副占有的姿态，而非抚慰。接着，莫里斯突然松开手，她踉跄了一下，差点摔倒。他紧抓着菲莉帕的肩膀，推着她上车。他说：“带我去看看。”

罗孚车缓缓地停在12号的门外。莫里斯慢条斯理地锁好车，环视一眼街道，确保周围没有人注意他们，然而镇定自若的神情仿佛这只是一次时间稍晚的社交拜访。菲莉帕掏出钥匙，打开大门，莫里斯尾随其后。门厅回荡着二人的脚步声。或许他已经注意到房门被撬坏的门锁，但是他什么也没说。菲莉帕领他走进她妈妈的房间，站在一旁，看他径直走到床边，居高临下看了一眼，面无表情地读起遗书，然后拿起空药瓶研究标签，又往手心里倒了一颗子弹形的白色药丸。莫里斯说：“混合药右旋丙氧酚。她想得真周到，还留下这个，省去了化验的时间和不必要的麻烦。不知道她怎么弄到的这玩意儿。混合药右旋丙氧酚是处方药，药房买不到。如果不是从医院偷或者医生开的处方，想必这是谁帮她偷偷运进监狱的。这一点或许我们永远无从得知。她并非第一个搬起石头砸自己脚的人。它含有醋氨酚成分；但这并不是危险所在。这药还含有一种鸦片类化合物。过量服用很快致死。看来她本打算装腔作势地摆个样子，却弄错了剂量。”

菲莉帕想告诉他："她没有弄错任何事或者任何人。她自杀是因为她打算自杀，因为她知道我希望她死。或许，你至少应该相信她明白自己在干些什么。"然而，她什么都没说。莫里斯微微低下头，像个医生似的专心致志地查看她惨不忍睹的喉咙，皱起眉头，表情流露出担忧和反感，仿佛他处理技术难题时又碰上了意想不到的麻烦。他问："这是谁干的？"

"我。至少我这么认为。"

"你这么认为？"

"我只记得我想杀她。我记得我冲进厨房拿了把刀。只记得这些。"

"警方问询你的时候不要说第一句话。你没杀过她，打算和付诸实践是两码事。门也是你砸坏的？"

这么说，他注意过门。他当然能注意到。菲莉帕说："我从科尔德科特特勒斯街回来后，我们大吵了一架。我跑出门，不打算再回来。但是，后来我又回来了。我们只有一副钥匙，我忘记带，于是拼命砸门，可是她不开门，我就把门撬坏了。我拿了一把工具箱里的凿子，我不知道自己为什么拿着它。我猜大概是跑出去之前想用它吓唬她，不过我现在记不清了。"

莫里斯问："如果你没带钥匙，怎么进的大门？两把钥匙没拴在一个钥匙环上吗？"

她忽略了这一点。菲莉帕赶紧解释道："大门只有一把耶鲁锁。碰锁被我掩上了。如果晚上出门时间很短的话，我通常都不锁门。”

“凿子放哪儿了？那把你用来撬锁的凿子。”

“放回工具箱了。”

审讯结束。莫里斯离开床边：“出去吧。这里还有其他房间或者舒服一点的地方吗？”

“没有什么舒服的地方。只剩我的房间和厨房。”

莫里斯搂着她的肩膀，轻轻地推着她穿过过道，走进厨房。他说：“我现在要回马里波恩车站打电话报警。你想跟我一起去，还是留在这里？”

“我跟你一起去。”

“嗯，这样最好不过。穿上外套，外面冷。”

莫里斯只身一人去打电话，留菲莉帕在车里等他。没过多久，他打完电话回来：“警察很快就到。等他们来了，就把你刚才跟我说的话告诉他们。至于到厨房拿刀和出门打电话给我这之间发生的事，你什么都不记得。”

警方很快赶到现场。相比这微不足道的死亡，出动的警察似乎太多了。菲莉帕被安置在自己的房间。他们点燃煤气取暖炉，送来一杯热茶。菲莉帕很想解释他们拿错了杯子，这是她妈妈的杯子。陪伴她的女警察和她年纪相仿，金发碧眼，长相迷人，身穿裁剪得体的深蓝色制服，英姿飒爽，神情克制、警觉，拘谨地保持着中立。菲莉帕想：“她肯定吃不准自己监护的究竟是受害者还是罪犯。否则，她应该搂着我的肩膀安抚我。毕竟，我妈妈的喉咙有道刀伤。”这时候，警探进来问话，莫里斯紧随其后，菲莉帕认出一起进来的另一个男人是莫里斯的律师。莫里斯正式介绍了对方。

“菲莉帕，不知道你还记不记得查尔斯·卡林福德。这是我的女儿。”

她站起身同他握手。这拘谨又寻常的礼节仿佛他们正身处科尔德科特特勒斯街的客厅一样。律师极力地克制自己打量这个简陋小房间的冲动。警察从她妈妈的卧室搬来两把椅子，帮她介绍了督察，可惜她没听清对方的名字。督察皮肤黝黑，衣服紧绷，目光冷漠，不过提问时语气很温和，而且莫里斯陪着她。

“今天晚上有其他人来过吗？”

“没有。只有我们俩。”

“门是谁弄坏的？”

“我。我用厨房抽屉里的凿子砸坏的。”

“你离开公寓时为什么带着凿子？”

“防止她把我关在门外。”

“你妈妈以前这样做过吗？”

“没有。”

“你为什么认为今天晚上她有可能把你关在门外？”

“我父亲告诉我她抛弃我的事之后，我们吵了一架。”

“据你父亲说，你跑出公寓，在外面逗留了三个小时。你回来后发生了什么？”

“我发现门锁住了，她又不应声，于是我用凿子撬门。”

“当你发现她的时候知道她已经死了吗？”

“我想是吧。我不记得当时是什么感觉，也不记得破门而入之后发生了什么。我猜我想杀她。”

“你从哪里弄来的刀？”

“厨房抽屉。”

“那之前呢？那是把新刀，对不对？”

“我妈妈买的。我们想要一把锋利的刀。我不知道她在哪儿买的。”

他们离开房间。房门半开，透过门缝传来敲门声、吵闹的喧哗和脚步声。女警察站起身，关上门。这会儿，过道中的脚步声放慢了，半拖着经过。菲莉帕忽然意识到他们正要抬走她妈妈的尸体。她哭喊着，跳起来，女警察的反应更快。她感觉自己的肩膀上多了一只意外有力的手，虽然动作轻柔却牢牢地按住她，将她推回椅子。

模糊的说话声透过房门断断续续地传来：“……显然，当她把刀插进去的时候，死者已经死了。你没必要大半夜找我来告诉你这一点。我觉得你可以随便给这起案件找个名目，反正不是凶杀案。”

接着是莫里斯的声音：“这个鬼地方。天知道这六个星期她怎么过的。我阻止不了她……她到了法定年龄……都是我的错。我不应该告诉她她妈妈虐待、抛弃她的事。”

她似乎听见有人说：“这完全是出自好意。”或许那只是她的想象。或许这只是他们脑子里的想法。接着，莫里斯站在她身旁。

“菲莉帕，我们现在回家。一切都会好起来。”

当然，一切都会好起来。莫里斯能安排好一切。他会处理掉公寓，清算最后几个星期的房租，清理她们共同生活留下的痕迹。她再也看不到这些东西中的任何一件。亨利·沃尔顿的画将再次挂回科尔德科特特勒斯街的墙上。它太贵了，不能丢弃。对她而言，那幅画已经变了。她看待它的眼光也变了，优雅和秩序背后她看到的是停泊在格雷夫森德的囚船，持鞭的狱吏和行刑的刽子手。然而，沉溺于这种情绪理应有个限度。她终归要继续和沃尔顿一起生活。一切终将过去。其余的将被视为垃圾。莫里斯的律师会压制舆论，帮她顺利应对进一步的审问、质询和公众关注，尽量避免公开报道。莫里斯也会注意这一点。每个人——警察、验尸官、记者都会同情她。记住她是谁的女儿有助于帮他们克服想起喉咙上那道刀痕时的反感和厌恶。为她感到难过的同时，他们也有点害怕。菲莉帕怀疑督察最后那番直率又不乏幽默的话仅仅出自她的想象：“先生，你现在可以带她回家了。看在上帝的分上，让她离刀远点儿。”

之后，莫里斯将带她离开这里，也许前往意大利，意大利一向是他私人疗养常去的地方。他们将一起造访那些她本打算跟她妈妈一起游览的城市。不知道还要多久他才能直视她的眼睛，忘记她的身份，不再质疑她究竟是不是她妈妈的女儿，不再暗自琢磨她有没有将刀捅进那尚在喘息的喉咙。或许这个念头令他兴奋；人们常为暴力而激动。除却自愿忍受的侵犯和短暂的死亡之外，性行为还能是什么呢?

现在，只剩他们俩。离开前，菲莉帕折回自己的房间取来她妈妈的手稿，递给他。

“我想请你读一下这个。这是她关于那起谋杀案的记述，是很久之前在监狱里写的。”

“她这么跟你说？看一看纸张的颜色和新旧程度。摸一摸。根本不像在监狱放过很多年的样子。这是最近刚写的。你没看出来吗？”

莫里斯拿着它往壁炉走，半途停下脚步。他不抽烟，身上没有火柴。菲莉帕看着他转身进入厨房，拿了盒火柴。只见他举起手稿，火苗蹿起，一圈圈地吞噬字迹，熊熊燃烧。直至火苗几乎烧伤他的手指时，莫里斯才将它丢进炉膛。

疲惫突然向菲莉帕袭来，她浑身脏兮兮的，裤子尽是躲在那个偏僻垃圾箱背后时蹭上的煤灰。突然，她感觉一股血涌了出来，顺着腿往下淌。莫里斯看着她，温柔地说：“到卫生间去。抓紧时间。我等你。”

五分钟后，待她再出来时，莫里斯已经取下那幅画，怀里抱着她床上的一条毛毯。帮她披上毯子后，二人一言不发地下楼，走出这栋公寓。

穿过空荡荡的街道，回家的路似乎很短。没人看见他们离开。明天乔治打开店铺大门时，大概会奇怪她们为何如此安静，好奇她们去了哪里。不过，人们很快便会忘掉她们。

科尔德科特特勒斯街的门厅和客厅亮着灯，厨房却漆黑一片。莫里斯刚掏出钥匙，门就开了。希尔达穿着蓝色的夹层睡衣神情焦虑地站在门口。莫里斯轻声说："她没事。别担心。一切都好。她妈妈死了。自杀。"

她被希尔达的胳膊闷得透不过气。菲莉帕听见她说："你的房间还在等你，亲爱的。"仿佛她不在时房间能不翼而飞似的。接着，她听见几声狗叫，希尔达的神色突然因关切而变得柔和。

"你吵醒小淘气了。我最好下去看看它。"

走到楼梯口，莫里斯扯下她肩膀上的毛毯，团成一团，扔在一边。明天清晨待她下楼时，它应该已经消失不见。哪怕只是德莱尼街的一条旧毛毯，这里也不能容忍，以免唤起污秽的记忆。莫里斯陪着她上楼，步伐坚定地跟着她蹒跚的脚步。菲莉帕感觉自己像个被押送的囚犯。然而，她有气无力的双脚依然毫不犹豫地领着她走进那个洁白、安宁的房间，那张单人床看起来十分舒适。这和她毫无关系；她不属于这里。但是，她觉得拥有这个房间的女孩不会介意她暂用一下。她脱掉脏兮兮的衬衫和裤子，脸朝下趴在床上，双手抓着枕头，朦胧间察觉莫里斯帮她盖上毛毯。她没洗澡，不过没关系，她想那个女孩不会介意。陷入梦乡之前，她隐约记起她似乎应该为谁哭一场。可是，她已经没有眼泪，况且哭泣对她而言从来都不是一件容易事。无妨，她还有一辈子的时间学习如何哭泣。

第四章

尾　声

星期日下午的晚祷结束了。拥挤的会众舒缓了刚刚肃穆的神情，纵情合唱最后的赞美诗。柔和烛光的映衬下，唱诗班的男孩们抬起拉夫领中如花般稚嫩的面庞，合上书。跪着的菲莉帕站起身，甩了甩头发，整理起褶的衬衫，拉平肩膀的布料，跟着一小群穿白袍的学院成员随人流经过雕花饰屏，走进宽敞明亮的教堂前厅。

她几乎一眼便看见了他，不过随便世界哪个地方她也能立刻认出这个不起眼的小男人。他站在第一排的末尾，穿着熨烫得平平整整的套装，虽然笼罩在韦斯特尔壮观拱顶下的他显得黯然失色，却保持着自身微不足道的人格尊严。那双令人记忆犹新的手搭在他身前的椅背上。当她走近时，他用力地抓紧椅背，指关节如鹅卵石般发亮。二人的目光相遇，他怔怔地看着她，眼神中流露出无声的请求，恳求她不要逃避。菲莉帕从未有过躲避他的念头；正如她不相信此刻的邂逅出于偶然。菲莉帕走出礼拜堂，徘徊在南侧的门廊，直至他悄无声息地走到她身旁。他们没有互相打招呼，却不约而同地朝旁边洒满阳光的小径走去。菲莉帕问："你怎么找到我的？噢，我忘了，你可是跟踪专家。"

"根据你的书。我读了书评，其中两篇说你是国王学院的学生。你署了自己的名字，菲莉帕·达克顿。"

"达克顿是我的姓。我省掉了罗斯。它不适合我。我想我有权保留个人身份的小偏好。不过，你来这里肯定不是祝贺我出版小说吧。你读过了吗？"

"我在图书馆借阅了一本。"

菲莉帕笑了起来，他红着脸问："跟作者说这种话不太合适吧？我想我应该买一本。"

"为什么？你不可能希望书架上出现达克顿的名字。你喜欢它吗？"

看他的表情，菲莉帕看得出他拿不准她是不是在嘲弄他。最后他出人意料地说："当然，它很出色。许多评论家说它才华横溢。但是，我觉得它苛刻、无情。"

"没错，正是如此。无情，就是这样。不过，你大费周章地跟踪我，不是只为了跟我讨论文学吧。"

菲莉帕看着他的脸，很快说道："见到你我并不难过。上次见面时，你不得不抓紧时间离开。我总感觉我们之间尚未了结。我时常想起你，你在做什么，你在哪里？"

她还想问："得知我妈妈死后你是否有所释怀？"但是，看着对方平静、沉着的面容，她感觉没有必要再问。或许，这正是复仇的可取之处：它确实奏效。

他急切地回答，仿佛很乐意向她倾诉一切。

“你妈妈的验尸报告出来后，我离开伦敦，辗转于英格兰和威尔士，大概转悠了两年。夏季，我住在便宜的供膳寄宿处，秋冬两季搬进条件好一些的旅馆。淡季能享受到特价优惠。我四处游览，参观各式建筑，自我反省，不可谓不开心。六个月前，我回到伦敦，再次入住卡萨布兰卡旅馆，正是我跟踪你们时下榻的那家。我也说不清自己为什么回来，只是觉得那儿才是我的家。一切都维持原样；那个盲人电话接线员还在那儿工作，就是你在摄政公园见到跟我在一起的那个姑娘。她叫维奥莱特·赫德利。每当她下午不当班时，我俩就出去约会。我们要结婚了。”

看来这就是他此行的目的了。菲莉帕问：“你不知道应该告诉她多少？”

“当然，她知道朱莉。我告诉她达克顿夫妇已经死了。但是，我不确定是不是应该告诉她我曾经的打算。除了你，我没法跟任何人聊这件事，也没有其他人可以商量。我只能来找你。”

她说：“如果你想娶那个失明姑娘的话，我劝你别跟她说你曾经将刀捅进另一个女人的喉咙里。你会吓到她。”

他的脸浮现出显而易见的震惊和痛楚，仿佛被她掴了一耳光似的。除却脸上猩红的巴掌印，甚至连身体的反应也一样。他先是涨得满脸通红，接着又面无血色。菲莉帕温柔地说：“对不起，我不是个善良的人。有时候，我尽量表现得善良些，但是还不太在行。”她险些脱口而出：“那个原本可以教我的人已经死了。”菲莉帕接着说：“算你倒霉，竟然当我是知己。不过，这个建议依然有效。我们很难彻底地了解他人，实现全然的信任。我不明白告诉她你能得到什么好处。何苦让她伤心呢？”

“可是，我爱她。我们彼此相爱。难道我不应该跟她坦诚相待吗？”

她说：“在我看来，我们之间的谈话开诚布公。但是，并不意味着我俩都喜欢这样。你已经坦白了过去的整个生活，其中的某个事件并不重要。”

“对我来说很重要。它让我们走到一起。如果我没打算杀你妈妈，我就不会去卡萨布兰卡旅馆，也就遇不到维奥莱特。”

菲莉帕本想说，如果十二年前那个雾蒙蒙的一月傍晚他把女儿留在家里的话，那么他女儿和她妈妈现在应该还活着。但是，追溯那么久远以前的偶然事件又有什么意义呢？她饶有兴致地问：“今后你有什么打算吗？找工作了吗？”

“过去两年间，我过得很简单。卖房子的钱大概还剩下一万两千镑，足够支付一套小别墅的订金。再过几个月我就可以领取政府养老金了。我们能应付过去。我俩不需要太大的地方，只要有个花园就行。维奥莱特喜欢玫瑰花香。她八岁失明，在那之前她看得见，所以还有些记忆，如果我仔细地描述，建筑、天空、花朵之类的，有助于她的想象。我现在必须以不同的眼光看待事物，更加仔细，以便记住它们的特质。我们在一起非常幸福，我简直不敢相信。”

菲莉帕不知道这种幸福是否包括上床。很可能有吧。这个可怜的杀人未遂犯并不是性冷淡。即使克里平也有自己的埃塞尔·勒·尼芙。最不般配的夫妇也找到了属于自己荒谬的快乐。菲莉帕犹记得他头发的触感，甚至比她的更光滑。他柔软的皮肤毫无瑕疵。而且，他的维奥莱特用不着看他。失明的感觉一定很奇怪，做爱时一直闭着眼睛。菲莉帕瞥见他的笑容，隐秘、近乎淫荡，似乎沉浸在往事之中。他带着焦虑而来，此时的神情却忧虑全无。回想在公园见到的那个姑娘，菲莉帕想知道他的维奥莱特是否够年轻，能生个孩子。

他的脑袋仿佛知道她在想什么似的：“她比我年轻多了。如果她有了孩子，我能帮忙照顾。只要我俩在一起，没有什么解决不了。”

他转身问她。

“你曾经有没有觉得自己不配拥有幸福？我和她第一次出去的时候，也就是你在玫瑰园见到我们那天，我正在利用她，利用她的失明。我很孤单，她是我唯一感觉安全的人，因为她看不见。”

他应该很早便得知了那个原始的教训——质疑快乐。触摸木头，交叉手指，点燃蜡烛，祈求上帝不要发现我的快乐。她想说：“我利用我的妈妈向我的养父报仇。我们都在互相利用。你凭什么期望自己比我们多几分道德呢？”取而代之，她说：“为什么不试着对自己宽容一些，接受可能获得的幸福？忘掉我妈妈和我。一切都结束了。”

“但是，如果维奥莱特发现了呢？无论欺骗还是我所做的事，她都难以原谅。”

“没有什么需要她原谅。捅的又不是她的喉咙。况且，我们能原谅一切与自己无关的事。你不明白吗？再说她怎么能发现呢？你不用担心我。我永远不会告诉她。”

“可你是个作家，或许有一天你会用到这些素材。”

菲莉帕险些笑出声。这就是他担心的事了。他准是惶恐不安地在图书馆借阅了她的书。她想知道他究竟期待些什么，耸人听闻的哥特式浪漫小说将他描绘成可怜的欧墨尼得斯？不过，他恐怕很难接受探讨创造性想象力本质的论文。她说：“有些作家只能写自己的亲身经历。但是，我不是那种作家，也不想成为那种作家。虽然我说过我们都在利用彼此，但是我希望能利用得更含蓄些。”

他试探着发问，仿佛在危险地带探险：“这里的人知道你妈妈吗？毕竟，你用了达克顿这个姓氏。”

“有些人知道，有些人猜测。似乎很难自然地聊到这个话题。”

“有什么不同吗？我是指，对你而言。”

“或许，只是让他们有些怕我。对于某些看重隐私的人而言，这算不上坏事。”

说话间，二人走到剑河的那座桥。菲莉帕驻足凝望水面。他站在她身旁，纤细的双手抓着栏杆：“你想她吗？”

菲莉帕心想：“我生命中的每一天都在想她。”但是，她说：“是的。我不确定自己是不是真的了解她。我们只在一起生活了五个星期。她说的不多，但胜过我认识的所有人，也包括我。”

他似乎理解了她的意思。他们继续走，再次陷入了沉默，然后他说：“我一直很好奇你。我很感激你为我所做的一切。我害怕警方，害怕进监狱。如果那天晚上你报警的话，我知道自己绝对应付不了。我恐怕再也见不到维奥莱特。我时常担心你的状况，想知道我离开后发生了什么，你妈妈……我是指帕尔弗里夫人……是否安好？”

任何泛泛之交都可能问到这些问题。她说：“她很好。她养了一条狗，名叫小淘气。我没什么事。我养父打点了一切。他是个了不起的代理人。之后，他带我去了意大利度了个长假。我们去拉文纳欣赏了镶嵌画。”

菲莉帕没有继续说：“在拉文纳，我跟他上床了。”她很好奇，如果她用这无端的消息回报他的信任，他会露出什么表情，他又会说些什么。毕竟，这些不重要。她想知道那次从容、温柔、出奇简单的苟合究竟意味着什么，一种确认？好奇心的满足？一次成功通过的测试？令他们重拾父女身份而克服的障碍？无视法律禁忌的乱伦刺激？反正相较于已犯下的罪恶，他们的罪恶感并未有所增加。他俩在一起的那晚，意大利温暖的夜风透过敞开的窗户送来阵阵柏树的清香，那一夜必不可少、在所难免，不过，它已经不再重要。菲莉帕说：“我妈妈投了五百镑的人寿险，这样她就可以支付她那份房租了。保险单中没有禁止自杀的条款——我想他们也不在乎这么一小笔钱——于是我拿到了那笔钱。她肯定是在我们同居后不久悄悄安排了这件事，或许是见缓刑监督官的时候。没有人知道她怎么弄到的混合药右旋丙氧酚，不过她一定偷偷藏了好几个月。我告诉自己这说明她出狱前就打算自杀，她的死跟我无关。摆脱罪恶感的方法很多。你要及时给自己找一个。”

他什么也没说，似乎心满意足，突然停下脚步，伸出手。菲莉帕握住他的手。这个姿态对他而言好像很重要。然后，他沐浴着春日的阳光独自踏上林荫大道，经过栗树、山毛榉和欧椴树的嫩绿，穿过点缀着金色和紫色藏红花的油绿草地。转弯之前，他驻足回望，菲莉帕知道他不是在看她，而是眺望那座教堂，似乎想将它烙在脑海中。他怀揣令人伤感却并非经由挫折和过失获得的自信踏上新的历险。但愿他能找到自己的玫瑰花园。菲莉帕目送他远去，直至他的身影消失不见。她甚至有些羡慕他。倘若我们只要学会爱就能找到自己的身份，那么他已经找到了。菲莉帕希望有朝一日她也能找到自己的身份。她祝愿他一切顺利。或许，以她那颗未谙世故的心所认知的所有美好祝福他，为他和维奥莱特默诵几句简短、质朴的祈祷文，这本身就是一次小小的蒙恩。

（全文完）

过去犹若异乡，

每个人都有权利选择要不要回去。

无辜之血

我们都需要依靠想象生活。

有时候，放弃这些想象特别痛苦，

那不是令人激动又新鲜的重生，而是一种死亡。

无辜之血

图书在版编目（CIP）数据

无辜之血 /（英）P.D. 詹姆斯著；潘鹤文译 . -- 上海：上海文艺出版社，2020.1
（读客外国小说文库）
ISBN 978-7-5321-7330-3

Ⅰ . ①无… Ⅱ . ① P… ②潘… Ⅲ . ①推理小说 - 英国 - 现代 Ⅳ . ① I561.45

中国版本图书馆 CIP 数据核字（2019）第 180640 号

责任编辑：秦 静
特邀编辑：武姗姗 许天弈
封面设计：李子琪

无辜之血
［英］P.D.詹姆斯 著
潘鹤文 译
上海文艺出版社出版、发行
地址：上海绍兴路7号
电子信箱：cslcm@publicl.sta.net.cn
网址：www.slcm.com
新華書店经销 三河市龙大印装有限公司印刷
开本 890毫米×1270毫米 1/32 13印张 字数 252千字
2020年1月第1版 2020年1月第1次印刷
ISBN 978-7-5321-7330-3/I.5827
定价：52.00元

如有印刷、装订质量问题，
请致电010-87681002（免费更换，邮寄到付）